號令群神

李天飞“封神”笔记

李天飞 著

江苏凤凰文艺出版社
JIANGSU PHOENIX LITERATURE AND ART PUBLISHING

图书在版编目(CIP)数据

号令群神：李天飞"封神"笔记 / 李天飞著. --
南京：江苏凤凰文艺出版社，2020.11
ISBN 978-7-5594-5161-3

Ⅰ. ①号… Ⅱ. ①李… Ⅲ. ①《封神演义》—小说研究 Ⅳ. ①I207.419

中国版本图书馆CIP数据核字（2020）第169148号

号令群神：李天飞"封神"笔记

李天飞 著

责任编辑	孙金荣
特约编辑	邱涵斐
责任校对	杨芳云
出版统筹	孙小野
出版发行	江苏凤凰文艺出版社
	南京市中央路165号，邮编：210009
网　　址	http://www.jswenyi.com
印　　刷	三河市金元印装有限公司
开　　本	700毫米×1000毫米 1/16
印　　张	24.5
字　　数	339千字
版　　次	2020年11月第1版
印　　次	2020年11月第1次印刷
书　　号	ISBN 978-7-5594-5161-3
定　　价	59.80元

北京白云观所藏马元帅画像

北京白云观所藏斗姆画像

《明清汉传佛教众神全像》中的监斋大士画像

罗睺

计都

太阳

太阴

火曜

水曜

木曜

金曜

土曜

《九曜秘历》中的九曜

北京白云观所藏雷声普化天尊画像

北京白云观所藏灵宝天尊画像

北京白云观所藏道德天尊画像

《明清汉传佛教众神全像》中的韦陀形象

北京白云观所藏赵公明画像

北京白云观所藏岳元帅画像

序

封神演义：草根阶层的文化传承

这本小书，算是我读《封神演义》这部书时做的一点总结。首先要感谢凤凰联动各位编辑老师，是他们让这部小书得以顺利出版；也是他们的督促，让我有机会为庞杂的"封神"体系做了一番尽可能详细的梳理。

《封神演义》在古代小说里，历来是不太受重视的。因为文笔很一般，它的思想性比不上《西游记》，它的故事也往往千篇一律，人物形象也不免单薄。

但是，这部书在今天的价值，又迅速飙升起来。因为它的阐截两教斗法的世界观足够宏大，它的法宝系统也足够酷炫——比《西游记》的单打独斗还要酷炫得多，所以非常适合现代影视改编。近期好几部电影，都以"封神"为主题，就说明了这一点。它的法宝，又给无数玄幻、仙侠小说提供了标准素材库。各自媒体平台的内容，例如"元始天尊实力究竟如何""鸿钧道人的真身是谁"等，一搜一大把。媒体平台上热火朝天的讨论，和大学课堂上的冷冷清清，恰形成鲜明的对比。

其实这就反映出一个有趣的问题：《封神演义》这部书，在学者那里和在民间那里，评价是不同的。

许多文学专业的学生，是从《中国文学史》中了解到《封神演义》的。但是，如果仅用课堂上教的方法去读它，就显得太"乖学生"。来回一般就是那几套：思想深度、艺术手法、人物塑造……其实，古典名著都是异常丰富的，因为无论文笔好坏，它都深深扎根于那个时代。它体现的，首先是那个时代读者共同的知识结构、思维逻辑。

而且，我们的文学，能进入视野里的，大部分是精英阶层的文学。而《西游记》《水浒传》《封神演义》这样的通俗小说，我们在谈论它们的价值的时候，什么人物、思想、艺术……也是从精英的角度去要求的。如果这部作品不能满足要求，就容易被判在次等。

其实，传统文化本来就分精英的文化和草根的文化，也就是所谓的“大传统”和“小传统”。通俗小说的主力读者，本来就不是精英阶层。它们在当时，都是红极一时的畅销书。它们代表的文化，是当时草根阶层的文化。当然，当它们写到一些“普世化”的内容时，例如人性、自由、生命……也会够到精英阶层的话题门槛，但大多数情况下，仍然是在用草根阶层喜闻乐见的文化元素编故事而已。就像今天的网络小说写盗墓，写东北“黄皮子”，这些主题到底有多深刻，其实谈不上，但是，大家就是爱看！

草根阶层的文化，一般很难在历史上系统地留下痕迹。精英文化中，经部是意识形态核心，这一点不容置疑，史部为帝王将相作传，子部是学者的各种学说，集部主要是诗文作品。它们都太精妙，太高雅。我们可以知道李白在想什么，苏轼在想什么，李世民在想什么，但是很难知道一个明代的底层老百姓在想什么——因为没有人为他们发声。

但是，历来不列入四部分类的白话小说，在这里就体现出作用了。老百姓非常容易相信：打天下之前是要拜把子的，军师是必须会法术的，朝廷里是一定有忠臣和奸臣两个阵营的，山洞里是住着世外高人的，改朝换代时神仙是要下凡帮忙的，两军阵前是可以斗法宝的……这些逻辑深深印在人们的脑子里。

其实，今天的网络小说、影视，去掉现代元素的剧情和特效，也基本还是这些逻辑。精英的文学讲究“玄心洞见，妙赏深情”，但草根的文学不讲这些，它们首先要的是热闹好看，而这种要求是千百年来一直不变的。

就拿斗宝来说，可能我们会觉得《封神演义》里的各种葫芦、扇子、镜子显得过于老土，但你说《星球大战》的光剑和陆压的斩仙飞刀有什么本质的不同？“真炁”和“能量”有什么高低之分？藤崎龙的改编版《封神演义》就很好地说明：这本书真的是适合各种“位面”的改造，因为它太合大众的口味了。

《封神演义》还充满了专属于中国人的底层文化元素，比如说，封神榜上封了无数星宿，比如青龙星邓九公、勾绞星费仲、七杀星张奎、六合星邓婵玉……很少有人关心这些星宿到底是管什么的，天上到底有没有。其实只要熟悉一点命理，就知道这些星宿，绝大多数都是用于占卜、择吉的神煞。它们和天文学半点关系都没有。我们受过12年中小学教育甚至高等教育，但在学校里，还真的从没有人教过我们这些。但是，它们既然大批列入“封神榜”，就说明当时的老百姓对它们是非常熟悉的。

又比如书里的截教，历史上从来没有这样一个教派。许多学者猜测“截教”的原型，比如影射道教的正一派或全真派等，也并不能得其要领。截教的掌教师尊通天教主，更是一个神龙见首不见尾的人物。那么，这个形象从何而来？他和民间宗教有没有关系？为什么虽然我们明知是作者的虚构，却总觉得哪里有点现实的影子？

又比如《封神演义》里的殷郊，他本来是一个极其重要的人物。他和太岁信仰、和哪吒的关系，几乎可以写一本书。殷元帅信仰，至今仍然在民间流行。但不知为什么《封神演义》把他的故事做了非常大的修改，这种修改和他的信仰有什么关联，仍然是一件值得探讨的事情。

隐秘的东西既然存在过或仍然存在，就一定会对社会起作用，就像“暗物质”对宇宙起的作用一样。作为现代人，我们虽然不必去相信它们，但一定不能茫然无知，而是要知道这些东西的存在。否则，我们的知识不会全面。

目录

第二章　那些人尽皆知的名字

第三章　虚实之间：小说背后的真实历史

序章

一张封神榜，『诸神黄昏』之后的大团圆

《封神演义》是一部并不完善的作品，它在创作之初，有意与《西游记》《水浒传》等名著争胜，但这位作者善于做宏观架构，细节和体例上的驾驭能力却不强，所以原文给我们留下了很多不好懂的地方。

有很多朋友问我:《封神演义》写了这么多神仙，这些神仙到底有没有一个完整的谱系？作者创作这些神仙，到底体现了一种什么思想？

其实应该说,《封神演义》是一部并不完善的作品，它在创作之初，有意与《西游记》《水浒传》等名著争胜，但这位作者善于做宏观架构，细节和体例上的驾驭能力却不强，所以原文给我们留下了很多不好懂的地方。不过，透过文本的迷雾，似乎也可以发现一些东西。我们就来分析一下。也可以说，这篇序章，是这部小书的总纲。如果你没时间看全书，这篇序章也算是为你整理了一个梗概。

封神榜：一张无视规则的诸神系谱

应该说，作者对这张“封神榜”上面到底应该包括哪些神仙，这些神仙应该归入哪些部类，似乎并没有一个统一的概念和标准，不能把体例贯彻到底。例如原文说“八部正神”：

> 八部分上四部雷、火、瘟、斗，下四部群星列宿、三山五岳、布雨兴云、善恶之神。

这里上四部是清晰的，下四部就开始混乱。上四部明确称“部”，下四部却不称“部”。

如果勉强认为下四部分别是“群星列宿”“三山五岳”“布雨兴云”“善

恶之神”，那么姜子牙封雷部闻太师的时候，却说：

> 特令尔督率雷部，兴云布雨，万物托以长养，诛逆除奸，善恶由之祸福；特敕封尔为九天应元雷神普化天尊之职，仍率领雷部二十四员催云助雨护法天君，任尔施行。

如此看来，雷部才是管“布雨兴云”的，下四部的“布雨兴云”之神又在哪里？

另外，按这个序列，雷部在八部正神中地位最尊，理应最先封赠，但姜子牙最后封神的时候，第一个封的却是黄飞虎父子以及五岳之神，何以下四部“三山五岳”跑到了雷部前面？也是令人费解的事情。而且，假如黄飞虎真的属于下四部的话，那么闻太师高居上四部之首，和他地位对等的黄飞虎，同时还掌管着幽冥地府，却在下四部做一个不明不白的神，也实在说不过去。

也有人说，这里的“上”“下”指天空和地面。比如雷部、斗部在天空，就属于上四部；黄飞虎管五岳，就属于下四部。然而这也有问题：瘟部属于天空呢，还是地面呢？为什么列入了上四部？如果瘟部属于上四部，那么和它职能相似的痘神，又为什么没有列入上四部呢？

还有，在封神的时候，除了雷、火、瘟、斗明确称“部”之外，还有水部正神鲁雄，率领着几个水部正神，那么“水部”的编制，和雷火瘟斗四“部”的编制，到底是平级还是非平级？如果不是平级，为何一样用“部”这个名称？如果是平级，那加上雷火瘟斗共成五部，还剩下三部在哪里？还有太岁部下众神、财神爷赵公明部下众神、痘神余化龙部下众神，与瘟部和火部也不相上下，为什么不单独称“岁部”“财部”“痘部”？

所以说，我们只能认为：作者的这张“封神榜”，实际上是一个编次不太完善的作品，因为《封神演义》毕竟只是一部商业化的小说。作者大概只把八部编了四部，剩下的根本没有归类（或者更早的说书艺人留下一张榜单，来不及好好整理），就匆匆刊刻销售了。这种设定混乱的现象，在今天的网络小说中也时时见到。

事实上，即便是今天，我们重新为“封神榜”编出令人信服的不多不少正好八部的正神出来，也是非常困难的，因为“封神榜”上的各路神仙，并不是作者从主观出发，刻意创造出来的，而是当时民间流传的各路神仙的大集合。这里面的雷神、财神、太岁、群星……有的甚至有上千年的信仰史。它们的分类，必定要服从民间信仰的现实，而不能削足适履地分到恰好“八部”中去。人们头脑中有怎样的神仙，其实反映的是人们认为这个世界的秩序应该怎样管理。所以，我们如果放弃“八部”的理想化努力，而以现实功能的视角观察这些神仙，就会有新的收获。

现代视角下的“封神榜”

接下来我们试图为“封神榜”里的神仙分类，通过分析其背景、来历以及功能，找出他们表现出的最明显的特征，可以将他们分为如下几类：

道教影响下的自然神

这一类包括以闻太师为首的雷部诸神，以黄飞虎、炳灵公为首的五岳正神，以罗宣为首的火部正神。

应该说，这三个部分虽然在功能上分别是雷、山川、火等自然神，但在编制上已经非常道教化，而且承担了许多自然本体之外的功能。

雷部成为诸神之首，是受了宋代以来雷法兴盛的影响，而九天应元雷声普化天尊也是道教雷法造出来的神。五岳之首东岳泰山治鬼的传统，更是秦汉之前就有的信仰，进而被道教充分吸收。火神信仰源于上古，但宋代对火德真君的大加崇奉，使得火神被附加了很多政治意义，地位陡升，甚至超过了它的对立面水神。

决定吉凶祸福的神煞们

斗部的“群星名讳”里，列了很多“某某星”的名字，如青龙星邓九公、玉堂星商容、博士星杜元铣、大耗星崇侯虎等。这组星神约有一百多个，是势力最大的一组，然而这一百多个星神，绝大多数和天文学没有关系，和此前的五斗星君也没有什么关系，更不一定应用于佛道二教，街头的算命先生都随口挂在嘴边。他们有一个共同的名字叫“神煞”，特点是高度概念化、术数化。

神煞包括吉神和凶煞，是干支、五行、方位的种种配合，每一种特殊的配合，就可以具象化为一个神煞。早在战国秦汉时，方士就以阴阳五行配合岁月日时，造出许多吉神凶煞。到了明代，神煞多达数百个。它们绝大多数并不对应任何一颗真实的星，也没有固定的形象，所谓的“神格”只是在生活中发生的各种吉凶作用。

例如大耗星崇侯虎、小耗星殷破败，与岁建对冲称为大耗，大耗后一辰称为小耗。碰上大耗、小耗，容易破财。

又如羊刃星赵升，四柱神煞里就有羊刃。看羊刃的规则是：甲羊刃在卯，乙羊刃在寅，丙戊羊刃在午，丁己羊刃在巳，庚羊刃在酉，辛羊刃在申，壬羊刃在子，癸羊刃在亥。比如，八字里只要有天干“壬”和地支“子”，就叫犯羊刃。假如出生的这一天的天干是“壬”，那么看年、月、日、时里有没有“子”。假如某人是“甲子年乙丑月壬辰日丁丑时”生，从日干“壬”出发找有没有羊刃，发现年的地支是“子”，那么就命带羊刃（假如此人竟然生于壬子日，那更直接，叫“日坐羊刃”）。又如某人生于“乙酉年乙酉月庚寅日丙戌时”，日干为“庚”，庚见酉为羊刃。而此人的年、月两个地支都是“酉”，那么此人命里就带两个“羊刃”。

其余的神煞，都建立在这样的规则上，满足一种规则，就是一个神煞。姜子牙最后杀掉的飞廉、恶来，封为冰消瓦解之神，同样是神煞。子上遇午日叫犯冰消，午上遇子日叫犯瓦解。只有这样，两人的神职才能对等。否则的话，若说飞廉实际上管的是河流水体的“冰消”，那么恶来管的“瓦解”又是什么活呢？

除了群星名讳的一百多个神煞外，还有一组是以太岁殷郊为首的太岁神系统。太岁概念，本是由木星（岁星）的运行而虚拟的一个与木星反向运行的星体，叫“太岁”。后世将其神化，赋予了形象，就是殷郊。杨任是借用了殷郊的部分形象（眼生双手），成为六十太岁之首（剩下五十九个来不及编了）。太岁虽然是从木星运行而来，但它在百姓生活中的实际作用，已经和天文学无关，而是成为择吉、占测的神煞。

以下三组神既可归入第一类，也可归入第二类。

一、三十六天罡、七十二地煞。它们也可以归入北斗信仰。天罡地煞一百零八星和北斗信仰有关，用于斋醮中的驱魔，并没有实际的星与之对应。另外，它们也用于星学占卜，如明代万民英《星学大成》的记述。

二、二十八宿星神、九曜星官。它们虽然源于天文学的二十八宿和九曜历法，但在民间却被“禽星术”等占卜术利用，早已成为概念化的星宿。既可以归在道教神中，也可以归入神煞系统。

三、以鲁雄为首的水部神。它们也可以放在第一类，但是水部神明显没有火部神有名，所以部下都得从二十八宿里配合水曜的星宿去借，这是作者没有安排好的败笔。

宗教护法神

这类神有两组：佛教的四大天王和道教的灵霄殿四圣。他们只承担护法神的职能。

四大天王好理解。他们就是佛教的四天王天，之所以在“封神榜”里出现，当然是佛教深入民间信仰的结果。四大天王本来充当佛教寺庙的护法，但是在明清时期，也开始在道教庙宇中出现。[1]四天王的名字也有叫魔礼青、魔礼红、魔礼福、魔礼寿的。这正是佛教、道教、文学、民间信仰结合的产物。

灵霄殿四圣王魔、杨森、高友乾、李兴霸，无疑是照着道教的马赵温关四大护法元帅写的，而这四大元帅正是经常被塑在玉皇殿的两侧。从书中的描绘就可以看出：王魔面如满月，杨森面如锅底，高友乾面如蓝靛，李兴霸面如重枣，正好符合马赵温关的脸色，连出场顺序都一样。更有意思的是，这里的“赵”其实就是赵公明，但财神势力太大，只好单列一组，而他的形象则转移给了杨森。

民间俗神

这一类包括以吕岳为首的瘟神、以余化龙为首的痘神、以赵公明为首的财神，还有生育神三霄娘娘。他们的特点是：功能性非常明确。无论被什么宗教吸纳，他们的神格都保持得非常稳定。很像西方文官系统中的事务官，即使政权发生改变，他们的身份也可以一直不变。

瘟神信仰从来存在于民间，有时候叫“五方瘟鬼”，有时候叫“六畜瘟神”，有时候叫“瘟祖”“太岁灵君”等，痘神的情况也差不多。瘟痘二神是民间对广泛传播的瘟病、痘病的神格化，功能性非常强。虽然受佛教和道教的影响，但并不显著，可以归入民间俗神。

财神赵公明情况很复杂，他与姜子牙为宋异人压星的“五鬼”有关，或者说原是五鬼之一；也和瘟神有关，属于五瘟之一；还与镇殿四元帅有

[1] 例如佘彦焱、柳向春《〈重修四天王碑〉与〈封神演义〉》记录了一通四天王碑，今立于陕西省绥德县张家砭乡合龙山真武祖师庙正殿前右侧。清乾隆二年（1737）闰九月立冬后立石，诸生李金铎撰文。

关，在道教神系里本来就是四元帅之一。但独立出来成为财神，应该是因为他过于著名，明代商业发达之后，就把他请来做了保护神，正如关羽也成为财神一样。

生育神三霄娘娘，原本是管厕所的紫姑神，也是民间俗神。因为马桶又用于接生孩子，所以厕神又管了生育。所谓的“坑三姑娘”，是姑娘行三，不知何时讹传为三位娘娘了。

另外，高明、高觉就是神荼、郁垒，是广为人知的门神，但居然忘了封，大概是作者疏忽了。

唯一一个不易分类的是申公豹。他被塞了北海眼，封为“分水将军”，任务是“执掌东海，朝观日出，暮转天河，夏散冬凝，周而复始”，说得很模糊，似乎是主管结冰的神。灵宝道法里有一位“主水将军”，不知和他的功能是否相仿。

然而《封神演义》风靡一时，无远弗届，清代贝加尔湖旁边竟然立起了申公豹庙，申公豹成了主管“北海”的大神。客商冬天从冰面上经过贝加尔湖，必要拜求祈祷安全通过。大概这就是“分水将军”的实际作用吧！

最伟大的神，
也许不在封神榜上

如果我们把“封神”的行为视为是加强对世界秩序的维护，那么从这个角度来看，除了“封神榜”所封的神之外，还有一些早就出现的神。他们可以分为两类。

世界秩序的维护者

这类包括玉帝、王母、龙王等。事实上，按照《封神演义》的潜在逻辑，在大封群神之前，世界秩序仍然是在安然运行的。例如没有封众神之前，一样有风云雷电，一样有疾病瘟疫。只是这种秩序的维护，默认由天帝（或玉帝）等人暂时代理着。封神之后，就移交给具体的各部掌管了。

创世之神与人类之祖

这一类神包括：女娲、伏羲、轩辕、神农。这些神或者是创世大神，或者是著名的部落首领。他们相当于人类祖先，受荣誉性的敬重，但不参与世界秩序的维护。

是谁筹划了封神大计

《封神演义》里最活跃的神界人物，就是鸿钧道人、太上老君、元始天尊、通天教主，以及他们手下的二代三代弟子们。他们虽然没有任何维护宇宙秩序的职务，却是推动“封神榜计划”执行的核心动力。姑且称之为“真仙”。

在《封神演义》里，修仙的人成为前述那些有职务的神，并不是一件特别好的事。因为最好的结局是“正果朝元”，根行浅薄的人，不能正果朝元，才会成为“神道”。

“神道”就是对有职务的神的另一种称呼。作者对“神道”的结局并不看好，他更赞同的是“正果朝元”，或者像杨戬等七人那样“肉身成圣”，成为“真仙”，这样才能免受天庭政权的管理，甚至能与他们分庭抗礼。

关于这些真仙在《封神演义》中的作用，由于原著很多文字不太明确，所以以下分析几近臆想，或可窥见一些端倪。

《封神演义》第十五回，有这样一段不清不楚的话：

> 又因昊天上帝命仙首十二称臣，故此三教并谈，乃阐教、截教、人教三等，共编成三百六十五位成神。又分八部……

“仙首十二”是不是指阐教的十二代上仙？三教对昊天上帝命仙首称臣的行为是赞同还是抵制？人教首领又是谁？这段话都没有告诉我们。然而它似乎告诉我们这样两个暗藏的逻辑：

第一，我们可以把昊天上帝视为管理世界秩序的政权，而三教是独立于政权之外的宗教力量。没有封神时，政权是由包括昊天上帝在内的少数几位神祇维护的。随着世界的日趋复杂，需要更多管理人员来做更为具体的工作。昊天上帝希望宗教中的首脑人物“仙首十二”参与这种维护，当然要把“仙首十二”收编为他的行政属下（类似唐太宗劝归国的玄奘大师担任世俗官职）。但这样一来，势必影响到三教的独立性，遭到三教的共同抵制。于是在三教和天庭政权的磋商下，借周兴商衰的大运势，由昊天上帝默许，三教共同签押“封神榜”，一方面保留了三教之于政权的独立性，另一方面也借此机会，为政权扩容，在死亡的人物中遴选更多的管理者。

第二，这次政权扩容的策划者是成道的高级仙人，执行者却是一位凡人姜子牙。如果把仙人视为人类修行的最高成果的话，这似乎告诉我们，人类开始试图介入世界秩序的维护，不再做匍匐于天神威严下的奴仆了。

第一章

封神大计：一场恩怨，源自民间

对神的解释权，其实就是对自然、对社会的解释权。明代之后，政府和各大宗教渐渐失去了对思想、对世界观的控制力。当民间还提不出更高阶的知识体系来解释这个世界时，新编一套神谱，是非常顺理成章的做法。

“封神”
是千年历史的传承

一部《封神演义》，关键词当然就是“封神”。书里通常的模式是这样：某人阵亡，一道灵魂奔封神台而去。然后等武王伐纣成功后，姜子牙统一封神。你做这个神，他做那个神。

然而，这里面有一个很大的问题，那就是在真正的历史上，谁有权力封神？

有人会说：你这问题我可就不明白了。封谁谁做神仙，不都是神话故事吗？能封神的人，一般不都是玉皇大帝、如来佛祖这些并不存在的人物吗？“真正的历史上”又有谁会封神呢？

不错，其实这个问题可以换一个表述方式来问：真实的世界里，其实并没有神仙，那么几千年来，人们口耳相传的这些神仙都是从哪里来的？是谁创造了或者说编出了这些神仙呢？

神仙的一个大宗来源当然是宗教。我们熟知的太上老君、如来佛祖、玉皇大帝、托塔天王、观音菩萨……或者历史上实有其人，或者和某些名人沾了点边，或者干脆就是虚构出来的人物，结果都成了宗教（主要是佛道二教）中的神灵，而且出现了和这些神灵相关的塑像、画像、经书……所以说，掌握着封这批神灵权力的主体，当然是佛道二教。而“封神”的执行者，当然是佛道二教中有创造力、想象力的教徒们。

“封神榜”虽然产生于明代，但是想象力丰富的宗教徒们，早在明代之前，就已经着手编造自己的“封神榜”了。

南北朝时期，有一位道教大师陶弘景，他编写了一部神奇的书《真灵位业图》。这部书（或者说这张图）可以说得上是中国最早的、完整的“封神榜”。因为这是一个相当系统的道教神谱，里面把神仙分成七个等级，每个等级还分中位、左位、右位。

这个神谱里，当然有我们熟悉的元始天尊、太上老君等，也有我们不熟悉的虚皇道君、高清四元君等宗教色彩极浓厚的名字。最值得注意的是，它的神位的下几层，把许多历史名人也封了神。

例如它的第七级的第一位就是“酆都北阴大帝：炎帝”，这是大领导。如果说炎帝还和神话传说分不开，还不算有名有姓的历史人物，那么接下来就是：

北帝上相：秦始皇

北帝太傅：曹操

西明公：周文王。宾友：司马懿

东明公：夏启。宾友：孙策

南明公：召公奭。宾友：刘邦

北明公：吴季札。宾友：荀彧

北斗君：周武王

三官都禁郎：齐桓公

水官司命：晋文公

大禁晨（相当于尚书令）：汉光武帝、孙坚

中禁：颜怀、杨彪（杨修的爸爸）

右禁监：庾亮。司马：华歆。长史：虞翻

后中卫大将军：孔融。司马：张绣

北帝侍晨：徐庶、庞德、何晏、李广等

河北侯：刘备、韩遂

中厩直事（有点像弼马温）：公孙度、郭嘉、刘封

泰山君：荀顗。司马：曹洪。卢龙公：曹仁

主非使者：严白虎

主南门钥司马：留赞

南山伯：蒋济

南巴侯：何曾

甚至大学者马融、大书法家王羲之也做了鬼官。

这里面，高层领导大帝、上相、太傅、四明公、北斗君，都是上古的名君名臣，而副手都是三国人物。进了大领导层的只有一个魏武帝曹操，而且封了一个三把手，仅次于丞相秦始皇。

这个神谱体现的历史观很有意思，明显是把曹操的魏国当作正统，吴国次之，蜀国地位最低。汉或蜀汉这一系，和曹操平起平坐的人物竟然是刘邦！而刘备竟然只混了一个“河北侯”，连酆都的核心层都没有进，和韩遂平起平坐去了。而后代地位飙升的诸葛亮、关公，完全没有位置。

这些人成了神之后干什么？他们都是英雄豪杰，生前有功业，但因为是乱世英雄，所以要在酆都做鬼官，等到福德圆满了之后，才能上升。

所以说，虽然《封神演义》的出现是明代的事，“封神”的思路和这种行为却很早就有了，而宗教界当仁不让地占了先机。

这种“封神”行为一旦开始就停不下来。南北朝时期，北周道教人士编纂的《无上秘要》，里面也记载了早期道教的神谱。其中有“得鬼官道人名品”这一部分，基本相当于《真灵位业图》第七级。

到了宋代，出现了一部《无上黄箓大斋立成仪》，在其中《神位门》这个部分，竟然开列了3600位道教神仙的大名单。上到玉帝，中到二郎神，下到各路鬼使、神差，都赫然在列。《封神演义》封的那三百六十五位正神，只有它的十分之一多点。

神仙的另一个大宗来源，是朝廷的册封。

从秦汉开始，朝廷就不断地收集天地、日月、山川等各种自然神，以及古代的先贤名人，以国家的名义册封、祭祀，这就叫“国家祀典”。到了宋代，这套操作已经非常成熟。

山西永乐宫壁画上的道教神仙（局部）

宋代朝廷祀典分大、中、小三个级别，都编入《正祠录》，其实就相当于一部官方的“封神榜”。

不但朝廷有一部“封神榜”，地方上也有自己的“榜”，例如绍圣二年（1095），礼部侍郎黄裳（就是金庸笔下创《九阴真经》的那位）上书建议：

> 乞诏天下州军（军，宋代的行政单位），籍境内神祠，略叙所置本末，勒为一书，曰“某州祀典”。

比如杭州的地方官，就要编写《杭州祀典》；苏州的地方官，就要编

写《苏州祀典》。

《正祠录》或某州祀典里封的神，到底有多少，现在已经不好说了。但是，保留在《宋会要辑稿》中的各种各样的神灵名单，从《礼四》到《礼二十一》，足足有556页！粗粗估计封的各路神仙，能有几千位——这还是保留在史料里的。宋代实际上封过的神，只能比这个数目多，不会少。这就是宋代朝廷的“封神榜”。相比之下，《封神演义》那张只有三百六十五位正神的“封神榜”，简直可怜死了。

比如，各种神庙，就分天地月星风雨岳渎、历代帝王名臣、忠孝节义、王公隐士、仙真、女神、龙神、山神、水神、杂神十种（祭祀在世之人的不算），每种下面，都开列了密密麻麻的神仙名号，以及庙在哪里，朝廷给的封号是什么，后来又有什么加封或撤销。我们可以随便摘几段：

雷神祠。在雷州海康县。神宗熙宁九年九月封威德王。

后土祠。在晋宁军。徽宗崇宁四年十月赐号“宣灵显佑护国后土圣母”。

宋太祖乾德三年平蜀，诏增饰导江县应圣灵感王李冰庙。开宝五年庙成。七年，改号广济王。……伪蜀封大安王，孟昶又号应圣灵感王。仁宗嘉祐八年，封灵应侯，神即冰次子[1]，川人号护国灵应王。哲宗元祐二年七月封应感公。……徽宗崇宁二年加封昭惠灵显王。大观二年封灵应公。政和元年十月赐庙额“崇德”。三年二月封英惠王。九月，封其配为章淑夫人。政和八年八月改封昭惠灵显真人。宣和三年九月，又封其配为章顺夫人，庙中郭舍人封威济侯。高宗绍兴二十七年九月，英惠王加封广佑英惠王。

樊哙祠，神宗熙宁八年六月封威利侯。

廉颇祠，神宗元丰四年四月封庆泽侯。

屈原祠，神宗元丰三年闰九月封清烈公。

诸葛武侯祠，绍兴三十二年十二月加封仁智忠武侯，绍兴元年已封威烈武灵仁济王。

蜀汉寿亭侯祠[2]，徽宗崇宁元年二月封忠惠公。大观二年进封武安王。

蜀将张飞祠。在涪州乐温县。徽宗大观二年五月赐庙额“雄威”，封肃济侯。政和二年十二月加封武烈公。

……

实在太多了，全部看完有要吐的感觉。

负责管理这些神仙的机构是太常寺和礼部祠部司，那里面永远堆积着小山一样的神仙们的简历，等待审核。

这些神的材料都是哪里来的呢？基本上都是地方政府报上来的。只要当地百姓乐意，大家公议，筹款捐资，随时随地都可以供一位山神、河神、已故名人，然后就需要报批。报批一个神的环节很多但很科学，很符合现代管理精神。

宋代封一个神的程序是这样的：首先，地方上得有这样一位神，确

[1] 即二郎神。
[2] 即关羽。

定标准是：

> 山林、川谷、丘陵能出云，为风雨，见怪物，皆曰神。有天下者祭百神。
>
> 夫圣王之制祭祀也，法施于民则祀之，以死勤事则祀之，以劳定国则祀之，能御大灾则祀之，能捍大患则祀之。……此皆有功烈于民者。及夫日月星辰，民所瞻仰也；山林川谷丘陵，民所取财用也。非此族也，不在祀典。[1]

意思就是说，神有两种，一种是“有功烈于民”的历史名人，一种是有自然力的，被人民敬仰、依赖的日月山川等自然物。当政者（有天下者）是有义务祭祀他们的。

神如果符合入选标准，本州官员就要写材料，主要是一份这位神的简历，当然得包括有哪些灵验的先进事迹，比如某年月日显灵吓跑了土匪，或某年大旱，这位神显灵下了大雨，等等。然后报到上级转运司（相当于省级的分管领导）。上级看了简历，委派邻州官员前去查明，如果先进事迹属实，再派一位无利害关系的官员（称“不干碍官”）复核，复核无误，上报中央。中央有关部门研究批准了，赐一块匾（相当于营业执照，如上文赐给二郎神的“崇德”），赐一个封号（相当于注册名，比如封张飞“武烈公”），这个神就可以挂牌立庙，取得合法地位，光荣地加入为人民服务的神仙队伍，可称之为“公务神”。当然“公务神”是有福利的：春秋两季，政府派人祭祀，送点瓜果香火；寺庙墙塌了，政府管修，桌布破了，政府管换。工资和住房都有保障。

这在宋代是一套非常标准的行政手续，把表头换成“某某商贸有限公司”，就和现在批准成立企业一样，从头到尾敲多少个章都是有数的，敲章

[1] 见《礼记·祭法》。

的地方都给你空好了，毫无神秘气氛可言。现在耳熟能详的很多神，如真武大帝、福建天妃，都是宋代批准成神的。大书法家米芾、著名学者叶适，都在太常寺工作过，不知给多少神仙敲了审核通过的章。

神也有行政等级，男神分侯、公、王、帝四级（道教背景深的先封真人，再封真君），女神有夫人、妃、元君、圣母等。一个级别内又分四等，靠封号字数来区分：两个字一等，到八个字为止；满八个字，才能上升一级（当然也有跳级加封的）。这很像杠加星的军衔制：封号相当于“杠”，字数相当于“星”。上文的廉颇封“庆泽侯”,就是二字侯,最低一等。诸葛亮封“仁智忠武侯”，是四字侯，就比廉颇高。

汉代老当益壮的伏波将军马援，死后成神，是从“侯”慢慢爬上来的。宋神宗时封为二字王：忠显王；后来加封四字王：忠显佑顺王；又加封六字王：忠显佑顺灵济王。王如果加到八个字，原则上就可以升帝了，可惜宋代对封帝的名额控制得很严，一般的王没那样的好命，马援在宋代的神场仕途，也就像他功大不赏的生前，到三杠三星为止了。真武大帝则是从仁宗时期的“灵应真君”（二字真君）开始，一直到靖康元年，封为“佑圣助顺真武灵应真君”（八字真君），足足用了小一百年的时间。

宋代升到帝的很少，看看《宋会要辑稿》就知道，侯是最多的（随便一个小龙王就可以封二字侯了）。正如今天的官场,除了极少数幸运者之外，绝大多数都在处级、科级沉浮，有的甚至一生沉沦下僚。这是一个上尖下宽的残酷的金字塔。所以从这个角度来说,《封神演义》封的 365 位正神，简直是小打小闹，而且也没有设计一套升职转岗制度，可见是多么的简单粗糙了。

民间神得经过官方认可,方能成为“公务神”；不被官方认可的,就叫“淫祀”（“淫”在这里的意思是过多过滥）。当然，你也可以偷偷地盖一座庙，偷偷地塑一尊神像，但就有随时被砸像毁庙的风险——你这个神是黑户，你这座庙是违章建筑。没人发现还好，但没准儿哪天上边就派下一伙拆迁队来,把你的庙拆了。理由很简单：你这神,没有经过官方认证,属于“淫祀”。

比如唐代的狄仁杰，一下子砸了1700多座庙。宋朝真宗、英宗、仁宗等朝，也不停地下圣旨，要求“罢淫祀”。和“淫祀”对应的，就是“正祀”，区别就在于有没有官方认证——这就是我们通常说的“正神”的来历。

所以这件事很有趣：神正不正，不是玉皇大帝说了算的，而是由人类说了算的。这个思路，宋代政府叫“赐命驭神，恩礼有序”。神明是可以被“驭”的，于是逐渐丧失了神圣性，成为国家政权的建设者。

除了朝廷，合法宗教也可以认证正神。有一座道观，不知什么人在一个角落里塑了一尊鸿钧老祖供奉。鸿钧老祖是《封神演义》虚构出来的人物，并不是道教正神。所以没过多久，就被当家的道士拆掉了。

无论是宗教封神，还是朝廷封神，其实都告诉我们：神都是人封的。在科学昌明的今天，这件事无须多说。我们更应该关心的是：什么人、什么势力在封这些神？说得更透一点，封神其实考验的是话语权——你在家里自己封，你把自己封成玉皇大帝都不能算。你封的神，得在社会上产生实际的影响，那才算你掌握了封神的权力。

能封神的势力，历来三足鼎立：宗教是一方，政府是一方，还有一方就是民间，而民间封神的具体载体，就是像《封神演义》这样的民间文学。

其实民间文学封神并不少见，《西游记》就把孙悟空封成了斗战胜佛（佛教里是有这个名号的，但是将它和孙悟空联系起来是《西游记》的功劳）。但封神的集大成者，还是《封神演义》，一下子封了八部三百六十五位“正神”。而且这些所谓的“正神”，和历代国家祀典封的正神并不一样，和佛道二教认证的神也有很大的区别。

这反映的是一个什么社会问题呢？答案是：《封神演义》的作者或喜爱这部书的读者，正在与朝廷、宗教封神的权力分庭抗礼。他们要争夺封神的资格，争夺对神的解释权（也许只是潜意识如此，未必是自觉的）。或者说，《封神演义》的作者和读者，只是这股势力的代表。实际上，是民间势力在争夺封神的资格。他们已经不再笃信官方规定的那一套秩序，对佛道二教的各种烦琐神谱也渐渐不感兴趣。再进一步说，对神的解释权，其实就是对自然、对社会的解释权。明代之后，政府和各大宗教渐渐失去了对思想、对世界观的控制力。当民间还提不出更高阶的知识体系来解释这个世界时，新编一套神谱，是非常顺理成章的做法。

争权力，争资格，有时候并不需要示威游行，有时候甚至不是故意的，也不必跑到紫禁城、各州府衙门去宣示，只需要一部优秀的文学作品就可以了。《封神演义》流传开之后，很快就得到了民间的认可，这就是事实上的成功。

例如泰山神，泰山自古就是五岳正神之首。但是《封神演义》出现后，许许多多的泰山庙，都立一个牌位：东岳大帝黄飞虎。黄飞虎是《封神演义》里才有的。甚至有些泰山庙里还有黄天化的像,这更是受了《封神演义》的影响。

按道理，这是妥妥的“淫祀”，但是鉴于黄飞虎实在太深入人心，这些事情官方管起来太费事，“因循成例”，也就算了。久而久之，很多泰山庙的正神，就真成了黄飞虎。

还有一个有意思的事，就是贝加尔湖湖神。贝加尔湖现在俄罗斯境内，然而恐怕很少有人知道：贝加尔湖的湖神是申公豹！

为什么呢？过去人认为：贝加尔湖就是所谓的“北海”。因为这个地方是中俄交易的必经之地，清朝的时候，《封神演义》也流传到了这里。人们一想：不错,《封神演义》里的申公豹就是被填了北海眼。干脆，修个申公豹的庙得了。

庙修好之后，居然很多人来拜。而且贝加尔湖冬天是结冰的，商队要从冰上过，有时候就容易掉下去。据说履冰过湖之前拜一拜申公豹就安全了。这一点,申公豹比《西游记》里的灵感大王强多了。所以清俞樾在《茶香室丛钞》中写道：

> 闻太师、申公豹，系《封神传》荒诞之言，乃恰克图四部祀之甚虔。山右张城方道士智禄久客恰克图，言其地近接俄罗斯，

地居北海之南，过北岸则为狗头国。每当秋冬，海水即合，商旅未敢履冰径过，必诣申庙，焚香拜请数日，舁像入水试冰。其像以木为之，裸体不着一丝。舁至海中，直立不仆，渐次入水，俟灭顶，即可履冰过海，车驰马骤，了无妨碍。至次年二三月，遥望巨浸中见一指破冰出，即群相告诫，速断行踪。数日而拳出，又数日而全体俱出，即闻坚冰碎裂，海水沸腾，像即矗立水面。彩舆舁归，报赛惟谨。至闻太师威灵尤赫。岁旱虔祷，雨即立降。或有冤抑诣庙申诉，神即惩治，甚至霹雳一声，被控之人已为灰烬。彼地奉之尤虔。此与西藏唐僧、孙行者等师徒四众庙、闽省齐天大圣庙，皆以寓言而为。后世信奉并著，灵异可知，人心所向，神即因之，不必实有其人也。

随着中国商队的增多，到处都讲申公豹的故事，再加上还可以通过神像来测湖冰的坚固与否，慢慢地贝加尔湖的湖神就成了申公豹。

这就是文化软实力的作用。当政权的影响力达不到这样远的地方时，《封神演义》可以。最起码，这是在遥远的昔日边疆留下了文化印记。

一部《封神演义》，靠成体系的八部三百六十五位正神，在朝廷和宗教之外的民间，确立了非常牢固的神灵体系。老百姓接受《封神演义》的说法，不愿接受朝廷的、宗教的说法。黄飞虎上位东岳大帝，成都青羊宫供奉十二金仙，甚至刚才说的鸿钧老祖短暂的上位，今天网络文学经常说的“先有鸿钧后有天”，都表示“封神榜”众神，已经成了相当的气候。

所以近代革命家陶成章有句话，说得很透：

凡山东、山西、河南一带，无不尊信《封神》之传；凡江浙、闽广一带，无不崇拜《水浒》之书。[1]

[1] 见《陶成章集》。

这种“江南看《水浒》，江北看《封神》”的格局，到底体现了什么？

或者说，《水浒》和《封神》并列，这两部书有什么共同之处？为什么不把《西游记》和《封神》并列？

答案很简单：《水浒》和《封神》，都非常便于组织老百姓，便于维系民间社会、民间帮派。

因为老百姓没有什么文化，他们所接受的成体系的东西，在世俗上，是《水浒》代表的兄弟义气；在意识形态上，是《封神》代表的神明结构。而《水浒》和《封神》恰恰提供了这样的体系。这方面，体现得最明显的是义和团运动。

历史是由两部分组成的。一部分是帝王将相、才子佳人，可以说是精英的历史；另一部分，是民间的暗流。这些暗流，未必留得下什么文字，但是却以非常隐秘、底层的形式，影响着我们的社会，只是我们未必觉察得到。这就像地底的岩浆一样，虽在四处运动，地壳上却感受不到，但它确实在奔流冲突。如果岩浆哪天冒出来，那就是社会的大动荡。

所以，《封神演义》并不是一部胡编乱造的书，但也不是今天网上说的各种阴谋论。它是民间企图用自己的思想，通过封神这种形式，在意识形态的层面上发声。这就是《封神演义》的价值所在。

无关善恶，只问逻辑

《封神演义》有一个很让人不好理解的地方，就是里面只要是死了的有名人物，几乎都封了神，无论是周朝阵营的，还是商朝阵营的。像周朝这边，黄天化、伯邑考，这样的忠臣孝子封神，当然是可以理解的。商朝这边，都是敌人，为什么也封了神呢？

当然，像闻太师这种人，虽然是西岐最大的敌人，但他忠勇为国，鞠躬尽瘁，死而后已，人品上毫无问题，封神也是可以的。但飞廉、恶来、费仲、尤浑，明明是助纣为虐的大奸臣，坏事做绝，竟也封了神。这又是为什么？难道不怕他们在神位上仍然为非作歹吗？

其实这就是《封神演义》有趣的地方，这涉及民间封神的逻辑和标准。这标准是相当复杂的。

本章第一节说过官方的封神标准，是“有功烈于民者”以及“民所瞻仰”者、“民所取财用”者，所以封的神，要么是日月山川，要么是廉颇、马援、诸葛亮、关羽这些大忠臣、大英雄。但是，这里面有一个遮遮掩掩没有说的标准，那就是“民所畏惧者”。

其实大家因为畏惧供奉一个神，是太常见的事情，最著名的就是《西游记》通天河里的灵感大王。他每年要吃一对童男童女，村民如果不贡献，就要降灾生事，所以村民给他建了一座庙供奉他，这就是恶神。

这种神，官方当然是不喜欢的，通常在打击“淫祀”的行动中砸庙毁像。但是也有例外，最著名的一位就是关羽。

关羽从宋代起，被封为武安王，又渐渐升格为伏魔大帝，被老百姓当成武财神。但在这之前可不是这样的。因为他是被斩首的，不得善终，这样的人物，在民间传说中，就经常成为害人的厉鬼。所以唐代孙光宪在《北梦琐言》里说：

> 唐咸通乱离后，坊巷讹言关三郎鬼兵入城，家家恐悚，罹其患者令人寒热战栗，亦无大苦。弘农杨玭挈家自骆谷路入洋源，行及秦岭，回望京师，乃曰：“此处应免关三郎相随也。”语未终，一时股栗，斯又何哉夫丧乱之间，阴厉旁作，心既疑矣，邪亦随之。关妖之说正谓是也。

这位到处散播恐怖的恶鬼“关三郎”就是关羽，当时又叫“关妖”。《三国演义》里关羽显圣的玉泉山，其实在早期叫玉泉祠。人们供奉关羽，并不是因为感激，是怕他作祟。“侮慢者，则长蛇毒兽随其后”（《云溪友议》）。甚至老百姓在家里唠家常，估摸着关羽不爱听，都不敢随便说。所以陈渊《默堂集》说：

> 臣尝游荆州，见荆人所以事关羽者，家置一祠，虽父子兄弟室中之语，度非羽之所欲，则必戒以勿言，唯恐关羽之知之也。关羽之死，已数百年，其不能守以害人也，审矣。而荆人畏之若此，以其余威在人，上下相传有以诳惑其心耳。

荆州人家家供奉关羽，不是因为感戴他的恩德，“畏之若此，余威在人”，多半是怕他兴妖作怪。

北京白云观所藏关帝画像

但是，关羽毕竟是一位忠勇为国的战将（至少很多人这样认为）。于是在宋代，官方封关羽为神，他的厉鬼身份就慢慢洗白了。官方只提他忠勇为国：“生立大节，与天地以并传；没为神明，亘古今而不朽”。

大宋朝廷绝不能承认，以官方名义祭祀你们这些神，是因为畏惧你们，怕你们生事。开玩笑，朝廷（包括宗教）是绝不会承认自己的逻辑里还有这种失控的东西存在的。

这样从厉鬼洗白成正神的，还有一位南京蒋山的蒋子文。蒋子文本来是汉代秣陵尉，嗜酒好色，因为和强盗作战，不幸战死，就被当地人传说为神。后来宋代册封他为“蒋庄武帝”，敕封令是：

帝即东汉秣陵尉子文之神，功烈载于前史，威灵见于后世。顷尝逐盗勇死，誓当血食。初有变怪，乃祠于吴，因姓名山，雄压境土。由吴迄晋，或侯或王。阴助国难，终败贼峻，遂帝其号。[1]

这里的“初有变怪”，还隐隐透着当年厉鬼的影子，只是很快被“阴助国难”这样的功劳洗白了。

但是这种最初为厉鬼，后来被洗白的幸运儿，毕竟是少数。民间私下供奉的各路狐仙、蛇精、夭折的小孩、冤死的女子，甚至长相怪异的古树、巨石，不知有几千几万。随便举一个青蛙神的例子：

抚州金溪县近郭有一蛙，状貌绝大，狰狞可畏。据土人言，自东晋时即见之，渐著灵异……因近来仕宦此地者心虔谒，因号为青蛙使者。[2]

这些按理说都是“淫祀”，应该被官府查禁的。但是这种神实在太多了，这里禁掉一座庙，那里又起来十座庙——只要老百姓心里的恐惧不消除，这种对邪神恶鬼的崇拜就永远不会消失。

甚至《封神演义》自己，都记录了一件官方消灭淫祀的事，而且这位淫祀之神，竟然是哪吒。

哪吒在“莲花化身”和“肉身成圣”之前，其实是有过一次“封神”经历的。他闹海自杀之后，魂魄无处可依，太乙真人就叫他托梦给母亲殷

[1] 见《景定建康志》。
[2] 见董含《三冈识略》。

夫人。殷夫人开始因李靖阻挠不肯，后被哪吒威胁说：

> 我求你数日，你全不念孩儿苦死，不肯造行宫与我，我便吵你个六宅不安！

殷夫人无奈，只好在翠屏山给哪吒建了一座庙。哪吒在此显圣，十分灵验。

殷夫人给哪吒修庙，并不是因为他“有功烈于民”（像电影《哪吒闹海》演的那样与恶龙斗争），而是一半出于怀念，一半出于恐惧，怕他吵个“六宅不安”。

然而这件事很快被李靖发现了。李靖大怒，认为这是邪神，是“淫祀”，害怕给他仕途带来影响，就毁了庙，砸了哪吒像。他毁庙之后，回来对殷夫人说：

> 你生的好儿子，还遗害我不少，今又替他造行宫，煽惑良民。你要把我这条玉带送了才罢！如今权臣当道，况我不与费仲、尤浑二人交接，倘有人传至朝歌，奸臣参我假降邪神，白白的断送我数载之功。

这也可以看出，地方官如果纵容淫祀，是在政治上犯错误，是要落人把柄的。

还有一种封神的情况，是封无辜而死者为神。有一部小说叫《北游记》，其中记录了两位电母的封神经历：

> 却说祖师（即真武大帝）离了西路，又行一处，名石雷山，其山中藏有诸雷神，常常出现见人：五方雷公将军，八方云雷使者，五方雨雷使者，雷部总兵行雷。此山前有一长者……有二女，一个年有一十六岁，二个年方一十四岁，在家内吃饭。一日切冬瓜食，

将冬瓜瓤中子丢在灶厨下沟内；雷使者于半空中看见，只说是饭，便责那女子有罪，实时行雷公，打死那二个女子。雷公看时，不是饭，却是冬瓜子，悔之不及，领见雷使，言明前事，使者曰：“事到今日，将错就错，我度你归天公便了。你二人名是谁？”女子曰：“我名叫做朱佩娘，妹子朱孛娘。”雷使曰：“我今度你姐妹二人，将雷电镜二面，与你收管，号影刀娘。我要打人，你先放电光，照得明白。又将骷髅一个、扇一把与你朱孛娘，号做月孛娘，打动人不能行走。”二女子领命不题。

很明显，这两个小姑娘是无辜死亡的。雷公本来想惩罚无故浪费粮食的人，结果把她俩扔的冬瓜子误认为粮食，就把她俩用雷劈死了。

按说，这是一次错误执法。但是天庭的逻辑很有意思，既然执法错误，那给你们补偿就是了。补偿方案，不是把惹祸的雷公开除、判罪，反倒是把受害者封为神。这是一种相当民间的逻辑。

可想而知，如果不补偿，这两个小姑娘的冤魂一定会经常出来闹事，搅得一方不得安宁。为了稳定，给她们封个神，是成本最低的选择。这也是民间非常实际的思维，而官方却要有其他的考虑。即使朝廷想捣糨糊封她们，也要找一个冠冕堂皇的理由，比如说，编一些这两个姑娘生前的优秀事迹，让官方的册封变得顺理成章，或者干脆偷偷地、不公开地封了。

当然，这是小说，但是小说反映的是社会现实。某个地方为两个无辜遭遇雷击身亡的小女孩立庙祭祀这种事，是完全可能发生的。

你可能注意到了，《封神演义》第九十九回姜子牙封神的时候，不同的神，册封的理由都是不一样的，例如封清福神柏鉴：

尔柏鉴昔为轩辕黄帝大帅，征伐蚩尤，曾有勋功；不幸殒死北海，捐躯报国，忠荩可嘉。一向沉沦，冤尤可悯。幸遇姜尚封神，守台功茂，特赐宝箓，慰尔忠魂。今敕封尔为三界首领八部三百六十五位清福正神之职。

也就是说，封柏鉴为清福神，是对他忠心报国精神的安慰和嘉勉。类似的还有封黄天化、黄飞虎、闻太师等，封闻太师的敕文为：

虽劫运之使然，其贞烈之可悯。今特令尔督率雷部，兴云布雨，万物托以长养，诛逆除奸，善恶由之祸福；特敕封尔为九天应元雷神普化天尊之职。

闻太师受封，是因为他贞烈可悯，需要安慰、嘉勉。他是忠臣，所以即使他当了雷部大领导，也不会徇私枉法。

而姜子牙封金灵圣母、九龙岛四圣的理由是：

慰尔潜修，特敕封尔执掌金阙，坐镇斗府，居周天列宿之首。

此亦自作之愆，莫怨彼苍之咎。特敕封尔等为镇守灵霄宝殿四圣大元帅。永承钦命，慰尔幽魂。

金灵圣母、九龙岛四圣谈不上是品行高洁的忠臣，所以也谈不上对他们嘉勉，但他们也是各为其主，或者为了师父通天教主卖命，或者为了朋友闻太师的交情，人品还是相当不错的，至少也都是英雄人物。所以姜子牙说“慰尔潜修”，或“慰尔幽魂”，给了他们相当高的位置。

这些都是纯安慰性质的。因为这些人生前的能量都太大，即使已死，也有相当的破坏能力。所以不“慰”一下的话，他们很可能游荡于天地三界中搞破坏。

姜子牙最后封的是飞廉、恶来，他俩在原著中是大奸臣。姜子牙封神，他们本来是看热闹的，没想到姜子牙封完神后，喝令左右把他俩拿下，立即斩首，说道：

> 尔飞廉、恶来，生前甘心奸佞，簧惑主聪，败国亡君，偷生苟免；只知盗宝以荣身，孰意法网无疏漏，既正明刑，当有幽录。此皆尔等自受之愆，亦是运逢之劫。特敕封尔为冰消瓦解之神。虽为恶煞，尔宜克修厥职，毋得再肆凶锋。

那么，这个冰消瓦解之神到底是什么意思呢？是不是春天来了负责把河里的冰化冻的神？要不就是让电冰箱停电的神？或是让肉快点化冻的神？

其实都不对。书中明言，“虽为恶煞，尔宜克修厥职”，也就是说，“冰消瓦解”是恶煞。

恶煞是什么呢？原来，在占卜择吉术里，有很多神，管好事的叫吉神，管坏事的叫凶煞，合称“神煞”。这些神煞，倒未必有具体的形象，而是存在于干支五行相生相克的概念之中。

比如明代的占卜书《造命宗镜集》这样讲“冰消瓦解”：

> “冰消瓦解”日者何也？子上遇午日，午上遇子日，乃凶也。假如子年五月修造，即于子上起正月数至辰上乃五月也。即于辰上起初一、初二巳、初三午，午属火，乃瓦也。若初三如遇子日，则水来克火，火熄而瓦解矣，非子而安得瓦解也？初九日在子上，子属水，冰也。若初九日而遇午日，则火来煎冰而冰消矣，非午安得冰消也？若午上值午、子上值子，则瓦全冰结，大吉。

例如要看子年（1984、1996、2008、2020 年等）五月某一天的吉凶，具体方法是：既然是子年，那就从当年正月以子数起，数到五月，是“子丑寅卯辰”的第五位“辰”（如果要看四月就数到卯，六月就数到巳）。然后拿本月一日从辰数起（四月一日就从卯数起，六月一日从巳数起），五月一日辰、五月二日巳、五月三日午。数到午就要注意了，要查一查这一天的干支是不是“子”。如果是“子”，那就完了。午属火（火可以烧瓦），子属水，水克火，瓦烧不成了，这就犯了瓦解。然后，四日未、五日申、六日酉、七日戌、八日亥，这都无所谓，数到九日轮一圈，又是子！又要注意了，查一查这天的干支是不是“午”，如果是“午”，午属火，子属水，为冰。火来把冰蒸发了，这就犯了冰消。

我当然不是算命先生，但这个道理似乎是说，除本月固定的干支外，还有一些隐含的干支在起作用。这些隐含的干支需要通过一定的算法计算出来，看这一明一暗两个干支是否相冲。“冰消瓦解”之神，就是根据这个算法确定的。这天如果犯了冰消或者瓦解，那就百事不顺，做什么都倒霉——并不是因为你做了坏事上天惩罚你，而是碰上了让你倒霉的神。

所以，飞廉、恶来的职责，就是给人降灾的。像这种人品不好的“坏人”，通常都封了恶煞。又如大耗星崇侯虎、勾绞星费仲、卷舌星尤浑，也都是恶煞。这种降灾，和正义的惩罚还不一样。既然是“灾”，那就是说，这种受害是没来由的，是无辜的。恶煞欺负你，不需要理由。

如果神界只有赏善罚恶的正义神，那么有闻太师这些人就足够了。因为闻太师的职责里本来就有一条“诛逆除奸，善恶由之祸福，任尔施行”，他有足够的权力给坏人降灾降祸，彰显正义。可是有趣的是，在《封神演义》的逻辑里，还保留了勾绞、卷舌、大耗、小耗、冰消、瓦解这些专门降灾的神，这些神都是用来欺负好人的。这种神，当然由这些恶人来当比较好了。这种获得了合法欺负人的权力的恶煞，国家祀典是绝不会封的。

因为老百姓一定有这样的认识：我明明是好人，为什么一生倒霉？我明明什么都没做错，为什么家宅失火、儿女夭折、出门被车撞、做生意赔本、种庄稼遭天灾，吃个热糖饼都烫后脑勺？不是说天道无私吗？为什么偏偏不幸降临在我身上？

这些质问，官方是无法提供合理的解释的。宗教界倒是提供了一些解释(如“报通三世”,这世受的罪是上辈子造的孽),但是显然不能说服所有人。因为宗教之外还有广阔的世俗社会,世俗一直有“地也,你不分好歹何为地;天也，你错勘贤愚枉作天”的严厉质问，世俗人士并不永远安分认命。既然解释不通,干脆就认定老天爷手下也有这种公开的、合理合法欺负人的“恶煞”得了。这是一种智慧，也是一种无奈和悲哀。

所以，一方面，民间期望神界能够赏善罚恶；另一方面，却不相信它真的那样公道无私。所以“封神榜”上,既安排了“诛逆除奸”的雷部天尊、秉公执法的东岳大帝，也安排了冰消、瓦解、大耗、小耗这些会无故降灾的恶煞。而担任不同神职的人，其职位也正符合他们生前的品性。

这正像老百姓对官府的态度,一方面,他们相信朝廷或清官会公正无私;另一方面，他们也相信朝中必有奸臣，县太爷身边必有恶人——比如索取常例的贪墨小吏、徇私枉法的刑名师爷。时间久了，老百姓会认为这都是合理的：他们对这种世间公道，打心底里并不抱太高的期待。

阐教和截教的爱恨情仇

关于《封神演义》还有一个重要问题，那就是“阐教”和“截教”到底指什么？

这两个教派的名字，是作者独创的，在历史上没有任何痕迹。所以，也是一个一直争论不休的问题。这两个名字是怎么来的？阐截二教具体指哪两个宗教？尤其是“阐”和“截”这两个字，都不是很常用的字，所以很多学者都在上面开过脑洞。

最早是鲁迅先生。他在《中国小说史略》里说:“助周者为阐教即道释，助殷者为截教。截教不知所谓。”他把道教和佛教都归到“阐教”里面了；

而截教是什么，依然“不知所谓”。

有人就想：既然道教分全真和正一两派，那么是不是阐教和截教代表这两派呢？这也是一个开脑洞的角度。只是根据这个角度开出来的脑洞，不同的人竟然截然相反。例如陈辽先生，他就认为：阐教代表正一，截教代表全真。《封神演义》大概是正一派道士写出来攻击全真派的。[1]理由呢？因为阐教里面很多人物是娶妻的，例如姜子牙、土行孙。而现实中全真派道士是出家清修，不娶妻生子的。正一派却是可以娶妻生子的，即“火居道士”。

这个说法，其实并不靠谱。因为截教人物里，也不是没有娶妻生子的。例如截教门徒洪锦，他就娶了龙吉公主。看来，是不是娶老婆，并不是判断两教区别的根本标准。

那么反过来行不行呢？阐教是全真，截教是正一。全真教出家，正一教不出家。这是胡文辉先生的看法。[2]他认为，“截”字，就是“正一”两个字快读的合音。然而这也有问题，例如破十绝阵的化血阵时：

> 孙天君叫曰：“谁来会吾此阵？”乔坤抖擞精神曰：“吾来了！”仗剑在手，向前问曰：“尔等虽是截教，总是出家人，为何起心不良，摆此恶阵？”

可见截教高层人物也不是不出家。而阐截二教的门徒，都有或出家或不出家的，正如少林寺既有出家弟子，也有俗家弟子。

那么从法术上能不能看出两教的不同呢？同样不行。因为两派斗法，一样的祭法宝，一样的用遁术。同样是放火，很难说太乙真人的九龙神火罩和罗宣的五龙轮本质上有什么区别。大概只是一个九条龙，一

[1] 见陈辽《道教和〈封神演义〉》，《吉林大学社会科学学报》1987年第5期。
[2] 见胡文辉《〈封神演义〉的阐教和截教考》，《学术研究》1990年第2期。

个五条龙。一个是封闭式微波炉，一个是开放式烧烤架，功率上不太一样而已。

况且书中所谓的“五行道术”，人人会玩，动不动就借土遁来来往往。哼哈二将郑伦和陈奇打仗，书中说“五行道术皆堪并，万劫轮回共此生”。闻太师被云中子的神火柱困住，说：“离地之精，人人会遁。火中之术，个个皆能，此术焉能困吾？”说明这些五行之术本来是两教通用的。那些诅咒巫术更一样了，姚天君咒姜子牙，陆压同样咒赵公明。就像枪炮子弹一样，敌人能用，我们也能用。

那么，阐截两教除了一个帮周朝，一个帮商朝之外，还有什么本质区别呢？

其实阐截两教的仇怨特点是：底层少，高层多；开头少，后来多。例如最早出现的两个会道术的人：郑伦和崇黑虎，郑伦是阐教神仙度厄真人的徒弟，崇黑虎是截教某神仙（书中并没有说名字）的徒弟，两人狠狠打了一架，然而也仅限于此而已。既不曾听说两人在战场上提出“我们代表两教来打仗”，也不曾听说度厄真人和崇黑虎的师父后来又找场子，结梁子。

而郑伦身为阐教门人反去攻打西岐，崇黑虎身为截教门人却早早归顺大周。足见这些底层人物，就像今天的大学毕业生，毕业之后各自谋生去也，各自的母校闹矛盾，实在波及不了这么远。

真正开启阐截两教矛盾的，是太乙真人和石矶娘娘。太乙真人动手前就明确告诉石矶娘娘：“你乃截教，吾乃阐教。”这是第一次提起二教之分。他还说：

> 吾师（元始天尊）命我教下徒众，降生出世，辅佐明君。奉的是元始掌教符命。

石矶娘娘在《封神演义》里虽然是个小人物，但如果仔细研究一下她的来源，就会发现，她在民间传说里来头并不小。在《三教源流搜神大全》

的哪吒故事里，她的身份说得很明白，她是群魔之首！

在这部书里，哪吒的故事是这样的：

> 因世界多魔王，玉帝命降凡，以故托胎於托塔天王李靖。母素知夫人生下长子军吒，次木吒，帅三胎那吒。生五日，化身浴於东海，脚踏水晶殿，翻身直上宝塔宫。龙王以踏殿故，怒而索战。帅时七日，即能战，杀九龙。老龙无奈何而哀帝，帅知之，截战於天门之下，而龙死焉。不意时上帝坛，手搭如来弓箭，射死石记娘娘之子，而石记兴兵。帅取父坛降魔杵，西战而戮之。父以石记为诸魔之领袖，怒其杀之以惹诸魔之兵也。帅遂割肉刻骨还父，而抱真灵求全於世尊之侧。世尊亦以其能降魔故，遂折荷菱为骨、藕为肉、丝为胫、叶为衣而生之。

《封神演义》里，哪吒也有招惹石矶娘娘的情节。只不过射死的不是石矶娘娘的儿子，而是她的一个童儿。这不重要，重要的是，截教的石矶娘娘有一个暗含的身份："诸魔之领袖"。虽然这在《封神演义》里已经改得不明显了。

但这个痕迹暴露了封神故事的一个框架：神魔斗争。哪吒下凡是有任务的，因为"世界多魔王"。而他最终惹到了石矶。惹了石矶，就等于与整个魔界为敌了（这简直是命中注定的）。

李亦辉先生有一篇文章《玄帝收魔故事与〈封神演义〉》，我觉得讲得很好，但是大众不太了解，不妨在这里概述一下。

宋代之后，真武大帝信仰兴起，产生了一种神魔斗争故事，即真武大帝除魔故事。

道教经典里一个非常普遍的说法是：在这个世界上既有天尊、神仙这些代表着光明的势力，也有许多魔王代表着恶势力。道教经常说有十种魔：天魔、地魔、人魔、鬼魔、神魔、阳魔、阴魔、病魔、妖魔、境魔。

天魔就是上天派下来试探人的修行的，鬼魔就是冤魂恶鬼，病魔就是疾病缠身。

这些魔王有一个非常大的据点，在北都罗酆山，山上有六座天宫，住着好多六天魔王，在一定的时候，比如下界的君主残暴不仁，他们就会下凡，搅乱世界，让人民横死，怨鬼出没。这就是道教所谓的末世。而商朝末年就是这样的“末世”。

北京白云观所藏真武大帝画像

既然有诸魔乱世，上天就要收魔。宋元时期有关真武大帝的道教经书里，经常说真武大帝在纣王时下凡过一次：

> 下世帝纣，淫心失道，矫侮上天，遂感六天魔王，伤害九地黎庶之故也。元始乃命昊天太上开天执符御历合真体道金阙玉皇大天帝制诏，降于北极省施行。阳助周武伐纣，平治社稷。阴遣太玄大将（真武大帝）降魔，间分人鬼。[1]

也就是说，纣王时发生了一场有计划的神魔斗争，这并不是《封神演义》的原创，而是从宋元时期就有了：纣王荒淫无道，使得六天魔王纷纷下界，伤害老百姓。于是元始天尊设计了一套计划，命玉帝下达命令，真武大帝执行。明着帮助武王伐纣（阳助周武伐纣），暗中整肃人间（阴遣太玄大将降魔），搞一场大清洗。

[1] 见《太上说玄天大圣真武本传神咒妙经注》。

这件事在《武当福地总真集》里说得更清楚：

至开皇终劫，下界生灵，承平之盛，骄奢矫侮，去实务华，劫数欲更，暴君污吏，魔鬼妖孽，杂处阴阳之界。商纣主世，残害酷虐，六天魔众，各现形迹，妖祥迭起，人鬼不分，盘结恶毒，伤害黎庶。时元始上帝说法于八景天宫上元之殿，黑毒血光秽杂之气上冲天门。妙行真人叩请威光，亲行收除。上帝宣昊天帝尊，正天历数，乃劫天一之神，降生西土姬姓之国，名发，为周武王，使平治天下。……右侍玉童，持符往召玄帝，被旨上朝天颜，恭领帝命……齐到下方，恭行天讨……七日之中，天下妖魔一时收断，计奏定录，锁于北酆。复诣清都，上朝金阙，上帝抚劳，乃命昊天进封仙品。

这个计划更宏伟：不但真武大帝下凡了，连昊天上帝（有时是玉帝，有时是玉帝的化身）也奉元始天尊之命下凡了，托生成周武王姬发。成功之后，依然加封。

所以《封神演义》里阐教和截教斗法的时候，众神仙一般不在帅府里待着，而是在外面搭一座芦棚，开始和摆阵的截教人物斗法，斗完就撤，之后再由正规军正面交锋。这很像前面说的“阳助周武伐纣，平治社稷。阴遣太玄大将（真武大帝）降魔，间分人鬼”的模式。

但是,为什么《封神演义》里面没有真武大帝什么事呢？其实很好理解：第一，它毕竟不是一部真正的道教经典；第二，有一个现成的人物姜子牙，不必另引入主角。所以真武大帝的很多功能，转移到了姜子牙身上。

在《武王伐纣平话》里，姜子牙只是一个普通术士，没有什么背景。到了《封神演义》里，姜子牙忽然成了元始天尊的徒弟！元始天尊是多高的身份，而把姜子牙和其他十二仙并列实在是不相称。所以，只能理解为作者故意拔高，要让他和元始天尊扯上关系。

在《封神演义》之前，还有一部《北游记》，这部书讲的就是真武大帝下凡降魔的故事。比较一下就可以发现，《封神演义》里的姜子牙，和《北游记》里的真武大帝有很多相似之处。

比如在道经和《北游记》中，真武大帝在武当山修行四十二年；在《封神演义》中，姜子牙在昆仑山学道四十余年。

在《北游记》中，真武大帝经常被打死打伤，比如曾被一把成精的沙刀杀死；在《封神演义》中，姜子牙有七死三灾。这种主角中途死亡的事是很少见的。

《北游记》和《封神演义》里，真武大帝和姜子牙都拿旗。真武大帝用一把“断魔雄剑”，“长七尺二寸，应七十二候；抚三辅，应三台；重二十四斤，应二十四炁；阔四寸八分，应四时八节”。《封神演义》中，子牙使打神鞭，该鞭“长三尺六寸五分，有二十一节；每一节有四道符印，共八十四道符印”。

两人就连住的地方都差不多。《封神演义》里元始天尊住在“玉虚宫”。真武大帝收魔功成后被封为“玉虚师相”，明永乐年间，在武当山始建“玄天玉虚宫”。另外，《封神演义》里元始天尊经常对姜子牙说“你与我代劳，下山封神”，这口气和真武大帝受元始符命也正好一样。

这样看，我们就可以理解《封神演义》里的阐教和截教了。阐截之争，从某种角度看其实是神魔之争。阐教约略等同于奉上天旨意的神仙一方，而截教约略等同于魔王一方。

所以截教的妖魔鬼怪特别多，比如通天教主座前的乌云仙和龟灵圣母，都是乌龟王八成精，灵牙仙是白象成精，虬首仙是狮子成精，石矶娘娘是石头成精。难怪阐教经常嘲笑截教一味滥收，不分人畜，他们其实更接近魔。

那么，阐教和截教的名字是从哪里来的呢？其实仍然可以从真武大帝信仰的道经里找出处，因为这些经书经常说真武大帝“阐扬正教”（《玄帝灯仪》），“阐扬正法”（《真武妙经》）。所以“阐教”其实就是“阐扬正法”之教。

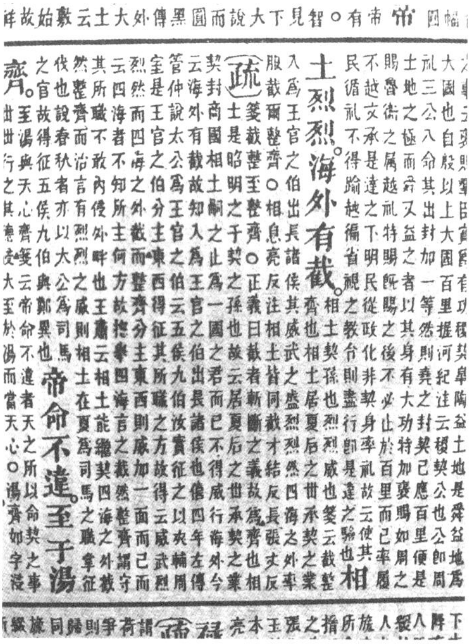

至于截教，也应该是从真武大帝信仰的经文中来的，其中有一句：

> 愿阐威灵临有截，
> 下方魔鬼悉消除。[1]

“有截”是什么意思呢？它来自《诗经》的一句“相土烈烈，海外有截”，本义是“商族首领相土威名赫赫，四海诸侯整齐截一”。因为古人对这句诗很熟，就经常取“有截”两个字借指天下九州。例如：

> 有截之内，皆蹈德而咏仁。[2]
> 无私天雨露，有截舜衣裳。[3]

从《诗经》里取“有截”两个字表示天下九州，就像从《论语》“友于兄弟”中取“友于”两个字借指兄弟友爱一样。

《封神演义》的作者，就取了这个“海外有截”的字面意思，有意理解为“海外有个截教”。而用“威灵”去临制、压服它的，正是“阐扬正教”之“阐”。

所以我们看到，截教和阐教的最大差别，乃是阐教人物多数住在山上，截教神仙多数住在岛上。王魔四兄弟住在西海九龙岛，十天君住在金鳌岛、

[1] 见《北极真武佑圣真君礼文》。
[2] 见《北齐书・樊逊传》。
[3] 见唐杜牧诗。

白鹿岛，三霄娘娘住在三仙岛，吕岳住在九龙岛，罗宣住在火龙岛。甚至金吒、木吒智取游魂关，也要谎称自己在“东海蓬莱岛”出家。殷洪本来跟着太华山赤精子学艺，被策反后，反倒谎称是“海岛高人将吾救拔”。这大概都是“海外有截”的设计初衷。

《封神演义》的作者之谜

《封神演义》这部书的作者是谁呢?

有很多朋友说，是许仲琳，因为出版社喜欢在封面上标明“明　许仲琳著”，其实许仲琳作《封神演义》的这个说法，有很大的问题。

这里先说一个常识。明代的小说，一般来说都是市井读物。一部书的产生、发展、定型，大多要经历非常漫长的过程。其中虽然有高手统稿安排、创作重要情节，但总归不像今天的作家那样，从头到尾每一个字都是他的创作。像《西游记》《三国演义》《水浒传》等都是这种情况。

因为《封神演义》的作者并不确定，所以就有了许多说法。一个说法是，这部书是女儿啃老的产物，是老爸在女儿的硬逼下写的！这个说法，见于清梁章钜《归田琐记》:

> 吾乡林樾亭先生言:“昔有士人罄家所有嫁其长女者，次女有怨色，士人慰之曰:‘无忧贫也。’乃因《尚书·武成》篇‘惟尔有神，尚克相予’语演为《封神传》，以稿授女。后其婿梓行之，竟大获利。”

明代的书很贵，一部《封神演义》要二两纹银（见下图），相当于今天六七百到一千元！而今天买一部《封神演义》，也就几十元。

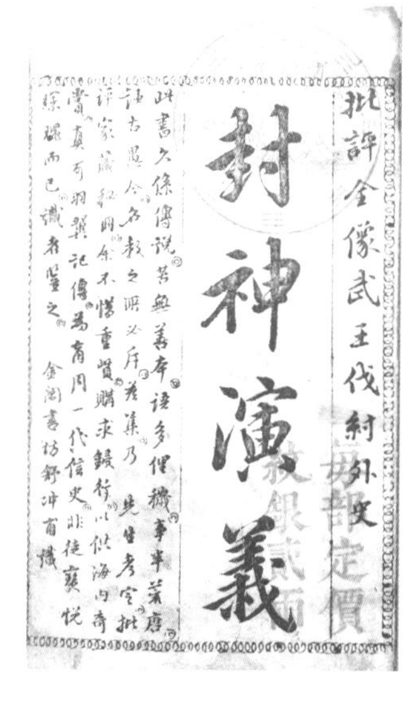

批評全像武王伐紂外史

封神演義

此書久係傳說，苦無善本，語多俚穢，事半荒唐。讀古思今，名教之所必斥。茲集乃先生考定批評，家藏秘冊，余不惜重貲購求鋟行，以供海內奇賞，真可羽翼記傳，爲商周一代信史，非徒寶悅琮璣而已，識者鑒之。

金閶書坊舒冲甫識

日本内阁文库藏明万历间舒载阳刊本《封神演义》封面

这位老先生为了给女儿挣嫁妆，就去写畅销书。写什么呢？偶然间翻到《尚书》，发现里面有一句："惟尔有神，尚克相予。"相，就是帮助的意思。哦，有神仙帮助我大周。行，那就写一部《封神演义》吧！写完后，立即大卖，和《西游记》《水浒传》鼎足而三！

还有一个说法，清末民国蒋瑞藻《小说枝谈》说《封神演义》是王世贞[1]为了糊弄皇上，一夜之间写出来的。

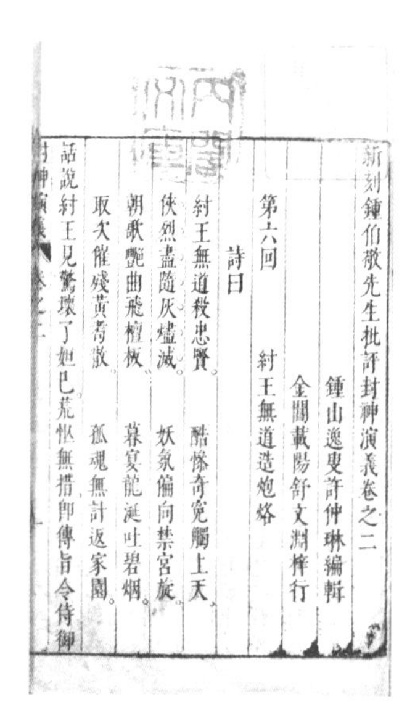

新刻鍾伯敬先生批評封神演義卷之二

鍾山逸叟許仲琳編輯

金閶載陽舒文淵梓行

第六回　紂王無道造炮烙

詩曰

紂王無道殺忠賢，酷慘奇冤觸上天。

俠烈盡隨灰燼滅，妖氛偏向禁宮旋。

朝歌艷曲飛檀板，暮宴龍涎吐碧烟。

取次催殘黃耇散，孤魂無計返家園。

話說紂王見驚壞了妲己，荒忙無措，即傳旨令侍御

日本内阁文库藏明万历间舒载阳刊本《封神演义》卷二第一页

俗传王弇州作《金瓶梅》，为朝廷所知，令进呈御览。弇州惧，一夜而成《封神演义》，以此代彼，因之头白。

这些都是民间传闻，说《封神演义》是作者看了《尚书》一两句话启发了灵感，这并不靠谱，因为元朝的《武王伐纣平话》，就已经有很多封神故事了。经过几百年的流传，明朝晚期形成了今天的《封神演义》。这几百年间，一定还有其他版本的《封神演义》，只是我们看不到了。

那么，为什么大家都说《封神演义》是许仲琳所作呢？因为日本内阁文库有一套明代版《封神演义》，卷二第一页有一行字："钟山逸叟许仲琳

[1] 王世贞（1526—1590），明代文学家、史学家，号凤洲，又号弇州山人。

编辑”。“钟山逸叟”是许仲琳的号，钟山应该就是南京的那座钟山。至少，这部书和许仲琳是有很大关系的。

许仲琳和《封神演义》的关系，就是这么点信息。

但是，编辑这个词，有很大的模糊性，比如把一些文稿放在一起整理一番，也叫编辑，这谈不上有什么原创。自己根据前代传说写一部书，这也算编辑。到底什么情况，今天已经不能确定了。

另外有一个说法，认为《封神演义》的作者叫李云翔。《封神演义》原本有篇序，序的作者是李云翔。他是这样说的：

> 余友舒冲甫自楚中重资购有钟伯敬先生批阅《封神》一册，尚未竟其业，乃托余终其事。余不愧续貂，删其荒谬，去其鄙俚……于世道人心不无唤醒耳。

钟伯敬，就是钟惺，晚明的文学家。这里说钟惺批阅了《封神演义》。不过钟惺是大名人，当时冒他名字的也多，就像今天网上动辄就是马云的忠告等，其实都是编出来的。

但这个李云翔，在当时可算一位才子，有人说他“学擅百家，才堪倚马，独步艺林，为诸生冠”，只是命运不济，没有做什么官，在南京编书为生，现在叫“攒稿”。这种身份，是很有可能搞出一部《封神演义》来的。这样看来，他创作《封神演义》或者是主要写定者的可能性也很大。

现在学界公认许仲琳、李云翔两位在《封神演义》的成书上起了很大作用，所以有的出版社就将两个人名字联署在封面上。

但是，正如本节开头所说，类似《封神演义》这样的小说，成书过程很复杂，许仲琳也只说他“编辑”过，之前是不是另有高人创作呢？

这就要提到第三个说法，陆西星作《封神演义》说。这个说法是《曲海总目提要》（根据清代《乐府考略》《传奇汇考》编纂）这本书记载的。它说《封神演义》的作者是“陆长庚”，而陆长庚就是陆西星。但这个说法，没有得到任何旁证，所以也成了谜。

不过，陆西星写《封神演义》的说法，是很靠谱的。因为《封神演义》里写了好多道教斗法，这里面应该会有道士参与。所以胡适等人就相信《封神演义》可能是陆西星写的。

这样一来，《封神演义》的作者就出现了三个人选，他们可能都参与了创作。因为它本来就是长期累积的文学成果，前后多个人做了贡献是非常可能的。

这就可以理解《封神演义》里为何有许多bug，例如“三教”。一开始，三教签押封神榜：人教，阐教，截教。后来，人教忽然没了，于是引发了很多猜测：人教到底是谁管？这恐怕就是一个bug。由于前后的作者不一致，就忘了把这个设定延续下来。这很像今天电视剧的穿帮，明明一个人前面死了，后面还在活动，这就是导演把这事忘记了。

所以我们看《封神演义》，如果有费解的地方，首先应该从文本上考察，是不是出自一人之手，而暂时不必去寻找什么惊天秘密、大阴谋。这些说法仅供娱乐，倒是可以的。

封神榜：《封神演义》的最大贡献

《封神演义》里最重要的道具，就是“封神榜”。它重要到了可以代替“封神演义”，成为整本书的名字。有的版本就叫《封神榜演义》（清光绪图书集成局印本）或《封神榜传》（光绪二十九年刻本）。其他的曲词、戏剧，喜欢叫“封神榜”的也有不少。

“榜”是写着人名字的大名单，一般是科举考试用的，把人名写在一张长长的黄色大纸上，所以又叫金榜、黄榜。金榜题名是非常荣耀的事。

这个道具很重要。因为在中国古代小说里，“封神榜”可以说创造了一种模式。后来很多小说都用“榜”这个道具，作为贯穿全书的纲领。

《封神演义》之前也有这种类似的形式，例如《水浒传》。

《水浒传》的故事，是说一个好奇的洪太尉，不小心放走了锁在龙虎山伏魔殿里的 108 位魔君，他们托生为 108 条水浒好汉。后来，108 条好汉陆续上山聚义，人数凑齐之后，天上降下一块石碣，上写众好汉的名字、排名，以及他们各自对应天星的名字。原来这些好汉是三十六天罡星、七十二地煞星转世。这块石碣，其实就是一张“封神榜”。

《水浒传》历来版本繁多，而金圣叹的七十回本就把后面战官兵、受招安、南征北战的故事都删掉，一刀砍到这里，让故事以水浒好汉被“封神”结束，这是非常有见地的。因为讲到“封神”，故事就可以完结了。

《西游记》的故事，讲了唐僧师徒最后取经成功，如来佛祖封他们成佛成圣，这其实也是一张小“封神榜”。甚至全书的最后，灵山大众还念了一段长长的“佛名经”，把受过封的他们加了进去，相当于把他们补入一张大的“封神榜”之中了。

不过，这些书都没有明确地把自己书末的名单叫作“榜”，真正把“榜”做成主要道具贯穿全书的，还是《封神演义》。后来很多小说，都学这个套路，可以说《封神演义》做出了很大的贡献。《封神演义》在文学上的贡献，不在于文笔（它的文笔实在太平庸），而在于总体设定，在于故事架构。

清代有一部小说叫《镜花缘》，故事说唐代一位读书人唐敖游历海外诸国，最后在小蓬莱成了仙。他的女儿唐小山（后改名唐闺臣）冒着艰险，到海外找他，结果在小蓬莱的泣红亭发现了一座玉碑，上面刻着一道“天榜”，天榜上开列着 100 个花神，以及她们转世成人间女子的名字。后来这些女子参加了武则天开创的女科举，排名和天榜的名次一模一样。

还有一部《儒林外史》。这部书虽然写的是一群文人的故事，但也不忘加一个神话般的开头。

王冕左手持杯，右手指著天上的星，向秦老道："你看贯索犯文昌，一代文人有厄！"话犹未了，忽然起一阵怪风，刮得树木都飕飕的响；水面上的禽鸟，格格惊起了许多。王冕同秦老吓的将衣袖蒙了脸。少顷，风声略定，睁眼看时，只见天上纷纷有百十个小星，都坠向东南角上去了。王冕道："天可怜见，降下这一伙星君去维持文运，我们是不及见了！"

也就是说，《儒林外史》里的这些文人，都是天上文星下界。等到了最后一回，已经很多年过去了，这些人都去世了，于是明神宗命人采访他们的诗文、事迹，共收集了 91 人，封了一道"幽榜"。其实这也是一张"封神榜"。

其实《红楼梦》也是这样的。现存的《红楼梦》虽然不是全稿，但是根据一些线索，这部书的最后似乎有一张"情榜"。贾宝玉可能被封为"情不情"，林黛玉可能被封为"情情"，薛宝钗可能被封为"无情"。

这张"情榜"，在"贾宝玉梦游太虚幻境"那一回中，就已经显露出了痕迹。贾宝玉在太虚幻境看到了注明众女子命运的册子。有一部"正册"，收录的是"金陵十二钗"，地位都是主子小姐。此后是一部"副册"，第一位是香菱，可知副册收的都是妾这个地位的女子。再后面一部"又副册"，里面有袭人、晴雯，则可知这部收的都是大丫头们（如司棋、紫鹃等可能都在这里面）。按说还应该有三副册、四副册。有人猜测，三副册应该是小红、五儿这些等级更低的丫头。而四副册，可能是那十二个唱戏的女孩子。这些正册、副册，其实就相当于红楼"封神榜"。

清代还有一本书，叫《说岳全传》。讲的是岳飞含冤被害之后，他的儿子岳雷重新挂帅扫北，打败金兵，迫使金国进贡称臣。孝宗皇帝下了一道圣旨，不但给在世的岳家军将领封了官，还给去世的众人封了神：

（岳）王女银瓶，加封为贞节孝义仙姑。张宪加封成义侯。牛皋追封成烈侯。张保加封龙武将军。王横加封虎卫将军。施全封众安桥土地，加封兴明福主。吉青、梁兴、赵云、周青、欧阳从善，封为五方显圣。其余，已故王贵、汤怀、张显、王英、杨再兴、董先、高宠、郑怀、张奎、余化龙、何元庆等，封为各方土地正神，俱加侯爵。

也就是说，岳飞的女儿岳银瓶，因为投井不屈而死，被封为仙姑。施全、王贵、汤怀……这些将领，死在哪里，就封为哪里的土地爷。吉青、梁兴等五人被封为五方显圣（和《封神演义》里的五鬼有重合之处）。这也是一部小型的“封神榜”。

所以，不要说《封神演义》不是一流名著，它这种模式真的影响了很多后来者。直到今天，我们还是喜欢搞各种武功排行榜、法力排行榜。

封神榜背后的中国民俗

清华大学的徐腾先生写过一篇文章，叫《他奶奶的庙》，在网上一度非常火。他关注的是河北农村的民间信仰。

原来，河北省易县有一座山，山上有各种各样的庙，各种各样的神仙，据说是华北第一道场，香火极其旺盛。但是去了就会发现，许多神都非常匪夷所思，除了日常能见到的财神、观音之类，还有什么学神菩萨、生意菩萨，甚至还有一个端着方向盘的车神。据说在三月初一到三月十五这十五天，超过一百万人到河北易县

民间创造的手握方向盘的车神

朝拜，半个月能够产生约四千万元的消费。

有很多朋友在网上很认真地讨论通天教主是不是三清之一，鸿钧老祖到底是谁，姜子牙到底有什么背景，元始天尊到底是不是道教领袖等问题。其实去河北省易县的山上瞧瞧，就会知道：只要有钱，自己就可以封神。

不光河北，浙江余姚丈亭有一座庙，竟然供着考场菩萨、英语菩萨、生物菩萨、理科综合菩萨、体育菩萨，甚至还有股神菩萨！

有人说这是现代人胡说八道，“古圣先贤”们崇敬这些神仙，怎么可能没有道理呢？其实说对了，很多情况下，就是没有道理。中国人就是这么制造神仙，而且是一辈一辈地制造神仙的。所以，“封神榜”上的众神，并不属于哪个宗教，而是属于民间。

不信的话，我们来看几位真正的宗教神：

> 圣母元君：乃洞阴玄和之气凝化成人，亦号玄妙玉女，为上帝之师，太上老君先天毓神历劫行化，应接隐显不可称论。其欲示生于人间，表物之有始也。
>
> 东华帝君：将欲启迪玄功，生化万物，先以东华至真之气，化而生木公于碧海之上、苍灵之墟，以主阳和之气，理于东方，亦号王公焉。
>
> 北方五灵玄老天君：上导五帝之流炁，下拯生生之众和，护二仪而不倾，保群命以保安……灵宝玄滋长生冉五炁之兴。

这些神管的事，好像看都看不懂，他们都是管什么的呢？其实我们根本不需要知道他们管什么，他们的宗教味道太强了。这些神仙的“画风”，和《封神演义》搭吗？通通不搭。

佛教众神也是如此，佛教也有五花八门的佛祖菩萨，让人眼花缭乱。这些神佛菩萨，都对应着他们的教义，但跟老百姓没什么太大的关系。

“封神榜”上的神仙，全都是民间用得着的。比如雷部，雷神是用来求雨的。古代以农业为本，所以雨水合宜，是第一生产力。

比如火部，过去房屋都是木结构，怕火，所以火神庙是最兴盛的。北京道教协会就在什刹海的火神庙，有个说法叫“先有火神庙，后有北京城”。

比如瘟部，古时候医疗不发达，瘟疫就是传染病，闹起来死很多人，所以瘟部地位非常高。

比如斗部，主要是一些神煞，可以给人降灾或降祸。殷郊受封的太岁以及他部下的神灵也类似。人们每天出门，要查“值年太岁”在哪。杨任是六十太岁之首，《封神演义》可能来不及编后边五十九个，就匆忙出书了。

此外，管痘的痘神，管生育的三霄，还有人们喜闻乐见的四大天王、四大元帅，都有非常明确的、老百姓也能理解的职能。

所以“封神榜”封的这些神，和什么“阳和之气”“五帝之流炁”“表物之有始”……通通不沾边，他们体现的是明代老百姓对日常生活的一种诉求。说实话这一点都不过分，而且要求相当低，雷部和四大天王求的是风调雨顺，瘟部、痘部求的是身体健康，三霄娘娘求的是生儿育女，斗部和太岁求的是平安吉祥，财神求的是发家致富，这就是老百姓的所有愿望，非常现实。

这里有一些数据：福建 2002 年全省建筑面积在 10 平方米以上的民间信仰活动场所是 25102 座，其中正式开放的宗教场所不到 1/6，也就是说剩下的 5/6 全都是小庙，供着各式各样的小神。这还只是 10 平方米以上的，10 平方米以下的小神龛、小棚子就不止 2 万多了，可能有数万甚至 10 多万。[1] 可以说，几乎村村皆有庙，无庙不成村。据不完全统计，福建 2002 年全省共有 34028 座上规模的民间信仰宫庙。[2]

所以看待《封神演义》，还是应该从民间信仰出发，它确实没有任何教义、任何理论，就是根据老百姓的日常需求编出来的各种神仙。信奉这

[1] 见福建省政协民族宗教委员会课题组:《关于加强我省民间信仰活动场所管理的调研报告》。见福建省民族与宗教事务厅文件，闽民宗办〔2002〕55 号。

[2] 见福建省民族与宗教事务厅课题组:《福建民间信仰活动管理的调查与思考》。

些神仙的人不是宗教徒。宗教徒如僧侣、修士、居士、道士，他们往往会追求终极意义，有明确的宗教身份。但是中国人绝大多数是没有任何教团组织的，没有什么身份认同，和这些宗教人士相比，他们最典型的特点就是追求功利性和实用性。

有人曾打过一个比方：西方的宗教徒是合同工，人跟神订一个契约，人为神服务，是神的奴仆，这个契约往往是一生甚至永远的，信佛教就世世信佛。中国民间信仰的信众有点像临时工，可以在很多雇主之间来去自由，不需要什么合同，也没有什么编制，甚至可以同时给不同的雇主服务，如果这个雇主不能提供福利，人们就走了。

我见过一个很有趣的例子：一个城市里有两个牧师，两个牧师各自有一帮信众，一般都是老人。他们信奉牧师，是为了治病。有的老太太跟这个牧师念好了，跟那个牧师念不好，或者有的时候反过来，这边灵了那边不灵，于是两个牧师的信众经常发生变动，两个牧师也经常打架，甚至有的老太太说，我信的这个上帝灵，那个上帝不灵。这真有意思：上帝只有一个，怎么还分好几个呢？但这都是民间真实发生的事情。

在朱海滨先生的一篇文章《民间信仰：中国最重要的宗教传统》里，有过这样的主张：

我们很重视儒释道三教的研究，并认为这三教是中国的传统，实际上这三教的根基都在于民间的信仰，历史上民间信仰的存在满足了绝大部分中国人的需求。外来的宗教在中国得以传播普及，除了这些宗教自身的优势之外，最重要的是这些宗教学会了和民间信仰打交道，只有和民间信仰融合到一起，这些宗教才能传播，儒释道这三教的普及实际上是一部向民间信仰靠拢、向民间信仰走近的历史。

这一点很像“农村包围城市”的论断。不但古代是这样，按照现在的发展趋势，中国的民间信仰至少在100年之内还会继续红火下去，只要中国人还有这种习惯，那么在任何时间、任何地方，都可以产生大大小小的“封神榜”——老百姓喜欢的“封神榜”。

但是，你要说老百姓拜这些神，只是为了求平安、求保佑，却也未必。他们也从这些神身上吸取力量，比如一个有趣的现象就是，民间喜欢把《封神演义》里的人奉为行业祖师爷。

“封神榜”编出来后，就逐渐在老百姓的民间信仰里占据了一席之地。像雷神、瘟神、火神、痘神、财神等，一方面主管本职工作，另一方面也不闲着，跑到各行各业做起了祖师爷。

古代的各行各业，一般来说都要供奉自己的祖师爷。这些工匠文化都不高，所以一般情况下，都是从他们所知道的神仙里选一个贴边的。尤其是《封神演义》火了之后，从这部书里出来的祖师爷那叫一个多！有时候他们的名声甚至超过了自己在本职工作中的影响。举几个例子：[1]

一、罗宣，在民间又写成“罗煊”，是明清煤炭行的祖师爷。罗宣擅长火系法术，穿红衣，使万里起云烟，火烧西岐城，死后封为火德星君。所以煤炭行以及铸铁行，都奉他做祖师爷。甚至新疆乌鲁木齐还有供奉罗宣的庙。[2]

二、糕点行的祖师爷是闻太师，这个道理在哪里呢？原来民间传说闻太师造了糕点行的吊炉、焖炉。闻太师最后兵败，是跑到了绝龙岭，碰上了阐教唯一一位法力尚存的云中子。云中子把闻太师困在八根通天神火柱里面，上面还扣了一个燃灯道人的钵盂——这就是个烤炉嘛！闻太师被活活烤死在里面。所以闻太师对焖炉的火候是有亲身体会的！发明焖炉也就不奇怪了。

三、姜太公是海鲜行的祖师爷，这个很好理解，太公钓鱼嘛。

四、周文王是算卦先生的祖师爷。另外，周文王还是洋车行的祖师爷。为什么呢？因为民间传说周文王请到姜子牙，就请他上了龙车凤辇，自己给姜子牙拉车，拉了八百步，姜子牙就帮着开创了周朝八百年基业。

五、清代武汉鸭蛋商人供奉太乙真人。太乙真人和鸭蛋又有什么关系？

---

[1] 以下资料如果包含“民间传说”字眼而没有说明来源的，均出自李乔《中国行业神崇拜》。

[2] 见《新疆文史资料选辑》。

恐怕是因为哪吒出生的时候是一个肉蛋，然后就被太乙真人收为徒弟。太乙真人又叫“鸭蛋总管”“蛋行祖师”。[1]

六、哪吒是绳带、马鞭行的祖师爷，因为哪吒在陈塘关闹海，抽了东海龙王三太子的筋，要给他爸爸做腰带。

七、赵公明是钱庄、典当等金融行业的祖师爷。这个逻辑很顺，他是财神爷嘛。

八、定光仙是吹鼓手的祖师爷。不熟悉《封神演义》的人恐怕都不知道这个人。他是贴身伺候通天教主的，偷了通天教主的六魂幡献给西周，是截教的叛徒，阐教的投诚者。成为吹鼓手的祖师爷，大概是因为他叫“长耳定光仙”，对音乐特别敏感。

九、准提道人是油漆匠的祖师爷。这里有个故事，说孔宣落在一棵漆树上，低头一看准提道人坐在树下，就起心要害准提。他瞧准准提道人的头，蹬断一根大树枝。谁知准提伸手一接，就把漆树枝接在手里，拿回了西方极乐世界。这根树枝吸收日精月华，修炼成一根“七宝妙树”。[2]所以在油漆匠的心目中，“七宝妙树”就是“漆宝妙树”（应该是七和漆谐音产生的误会）。又加上《封神演义》原著里“七宝妙树”的使用方法很特别，像刷漆一样刷来刷去，比如这段：

> 孔宣听罢大怒，把刀望道人顶上劈来。准提道人把七宝妙树一刷，把孔宣的大杆刀刷在一边。孔宣忙取金鞭在手，复望准提道人打来。道人又把七宝妙树刷来，把孔宣的鞭又刷在一边去了。

这就更坐实了“七宝”就是“漆宝”了！

十、还有一些实在莫名其妙的，连行内人也说不清原因。比干和黄飞

[1] 见《武汉工商经济史料》。
[2] 见《内江往昔采风录》，邹作圣口述，《中国古代行业神崇拜》引。

虎是皮匠行的祖师爷。然而黄飞虎和皮匠有什么关系？大概是他们烧了狐狸精的轩辕坟巢穴，用狐狸皮做了一件大衣，献给了纣王。殷郊是骡马行的祖师爷，我至今也没弄明白。大概殷郊的画像有三只眼，而马王爷也有三只眼。老百姓把他们混到一起去了！

这样看来，各行各业拜祖师爷这事，从来就没那么靠谱，里面的逻辑千奇百怪。但是你说这是迷信、是胡扯吗？其实也不是。

这两年，从中央到全社会，都特别强调“匠人精神”。其实在中国古代并不缺少匠人精神。慢说古代出了多少能工巧匠，为我们留下了多少奇迹般的工艺，就是匠人们内部，也自有一套价值观。

比如木匠出师的时候，有一个仪式，就是谢师祭祖。当然祭的是祖师鲁班，师父会对徒弟这样训示：

> 尔三年学徒圆满，任尔下山驰骋，特告于祖师之前……发扬祖师利人之德，勿负业师教育之恩。付汝开山子一把，不能用它挣一座金山，只可在人间刻一个名字！从兹为匠，业精在于勤！[1]

只可在人间刻一个名字！这句话，由一个普通木匠说出来，使我们这些现代人都汗流浃背。

你可以说，祖师信仰都是迷信。然而，每一个匠人都要进公会，接受一套行用于全行业的规范。这套规范未必冠以国标、审计等名色，但是一旦触犯，就要在祖师像前烧香，认打认罚。“千千祖师，万万师尊”的威严，是所有匠人共同信守的！

所以，“匠人精神”不用远求日本、美国，乞灵于外人。我们的民间，自有朴素的信仰力量在支持着。而《封神演义》这种不登大雅之堂的小说，为这些信仰提供了充沛的资源。

[1] 见《鲁班书》。

第二章

那些人尽皆知的名字

《封神演义》并不是一个人的独立创作，而是整合了许多民间故事，这些民间故事彼此都有关系，哪吒、殷郊和雷震子三个人就有千丝万缕的联系，并不是某个故事专属于某个人。

哪吒：最动人的悲壮传奇

《封神演义》里写得最好的人物，自然是哪吒。事实上，《封神演义》这部书在今天的影视、动漫等文化领域创造的价值，有一半以上，是哪吒这个 IP 提供的。在某种意义上，他相当于《西游记》中的孙悟空。

我们一般人心目中的哪吒，有一个近乎标准版的故事：他是陈塘关总兵李靖的儿子，以肉球出生，很快就长成十几岁的儿童模样，并一直保持着。他闹过东海，杀了龙王三太子，然后被逼自杀，师父太乙真人用莲花做身体将他救活，又给了他火尖枪等众多法宝。最后他做了姜子牙的先行官，为武王伐纣事业立了大功。

但其实呢，这个故事并不是简单地一次写就的，而是经历了非常复杂的变化过程。他的家人，他的功绩，甚至他的法宝，都是从各种故事里借过来的。

北方天王有狂子

在《封神演义》和《西游记》里，哪吒是李靖的儿子。经常有朋友问我：《封神演义》中陈塘关的这个李靖，和唐朝开国大将李靖同名同姓，这两个李靖到底是不是同一个人？如果是，为什么唐朝的李靖跑到商朝去了呢？

其实，这两个李靖就是一个人，之所以发生这样的矛盾，是民间传说造成的一系列的误会。

哪吒这个形象源于佛经，是毗沙门天王的三儿子。而毗沙门天王的形象，

《封神真形图》中的李靖形象

后来在中国分化出一个托塔天王李靖。

佛教的护法神四大天王，大家都知道。其中守卫北方的天王，叫毗沙门天王。他的三儿子，就是哪吒。这位三太子平时捧着宝塔，跟在天王左右值班。这就是托塔天王和哪吒最早的来历。毗沙门天王在唐代是非常兴盛的信仰，而我们本土的宗教道教，教义里并没有天王。

那么，《西游记》里为什么天宫有四座门，四大天王各看一座呢？这实际上是民间闹出的笑话。在佛教里，四大天王各镇守四方的一方，并没有说镇守一座门。四大天王看门，是老百姓闹的。原来，“毗沙门”是梵语音译，并不是一座叫“毗沙”的门。但是老百姓可不知道，顾名思义，还以为是天上的一座什么门。于是在民间，“毗沙门”天王，就成了镇守“毗沙”门的天王了。大伙儿一想：既然有北方“毗沙”门，那自然也有东西南三座门。你们四个天王，看四座门去吧。于是就把四位天神搞成四个门卫了！

所以《西游记》杂剧有这么一段：“天兵百万总归降，金塔高擎镇北方。四海尽知名与姓，毗沙门下李天王。”这里面已经明确地把“毗沙门天王”放在“毗沙门”下了。

四大天王是有名字的，东方持国天王，南方增长天王，西方广目天王，北方多闻天王。毗沙门，就是“多闻”的音译。如果李天王的原型就是毗沙门天王的话，《西游记》里（包括《封神演义》中的魔礼海）是另有一个看北门的多闻天王的，他和托塔李天王并不是一个人，那么天宫里岂不是有五个天王了？

我们一定要有这样一个认识：《西游记》里的天宫，既不是佛教的所谓的“天”，也不是道教的“天”，而是民间自编自创的故事体系。这里面加入了老百姓的很多想象，以及一些俗神。比如佛教的四大天王给道教玉帝看大门，就是这种民间原创的大发明。反正正宗的佛教、道教人士，是不会与之计较的，乐呵乐呵就得了。

李靖，大家都知道，他本是唐代开国元勋，很受民间崇拜，香火甚旺。他不是神，却享受了神的待遇。这不新鲜，今天也有把开国元勋们供在庙里的事。这件事，体现了民众对他们的尊敬和怀念，并不能纯粹地认为是一种愚昧的行为。

由于大伙很喜欢李靖这个人，就不断给他身上编故事。一个有名的故事就是李靖代龙行雨，说他到一个地方借宿，正好这个地方龙王要下雨，缺人手，就请他补个缺。李靖自作主张，多下了二十滴，结果平地水深猛增二十丈。[1]

这个故事本来讲讲就完了，谁知佛经中西方广目天王正好是管龙王的，他的名字叫“毗留博叉”。于是人们就把李靖编到这位“毗留博叉”身上去了。哪知道又闹了个笑话，“毗留博叉”天王，实在不如“毗沙门”天王有名。两个天王都“姓毗”，老百姓也分不清“毗留博叉”和“毗沙门”的区别，前者还更绕嘴。行吧，就算你李靖是那个托宝塔的毗沙门天王吧！于是毗沙门天王和李靖合体了，成了托塔李天王。

但是这个笑话还没完，托塔李天王与公众见面后，毗沙门天王的另外一个名字“多闻天王”，也没被忘记。在不大懂佛典的老百姓心中，“毗沙门天王”与“多闻天王”，自然是两个人。于是在大家的编排下，李靖穿着毗沙门天王的装备走马上任，做他的“托塔李天王”去了。剩下一个落寞的“多闻天王”，在北门当门卫。

李靖“谋得”了毗沙门天王的实际名分后，把他的部下也“篡夺”过来了。四大天王都有一堆属下，毗留博叉天王是管龙王的，毗沙门天王是管夜叉的。所以李天王出征花果山的时候，有“药叉将催兵，鱼肚将掠后”，“药叉”是夜叉的另一种写法。毗沙门天王还有十六诸天神王做助手，共同守护佛教的北方世界，这些神王的首领叫“伊荼”，“鱼肚”就是“伊荼”的讹音。民间这种“知道个读音就乱写”的事很多很多。

于是，我们看到，曾经叫过“毗沙门天王”的多闻天王，成了光杆司令。他只能穿一身门卫服，二十四小时在“毗沙门”盯着了。名分没了，部下没了，

[1] 见《续玄怪录》。

名字里这个“门”字，反倒叫我看着了。天下还有比这憋屈的事吗！

而且，这样一来，哪吒就有了两个爸爸，到底跟哪一个呢？当然谁势力大就跟谁。于是“毗沙门天王”的儿子都背叛了他，跑去跟了李靖。

至于唐代的李靖为什么出现在商代，这自然是《封神演义》无奈的设定。因为要让李靖父子参与伐纣大业，当然要把他们安排到那个时期了。

哪吒原本既是毗沙门天王的儿子，又是他的护法神，其形象不是像现在的可爱儿童的样子，而是长着“恶眼”，如《北方毗沙门天王随军护法仪轨》中，“奉佛教敕，令第三子那吒捧塔随天王”“尔时那吒太子，手捧戟，以恶眼见四方”。和尚不守戒律，哪吒会用金刚棍敲他们。其多以恶神形象出现，而不是儿童——这个凶神恶煞的形象，倒和 2019 年大“火”的电影《哪吒之魔童降世》有一拼！

兄弟之名难自洽

佛教的经书里，毗沙门天王有三个儿子，三儿子叫哪吒，二儿子叫独健，并不叫木吒，大儿子不知道叫什么。但是《封神演义》里这两个哥哥变成了金吒和木吒，这又是为什么呢？

实际上，“木吒”这个名字，出现得比较早。因为托塔天王的儿子里，哪吒最有名，二儿子独健没什么名气，老百姓根本不知道。但老百姓很喜欢配套，他们一听三太子叫哪吒，那二太子、大太子肯定也得叫什么吒——就像唐代《朝野佥载》记录了一条巫婆念的咒语：“东告东方朔，西告西方朔，南告南方朔，北告北方朔，上告上方朔，下告下方朔。”其实历史上只有东方朔，另外五个“朔”都是瞎编出来的。

哪吒也是这样，老百姓就在历史上找一些名字发音像“吒”的人，首先找到一个人，叫“木叉”。他本来是唐代高僧僧伽大师的弟子。僧伽大师有两个徒弟，一个叫惠岸，一个叫木叉，木叉写来写去，被写成了木吒，于是就和哪吒认了兄弟。但哪吒是三太子，木吒不能往后面排，变成四太子，就只能往前排，变成二太子。

《西游记》里，观音菩萨的徒弟惠岸行者也叫木叉，这是因为僧伽大师在民间也被认为是观音菩萨的化身，民间传说搞混了木叉和惠岸两个人，认为木叉又叫惠岸，传成了同一个人。木吒的“木”不是金木水火土里木的意思，而是一个梵语音译字，“波罗提木叉”，意为戒律。

哪吒的大哥在《封神演义》里写成金吒，这也是民间的一个错误，他的原名叫“军吒”或“君吒”（《西游记》还保留了这个原名），都是佛教的音译。军吒也是佛教神，佛经里有军吒力明王、军吒力金刚童子，都是老百姓信奉的一些佛教神，在民间非常有名。

唐朝文学家权德舆有一个孙子，从小有病，他为了给孙子祈祷平安，就管他的孙子叫军吒，借佛教神来祛灾免祸。民间一看这“军吒”也带个吒字，就把他当成托塔天王的大儿子。军（君）吒为什么变成了金吒？其实还是因为老百姓有一种配套的思想，一定要搞出一些联系来：老二叫木吒，金木水火土，所以干脆叫老大金吒吧！

所以有人不理解：为什么老大叫金吒，老二叫木吒，老三反倒叫哪吒不叫水吒呢？现在就可以知道，哪吒是最先有的，虽然是三太子，但他在民间最有名；木吒是第二来的，金吒是第三来的，老大反倒是实际上的老三。

英杰生来震鬼神

关于哪吒的出生，最神奇的事，是他在母亲殷夫人肚子里待了三年六个月，生下来是一个肉球。大家惊疑不止，有人要把它扔到野外，李靖用剑把它剖开，哪吒就诞生了。

其实生出一个肉球的情节，民间故事中非常非常多。比如《佛国记》里记载了这样一个故事：

> 恒水上流有一国王，王小夫人生一肉胎，大夫人妒之，言：“汝

生不祥之征。”即盛以木函，掷恒水中。下流有国王游观，见水上木函，开看，见千小儿端正殊特，王即取养之。

遂使长大，甚勇健，所往征伐，无不摧伏。次伐父王本国，王大愁忧。小夫人问：“王何故愁忧？”王曰：“彼国王有千子，勇健无比，欲来伐吾国，是以愁耳。”小夫人言：“王勿愁忧，但于城东作高楼，贼来时，置我楼上，则我能却之。”王如其言。

至贼到时，小夫人于楼上语贼言：“汝是我子，何故作反逆事？”贼曰：“汝是何人？云是我母？”小夫人曰：“汝等若不信者，尽仰向张口。”小夫人即两手勾两乳，乳各作五百道，堕千子口中。贼知是我母，即放弓仗。

意思是说，恒河上游有一个国王，小妾生了一个大肉球，盛在木盒中扔到了恒河里。木盒被下游另一位国王捡走，发现里边有一千个小孩，就带回去养。这些小孩长大之后，特别能打仗，最后反过头来去打原来扔他们的国王。危急时刻，国王的小妾赶紧出来站在城楼上说：“我是你们的母亲，你们不要打了！”孩子们问怎么证明呢？小妾就手捋双乳，每一个乳房流出五百道乳汁，流入一千个小孩的嘴里。一千个小孩一看，这肯定是母亲，于是这两个国家就言归于好了。

这个故事里边有肉球的故事，还有向父亲寻仇的情节，和哪吒的故事有很多相似的地方。另外，这个故事和雷震子的故事也有关系，雷震子的故事里文王有百子，这个是一产千子，百和千都是一个很大的数，这些民间故事实际上都有一些共同的心理基础。

又如华光天王，《南游记》说他是火神，投胎到一户姓萧的人家，这家孕妇怀了二十个月没生，忽然有一天生下一个牛肚一样的东西：

侍女曰：“不是男女，乃是一个牛肚样。”长者大惊，自入看时，果是一个牛头肚样。长者大怒，便令家童：“扛出去，丢在河内，勿与外人知之，被人耻笑。”一个家童领命，即把那牛肚抬去河边，丢在河内。那牛肚一滚上岸，家童大惊。又丢去河内，那牛肚又一滚上来。如此数次。

后来火炎王光佛变作一个和尚来拜见，用刀把牛肚剖开，里面是五个小孩。于是和尚给他们分别取名为萧显聪、萧显明、萧显正、萧显志、萧显德。萧显德就是华光天王。此外，真武大帝也有类似的出生故事。

不仅如此，好多历史人物都有这样的传说。《五代史平话》就说黄巢是这样出生的：

且说曹州冤朐县，有个富人黄宗旦，家产数万，贩盐为生，喜聚集恶少。是那懿宗皇帝咸通元年上，黄宗旦妻怀胎，一十四个月不产。一日，生下一物，似肉球相似，中间却是一个紫罗复裹得一个孩儿，忽见屋中霞光灿烂。宗旦向妻道：“此是不祥的物事！”将这肉球使人携去僻静无人田地抛弃了。归来不到天明，这个孩儿又在门外啼叫。宗旦向妻子道：“此物不祥，害之恐惹灾祸。”遣伴当每送放旷野，名做青草村，将这孩儿要顿放乌鸢巢内，便是攧下来，他怎生更活！过个七个日头，黄宗旦因行从青草村过，但听得乌鸢巢里孩儿叫道：“爷爷！你存活咱每，他日厚报恩德！”宗旦使人上到巢里，取将孩儿下来，抱归家里看养，因此命名做黄巢。黄宗旦又向妻子说了孩儿啼叫的事一遍。其妻道：“这个孩儿真个作怪！若不兴吾宗，定是灭吾族。莫若傍今杀了，斩草除根，萌芽不发；斩草若不除根，春至萌芽再发。”黄宗旦道：“天要坏我家门，杀了这孩儿是逆天道。且养活教长成，看他又作么生。”不觉年至十四五岁，身长七尺，眼有三角，鬓毛尽赤，颔牙无缝；左臂上天生肉腾蛇一条，右臂上天生肉球一个。

又如汉文帝刘恒,《两汉开国中兴传志》这样说汉文帝的出生:

> 稳婆领命,看其分娩,报知吕后。后即亲至视之,乃是一肉球,没眉没眼。吕后回宫,稳婆抱出回至宅中,看时好个婴儿,稳婆欲损之。忽闻空中大喝:“不得无礼,此乃三世人主,休要伤害。”稳婆遂潜匿抚养。当时吕后却将肉球为怪,奏与高帝。帝怒将薄姬贬居北梁州。数年后,稳婆之子刘安抱送太子往梁州进见薄姬。姬视太子,一似高帝状貌,不胜之喜,赏刘安白金千两为乳哺之赀。及太子年十五岁,身长八尺,面如冠玉,手垂过膝,两耳垂肩,龙睛凤目。

这种故事其实都是一个类型,即“神奇出生”和“弃子”。如果把眼光放宽一点,生下一个特殊的孩子(未必是肉球),因为某种原因不能留,把他抛弃掉,扔到水里或者扔到郊外,这种“梗”全世界都有,例如《圣经》里著名的先知摩西。

摩西是犹太人,但是出生在埃及。埃及法老唯恐犹太人繁衍,就下令杀死所有犹太男婴。于是摩西的妈妈把他藏起来,后来藏不住了,就把他装在一个蒲草箱里,外面抹上石漆和石油,放到水里漂走,他最后被一位公主救起。摩西长大之后,带领族人离开埃及,建立了不朽功勋。

唐僧的故事也是。唐僧的母亲殷小姐被水贼刘洪挟持了,唐僧出生之后,殷小姐怕刘洪杀他,就把他放在一个木盆里让他顺水漂走了,因此唐僧原名江流儿。后来成为一代高僧。

历史人物也好,传说人物也好,只要有一点传奇的经历,就容易编出来这种故事(汉文帝也很传奇,他不像汉惠帝在深宫里当太子,而是经历了很多磨炼)。而肉球和抛弃这两个情节总是相连着的。

三头六臂显神通

在《封神演义》里，哪吒最后一次升级，是喝了太乙真人的仙酒，吃了他的火枣，变出三头八臂：

> 哪吒连饮三杯，吃了三枚火枣。真人送哪吒出洞府，看哪吒上了风火轮，真人方进洞去。哪吒提火尖枪，方欲驾土遁前行，只见左边一声响，长出一只臂膊来。哪吒大惊曰："怎的了？"还不曾说得完，右边也长出一只臂膊来。哪吒唬得目睁口呆。只听得左右齐声响，长出六只手来，共是八条臂膊；又长出三个头来。

有时候，这种变化是"三头六臂"，例如《西游记》里，哪吒在花果山打孙悟空时，就变出过三头六臂；孙悟空同样也会变三头六臂：

> 那哪吒奋怒，大喝一声，叫："变！"即变做三头六臂，恶狠狠，手持着六般兵器，乃是斩妖剑、砍妖刀、缚妖索、降妖杵、绣球儿、火轮儿，丫丫叉叉，扑面来打。悟空见了，心惊道："这小哥倒也会弄些手段。莫无礼，看我神通！"好大圣，喝声"变"，也变做三头六臂；把金箍棒幌一幌，也变作三条；六只手拿着三条棒架住。

其实无论是"八臂"还是"六臂"，这些变化，多是源自印度或中亚的多臂神。印度宗教创造神像，一般就是在普通人体上添加东西，或者做些变形，于是就出现了"多臂多首"神，六臂、八臂乃至千臂的都有。

人类都有两条手臂，印度人喜欢一对一对地往上加，就形成了四臂、六臂、八臂神，单数的反倒很少见。越来越多的手臂，表示了超常的神力，多只手里可以拿多种武器和象征物，这些象征物都是神性的具体体现。

佛教兴起后，自然不排斥本土神像的造型，多臂神也保留了下来。公元六世纪中叶，出现了以无著为代表的密教教派，此时出现了四臂观世音菩萨。据说四臂代表的是四无量心，即“息”“增”“怀”“诛”四种佛行——“息”指的是平息所有的痛苦、障碍及困难；“增”指的是增加福报、智慧、寿命、财富等；“怀”指的是救度众生，领导他们修行；“诛”指的是诛灭众生种种恶念，克服外界魔障等。

至于为什么很多神像都是三头，这也和印度人的信仰有关。印度宗教中，经常有“三大主神”“三身佛”等三位一体的宗教概念。例如“三位一体”是毗湿奴、湿婆和梵天，他们都是至高神，都是造物主。大梵天是创造之神，

四臂湿婆

创造了宇宙；毗湿奴是维系之神，负责维持宇宙秩序；湿婆是破坏之神，掌握了破坏力量和魔鬼。在这种思想指导下，很多神像画成三个头就不奇怪了。

这样看来，头的数量和臂的数量，本来没什么固定的关系。但中国人很实在，认为每个头必定要配两臂，所以我们熟知的反倒是“三头六臂”。当然，“八臂哪吒”也一直流传着。《水浒传》里第64位好汉叫“八臂哪吒项充”，北京城又称为“八臂哪吒城”，都是源自哪吒“三头八臂”的传说。

脚下金轮手中枪

《封神演义》里，哪吒有许多法宝，如火尖枪、风火轮、混天绫、乾坤圈、九龙神火罩、金砖、阴阳剑等。然而，只要看一看哪吒形象的形成历史，就会发现：这些法宝几乎没有一个是属于他的，都是从各种故事、各路神仙中七挪八借地借过来的。所以，讲哪吒，就会把各种各样的神仙带出来，这是一件非常有趣的事情。

和哪吒渊源很深的第一位神仙，就是道教雷法中著名的华光马元帅，因为他也是从肉球中降生的。

马元帅是道教雷法中重要的火神。元代道教上清派雷法典籍《灵官陈马朱三帅考召大法》中，需要召请华光马元帅，这套法术对法师类似的“存思”（即想象）要求是这样的：

> 道士需想象体内二气交合，先化为宝珠，次发雷击破宝珠，珠内有一婴儿，逐渐长大，化作“丹元君，顶上清冠，绛衣朱履，长裙玉珮”，乘红白二气上转泥丸，复堕地化为枯木，再运心火烧木成灰，“灰内见一肉团，兆以剑诀剖开，见一婴儿趺坐金盘之内，双手捧一燎字”……[1]

[1] 见陈宏《〈封神演义〉之殷郊形象渊源考》。

有些南方民间小庙甚至将马元帅和火德真君混淆。我们再来看哪吒在《封神演义》里的法宝，火尖枪、风火轮、金砖、九龙神火罩等，就会疑惑：哪吒本来出生在海边，后来又现出莲花化身，和“水”有莫大的关系，为何这里拿的都是一些与“火”相关的法器呢？

事实上，这些“火器”，多数是属于马元帅或和马元帅相关的火神的。

哪吒给我们最深的印象，自然是脚踏风火轮（《封神演义》里叫风火轮，《西游记》里叫火轮儿），手持火尖枪。然而很遗憾的是，风火轮和火尖枪，其实极有可能是从华光马元帅的手里借过来的，而不是哪吒自己的。

《封神演义》里的风火轮，是用脚踩的，很像今天的滑板、平衡车或者暴走鞋。这个轮子形状的东西，历来就是华光马元帅的标配，而不属于哪吒。有时候这轮子是两个，有时候是一个。比如有的道教水陆画中，马元帅的轮子就画作一个，简直是从吴桥杂技团跑出来的。俗话叫“独轮王八拱”。

华光马元帅踩轮子的历史非常久，例如元末明初的杂剧《西游记》中就有“火丹袖五百，火轮踏一双，火葫芦紧缚师旷，使离娄拖定金枪”。又如《三教源流搜神大全》里华光马元帅的传记，也提到他的“风轮火轮”。

> 生下三日能战，斩东海龙王以除水孽；继以盗紫微大帝金枪，而寄灵于火魔王公主为儿，手书左灵右耀，复名灵耀。……乃授以金砖叁角，变化无边。遂奉玉帝敕，以服风火之神，而得风轮火轮之使。

而在以华光为主角的《南游记》里，华光踩的风火二轮是降服了风火二判官所得。所以，无论怎么说，风轮和火轮，都和华光马元帅联系紧密，而不是和哪吒。华光是火神，可以制服风火二判官，但是风火轮给哪吒就很诡异了。

北京白云观所藏马元帅画像中的火轮

明白了这个道理，再去看一下哪吒的火尖枪，就会发现，在任何一个华光天王的传说中，“金枪”或“火枪”永远和火轮一样，是他的标配。除了杂剧《西游记》，还有《南游记》，也说金枪是华光所盗。而《封神演义》里哪吒那杆火尖枪，名目上抄的是《西游记》里红孩儿的，而原型上抄的是华光马元帅的（此外，华光和哪吒都闹过东海，不好说二者先后关系如何）。

另外，道教其他雷将，如王灵官等，都踩着类似的轮子，它通称为“火车”（并非今天意义上的火车）。

《灵官宝诰》这样说：

先天主将，一炁神君。都天纠罚大灵官，三界无私猛吏将。金睛朱发，号三五火车雷公。凤嘴银牙，统百万貔貅神将。飞腾云雾，号令雷霆。降雨开晴，驱邪治病。

又如雷法中的田华毕元帅，就是《封神演义》里庞刘苟毕的那个“毕”，在《三教源流搜神大全》的图像里，也踩着一个轮子。

可见，雷法神将踩一个平衡车，简直就是标配！

《封神演义》有一处耐人寻味的细节。伐西岐的张桂芳，善于呼名落马，他见到人骑马就会喊“某某还不下马，更待何时”，这个人就会魂飞魄散，跌下马来。但是哪吒不怕，因为他是莲花化身，没有魂魄，张桂芳不知道。他喊哪吒的原话，在最早的明代版本里是：“哪吒还不下车，更待何时！”后来的版本都改成“下轮”了。其实“下车”这个版本上的细节，正反映了当时的作者和读者的一种认同：他们觉得哪吒踩的风火轮就相当于火神或雷神脚下的“火车”。

这个设定还影响到了《西游记》里的红孩儿。红孩儿出战的时候是：

> （红孩儿）教：“小的们，把管车的，推出车去！”那一班几个小妖，推出五辆小车儿来，开了前门。八戒望见道：“哥哥，这妖精想是怕

北京白云观所藏王灵官画像

《三教源流搜神大全》中的毕元帅形象

我们，推出车子，往那厢搬哩。”行者道：“不是，且看他放在那里。”只见那小妖将车子按金、木、水、火、土安下……

红孩儿放火的时候，也需要站在车上。甘肃张掖大佛寺的《西游记》主题壁画，画的就是红孩儿乘车放火。

这小车很奇怪，为什么踩在上面才能发出三昧真火？其实它和哪吒的风火轮以及“火车”是一个来历，本就是属于火神的法宝。红孩儿手里的“火尖枪”，应该也是从马元帅的“金枪”变过来的。无论是火枪、火车还是火轮，都和火神信仰有关系。

《封神演义》里，哪吒还有一块金砖，这更是属于马元帅的法宝。华光持金砖的传说，在民间流传非常广泛，例如《水浒传》里的船火儿张横。

> 三个人在舱里望岸上时，火把也自去芦苇中明亮。宋江道："惭愧！正是好人相逢，恶人远离，且得脱了这场灾难！"只见那艄公摇着橹，口里唱起湖州歌来，唱道："老爷生长在江边，不爱交游只爱钱。昨夜华光来趁我，临行夺下一金砖！"宋江和两个公人听了这首歌，都酥软了。

从这里可以知道，至少在元明之际甚至更早的时候，民间就普遍了解华光是手持金砖的；而且，华光的威名也非常大，以至于张横要拿华光和天王老子相提并论。所以，金砖和华光天王、王灵官等火神在一起是很合适的，而哪吒用金砖就非常奇怪了。

在《三教源流搜神大全》里有"乃授以金砖叁角，变化无边"的说法。而在《南游记》里，华光投胎在炎玄天王家，被称作三眼灵耀，拜妙乐天尊为师，却又诈取其金刀，炼成一块三角金砖作为法宝。这是华光的招牌兵器，和哪吒并不相关。现存明清的道教水陆画中，马元帅总是拿着一块金砖。

北京白云观所藏马元帅画像

另外，王灵官在有些造像中也拿金砖。王灵官同样属于火神。

《封神演义》里还有一个法宝，叫九龙神火罩，这更是从火神那里弄来的了。因为《道法会元》里就有"火罩咒"，咒语是：

> 谨请日之原，火之祖，结铁为网，促金为罟。四边火焰，八方发举。上彻云霄，下连土主。火捉火缚，火枷火考，擂挥火鼓。敕差赵原，主捉立附。摄到邪祟，立便通吐。急急如律令。

毋宁说，九龙神火罩就是“火罩咒”之类道教咒语的具象化。

哪吒还有一些遗失的法宝。熟悉《封神演义》和《西游记》的朋友会发现，两部书里哪吒的法宝完全不同。《西游记》里哪吒的法宝是斩妖剑、砍妖刀、缚妖索、降魔杵、绣球儿、火轮儿。时至今日，这些剑、刀、索、球、杵，似乎全都丢失了。我们印象更深刻的，还是火尖枪和风火轮。

其实《西游记》里哪吒的这些法宝更有佛教的特色。斩妖剑和砍妖刀应该是和佛教中毗沙门天王相关的“持物”[1]，如唐卢宏正《兴唐寺毗沙门天王记》中说，“毗沙门天王者，佛之臂指也。右扼吴钩，左持宝塔”。斩妖剑和砍妖刀无疑是从他父亲的“吴钩”变来的。

缚妖索应该源于四大天王里西方广目天王的罥索（这条罥索，有时候也画成一条龙）。[2]这条罥索很可能与广目天王的猎人原型有关[3]，罥索是用来捆猎物的。《封神演义》里的夹龙山惧留孙和《西游记》里的幌金绳也都和它脱不开关系。缚妖索到了《封神演义》里，又变成了可以缠人的混天绫。

降魔杵虽然不是什么稀罕法器，但佛教色彩更浓厚。《三教源流搜神大全》讲到哪吒出身的故事，说他“手搭如来弓箭，射死石记娘娘之子，而石记兴兵。帅取父坛降魔杵，西战而戮之”。说明降魔杵本是父亲托塔天王的兵器。另一方面，藏传佛教的神像手中，基本都会有这一件持物。

从这里又可以看出哪吒和佛教的关系。上面这个故事中，弓箭是属于如来的，不是李靖的。而在《封神演义》里，哪吒在陈塘关城楼上拿起乾坤弓、震天箭，射死了石矶娘娘的童子碧云童儿。

这个故事其实也源于佛教故事，见于《佛本行集经·捔术争婚品》，说净饭国立铁鼓，让众人比赛射箭：悉达多太子射的时候，连续换了好几张弓，都拉断了。他的父亲净饭王命人去城中的天寺，取来太子祖父师子颊的神

[1] 指神像所持的象征身份的法器。

[2] 见柳存仁《和风堂文集·毗沙门天王父子与中国小说之关系》。

[3] 见白化文《汉化佛教与佛寺》。

弓，给太子试射。太子平胸而射，箭射过了十拘卢奢（约二百里），悉皆洞过，没于虚空，并射到了天上。帝释天接过箭，让诸天供奉。

这里的弓供奉在“天寺”，箭一下子射到天上。而《封神演义》里写作“乾坤弓”和“震天箭”，还是能看出二者的联系。

后来这个故事也被《北游记》采用了。真武大帝小时候叫玄明太子，七岁的时候用一张弓射中了铜鼓。说明这个故事在民间流传得非常广，是一个可以复用的资源。

绣球儿这件法宝，在元杂剧里就已经出现。《三教源流搜神大全》里的哪吒图像，就手持一个绣球。《南游记》里说绣球中有独角逆鳞龙、八角头陀、波罗龙、吞世界鬼等，可以随时放出来帮忙。

而宋洪迈《夷坚志》“程法师”条，记载了宋代民间盛传的哪吒咒语的灵验故事。这位程法师能行茅山正法，治病驱邪。有一天遇到一个石精，用其他法术都不奏效，于是持哪吒火球咒作法。就见一个火球自身后出，与一团黑块相击，将黑块击碎，火球绕身数匝也消失了。火球搏斗的时候，人们听到有金鼓喧轰的声音，像在打仗时的“千百人战声”。

这里哪吒已经被列入了“茅山正法”的神将序列，并且有专门的法术“哪吒火球咒”,而且能真的像街机游戏一样发出火球。这“火球咒”固化后，就成了“绣球儿”。而“千百人战声”不如说就是其中收藏的诸助手的呐喊。

这件“绣球儿”可算是真正属于哪吒自己的一件法宝,可惜的是在《封神演义》里，却把它搞丢了！

还有一个乾坤圈，不知原型是什么，这是哪吒最开始被赋予的法宝。乾坤圈应该与《南游记》里的“红花紫金圈”或《三教源流搜神大全》里的“首带金轮”有关系，再早的来历就不清楚了。

最后,《封神演义》里还有一对“阴阳剑”，只出现过一次：

> 太乙真人传哪吒隐现之法。哪吒大喜，一手执乾坤圈，一手执混天绫，两只手擎两根火尖枪，一手执金砖，还空三手；真人

《封神真形图》中的哪吒形象

又将九龙神火罩，又取阴阳剑，共成八件兵器。

《封神演义》的作者经常混淆三头六臂和三头八臂。如果是三头六臂，就没有阴阳剑什么事了，前面那几件法器足够用。如果是三头八臂，只能再凑两把阴阳剑出来。所以这两把阴阳剑从来没有用过，就是个摆设。

从以上的分析可以看出，哪吒的本领和法宝，也是随着历史的演变而不断地变多变强的。

最开始作为毗沙门天王护法的哪吒，不曾听说有什么特别出奇的本领，只知道他“以恶眼见四方”（相当于一个摄像头），然后惩罚犯戒的修行者。这是他神通的原始状态。《西游记》里哪吒的“降魔杵”，可能就是这种神通的具象化。当他和火神、殷郊等信仰合流之后，神通就开始变多变杂。九龙神火罩、风火轮、火尖枪，都是火系法术。而莲花化身赋予的“灵魂系法术免疫”的本领、阴阳剑这种近似物理的攻击，又是《封神演义》的功劳。

哪吒的火属性越来越强，竟然把原来的特征挤压得一丝不剩。

电影《哪吒之魔童降世》完全剥离了哪吒其余的属性，而是把他直接和火系绑定到了一起，使他几乎成了华光的翻版，对应的敖丙是水系法术（乾坤圈变成了类似紧箍咒的存在）。这样一个水与火、正与邪、神与魔、灵珠与魔丸对抗的结构，或许是当初的佛教神哪吒始料不及的。

有趣的是，这种对立，似乎受到了西方的影响，因为在中国传统文化里，水与火只是宇宙中两种对立的元素，从来都和正与邪的对抗无关，而且都会被正邪双方所利用。精通水系法术和火系法术的，既有神仙也有妖怪。

但是西方文化里，火狱、火龙等火系元素却更加偏向邪恶。可以说，《哪吒之魔童降世》里的哪吒，给我们带来了更新的文化内涵。

由此也更可以看出，国人对哪吒形象的塑造，吸取了无数种文化元素，完成了从佛教到道教或民间信仰的变化过程。一开始，他只是毗沙门天王的护法，但他桀骜不驯，在肃穆端庄的万神殿中，是一个异数。这样的性格，其实很受中国老百姓喜爱，因为在他们被忠孝之道约束的潜意识中，总有一种试图突破和反叛的因素。哪吒是这样，孙悟空也是这样。所以在一千多年的流传过程中，人们不断地把与之相似的文化符号，从别的神祇那里夺过来，加诸哪吒的身上，使他越来越丰富，越来越强大，最终成了明清时期的文学里，仅次于孙悟空的神话英雄。

殷郊：
原本该站在哪吒的位置

《封神演义》里肉身成圣的有七位：李靖父子四人、杨戬、雷震子、韦护，似乎没有殷郊什么事。他不是被广成子用犁锄铲了脑袋，最后封了太岁神吗？

但是，因为哪吒和殷郊的关系太过密切——甚至可以说是同一个系统，所以不得不把殷郊的故事单列一节。甚至可以说，哪吒在《封神演义》里的故事，其实大部分反而是殷郊的！

被哪吒抢走的伐纣先行官？

殷郊是一位非常有来历的神，和哪吒的来头不相上下。《封神演义》里的殷郊，其实已经经过了作者的改造，变得面目全非了，而另一部关于宋

元时代民间信仰的作品《三教源流搜神大全》里,完整地记录了殷郊的故事:

帅者,纣王之子也。母皇后姜氏,一日,后游宫园,见地巨人足迹。后以足践之而孕,降生帅也。肉球包裹,其时生下,被王宠爱妃名妲己冒奏王曰:“正宫产怪。”王命弃之狭巷,牛马见而不敢践其体。王又命投之于郊,乌鸦蔽日,白鹿供乳。适金鼎化身申真人经过,但见祥云霭霭,紫气腾腾,毫光四起,真人近而视之,乃一肉球,曰:“此仙胎也。”将剑剖球,得一婴儿,即抱归水帘洞,求乳母贺仙姑哺而育之,法名唫叮呶,正名唫哪吒,又缘其弃郊之故,而乳名殷郊。

年将七岁,同乳母后园游玩。母曰:“汝非吾子,乃纣王子,因听信偏妃妲己之言,将汝为妖,汝母坠楼而死。”帅感泣,竟见真人,具道欲报杀母之仇。真人曰:“吾儿年幼,不可去也。”帅坚请去。真人曰:“汝果有此愿力报母,亦孝思也。但即往天妃八宝洞中取何宝物为使,方可前去。”帅往取黄钺金钟而见。真人曰:“取此何也?”答曰:“此物好诛妖昏。”是时真人口中不语,脸带微笑,意许如此,只恐年幼不能奋力,令往取兵书,训:“汝先乘海马下山,收二强人为副。”帅领命,即收赟神、鸦将,带归见真人。又命再往扫帚山,收得十二强人,方可征商。帅不知强伙乃十二丧门哭鬼骷髅神,帅即往,尽戮之,悬首挂颈胸而回。真人曰:“此骨非他也,能助阵,一敲鬼哭神惊,人头昏闷,手软,不战自退。”

于是指帅助武王而伐纣,至牧野,率雷震等前锋显威,杀商士,前徒倒戈自戮,血流漂杵。当先赶至摘星楼上,正值妲己,元是妖雉亡国,日迷主精,夜吃人血,后见纣败,欲显圣化去,被帅威吓敛形,擒见周王,命戮。妲己大挺妖容炫目,无忍杀者。帅抱忠愤孝义,不荒于色,劈斧诛之,妖散光化道黑烟而没。玉帝闻有孝义之恩,又有斩妖之勇,遂召敕封地司九天游奕使、至德太岁、杀伐威权殷元帅。

这段故事比《封神演义》里殷郊的故事完整得多，而且透露了许多有趣的信息。

首先，殷郊的出身就很不寻常。他母亲姜氏是踩了地上的大脚印怀的孕，这是一个典型的“感孕故事”。

事实上，周民或周氏族的始祖后稷就是这样降生的：

厥初生民，时维姜嫄。生民如何？克禋克祀，以弗无子。履帝武敏歆，攸介攸止，载震载夙。载生载育，时维后稷。……诞寘之隘巷，牛羊腓字之。诞寘之平林，会伐平林。诞寘之寒冰，鸟覆翼之。[1]

也就是说，周民的始祖姜嫄，有一次在郊外踩上了一个大脚印（是天帝留下的），就怀了孕，生下了儿子后稷。人们把后稷丢在巷子里，牛羊就来护卫他；丢在林子里，又被伐木人救起；丢在寒冰上，大鸟用羽翼覆盖着他——无论怎样都不死。

《三教源流搜神大全》恰好吸收了这个故事——连帝后姓姜都没有变！

其次，殷郊的名字“郊”，在这里有了答案：他被扔到郊外，所以叫“殷郊”，就像后稷的名字叫“弃”，唐僧的名字叫“江流儿”，摩西的名字意为“从水里拉上来”一样。而《封神演义》里的殷郊，从小生长在后宫，和“郊”一点关系都没有，就显得十分奇怪。

而且殷郊生下来是一个肉球，其实就是《封神演义》里哪吒出生为肉球的故事——但是人家殷郊的故事逻辑完整啊：因为是肉球，所以被扔在郊外；因为扔在郊外，所以叫“殷郊”。而哪吒就是一个肉球而已。可见，

[1] 见《诗经·生民》。

是哪吒故事借用了殷郊故事，而不是反之。

第三，有趣的是，金鼎申真人给殷郊起的另一个名字，竟然叫“唫哪吒”！这个名字和哪吒本人有什么关系，现在还不好说。我们还发现：《封神演义》里李靖的夫人也姓殷！所以只能推测：殷郊和哪吒之间有很深的关系，应该是在传说中互相融合了。

《封神演义》并不是一个人的独立创作，而是整合了许多民间故事，这些民间故事彼此都有关系，哪吒、殷郊和雷震子三个人就有千丝万缕的联系，并不是某个故事专属于某个人。其实这有点类似于开源代码，这一段代码留着接口，谁都可以用，不管是谁，哪吒也好，殷郊也好，只要故事能编圆就行。

在《封神演义》里，哪吒不但篡夺了殷郊的出生故事，就连伐纣“先锋官”这个官职，也一并强行篡夺来了。

《封神演义》里明说，哪吒降生，就是为了做武王伐纣的先行官的：

> 这位神圣下世，出在陈塘关，乃姜子牙先行官是也，灵珠子化身。（第十二回）

甚至他自己都知道这个宿命，他殴打老龙王的时候说：

> 因成汤合灭，周室当兴，姜子牙不久下山，吾乃是破纣辅周先行官是也。

但是，哪吒做先行官，也不是一帆风顺，姜子牙金台拜将时，封了四个先行官，而头队给了黄天化，哪吒只做了后哨：

> 子牙将四阄与四将各自拈认：黄天化拈着是头队先行；南宫适是左哨；武吉是右哨；哪吒是后哨。

《封神真形图》中的殷郊形象

直到黄天化阵亡，哪吒这才扶正：

子牙升帐坐下，将正印佥哪吒为先行，把南宫适补后哨，住兵三日。

从这里可以看出，虽然哪吒口口声声说自己要做先行官，可是似乎没有那么名正言顺。《封神演义》写起来也是含含糊糊，似乎并没有当作一个重要设定去写。

但是，在《封神演义》之前的武王伐纣故事《武王伐纣平话》里，并没有哪吒，而明说伐纣的先行官是“殷交”，也就是殷郊！

这个故事说，殷交被纣王迫害，逃出王宫，躲过了追兵，在浪子神庙里遇到了浪子神，浪子神授予他百斤大斧和一身神力，命他破纣的时候做大将：

当日太子一夜躲兵独行，到一庙中。有一神人来请太子上殿而歇。神兵问太子曰：“何故来此？”太子具说父王不仁无道之事。神人曰：“你后必破无道之君。吾与汝一法必胜矣。”先赠酒一杯与太子饮之；又与大斧一具，可重百斤，名曰“破纣之斧”。神人便助太子有力也。接大斧入手中，忽然觉来，却是一梦，果然见大斧在手中。太子自觉有力，弄大斧恰如无物相似。至天明，见牌上字名曰“浪子神庙”。

浪子神教殷交武艺的故事，倒很寻常，因为很多小说里，都有主人公梦里碰上神仙，教给他本领的梗，《说岳全传》说岳云在张巡庙学了锤法；京剧《白猿教刀》说关公年轻的时候，梦见一只白猿教了他刀法。

然后，殷交就到华山落草，聚集人马，等待伐纣。后来姬昌西逃，他还救了姬昌（《封神演义》里这个功劳也被剥夺，给了雷震子）。等武王伐纣的时候，他就正式来投奔，被姜子牙封为上将。

此后，殷交的战绩就一发不可收，堪称姜子牙手下第一战将，场场不落。他的战绩有：

容城擒离娄（千里眼）

渑池杀秦敬

破洛阳城

大战乌文画

擒史元革、钟士才

杀崇侯虎的三先锋彭举、彭矫、彭执

擒崇侯虎

擒费仲

杀妲己

而殷交最后的表现，更让人瞠目结舌：

太公传令，教建法场：大白旗下斩纣王，小白旗下斩妲己。帝问曰："教甚人为刽子？"问一声未罢，转过殷交来奏："陛下，小臣愿为刽子。陛下听吾诉之。"曰："纣王昔信妲己之言，逐臣到一庙中，似睡朦胧，赐臣一杯酒，饮之力如万人；又赐臣一具百斤大斧，教斩无道之君。以此神祇所祝，臣合为刽子。"武王曰："据有此事，依卿之言。"……武王并众文武，尽言无道不仁之君，据此合斩万段，未报民恨。言罢，一声响亮，于大白旗下，殷交一斧斩了纣王。万言咸乐。

他一斧子砍了亲爹的脑袋！

所以，在早期封神故事里，殷交的地位非常高，可以说是西岐这边的第一战将。但是不知为何,可能是出于“孝道”的原因,不能让儿子反老子,于是在今天的《封神演义》里，殷郊被处理成反面角色，给西岐制造了许多麻烦。而伐纣先行官的身份，转到了哪吒身上。

为什么发生了这样的变化呢？在这里我仍然推荐李亦辉先生的文章《玄帝收魔故事与〈封神演义〉》。

《三教源流搜神大全》里的哪吒，射死了石矶娘娘的儿子，而《封神演义》和道教的真武大帝降魔、神魔大战的故事有很大关系，因此从身份上看，哪吒比殷郊更适合做这个先行官。因为他和魔的关系、和真武大帝的关系更密切。

首先说哪吒和魔的关系。他是毗沙门天王的太子,同时也是他的护法神。毗沙门天王手下管着许多夜叉鬼，这些夜叉鬼可以看作是毗沙门天王的亲兵，随时可以调用。元末明初《西游记》杂剧里的哪吒自称：

> 某乃毗沙天王第三子哪吒是也，见做八百亿万统鬼兵都元帅。奉玉帝敕父王命，追捕盗仙衣、仙酒妖魔。

他手里有八百亿万鬼兵，这个兵力已经相当强了。

元杂剧《二郎神醉射锁魔镜》里的哪吒，一上来也说自己降服了八角师陀鬼、铁头蓝天鬼、独角逆鳞龙、天边大刀鬼、天魔女、地魔女、色魔女等十大魔君,所以加封为八百八十亿万天兵降妖大元帅(同理,《西游记》里说哪吒降服九十六洞妖魔，然后玉帝封他为三坛海会大神)。

《三教源流搜神大全》里，哪吒在南天门下打死了九条龙，连老龙王都打死了，一点事儿没有。哪吒真正的自杀原因是招惹了石矶娘娘，石矶娘娘在这里的设定是诸魔之首，哪吒把她打死了。于是诸魔大怒，找李靖来报仇，哪吒因此自杀。他的灵魂到了如来佛祖这里，如来佛祖“以其能降魔故”，给他造了莲花化身，让他代表佛和天宫到世间降魔，等于他肩负了两教的重任。

> 世尊亦以其能降魔故，遂折荷菱为骨、藕为肉、丝为胫、叶为衣而生之。……故诸魔若牛魔王、狮子魔王、大象魔王、马头魔王、吞世界魔王、鬼子母魔王、九头魔王、多利魔王、番天魔王、五百夜叉、七十二火鸦，尽为所降，以至於击赤猴、降孽龙。盖魔有尽而帅之灵通广大，变化无穷。故灵山会上以为通天太师、威灵显赫大将军。玉帝即封为三十六员第一总领使，天帅之领袖，永镇天门也。

在1979年的动画片《哪吒闹海》里，老龙王简直是恶势力的首领，水淹陈塘关，哪吒为了保护老百姓而自杀，这实际上把四海龙王的地位提高了，把石矶娘娘的地位抹杀了。

实际上石矶娘娘的地位比四海龙王要高得多，别说哪吒打死九条龙加上老龙王十条龙，再打死一百条龙也不叫个事，因为哪吒的故事有佛教的背景，在佛教里龙入的是畜生道，只是有些神力而已（后来传到中原之后才变成了正神）。哪吒取代殷郊做了先行官，更多是因为他更擅长降魔，和诸魔梁子更深。

再说哪吒和真武大帝的关系。哪吒降魔，有职务上的便利。在元代的哪吒故事里，直接领导他的是驱邪院，而驱邪院主就是真武大帝，哪吒直接受他管辖。《封神演义》里哪吒受姜子牙调遣，正是元杂剧里哪吒受真武大帝调遣的翻版。

驱邪院主手下还有一员大将，就是二郎神，哪吒和二郎神经常受驱邪院主的派遣，到处降魔除怪，这已经构成了元杂剧一个极其常见的剧情。既然《封神演义》里的姜子牙继承了真武大帝的很多特征，那么他自然地要把大帝原来的两个下属——哪吒和二郎神继承过来。所以哪吒会取代殷郊成为先行官，也算是任人唯亲。因此殷郊退场，哪吒和二郎神成了封神故事的新贵。

所以，我们现在看到的《封神演义》，呈现的是一个平面的故事。实际上这里面是有主有次、有先有后的：哪些是先形成的，哪些是后形成的，哪些是主动的，哪些是从动的，哪些是后边带来的，需要慢慢研究，而这种研究是非常好玩的事情。

被埋葬的弑父悲歌

《封神演义》的早期故事原型，是约成书于元代的《武王伐纣平话》。这本小册子虽然很薄，却透露了一些很古老的消息。

根据《武王伐纣平话》的故事主线，商朝灭亡的原因是这样的（原文太长，且有很多分支情节，我改写成现代白话的主线梗概）：

> 纣王即位之后，天下承平无事，有一天，正宫娘娘姜皇后来请纣王，说要到玉女庙进香。纣王问："玉女是何人？"姜皇后说："玉女乃是上古一位少女，冰清玉洁，修炼成仙，今为神女。臣妾每逢初一十五，上香祈祷。"
>
> 纣王就跟着姜皇后到玉女庙中行香。纣王见玉女容貌出众，流连忘返，竟然一住三日，不肯回宫。夜晚玉女来托梦，说："我是仙女，你是人王，无缘相会，除非你等我一百日。我留一件信物给你。"说完腾空而去，纣王伸手去拉，忽然惊醒，原来是南柯一梦，手里多了一条仙罗绶带。
>
> 纣王等了玉女一百天，玉女竟然放了纣王鸽子，没有来。纣王相思成病，大臣费仲就出主意说："您不如下令选天下秀女，难道就没有比玉女漂亮的姑娘吗？"
>
> 纣王下令选秀女。有华州太守苏护的女儿苏妲己，美貌无双，应该进献。苏护无奈，送女儿入京，不料半路被一头九尾妖狐吸取魂魄。纣王一见妲己，与玉女容貌一模一样，惊喜过望。从此妲己倍得宠幸。

有一天妲己和纣王饮酒作乐，忽然见纣王腰里系着一条腰带。妲己问道:“大王的腰带从哪里来？”纣王也没多想,信口答道:“是玉女给我的。玉女让我等候百日，才来见我，就给了我这件信物。”

妲己一听，立即吃了醋（根据上下文想来，妲己吃醋的原因，自然是丈夫在媳妇面前说“我喜欢你，是因为你长得和我前任女友一样”，这句话岂能不惹出醋意来），就说:“大王不许再想她，恐怕你久思中邪。最好砸了她的塑像，烧了她的庙。”纣王宠爱妲己心切，立即传旨砸像烧庙。

这件事使纣王惹怒了上天。很快，他的正宫皇后姜娘娘生下一个男孩，纣王封他为“景明王”，“只因王打玉女，天降此人，此人便是太岁也”。这就是殷郊（原文作“殷交”，为行文方便统一成“殷郊”）。

妲己嫉恨姜皇后，就和费仲合计，设法除掉她。一天妲己趁姜皇后见纣王，在姜后脚下藏了一把刀子，然后诬陷姜后行刺。纣王大怒，把姜后从高台上扔下摔死（这段情节在《封神演义》里移植到了黄娘娘身上），为掩人耳目，尸骨埋在后花园。

此时殷郊尚是婴儿，十年后，殷郊长大，仍然不知生母的死因（或者根本不知道生母是谁，这一点原书没有交代清楚）。妲己怕事情泄露，便设计把所有的知情人统统灭口。这些人主要是姜皇后的宫女。妲己设酒池、虿盆、炮烙，命这些宫女裸体相扑。胜的扔进酒池醉死，败的扔进虿盆咬死，还不死的，用炮烙烧死。

宫女被杀害将尽，只剩下一个人，就是太子殷郊的乳母冯氏，她年老功高，妲己也无法下手。一天趁冯氏敬酒，妲己故意掉落酒杯，说冯氏对自己不敬，将其打入冷宫。

冯氏在冷宫昼夜悲号，殷郊闲游时偶然遇见她（这里原书有点交代不清）。冯氏就把姜后的死因原原本本告诉了殷郊，然后自尽。殷郊急忙跑到后花园，姜皇后鬼魂显灵。殷郊决意报仇。

殷郊拔剑要杀妲己，被纣王命人捉住，推上法场。有大力士胡嵩劫法场救了殷郊。比干收留了殷郊（《封神演义》里是方弼、方相和商容承担了类似的任务）。殷郊立志要造反，起初和纣王派来的人马战了几场，不敌逃走，躲到浪子神的庙中。浪子神半夜托梦，赐给殷郊一柄“破纣之斧”和全身神力。殷郊与纣王的追兵大战，杀退追兵，逃到华山之中，落草为寇，招兵买马。

姜子牙从朝歌投奔西岐，路经华山，被殷郊捉上山去。姜子牙问明殷郊身世，便约殷郊一同伐纣，殷郊大喜。待多年后武王伐纣时，东征路经华山，殷郊下山来投军。从此成为周朝帐前大将，和黄飞虎等并肩作战，屡建功劳。

武王攻破朝歌，擒住纣王和妲己。殷郊自告奋勇，要亲自杀父，用破纣之斧斩了纣王的头。妲己用妖法媚惑刽子手，屡屡换人不能成功。殷郊用布蒙住了眼，一斧砍去，火光迸散，妲己现了狐狸原形，腾空而去。姜子牙用降妖章将妲己打落尘埃，仍然命殷郊拿住，用布口袋装起，木锤捣烂，这才把九尾妖狐毁形灭魄。

从这一故事中可以看出以下几个问题：

第一，在这个早期故事里，纣王并没有调戏女娲，而是垂涎玉女。垂涎玉女本身，并没有构成破家亡国的大罪。玉女还送他绶带，这和后代很多人神恋的故事很相像。而在《封神演义》里调戏女娲，竟成了十恶不赦的罪状。

第二，上天确实派来了商朝的掘墓人，“祸乱成汤天下”，这个带着使命而来的人，并不是九尾妖狐，而是太子殷郊！

第三，也就是《封神演义》里一个很令人头疼的问题：妲己的行为为何看起来很矛盾。她是带着祸乱成汤天下的使命来的。按说武王已经兵临城下，成汤天下已经被她送得干干净净，纣王再无兵马可以抵挡，她的大业已经借周武王的兵马大功告成，何以吃饱了撑的要跑去劫周营？这不自己给自己使绊子吗？女娲娘娘协助姜子牙把妲己擒住，妲己抗辩说：“是你叫我祸乱成汤天下，为什么又要杀我？”女娲说：“只因你们无端造业，残害生灵，荼毒忠烈，有违上天好生之德。”这岂不是废话？你又要让她们惑乱君心，又指责她们无端造业，荼毒生灵？

这种矛盾，无论怎么圆，怎么像坊间说“《封神演义》有一个很大的局”，都是很难说得通的，只有把《封神演义》的成书放在一个世代累积的大背景下观察，才能看出一些问题。

如果把《武王伐纣平话》放进来一起观察的话，就会发现：在早期故事里，九尾妖狐一开始并没有葬送商朝的任务，它只是一个山野间的普通妖怪，和金角大王的干娘没什么两样。它借民女妲己的肉身进宫，和普通妖怪一样，纯粹是为了享受人间快乐，攫取荣华富贵。而纣王之所以获罪于天，纯粹是因为砸了玉女的庙，上天才派下商朝的掘墓人“殷郊”，让殷郊托生到皇宫内院，最后又安排殷郊亲手砍掉了纣王的头。这样悖逆人伦的情节，如果不是用殷郊负有天命解释，怎么能说得过去！

所以，我们可以发现：在《封神演义》故事发展的过程中，肩负葬送成汤天下任务的人，是换过的！

一开始，这个人是殷郊。后来大概是因为编故事的人觉得以子弑父太残忍了，所以才换成了妲己，从而造成了情节逻辑的大修改。然而这种后改的逻辑，和原有的故事就有合不上榫的地方。譬如妲己陷害忠良，祸乱后宫，到底算功还是算过？妲己明明已经见商朝即将灭亡，为何又去劫周营？如果我们明白，妲己并没有担负葬送商朝的任务，这一切就都理顺了：成汤的江山，和她半点关系都没有。她害人、劫营，完全是为了维护她的个人地位和利益——她就是一个普通的狐狸精而已。

也正是因为在今天的《封神演义》里，殷郊不再担负葬送成汤天下的任务，他才能被申公豹一句“道友留步”就轻松策反。否则，若按《武王伐纣平话》的设定，灭商诛纣是他的宿命，如何能被申公豹轻松策反？

第四，纣王的几件数得着的暴行：虿盆、酒池、炮烙，都有了落脚之处，都是妲己为了杀人灭口所设，而不是无厘头地嗜血好杀。这样一来，比起《封神演义》里的酷刑，理由更为充分。

当然，《武王伐纣平话》也有自己的缺点，例如妲己设计陷害姜皇后的办法，颇为幼稚，只是在姜皇后的脚下藏一把刀子，然后诬陷她要刺杀纣王。而《封神演义》里费仲教唆无脑男姜环闯宫行刺纣王，然后诬陷是姜皇后指使，接着又安排14岁的殷郊莽撞之中把姜环杀掉，从此再无对证。深文周纳，尽在《武王伐纣平话》之上。王闿运先生说“姜环明指梃击事”，绝非妄测。

又如姜皇后死时，殷郊才刚刚出生。十年之内，不知道生母是谁，直到偶遇奶母冯氏才得知真相。那么这十年中，殷郊难道不找妈妈？纣王和妲己，以及身边的宫女怎么向他解释这件事情？这件事《武王伐纣平话》里没说，因为它毕竟只是一个说书的底本，不可能事事交代得那么详细。然而这个重要设定，在当时说书的时候必然会讲到。解释权在各位说书先生的嘴里，我们现在无从知道。但是想来无非两种方式：一、骗他说妈妈生你的时候就死了，或者找不到了；二、妲己冒认是殷郊妈妈——就像《穆斯林的葬礼》里韩太太代替梁冰玉做新月的母亲一样。假如是后者，《武王伐纣平话》就更像一场宫斗剧了！

殷洪：展现忠孝矛盾的虚构角色

殷洪是殷郊的弟弟，他本来是赤精子的徒弟，赤精子让他下山去助西岐攻打纣王，结果下山之后就碰上了申公豹。申公豹策反殷洪，说“岂有子助他人，反伐父亲之理”，如果不以江山社稷为重，听信了他人之言，日后如何见列祖列宗于地下？这一番话就把殷洪给说得反了。

殷洪为什么这么容易被策反呢？

其实在《封神演义》之前，是没有殷洪这个角色的——至少《武王伐纣平话》里只有伐纣大将殷郊，没有殷洪。到了《封神演义》里，就硬生生地

《封神真形图》中的殷洪形象

改成了殷郊被申公豹策反，而且还多出了一个弟弟殷洪，殷洪也被策反。

这其实说明，殷洪的出现，还是要陪衬殷郊的。

《封神演义》的作者在写这本书的时候，做了一个权衡。那就是现实中的伦理道德和他手里的素材——“殷郊砍亲生父亲脑袋”之间孰轻孰重。元朝是一个由少数民族统治的王朝。既有汉文化，又有蒙古文化，还有西域文化，非常复杂。在这样的时代，讲一个人砍父亲脑袋，看上去没那么“逆天”，因为少数民族，尤其是游牧民族弑父的故事也很多。

但是到了明代，“忠孝节义”空前地受到推崇，这个情节就显得非常大逆不道，作者就一定要改。于是殷郊和殷洪两兄弟被改成两个悲情人物。一开始他们是要帮助西岐的，但出于伦理层面的考虑，儿子要帮助爹，这样一设计，他们俩死得也不冤——既照顾到了原来故事里的情节，又照顾到了父子伦理。

首先，作者为了凑满这一百回，他得往书里添情节。过去说评书的往故事里添东西，叫“嵌瓤子”。作者要封够那么多神，为了把情节撑满，给殷郊添一个兄弟，让他来收一些将，当然是一个好选择。这没什么不好的影响，反而能让故事更丰富。“庞刘苟毕”“邓辛张陶”这些神将可以被分散到更多情节之中（雷将“庞刘苟毕”是殷洪收的）。这是殷洪出现的第一个原因。

第二个原因也很重要。原著里安排得很好，安排殷洪先下山，殷郊后下山。殷洪先下山，跟西岐打一仗，先测测实力，摸摸底。比起策反殷郊，申公豹策反殷洪的难度降低了两个档次。

申公豹去策反殷洪的时候，说了几句话就成功了，毕竟殷洪年纪还小。再去策反殷郊的时候，难度就大大地增加了，先后反复了三次。

申公豹遇到殷郊之后，先说：

> 恰又来！世间那有子助外人而伐父之理！此乃乱伦悖逆之说。你父不久龙归沧海，你原是东宫，自当接成汤之胤，位九五之尊，

承帝王之统，岂有反助他人，灭自己社稷，毁自己宗庙，此亘古所未闻者也。且你异日，百年之后，将何面目见成汤诸君于在天之灵哉！

这套说辞就已经比策反殷洪的时候分量要重——因为殷洪只是小兄弟，不可能继承王位的。但即使面对这种诱惑，殷郊还是不为所动：

老师之言虽是，奈天数已定，吾父无道，天命人心已离，周主当兴，吾何敢逆天哉！况姜子牙有将相之才，仁德数布于天下，诸侯无不响应。我老师曾吩咐我下山助姜师叔东进五关，吾何敢有背师言，此事断难从命。

继承皇位的诱惑已经没法让殷郊动心了。申公豹一看这么说不行，好，"也罢，再犯他一场"，你既然说姜尚有德，他的德在哪里？你知不知道，你兄弟殷洪，已经被他用太极图化为飞灰，"此还是有德之人做的事，无德之人做的事？今殿下忘手足而事雠敌，吾为殿下不取也"。

殷郊听到这儿，大惊失色，但是他还心存怀疑，直到来到伐西岐的主帅张山面前，打听到消息确实，"大叫一声，昏倒在地"，醒过来做的第一件事儿，是拿出一支箭来，把它一折两段，发誓攻打西岐。

由此可见，作者为了把殷郊从助周拉到反周，可以说是费尽了心思。而可怜的殷洪，也在这里做了兄长终生的陪衬。

殷郊之死的谜中谜

西岐众仙借来了离地焰光旗、青莲宝色旗、素色云界旗，加上姜子牙手里的杏黄旗，一起围攻殷郊。殷郊走投无路，逃到一座大山前，用番天印打去，结果山裂成两半。

子牙把打神鞭祭起来打殷郊。殷郊着忙，抽身望北面走。燃灯远见殷郊已走坎地，发一雷声，四方呐喊，锣鼓齐鸣，杀声大振。殷郊催马向北而走。四面追赶，把殷郊赶得无路可投，往前行山径越窄。殷郊下马步行，又闻后面追兵甚急，对天祝曰："若吾父王还有天下之福，我这一番天印把此山打一条路径而出，成汤社稷还存；如打不开，吾今休矣。"言罢，把番天印打去。只见响一声，将山打出一条路来。殷郊大喜曰："成汤天下还不能绝。"便往山路就走。只听得一声炮响，两山头俱是周兵卷上山顶来，后面又有燃灯道人赶来。殷郊见左右前后俱是子牙人马，料不能脱得此难，忙借土遁，往上就走。殷郊的头方冒出山尖，燃灯道人便用手一合，二山头一挤，将殷郊的身子夹在山内，头在山外。

燃灯请武王下山，命广成子推犁上山。广成子一见殷郊这等如此，不觉落泪。正是：只因出口犁锄愿，今日西岐怎脱逃。只见武吉犁了殷郊。殷郊一道灵魂往封神台来。

殷郊的头就这样被铲下来了。

其实这个"梗"，最早见于南朝刘义庆的《幽冥录》，其中载有一个叫彭娥的女孩子的故事，和殷郊的故事非常相似：

晋永嘉之乱，郡县无定主，强弱相暴。宜阳县有女子，姓彭名娥，父母昆弟十余口，为长沙贼所攻。时娥负器出汲于溪，闻贼至，走还。正见坞壁已破，不胜其哀，与贼相格，贼缚娥驱出溪边，将杀之。溪际有大山，石壁高数十丈，娥仰天呼曰："皇天宁有神不？我为何罪，而当如此！"因奔走向山，山立开，广数丈，平路如砥。群贼亦逐娥入山，山遂隐合，泯然如初，贼皆压死山里，头出山外，娥遂隐不复出。娥所舍汲器化为石，形似鸡。土人因号曰石鸡山，其水为娥潭。

也就是说，彭娥面对强盗，像殷郊一样，也对山祈祷，山为之裂开一条大缝。彭娥跑了进去，强盗也追了进去，突然山又复合，把强盗们挤死在山里，所有人的脑袋都露在外头。

故事中的宜阳县就在今天的江西省宜春市，据说彭娥的庙现在还有，但是当地人已经不知道原来的故事了。

殷郊的故事，除了和彭娥的故事差不多的部分外，还多了一个“受犁锄”的情节，脑袋被人铲了。我个人认为这可能出自明朝的一种酷刑，叫铲头会：

> 帝既得天下，恶胜国顽民窜入缁流，乃聚数十人掘一泥潭，埋其身于泥中，特露其顶，用大斧削之，一削去头数颗，名曰铲头会。[1]

从这儿也可以看出，作者对殷郊的情感非常复杂。首先他用番天印打出一条路，这是借用彭娥的典故。彭娥是一个无辜的少女，说明作者认为殷郊也是无辜的。结果进到山里之后，又被山挤住，露出了脑袋，这又是那些强盗的下场，作者又让他受到如此残酷的惩罚。

所以，殷郊在《封神演义》里到底是一个什么样的角色，作者都不好说：既同情他，又没法不让他死。

而且这个地方，文字上也有点怪。一开始说把殷郊挤在山里边，燃灯道人请武王下山，“命广成子推犁上山”，后边马上来了一句“只见武吉犁了殷郊”，之前也没提武吉在场，而广成子又跑到哪儿去了呢？

所以我一直觉得这个地方的文字有脱漏，作者很可能作了很大的修改，如果能找出修改的痕迹，或者更早的版本，应该可以看出殷郊这个形象发展变化的轨迹。这个只好留给后人去发现了。

[1] 见吕毖《明朝小史》。

殷郊的师父是孙悟空？

殷郊这个人物，在民间传说中故事特别多。关于他的学艺、他的师父有很多不同的传说，《封神演义》讲的只是其中一种。

有一部民间道教法本叫《殷君至宝》，说殷郊的师父是金鼎妙化申真人，是一个猴精，住的地方叫水帘洞天。玉皇大帝把他叫来，对他说："你既然法力高强，我有一个金鼎，你能不能在金鼎里面坐一会儿？"于是申真人就坐进金鼎，鼎口盖住，用武火焚烧。三日三夜后开炉一看，发现这猴精没有烧死，反倒变成一位相貌俊美的真人。玉皇大帝就封他为"金鼎妙化申真人"。这个申真人跟孙悟空很类似，他住的地方是水帘洞天（包括《三教源流搜神大全》里，也说殷郊的师父住水帘洞），他下金鼎被烧，也非常像孙悟空进太上老君的炼丹炉。

另外还有一部法本，叫《殷郊秘旨源流》（这些法本在旧书市场上可以找到），里面说妙化申真人应该叫"申公真人"，所以申公豹很可能和"申公真人"有关系。

所以我非常怀疑，申公豹这个形象，很可能有一部分来自"申公真人"（另一部分应该源于《武王伐纣平话》里的商朝将领申屠豹）。因为宋代的话本《陈巡检梅岭失妻记》里，有一位"申阳公"（也称"齐天大圣"，是孙悟空的古老原型之一），也叫"申公"。而"申"十二生肖属猴，是非常明确的对应。

这个故事又见于《喻世明言》，题目叫《陈从善梅岭失浑家》：

> 且说梅岭之北，有一洞，名曰申阳洞。洞中有一怪，号曰申阳公，乃猢狲精也。弟兄三人：一个是通天大圣，一个是弥天大圣，一个是齐天大圣。小妹便是泗州圣母。这齐天大圣神通广大，变化多端，能降各洞山精，管领诸山猛兽。

这位齐天大圣申阳公把陈巡检的夫人张如春抢走，逼迫她与自己同床共枕：

> 如春见说，哀哀痛哭，告申公曰：“奴奴不愿洞中快乐，长生不死，只求早死。若说云雨，实然不愿。”申公见说如此，自思：“我为他春心荡漾，他如今烦恼，未可归顺。”

这里就把申阳公明确称为“申公”了。

所以说，申公的历史非常古老，虽说这个法本是现在的人抄的，但是《三教源流搜神大全》里就有“金鼎妙化申真人”了。虽然没有“公”字，可是其中说“将剑剖球，得一婴儿，即抱归水帘洞”。那么“申公豹”会不会就是“申公抱”的谐音呢（抱、豹二字在《中原音韵》同属帮母萧豪韵）？当然，这只是一个有趣的“脑洞”。

这部《殷郊秘旨源流》给出了另外一个殷郊的故事。殷郊初时被纣王赶出来，就去拜金鼎申真人为师，说：“我是太子，本来能够承袭王位，结果被父亲赶出来，我要学艺报仇。”金鼎申真人说：“既然来修道，就不要想着报仇了，上天有好生之德，你跟随我修行吧。”

于是太子就跟着真人修行。但是真人发现殷郊心里还是有仇，就让他发誓：以后若报仇，必受雷劈。而且对他说：“要是真心想修道，就从我的胯下钻过。”殷郊当然不乐意。最后想了一个折中的办法，殷郊跳进了一口井里，金鼎申真人跨着双腿站在井上，这就表示殷郊从他胯下经过，以后永远受他降服。

殷郊的故事在民间还有许多版本，《封神演义》里安排的故事应该是在民间众多传说之上加工形成的。所以如果想读懂《封神演义》，首先应该读懂殷郊。

杨戬：
中国神话中的“超级英雄”

华夏血统的猎户座

杨戬这个人物特别复杂，光原型和来历就能让人晕头转向。他有很多名字，《封神演义》里叫杨戬，《西游记》里叫显圣二郎真君，民间俗称二郎神、清源妙道真君、昭惠灵显王等。

他是四川的一位本土神灵，后来影响力慢慢扩大到了全国。这里需要注意的是：“二郎神”这个神、杨戬这个名字、二郎神的法术，这三者原来都是分开的，没有什么必然的联系，需要分开讲。

关于二郎神最早的原型，说法非常复杂，而且不同学者的研究都有自己的道理，如果写出来就是一部专著。我们这里只说一种。

这种说法认为：二郎神原来是四川本地一位管打猎的神。四川这个地方，山多，森林多，动物也多，自古以来就有打猎的传统。四川的羌族也喜欢到山里边去打猎，他们一定会供奉猎神。所以二郎神的标配一直是“金弹银弓”，“好驰猎”(《西游记》里，孙悟空变成一只鸟，二郎神拿着弹弓，打倒了孙悟空)。这应该是二郎神信仰的原始阶段，但那时还没有“二郎”这个名字。

二郎这个名字，很可能和唐朝盛行的毗沙门天王信仰有关。毗沙门天王的二儿子独健，经常带领天兵天将帮助老百姓打退敌军，只要有敌人打过来，老百姓就烧香请独健。

因为独健是老二，所以民间也管他叫二郎、二郎神。哪吒是老三，经常跟着毗沙门天王，给他托宝塔，和天王的关系特别亲近，从来没有单独行动过。而独健行动力比较强，独立性也很强，所以在民间信仰里经常单独活动，久而久之人们就忘了他还有一个爹，相当于自立门户了，二郎神这个名字也就家喻户晓了，甚至还有曲牌叫《二郎神》，说明唐代的二郎

《封神真形图》中的二郎神杨戬形象

神信仰非常兴盛。

二郎神又是怎么和四川管打猎的神混在一起的呢？原来唐代末期中原大乱，许多达官显贵、有钱人甚至老百姓都往四川跑，因为四川这个地方是天府之国，四面环山，打进来不容易。最后建立了两个割据政权，一个叫前蜀，一个叫后蜀，君主分别是王建和孟昶。中原经历五代十国，乱得一塌糊涂，而四川这个地方长时间保持了和平安定。

社会一太平，信仰就会兴盛。中原过来的这些人，把中原的文化也带到了四川，其中就包括独健二郎神。

到了四川之后，独健和原来的猎神发生了融合，金弓银弹这些猎神的元素全都保留了下来。

源自波斯的天狼星

四川本地的打猎神又是怎么来的呢？这个就不好说了，不过首都师范大学的侯会先生有一篇文章《二郎神源自祆教雨神考》，认为这个猎神很可能来源于祆教。

祆教起源于波斯，创始人是琐罗亚斯德，生活在公元前688年到公元前551年。这个教崇尚光明，喜欢火焰，因此又叫拜火教，传到中国之后叫火祆教。四川比较靠西，受祆教的影响比较大。

有一本书叫《十国春秋》，里面记载说，前蜀后主王衍，他在位的时候特别喜欢穿金色铠甲，戴珍珠帽子，拿长兵器，老百姓管他叫"灌口祆神"（这个"祆神"经常误作"袄神"甚至"祅神"）：

> 帝发成都，以同平章事王锴判六军诸卫事。帝被金甲，冠珠帽，执戈矢而行，旌旗戈甲连亘百余里不绝，百姓望之，谓为"灌口祆神"。

灌口是二郎神庙所在的地方，"祆神"说明这个庙里保留了很多祆教的崇拜。王衍很多日常生活习惯，保留了祆教的习俗。比如他特别喜欢烧香：

> 常爇诸名香，昼夜相继，久而厌之，更爇皂角以乱其气。

香从早到晚不灭，祆教祭祀的时候也会在炉子里常年烧名贵香料。而且王衍出去玩的时候喜欢让人举火把，甚至举几千根火把，照得水面亮如白昼，这也像祆教拜火的习俗。另外，蜀地的波斯人还特别多，余秋雨的《文化苦旅》里还提到过波斯诗人李珣，诗写得特别好，跟汉人没什么两样。

那么二郎神是来自祆教的哪个神呢？侯会认为二郎神实际上是祆教的得悉神，又翻译成"蒂什塔尔"。本来是天狼星，掌握着降雨的能力，所以又被当作星辰雨水之神。中亚特别干旱，人们特别希望下雨，所以雨水之神的信仰特别兴盛。蒂什塔尔经常化身为十五岁的青年，而《西游记》《封神演义》里的二郎神也都是一个英俊青年的形象。

蒂什塔尔原来是雨水之神，在传播的时候又和中亚一些狩猎神发生了融合。比如叙利亚有一个狩猎女神叫阿尔忒弥斯（世界七大奇迹里边有一个阿尔忒弥斯神庙，就是纪念这个狩猎女神的），阿尔忒弥斯是使弓箭的，这个弓箭又被蒂什塔尔神吸收过来。到了中国之后他就一直挎着弓箭。

所以二郎神的来源相当复杂，如果想把他的来龙去脉真正搞清楚，必须具备唐史、五代十国史、中亚史、民俗史的研究能力。这确实是一个非常大的问题。我去山东大学请教民俗学家刘宗迪先生，他也告诉我二郎神是中亚那边的天狼星，传到中土之后，在中国西部成了二郎神，在中原地区成了魁星（主管文章之神），于是这个故事又变复杂了。因为唐代和西域的交流非常充分，许多人们想不到的事情都会发生。[1]

只看英雄事迹，不论姓甚名谁

二郎神在民间有好多名字，有一个名字叫李冰李二郎，还有一个名字叫赵昱赵二郎，还有一个说法就是《封神演义》里的杨戬杨二郎。这也不奇怪，他们融合了不同的民间传说，就产生了不同的名字。每个名字的背后都是一个或一套故事。

二郎神从波斯传过来，到了四川之后，融合了很多四川人名和神话。中国的神仙一直发生着融合，不是生下来就这样。正如殷郊和哪吒之间有很多扯不清的关系一样。

赵二郎信仰，在宋代的时候比较兴盛。据说他叫赵昱，二十六岁就做了隋朝的嘉州太守。当时江里有一条蛟龙，经常兴风作浪吃人。赵昱为民

[1] 见刘宗迪先生《二郎骑白马，远自波斯来》一文。

除害，提刀下水，和蛟龙在水中大战，把江水都染红了，最后一手提着龙头、一手提着刀，从波浪里跳出来。嘉州一下子就轰动了，老百姓奉他为神。后来这个形象和祆教的神、二郎神独健又发生了融合，还叫二郎神，但是名字改成了赵昱赵二郎。

但是赵二郎很快就被李二郎取代了。李二郎就是著名的都江堰修造者李冰的二儿子。当然史料里没记载李冰有什么二儿子，只是在民间传说里，他有一个儿子叫李二郎。李二郎取代了赵二郎，很可能是民间信仰竞争的结果。李冰在四川拥有的信众比赵昱多，赵昱顶多是隋朝的嘉州太守，来头太浅；李冰从秦朝就开始担任蜀郡守，二郎神又是一个非常好的民间信仰资源，于是信奉李冰的老百姓开始争夺二郎神的名分，开始编故事，还给他立庙。赵昱的根底比较薄弱，争不过李二郎，一二百年后就从历史上退出了。到现在为止，四川人尤其是都江堰那边的人，信奉的还是李二郎。都江堰有一个二王庙，供奉的就是李冰和他的儿子。

《封神演义》里的二郎神杨戬，也是说法纷纭，这里只能分享一个说法：在历史上是有杨戬这个人的，他是宋朝的一个宦官，在宋徽宗时期，也可以算得上权倾朝野。他身上有很多故事，其中有一个故事被明代的《三言》记录下来了，叫《勘皮靴单证二郎神》。

故事说宋徽宗宫里有一位韩夫人，在杨戬的家里养病。韩夫人病好了之后去二郎神的庙里还愿，庙官叫孙神通，会妖法，看上了韩夫人，每天假扮作二郎神，到杨戬的府里找韩夫人私通。后来杨戬找道士破了他的妖法，一下子用棍子打落了孙神通的一只皮靴子。他根据这只皮靴寻根问底，顺藤摸瓜，把案子破了。

这里的杨戬和二郎神没有什么关系，只是和二郎神有关的故事出现在他家里而已。但是老百姓传播的时候喜欢东拉西扯，传来传去，二郎神到《封神演义》里就变成了杨戬。

这件事听起来毫无逻辑，但在民间思维中非常常见。譬如前面老百姓将毗沙门误会为一座门，就这么离谱。

这个故事比起赵二郎来，没有民间基础，只是民间的生拉硬扯，所以民间的寺庙里真正供奉的二郎神往往不是杨二郎。但是在文学作品里，比如《西游记》《封神演义》里，二郎神都姓杨。因为杨戬成为二郎神，渊源就是《三言》这样的文学作品，所以他还是会活跃在文学作品里，活跃在纸上，而在实际的民间信仰中，力量并不强大。

但是也有一个例外，今天四川都江堰的二王庙，主神还是李二郎，旁边还坐着一个杨二郎，也就是杨戬，很可能是因为杨二郎和李二郎没有竞争关系，一个享受民间香火，一个是文学作品里的，拉过来一起祭祀也没关系，还体现了统战政策。而赵二郎和李二郎是竞争关系，有了赵二郎的香火，就没有李二郎的香火了！

雷震子：被忽视的男主角

雷震子也是《封神演义》里的一员大将。他的出身，不输于哪吒和殷郊，甚至可以说，他也是《封神演义》男一号的人选之一。

为什么这么说？因为雷震子的出身故事相当复杂，大概是由三段组成的。

雷震子传奇之文王百子

第一个故事是“文王百子”。文王有九十九个儿子，还缺一个，于是上天赐他一个，凑足百子数。第二个是雷震子神奇的墓中诞生。第三个是他经历了一次奇异的变身，由一个正常的孩子变成了一个背生双翅的怪物。

先说第一个故事“文王百子”。很早的时候，甚至周朝时就有这样的说法了，最早见于《诗经·思齐》：

> 大姒嗣徽音，则百斯男。

太姒[1]就是文王的夫人。“嗣徽音”就是继承美德，从文王的祖父古公亶父、祖母太姜，父亲王季、母亲太妊那里一脉相承的美德。著名女学者林徽因的名字就是取自这句诗。

“则百斯男”，字面意思，就是生了一百个儿子，但是这事一直被后人怀疑：太姒也太能生了！生一百个儿子怎么可能！

然后就有人打圆场，说这一百个儿子不全是太姒生的。根据史料，太姒生了十个（伯邑考、武王、管叔鲜、周公旦、蔡叔度、曹叔振铎、郕叔武、霍叔处、康叔封、聃叔季载）。周文王总得有几个小妾呀，如果再纳九个妾，那就是一百个了。所以《毛诗正义》解释这段说：

> 以大姒一人有十子，不妒忌而进众妾，则宜有百子。能有多男，为国之屏翰，是妇人之美事，故言为大姒之德也。

也就是说，太姒不但自己生了很多，还很大度地为文王纳了许多小妾，这样子孙就越生越多。子孙多了，保家卫国就有力量，这就是太姒的美德。当然，这种“美德”，也仅限于那个时代，我们今天的价值观早已和当年不一样了。

还有人认为，这个“则百斯男”，其实是一种夸张的说法，是一种文学的表达。很多古代的青铜器，上面也有类似的说法，例如北宋宣和初年出土了一件青铜器“叔夷镈”（镈是一种大钟），里边也有一句“俾（卑）百斯男”。这位铸器的叔夷，是齐国一位有战功的大夫，也在祈求自己能有一百个儿子。

---

[1] 即大姒。

叔夷镈铭文摹本，『俾百斯男』在第六列末三字和第七列第一字

还有一面汉代铜镜，上面写着“建明德，子千亿，保万年，治无极”[1]，这就更夸张了！敞开了生，也生不到一千、一亿个儿子啊（尽管“亿”在汉代的语境下有时指十万）！

直到清代，“则百斯男”这句话，一直作为一句多子多孙的吉祥话，刻在床头作为装饰。

但是我们可以发现，越到后来，人们越倾向于把这句话解释成虚指、夸张；时代越早，人们越认为这是真实的数目。

如果我们把视野再放宽一点，就会发现，不光中原地区，在西域别的民族里，也有一个君王有一百个儿子（或一千个）的故事。甚至还有一开始差一个不得圆满，然后又天赐一个的故事。

清代老木雕花板，松鼠葡萄花样和『则百斯男』字样

[1] 见《汉印文字征》。

有一部书叫《于阗史》，里面记载了这样一个故事：

阿输迦在位，虽三十年，王后诞育，实产一子，爰召占人，预言此子，含蕴大德，将君父朝。王聆此语，恐篡己位，乃命此子，聿从放弃。母后闻之，恐或不弃，王反寘死，遂遵厥命。儿既被弃，地乳涌出，因以资生，得而不死。缘为此故，遂享是名，瞿萨旦那，犹云地乳。维时有王，君临里岐，是大菩萨，千子缺一，毗沙门天，于焉祈祷，多予一子，以足千数。毗沙门天，环视旁求，知小弃儿，瞿萨旦那，足受栽成，携之里岐，俾为王子。迨既长育，偶遇一日，弟兄争论，群语瞿萨，汝非王子。彼闻而忧，询诸他人，事详国史，厥语不妄，乃禀诸王，往求母国。王若答曰："汝本吾子，此为祖邦，何必殷忧？"如是再三，瞿萨不喻，欲自立国，爰集万众，西行求土，抵 Li-yul 之 Me-skar 所。时维耶舍，输迦之相，扩其族势，为王厌恶，逃自印度，领众七千，四处觅居，亦临 U-then 河下流之地……瞿萨、耶舍，由是复好，前者称王，后者作相。[1]

意思是说，有一个国王叫阿输迦，在位三十年，王后生了一个儿子。阿输迦不喜欢他，叫人把他扔到郊外。小孩眼看就要死了，突然地面裂开了，冒出了一股乳汁。小孩就喝地里的奶，活了下来。这时候另外一个地方叫里岐（里岐听起来跟西岐还有点像，不知道有没有关系）。国王是大菩萨转世，有九百九十九个儿子，缺一个。他想，我要是有一千个儿子就好了。于是就向毗沙门天王祈祷，希望天王赐他一个儿子。毗沙门天王就把这个被抛弃的小孩带到他面前。后来小孩长大了，知道了自己的身世，离家出走，自立一国，这就是瞿萨旦那国的来历。

瞿萨旦那国，就是于阗国。今天新疆和田市西二十里，有一处约特干

[1] 见柔克义（Rockhill）译《于阗史》，转引自岑仲勉《两周文史论丛·汉族一部分西来之初步考证》。

遗址，应该就是于阗国的国都（或重要的聚落）。

这个故事有意思之处在于，它和雷震子的故事很像（当然，百子还是千子，是无所谓的事，只是一个很大的整数）。同样是“百子（千子）缺一”，同样是不寻常的出身，同样是被亲生父亲抛弃，同样是被新的父王抚养，同样在最后成了英雄人物。

所以说，这类故事，很可能就是一种流传于亚洲的民间故事类型。过去学术界有一种“中国文化西来说”，这种学说认为，中国的文化不是本土固有的，是从古巴比伦或者更西方的地域传来的。这种故事，也成为例证之一。这种说法靠不靠谱，我们先放在一边。但至少可以说，产生文王百子故事的族群和瞿萨旦那国王故事的族群，有着相同的心理基础。他们未必有过什么交流，而在各自的发展中产生了类型相同的故事，这是完全可能的。

雷震子传奇之墓中产子

雷震子的故事里，还隐藏了另一种故事类型，叫“墓中产子”。

今天的《封神演义》里，似乎删掉了一些情节：雷震子是怎么来的？为什么一个响雷之后，古墓旁就出现一个小孩？这些原著并没有说。

当然也可以认为，这是《封神演义》的败笔，或者说，是一个交代不清的地方。但是这并不怨《封神演义》的作者，因为这个故事从开始就没有交代清楚。

《封神演义》的源头《武王伐纣平话》，是这样写这个故事的：

> 众人都在大林之中避雨，忽见一所古墓；西伯侯又发一课：今日是戊子日，雨降，合主此墓自摧破，此墓中合出一个烈士。才然道罢，古墓自摧。使命见之，大喜言奇。
>
> 姬昌见古墓自摧，伫目视之，见一女子尸形，宛然如生；却

被大雷震破女子之腹，内有一孩儿啼。姬昌令人入墓中取出孩儿来也。左右入墓抱出。诸人不晓，唯有姬昌会之。

姬昌共使命前行，过堞岭之下，见一贤士，是云中子先生。云中子与西伯侯相见具礼。二人礼毕，言语间蓦闻小儿啼。云中子问曰："啼者谁家孩儿？"姬昌具说前事。云中子闻言乃曰："此子不得抛掷，后十八年必佐西伯侯同破无道之君也。"道罢，西伯侯先会其意，乃留下此子。云中子先生曰："此子无姓，可立子午雷震名也，是破纣之凶神也。"

也就是说，雷震子是从一具女尸的腹中产出来的。这具女尸怀着孩子，被埋在墓里，一直没有腐烂，直到周文王经过的时候，雷震一声，劈开棺木，女尸的肚子被震破，孩子才被周文王发现并带走。

但是这个故事也有点问题，这具女尸到底是谁？雷震子的真正父亲是谁？没有交代清楚。我们今天只能知道雷震子的出身很神奇罢了。

但是这种墓中产子的故事，却很普遍，一般来说，完整的故事是这样的：

有一个孕妇不幸死了，死时还怀着孩子。人们把她埋进坟墓里。过了一段时间，附近市场上的人发现有一个女子经常来买早点（或者是糕饼、汤水等食物）。等到晚上的时候，就会发现钱笸箩里多了几张冥币（或者是一些纸灰，或者总是发现钱数不对），每天都这样。

卖东西的人就想了个办法，用一个大水盆代替了钱笸箩，来买东西的人都把钱扔到水盆里。正常人的铜钱，扔下去都会沉底；只有这个女子扔下去的铜钱会漂起来，一下子变成了冥币。女子一看露了馅，转身就跑。卖东西的人在后面追，追到一座古墓旁边，女子就消失了。人们就来挖坟，挖出来一看，棺材里有一具完好的新鲜女尸，女尸旁边有个小孩，还是活的，就是她在墓中生的。卖东西的人就把小孩带回去，抚养成人。

这类故事，基本上都是这样一个梗概，作为一种母题，收在美国民俗学家斯蒂·汤普森的《世界民间故事分类学》里，甚至中亚地区也有类似的故事。

宋代洪迈《夷坚志》记录了这样一个故事：

> 宣城经戚方之乱，郡守刘龙图被害，郡人为立祠。城中蹀血之余，往往多丘墟。民家妇妊娠，未产而死。瘗庙后，庙旁人家或夜见草间灯火。及闻儿啼，久之，近街饼店，常有妇人抱婴儿来买饼，无日不然。不知何人也。颇疑焉，尝伺其去，蹑以行，至庙左而没。他日再至，留与语，密施红线缀其裙，复随而往。妇觉有追者，遗其子而隐，独红线在草间冢上，因收此儿归。访得其夫家，告之故，共发冢验视，妇人容体如生，孕已空矣。举而火化之，自育其子。闻至今犹存。

宋人苏轼也有这么一个类似的故事，只不过有些变化，孩子不是在墓中生的，但是死去的母亲经常回来喂奶：

苏轼在惠州的时候，有一个小妾死了，留下一个吃奶的孩子。惠州也有一个西湖，苏轼就把她埋在了西湖的对面。谁知孩子没有奶吃，饿得天天哭。过了一阵，苏轼忽然发现小孩嘴边每天都有残奶，不知道谁喂的，就很奇怪。后来才发现那个小妾竟然每晚都出现在家里，水淋淋的，给孩子喂完奶就走。这一天小妾刚走，苏轼赶紧跟上，发现她从湖里游到对岸，就消失了。苏轼这才明白小妾是专门由湖对岸游来喂养自己的孩子。他出于好心，在西湖上修了一条长堤，这就是惠州西湖的苏堤。他本意是想让小妾来回更方便些。哪知道堤建成后，就有堤神来保护，小妾反倒过不来了，结果小孩就被活活饿死了。[1]

还有一个刘金定的故事。刘金定是《赵匡胤演义》和《三下南唐》中的女将，在很多地方戏曲里都有出场。她是高琼的夫人，有名的巾帼英雄，

[1] 见顾希佳《"鬼母育儿"型故事的类型分析及其流变轨迹》。

和穆桂英、樊梨花是一类人物。

刘金定在攻打南唐时怀着身孕。她误陷阴魂阵，战死在里面。尸体装进棺材下葬之后，她的师父骊山老母看她太可怜了，就作法让她的尸体百日不腐，最后在墓里生下了一个儿子，也就是“墓生高旺”（后来高旺成为杨八妹的丈夫）。生子之后，刘金定的灵魂才抛弃肉身归天。

一般来说，这样在墓中生出来的孩子，往往很神奇。这里的雷震子出生的故事，实际上也属于这类民间故事，虽然它只讲了一个开头。雷震子的故事相当于“文王百子”和“墓中产子”类型的混合体。

雷震子在今天的《封神演义》里，光芒是很暗淡的，他只是哪吒、杨戬的副手。但是在《武王伐纣平话》和《春秋列国志传》里，雷震子是非常重要的人物，他和殷郊才是姜子牙的左膀右臂，相当于《封神演义》的哪吒和杨戬。我们看几段就知道。

> 子牙即将本寨士卒分为九队，开八门，内设日月二宫，星辰垣位。……又令雷震着青袍，执铜锤；殷郊着红袍，带火箭，立于天门左右，以按雷电二神。
>
> 却说崇应彪，次日升帐，传令谓诸将曰：“吾闻西师姜尚，谋机用兵，神出鬼没。又加之以殷郊、雷震之智勇绝伦，诸将务宜遵吾节制，不得轻举妄动。”
>
> 太公传令，休要走了奸臣费仲，淫妃妲己……殷郊知其（妲己）为怪，按下神斧，将妲己揪向太公帐下。却说费仲，见宫中火起，投后宰门而出，被雷震活捉，亦解至太公帐下。太公请见武王曰：“商辛无道，皆由妲己、费仲所致。”

自古红蓝出 CP，雷震子和殷郊，正是这样一对好 CP。一个穿青，一个穿红，是姜子牙手下最得力的两员战将（除了南宫适等历史人物），而且象征雷电二神。最后也是殷郊擒了妲己，雷震擒了费仲（费仲在《春秋列国志传》里是第一号奸臣，祸乱天下罪名与妲己相当）。

雷震子为什么叫“雷震”？当然《封神演义》说是因为天上打个雷，把坟震开了，然后就以出生时发生的事件命名。不过，根据雷震子在之前封神故事中的地位，我猜想可能和纣王也有一定的关系，因为《武王伐纣平话》交代了一句，雷震子出生的时候，“是破纣之凶神”，说明他是专门为了破纣而生的。

古人有很多解梦书，里面讲过很多著名的案例（当然未必是真的）。其中有一个，就是讲纣王。他在灭亡之前曾经做了一个梦，梦到过天上打雷，把他的脑袋劈了。东汉周宣《梦书》这样写道：

> 昔圣帝明王之时，神气照然先见。故尧梦乘龙上泰山，舜梦击天鼓，禹梦其手长，汤梦布令天下，后皆有天下。桀梦疾风坏其宫，纣梦大雷击其首，齐桓梦为大禽所中，秦二世梦虎啮其马，王者梦之，皆失天下。

这些说法流传得很广，那么，是不是因为先有“大雷击纣王首”的传说，然后才有“雷震子破纣”的故事呢？这就不好说了，因为史料毕竟是有限的。

肋生双翼，一飞冲天

雷震子的复出，是在西伯侯姬昌被纣王从羑里放出来后逃回西岐的路上。纣王听说姬昌跑了，急忙派人去追。这个消息被云中子知道了，就叫雷震子去寻找一件兵器，然后下山去救父。

> 雷震子方欲转身，只见一阵异香扑鼻，透胆钻肝，不知在于何所。只见前面一溪涧下，水声潺潺，雷鸣隐隐。雷震子观看，只见稀奇景致，雅韵幽栖，藤缠桧柏，竹插颠崖，狐兔往来如梭，

鹿鹤唳鸣前后，见了些灵芝隐绿草，梅子在青枝，看不尽山中异景。猛然间见绿叶之下，红杏二枚。雷震子心欢，顾不得高低险峻，攀藤扪葛，手扯晃摇，将此二枚红杏摘于手中；闻一闻，扑鼻馨香，如甘露沁心，愈加甘美。雷震子暗思："此二枚红杏，我吃一个，留一个带与师父。"雷震子方吃了一个。"怎么这等香美，津津异味？"只是要吃。不觉又将这个咬了一口。"呀！咬残了。不如都吃了罢。"方吃了杏子，又寻兵器，不觉左胁下一声响，长出翅来，拖在地下。雷子吓得魂飞天外，魄散九霄。雷震子曰："不好了！"忙将两手去拿住翅，只管拔。不防右边又冒出一只来。雷震子慌得没主意，吓得坐在地下。原来两边长出翅来，不打紧，连脸都变了：鼻子高了，面如青靛，发似朱砂，眼睛暴湛，牙齿横生，出于唇外；身躯长有二丈。雷震子痴呆不语。

雷震子吃了仙杏，变了模样。云中子传给他一条黄金棍，又在雷震子左翅上写了一个"风"字符咒，右翅上写了一个"雷"字符咒，雷震子就能腾空飞翔了。

雷震子是文王中途收的儿子，不是亲生的。他以前长得并不奇怪，就是一个普通的小孩。那么，雷震子变身的源头是哪里呢？其实是来自道教的雷法。

在道教的雷法中，有许多雷部的将领，长相都很类似：肋生双翅、青面獠牙。下页左图是北京白云观水陆画中的雷部天将，左边这位是"邓辛张陶"的陶帅，头部和雷震子很像，背后也有两个翅膀。又如下页右图右边这位，是雷部天将张天君，背后也有明显的翅膀。

而且雷法中的雷神，成神前大多有一个变身的过程。比如《三教源流搜神大全》里记载，雷部有一位温琼温元帅，原本是个很有正义感的读书人，二十六岁的时候，"忽见苍龙堕珠于前，卧拾而含之，流于腹……突然幻变，面青发赤蓝身"，"泰山府君闻其威猛，召为佐岳之神"，后被玉

北京白云观所藏雷将陶元帅画像

北京白云观所藏雷将张天君画像

帝封为“亢金大神”。

也就是说，温琼见到一条青龙，青龙嘴里掉出一颗珍珠，温琼捡起来含在嘴里，突然这珠子好像活了，主动滚到温琼肚里。温琼因而变化身形，变得威猛凶恶，不再是读书人模样。

还有一位苟元帅，吃了一位道士给的火丹，就像雷震子变身一样，长出翅膀，脸也变了，长出尖尖的嘴，脚踏五鼓，飞上天宫。

至于雷法天将为什么有这些变身的传说，大概和雷法修炼中的“变神”有关。所谓“变神”，即指在内炼或施法时，道人必须进入一种特异的精神状态，即化去自我的存在，转变成为神真，人神合一。[1]

这种“变神”的修炼，要求道士的内炼功夫深湛，才能“存思”（可以理解为一种想象）自己变身成特别具体的神将形象。比如《道法会元》中

[1] 见李远国《雷法、丹道与养生》。

记载的变神法：

> 凡行雷法之士，每遇驱役呼召，并掐变神诀，叩齿五通。存己身冠九梁冠，朱衣，蹑朱履，左右有持幢仙人，执节童子，又有捧印捧剑二仙童。次抹四山，左手剔阳斗向前，阴斗向后，左手握驱邪院印，右手仗三昧火精剑，存香烟化为云雾雷电霹雳，星光闪动，六丁六甲，五雷五龙，诸司将吏，周布前后，三台北斗覆己头上，斗柄指前，勿遮己目存本身四头八臂如元帅状，左手掐本帅诀，右手剑诀，依法召将行用。取西北气，存北斗覆头上，日月罗列，四灵侍卫，一一分明，次第诵咒。

这就是道士想象中的“变神”，想象得越逼真，越身临其境越好。这些功法如果进入民间，稍加变形，自然就会出现雷震子、温元帅、苟元帅等吃了某种仙丹仙果的变身故事了。

雷震子的兵器是黄金棍，这也跟雷法有关。雷神的主要兵器都是雷钻雷锤一样的东西，也就是击打型兵器。还有一种金骨朵，是一根长棍子，上面有一个大蒜一样的头，叫骨朵。这个金骨朵其实就是黄金棍的原型，这个武器也证明了雷震子和雷法的关系。注意左图雷部天将李元帅（李伏龙）拿的武器，正是这样一个“金骨朵”。雷震子这个形象再一次证明《封神演义》和道教，尤其是清微派、神霄派的雷法有非常密切的关系。

北京白云观所藏雷将李元帅画像

不过话又说回来，虽然雷震子的形象有这样多的内涵：墓中产子、英雄的神异出身、百子缺一神话、变身神话……底蕴足够厚实，但可惜的是，作者白白放过了这么多的好材料，并没有把它们有机地整合到一起，让它们变成一个更加精彩的英雄故事。这大概就是《封神演义》的缺憾。

但对今天的人来说，古人的缺憾，反而是我们的幸运，因为我们可以给他创作更多故事，而无须太多的束缚。我很期望雷震子成为一个新的影视 IP，因为他足够强。

韦护：
真身远比故事更伟大

《封神演义》里，有一个很神奇的人物，他就是韦护。

他没有多少战绩，法宝是降魔杵，也不怎么厉害，但后来居然成为肉身成圣的七个人之一。而同样肉身成圣的哪吒、杨戬等人，光芒比他强太多了。

韦护出山第一功是杀了一个瘟部神将。瘟神吕岳在西岐城失利之后，带着弟子杨文辉落荒而走。他们在一座山底下休息的时候，忽然遇到了一个人：

> 吕岳听罢，回头一看，见一人非俗非道，头戴一顶盔，身穿道服，手执降魔杵，徐徐而来。吕岳立身言曰："来的道者是谁？"其人答曰："吾非别人，乃金庭山玉屋洞道行天尊门下韦护是也；今奉师命下山，佐师叔子牙，东进五关灭纣。今先往西岐，擒拿吕岳，以为进见之功。"杨文辉闻言大怒，大喝一声曰："你这厮好大胆，敢说欺心大话！"纵步执剑，来取韦护。韦护笑曰："事有凑巧，原来此处正与吕岳相逢！"二人轻移虎步，大杀山前。只三五回合，韦护祭起降魔杵。怎见得好宝贝，有诗为证，诗曰：曾经锻

炼炉中火，制就降魔杵一根。护法沙门多有道，文辉遇此绝真魂。话说此宝拿在手中，轻如灰草；打在人身上，重似泰山。杨文辉见此宝落将下来，方要脱身，怎免此厄，正中顶上。可怜打的脑浆迸出，一道灵魂进封神台去了。吕岳见又折了门人，心中大怒，大喝曰:“好孽障！敢如此大胆，欺侮于我。”拎手中剑，飞来直取。韦护展开杵，变化无穷。一个是护三教法门全真；一个是第三部瘟部正神。两家来往，有五七回合，韦护又祭起宝杵。吕岳观之，料不能破此宝，随借土遁，化黄光而去。

这个韦护的原型是谁呢？他的身份很明确，就是佛教的护法韦陀（或韦驮，都是音译）。

你如果去汉传佛教的寺庙，会发现布局都是一样的：一进门是山门，然后是天王殿，四大天王摆列两旁，中间是弥勒佛，弥勒佛背后是一面墙，绕过这面墙，再后边就是韦陀。

韦陀在《封神演义》里为什么叫韦护？我查了资料，没有什么其他说法，应该就是“韦陀保护”或“韦陀保护神”的略称。寺庙里的韦陀手里拿的就是降魔杵。你到庙里参观，导游会说：只要是杵尖朝上，在这座庙里就可以随便吃喝，这庙里有钱；如果这根降魔杵是横放的，说明这座寺庙没什么钱，但是你可以吃住一天；如果杵尖朝下，那说明这座庙是不接待外来客人的。这个说法我后来查证过，然而发现并不靠谱。

韦护出场的时候，已经到了《封神演义》的后半部。从李靖、哪吒三兄弟、杨戬、雷震子，写到这位韦护，从顺序就可以看出，《封神演义》写到这儿，就已经有点强弩之末的意味了。

韦护基本上没有出场过几次，他的战绩也没什么稀奇。他除了杀了杨文辉这种小喽啰之外，好像就没有再打败过特别有名的主将了。唯一一次打渑池县的张奎，还是在众人围殴张奎之后补了一杵。这柄降魔宝杵好像也就那么回事，虽说是“拿在手中，轻如灰草；打在人身上，重似泰山”，却也经常被对手如孔宣之类收去。而韦护丢了法宝之后就没了任何本领，只好扭头逃走——所以说这个人在《封神演义》里的存在感是非常弱的。

在佛教里，韦护被叫作韦陀或韦陀天，这实际上是一个非常中国化的叫法。他的原型应该是印度一位叫韦陀天的神，并不是佛教独有。他本来是婆罗门教的一个天神，在佛教里面并没有非常显赫的地位，也很少出现。佛教成形之后，渐渐吸收了印度本土的神，使其成为佛教的护法。

韦陀天梵文名字叫 Skanda，是印度婆罗门教的战神，是三大神之一湿婆和他的妃子恒河女神的儿子，又译为“塞建陀天”“私建陀天”。最开始的时候，他也不是现在这个样子。大英博物馆里有一块石碑，刻着一个年轻的男子，左手握的是长矛，右手拿的是一颗水果，头发分成三股，坐骑是一只孔雀。

佛教产生后，吸收了很多本土神祇作为护法。相传释迦牟尼去世之后，各大天神商量怎么火化释迦牟尼的遗体。这个时候，帝释天拿着七宝瓶来到火化的地方，说释迦牟尼生前曾经许给他一颗佛牙，所以他要拿一颗牙回去建一座宝塔来供奉。结果一个罗刹鬼躲在帝释天的身旁，趁人不备把佛牙偷走了。韦陀奋起直追，把罗刹鬼擒住，取回了佛牙。于是诸天神赞扬不已，认为韦陀可以驱除邪魔，保护佛法，于是韦陀就成了大护法。

虽然这是韦陀的来历，但是他的形象和韦陀天没有什么关系。他这个青年武将形象，实际上来自一个中国故事：

大英博物馆中的韦陀天石碑

西明寺上座道宣律师。有感神之德。至乾封年中见有神现自云。弟子是韦将军诸天之子。主领鬼神。如来欲入涅槃。敕弟子护持赡部遗法。比见师戒行清严，留心律部，四方有疑皆来咨决。所制轻重时有乖错。师年寿渐促。文记不正便误后人。以是故来示师佛意。因指宣所出律抄及轻重仪僻谬之处。皆令改正。宣闻之悚栗悲喜。因问经律论等种种疑妨。神皆为决之。[1]

意思是说唐代高僧道宣有一天梦见一个叫韦将军的人，自称是诸天之子，统领鬼神，并在南赡部洲护持佛法。年轻武将形象大概就来自这个“诸天之子”。这个故事流传开之后，人们又往他身上安故事，说这个韦将军叫韦琨：

又有天人韦琨，亦是南天王八大将军之一臣也。四天王合有三十二将，斯人为首。生知聪慧早离欲尘，清净梵行修童真业，面受佛嘱弘护在怀，周统三洲住持为最。[2]

四大天王的部下各有八位神将，一共是三十二个。韦将军是南天王部下的八位之一，是三十二将的首领，负责护持三洲佛法。所以在很多寺庙里，韦陀前面的圣号，叫“三洲感应护法韦驮尊天菩萨”，或者上面挂一块“三洲感应”的牌匾。韦琨和韦陀本来是两个人，但是不知道从什么时候起，民间就把这两个人的形象混在一起了，合并成了一个神。

至于“塞建陀”或“私建陀”为何变成了“韦陀”，这大概也是一个很中国的问题。因为汉字“建”和“違”长得差不多，“私建陀”经常错写成“私违陀”，“违陀”又变成了“韦陀”！所以唐释慧琳《一切经音义》卷七说：

违陀天（译勘梵音云“私建陀提婆”，“私建陀”，此云阴也。“提

[1] 见《大慈恩寺三藏法师传》。
[2] 见《法苑珠林》。

婆”云天也。但“建”“违”相滥，故笔家误耳）。

《明清汉传佛教众神全像》中的韦陀形象

所以说韦陀的名字是从印度过来的，但他的形象是从中国本土生长出来的。我们现在看到的韦陀形象，一般就是一个年轻人，顶盔贯甲，手里拿着一根金刚杵，所谓“童子面貌，将军威仪”。所以民间一说哪个小伙长得帅，就可以说，他长得像韦陀。评书《白眉大侠》里有一个“银面韦陀”王希正，面相就长得跟银娃娃似的。

另外，印度的降魔杵，有的叫独锋降魔杵，有的叫三锋降魔杵。三锋降魔杵有三个尖，独锋降魔杵只有一个，但无论哪种，样子都和韦陀手里那根不一样。韦陀手中的降魔杵或金刚杵，样子跟中国短兵器里的鞭和锏差不多，这也可说是中国化的产物了。

第三章

虚实之间：小说背后的真实历史

《封神演义》中有真实历史原型的人物来自各个朝代，可是他们的故事里都有着挥之不去的明代色彩。除了需要按史实来安排情节外，它体现的价值观、君臣关系，其实都是明代的。

太公在此，诸神回避

被《孙子兵法》推崇备至的谋略家

《封神演义》这部书不太突出“主人公”的概念，但按传统评书的说法，这部书贯穿始终的人物，或者说“书胆”，自然是姜子牙。

姜子牙的生平，散见于先秦的各种史料中。排列组合一下，大概是这样的：

他姓姜，名尚，出生在东海之滨。先祖曾做四岳之官，辅佐夏禹治理水土有大功。舜、禹时被封在吕地，所以又称吕尚。他的字是“牙”，只有一个字。古人的字多是两个字，但是春秋战国时期或者更早，古人的字有时候可以写成一个字。比如孔子的得意弟子颜回，姓颜名回，字子渊；冉求，姓冉名求，字子有。但是，称呼他的字时，往往只称呼单字：“颜渊”“冉有”。所以姜子牙也应该叫“姜牙”，“子”没有什么特殊含义。

《封神真形图》中的姜子牙形象

姜子牙出世时，家境已经败落了，他年轻的时候干过宰牛卖肉的屠夫，也开过酒店卖过酒，在棘津当过“迎客之舍人”，大概是店小二或者旅馆服务员之类的工作。后来他离开了棘津，来到西岐，在磻溪（今陕西宝鸡境内）垂钓。

正好遇到周文王姬昌出来打猎，周文王和他一谈，认为他是个奇才，就说：“我先君太公曾说：‘将来有位圣人会来到此地，周会因此兴旺。’说的就是您吧？我们太公盼望您已经很久了。”于是称姜子牙为“太公望”，二人一同乘车而归。而周的大臣南宫适、散宜生，都拜他为老师。从这时起，姜子牙就和周文王“阴谋”推翻商政权：

> 周西伯昌之脱羑里归，与吕尚阴谋修德以倾商政，其事多兵权与奇计，故后世之言兵及周之阴权，皆宗太公为本谋。[1]

也就是说，姜子牙从一登上历史舞台，就是一位谋略家的身份。而后世流传的《六韬》等作品，或者托名他所作，或者真的和他有点关系。

周文王死后，周武王即位，尊称姜子牙为“师尚父”，并和他一起来到盟津，各国诸侯不召自来的有八百家。武王认为时机还不成熟，就班师而还。

又过了两年，纣王越发不得人心。姜子牙见时机成熟，就建议大举伐纣。武王十一年正月甲子日，周军到达商都朝歌郊外70里处的牧野。各诸侯云集响应，纣王也集结70万兵马赶到牧野。姜子牙亲自冲锋陷阵，《诗经·大明》赞他：

> 牧野洋洋，檀车煌煌，驷騵彭彭。维师尚父，时维鹰扬。凉（通“亮”，辅佐）彼武王，肆伐大商！

这段颂辞记录了姜子牙英武勃发的样子。而“鹰扬”这个词也源于此。

武王灭商之后，封姜子牙于齐。他在齐国“因其俗，简其礼，通商工之业，便鱼盐之利”，是一个十足的实干家。

关于姜子牙在商朝的朝歌、棘津过的那些日子，有人说他是怀才不遇，

[1] 见《史记·齐太公世家》。

但也有人说他实际上早就和周政权有联络，是在当周的间谍。《孙子兵法》里有一篇《用间》，讲使用间谍的办法，其中有这么几句话：

昔殷之兴也，伊挚在夏；周之兴也，吕牙在殷。故惟明君贤将，能以上智为间者，必成大功。

就是说商朝的开国功臣伊尹是一个大间谍，周朝的开国元勋姜子牙也是一个间谍。伊尹当间谍是跑到夏朝去收集情报，而姜子牙则是潜伏在商朝。姜子牙怎么当间谍呢？史书记载，他在朝歌杀过牛，还在孟津卖过酒。孟津是一个战略要地，武王伐纣的必经之处。姜子牙别的地方不去，非得到这两个地方杀牛卖酒？而他弃商归周，是不是因为被发现了，情报工作没法做了呢？这就是历史的谜团了。

历经磨难，方成大器

《封神演义》里姜子牙从昆仑山下来时，已经七十二岁了。他来到朝歌找工作，遇到了老朋友宋异人。宋异人给他说了门亲事：六十八岁的马氏夫人。

姜子牙在朝歌，干什么都不成。卖面，碰上练兵的，面筐打翻了；开饭店，没人上门，酒肉都臭了；卖牛羊，又赶上朝廷求雨，禁止屠宰，把牛羊没收了。好容易开了个算命馆，又碰上琵琶精假变女子来算卦。他认出她的本相，火烧琵琶精，被纣王赏识，封为大夫。

但是好景不长，纣王要建造鹿台，让姜子牙监工。姜子牙劝谏纣王：这件事工程浩大，难免铺张浪费，祸害百姓。纣王大怒，要把姜子牙处死。姜子牙就逃到金水桥边，借水遁逃了。

姜子牙回到家里，马夫人听说他有好差事不揽，反倒得罪了天子，一怒之下，就和姜子牙离了婚。

马氏离开姜子牙之后，嫁了一个名叫张老三的农户。后来姜子牙金台拜将，辅佐周武王打进朝歌。这时候有个邻居老太太，笑人短恨人长的，跑过来对马夫人说:“你原来的那个丈夫现在当了丞相，官居一品，你当年要是跟了他多好，不比现在受穷强吗？”三言两语把马氏说得连羞带愧，半夜三更自缢而死，一道灵魂往封神台来，后来被封为扫帚星（舒载阳本作“铁扫帚”）。

这段故事,还真有历史原型。《战国策》里影影绰绰提到了这件事。《战国策·秦五》有这么一句话:“太公望,齐之逐夫。”就是说姜太公是从齐地（那时候还没有齐国）被赶出来的。《说苑·尊贤》里也说:

> 太公望，故老妇之出夫也，朝歌之屠佐也，棘津迎客之舍人也，年七十而相周，九十而封齐。

《韩诗外传》是汉代的书，里边也有“太公望少为人婿，老而见去”的说法，这些记载，无一例外地说：姜太公年轻的时候给人家当女婿，岁数大了被人撵出来了。

这里有个问题，过去是宗法社会，重男轻女，那为什么姜子牙地位这么低，会被老婆撵出来呢？这大概和齐地的风俗习惯有关系，无论是姜子牙建立的齐国，还是商朝的时候就有的齐，这个地方并不像后来那样重男轻女。

《史记·滑稽列传》里有个淳于髡，是一个舌辩之士，口才特别好，他以前就是“齐之赘婿”（又叫倒插门）。齐这个地方，跟中原的风俗很不同，妇女可以参加国家大事，甚至还可以参加军事、祭祀，民间的女子，也拥有相当的生产力，所以《管子》说:

> 上农挟五，中农挟四，下农挟三。上女衣五，中女衣四，下女衣三。

一农不耕，民或为之饥；一女不织，民或为之寒。

意思是说一个上等农夫可以养活五个人，中等的养四个，下等的还能养三个。一个上等女子可以制作足够五个人穿的衣服或布料——这些都是可供出售的商品。

《汉书·地理志》里说：

始桓公兄襄公淫乱，姑姊妹不嫁，于是令国中民家长女不得嫁，名曰“巫儿”，为家主祠，嫁者不利其家，民至今以为俗。

就是说齐桓公下令，老百姓家的长女不准出嫁，执掌家中祭祀，继承遗产，也就是今天所谓“顶门户”。这其实并不是因为齐国国君好淫乱带的坏头，而是一种社会习俗。

既然女子可以成为一家之主，那么招一个倒插门的女婿，就是“赘夫”，是很正常的事。男子是女子选择的，而且女方的年龄可以远远超过男方，女方对男方有招之即来、挥之即去的权利。[1]所以姜太公在家里没有地位是很正常的事情。

《封神演义》里说马氏听说姜子牙发达了就羞愧自尽。其实这里还有一番相当戏剧化的情节，例如《通俗编》引《鹖冠子》注：

太公既封齐侯，道遇前妻，再拜求合。公取盆水覆地，令收之，惟得少泥。公曰：“谁言离更合？覆水定难收。”

《鹖冠子》著于战国，它的注应该也不会太晚。这个故事，其实就是成语“覆水难收”的来源和“马前泼水”的故事原型。

[1] 参考顾颉刚先生《由“烝”“报”等婚姻方式看社会制度的变迁》，收入《顾颉刚集》。

说到“马前泼水”，可能更多的人会想到汉代的朱买臣。《汉书·朱买臣传》里，这个故事是这样的：

朱买臣，字翁子，吴人也。家贫，好读书，不治产业，常艾薪樵，卖以给食，担束薪，行且诵书。其妻亦负戴相随，数止买臣毋歌讴道中。买臣愈益疾歌，妻羞之，求去。买臣笑曰：“我年五十当富贵，今已四十余矣。女苦日久，待我富贵报女功。”妻恚怒曰：“如公等，终饿死沟中耳，何能富贵！”

后来朱买臣的妻子逼着他离了婚，而他受到汉武帝的重用，被封为会稽太守。朱买臣的车队浩浩荡荡来到会稽，属下的官员迎接新太守上任。这时候，他的前妻带着丈夫来了，于是朱买臣：

呼令后车载其夫妻，到太守舍，置园中，给食之。居一月，妻自经死，买臣乞其夫钱，令葬。

这里只说了朱买臣的妻子自尽，并没有说他“马前泼水”，但是在京剧《马前泼水》里，故事就变成朱买臣命随从拿来一桶水，往地上一泼，说：“你若再拾此水仍归桶中，一滴也不漏，我就和你复婚。”他妻子知道覆水难收，一头撞死在街前，所以有几句唱词：

崔氏当年不念旧，后悔不及面惭羞，今日碰死在街口，这就是不是夫妻不到头。

不光是京剧，昆曲《烂柯山》、二人转里也有类似的情节，有的说她是自缢的，有的说她是撞死的，还有的说她做了一个梦，梦见自己荣华富贵了，结果到后来发现是一场空，然后就疯了。

实际上，“马前泼水”这个故事，本来是属于姜太公的。朱买臣虽然也有前妻求复合的情节，但并没有马前泼水的情节。《鹖冠子》里记的这个人是姜太公，而且“马前泼水”里的“马”，指的是马夫人，姜子牙在马夫人面前泼水。到了朱买臣的故事里，就只能改成在马匹前面泼水——朱买臣的夫人姓崔。

宋元之前，所有“马前泼水”的故事都是姜太公的。宋元之后元杂剧兴起，才把这个故事移植到朱买臣的身上，姜太公反倒被淹没了。

《封神演义》讲姜太公的时候，并没有讲到马前泼水这件事，很可能明代的人们也都忘记了。结合齐国入赘女婿的风俗，甚至可以认为这是倒插门女婿们的一次集体高潮，借这个故事出一口恶气。因为不仅仅是春秋之前的齐国，明代的社会也有这种风俗，像吴承恩的父亲就是倒插门女婿，所以这可能是古代入赘女婿的心理在明代得到了一次宣泄。

元明之间的杂剧《朱太守风雪渔樵记》，又增加了这么一个故事：

朱买臣老大不小了，还不读书，岳父就说这个女婿不肯进取，让女儿去激励他。这个女儿不是普通人，是玉天仙。玉天仙就向朱买臣要休书，朱买臣一下子受了刺激，发奋读书，然后荣归故里，就对他妻子马前泼水，伺机报复。这个时候朱买臣的朋友告诉他：“根本就不是你老婆羞辱你，是你的岳父暗中帮助你。”朱买臣恍然大悟，夫妻重归于好。

这个故事居然变出了一个正能量结局。因为老百姓还是愿意看大团圆，不愿意以悲剧收场，也不喜欢小人物得志回来复仇的故事。但这样一来，“马前泼水”的味道就淡多了。

军师的十八般武艺

五鬼搬运法

姜子牙离开昆仑山，来到朝歌城，投奔到他的朋友宋异人家里。宋异人家里有块空地，想盖一座楼，没想到盖一次烧一次。姜子牙就来给他压邪，发现是五个妖怪作祟。姜子牙要杀他们，五个妖怪苦苦哀告，姜子牙就说：

> “你既欲生，不许在此扰害万民。你五畜受吾符命，径往西岐山，久后搬泥运土，听候所使。有功之日，自然得其正果。”五妖叩头，径往岐山去了。

这五个妖怪就是“五鬼”。五鬼的来历，我们会在后面讲。这里说说五鬼为什么会烧宋异人的楼房和“搬泥运土”。

五鬼是民间传说中的鬼怪，一般管降灾，现在的风水迷信里，还有一个位置叫“五鬼位”，甚至有表格可查。比如大门如果朝正北，五鬼位就在正西；大门朝东北，五鬼位就在东南。风水迷信认为，五鬼位一般不要放卧室或者放厨房，否则会冲犯他们，导致走路突然摔个跤，或者失火。《封神演义》里宋异人家风水不好，一盖楼就着火，正是五鬼传说的体现——他家起楼的这个位置正好是“五鬼位”。

五鬼虽然是恶鬼，但也不是一味害人，不受控制。民间传说里，有道之士、风水师就可以控制五鬼。比如风水里有一种“五鬼运财法”，风水师知道五鬼位于哪个位置，就可以使一些办法，比如开个小门，让所谓的“生气”从大门进来，“晦气”从小门出去。于是这家的财源就会滚滚而来，等于是五鬼给这家运财。

五鬼能搬运东西的传说由来已久。一部民间法术书《万法归宗》里记载了一种“五鬼混天法”，就是驱使五鬼替人搬东西的。姜子牙驱使五鬼到西岐搬运泥土，盖封神台，用的正是类似的法术。

五鬼混天法，首先得找五个骷髅，选一个五癸日（即干支遇癸的日子，如癸酉、癸丑。癸、鬼同音），在这天的五更时分，在骷髅上写上五鬼的姓名，埋在作法的祭坛下面，然后掐诀，念混天咒七遍。七七四十九天之后写祭文一道，祭文中写上要求的事情，半夜时分放在祭坛上面烧掉，喊五鬼的姓名，五鬼就会出现。然后用印向五鬼的头上印一下，就表示给他们下令了，可以让他们去搬东西，想搬什么就搬什么，金子银子都可以。还能搬自己：坐在一顶轿子里，作法把五鬼招来，五鬼就可以扛着轿子，千里之遥任意往还，等于雇了五个力工。

驱使五鬼的咒语叫混天咒，原文是：

> 精灵精灵，不知姓名。授尔五鬼，到吾坛庭。顺吾者吉，逆（原文缺，据文意补）吾者凶。辅吾了道，匡吾成真。令尔搬运，即速就行。逆吾令者，寸斩灰尘，吾奉太上老君急急如律令。

如果能够驱使五鬼，他们就能够替你服务，要是驱使不了，或者冲犯他们，他们就要从你家往外搬运东西，让你遭灾。《封神演义》里的宋异人冲犯了五鬼，盖楼盖不起来，盖一次烧一次，就相当于五鬼用火烧的方式搬走了他家的财。

现在玩金融的、炒股的有一个说法叫“五鬼搬家”，或者叫五鬼搬运法，这是金融行业里一种空手套白狼的方式，没有什么实际的产品，却能够套来钱，这个名字正是源于五鬼的民间传说。

掌心雷

姜子牙在朝歌开了一个卦馆，轩辕坟的玉石琵琶精来看望苏妲己，路上见到姜子牙的卦馆，就走进来求卦。姜子牙认出她是妖精，就借看手相之名，把她的手握住，用砚台把她一下打死。众人喧闹起来，姜子牙解释说她是妖精。正好比干经过这里，就把姜子牙和“女尸”带到宫里，请纣王裁断。姜子牙在纣王面前堆起干柴，点上火，把“女尸”推上柴堆焚烧，然后双手齐放，“只见霹雳交加，一声响亮，火灭烟消，现出一面玉石琵琶来”，这就是琵琶精的原形。

姜子牙让琵琶精现形用的是掌心雷，他在宋异人家降服五鬼，用的也是掌心雷，“把手一放，雷鸣空中”，五个妖物慌忙跪倒，就此归降了。

“掌心雷”是道教雷法里一种比较基本的法术，神霄雷法、清微雷法等都有。大致的流程，是先把“气”运到手心，然后“存想”，想象有雷神降临到你的身体里，带着气到了手心，然后突然把手一放。据说修行深的人能把“气”放出来，轰隆有声，犹如震雷，所以叫掌心雷。经常用在驱邪、召神将等场合。

宋代的道教雷法非常兴盛，很多法师会掌心雷。北宋政和年间，有个道士叫王文卿，他竟然在街上专门卖掌心雷，又叫“卖雷公”。《福建通志》记载：

> 王文卿，南丰人，……故老相传，每于乡市遇儿童，则戏索一钱，画雷于其掌，令握固，行数步开掌，则雷声霹雳，谓之“卖雷公”。

王文卿在小孩的手里画一道雷符，让他握住不要松手。“握固”就是握住拳头。道教的雷诀手势像握拳一样，所以叫“握固”。小孩走几步一松手，一个雷就会放出来。除此之外，还有一个福建泉州的道士董伯华，也有卖雷公的故事。

我们站在宗教之外看，如果史料记载的是真实的，那么这个掌心雷也许是一种民间幻术或魔术。清代学者刘岳云写过一部《格物中法》，书中说，把天南星（一种中药）磨成粉末涂在手掌上，再涂上热的猪血，然后一拍，就可以发出特别大的声音，民间有些人就拿这个当掌心雷来骗钱。这个说法是否真实尚须实践证明，不过只要民间魔术师找到合适的药物，应该就能实现类似效果。

借物代形

姜子牙从朝歌逃出来，到了西岐，在渭水河边钓鱼。旁边有个樵夫武吉，经常来和他聊天。姜子牙预言武吉在西岐城中一定会打死人，武吉不信，挑柴进城，果然失手，扁担从肩上脱落下来，误杀了门军王相。幸亏大臣散宜生劝说西伯侯姬昌，说武吉是过失杀人，暂时放他回家，让他把母亲安顿好，再回来领罪。武吉赶紧跑去找姜子牙，拜他为师，求问解决办法。姜子牙说：

> 如今你速回到家，在你床前，随你多长，挖一坑堑，深四尺。你至黄昏时候，睡在坑内；叫你母亲于你头前点一盏灯，脚头点一盏灯。或米也可，或饭也可，抓两把撒在你身上，放上些乱草。睡过一夜起来，只管去做生意，再无事了。

武吉依计而行。姜子牙当晚作法，“三更时分，披发仗剑，踏罡布斗，掐诀结印，随与武吉厌星”。第二天武吉起来后，就跟着姜子牙习文学武，正式成为姜子牙的徒弟。

又过了半年，姬昌忽然想起了武吉，发现他并没有回来领罪，于是算了一卦，打算抓回武吉，加倍惩处。结果卦象显示：武吉已经投万丈深渊而死。文王叹息了一番，也就算了。

哪知道几天后，姬昌带着文武官员出城打猎，路上遇到了武吉。姬昌又惊又怒。怒的是武吉狡猾，畏罪躲避；惊的是自己的先天卦竟然不灵。于是叫来武吉，呵斥一番。武吉磕头认罪，并说出了姜子牙的事情。姬昌很惊讶，让武吉带着自己去找姜子牙。

姜子牙使的法术是什么呢？这是一种“禳解之术”，原文叫“压星（厌与压通）”，就是向星宿祈求帮助，算是巫术的一种。

禳解的常见形式是“借物代形”，就是借助别的物体来代替自己逃过天劫。主要讲唐代故事的《太平广记》里就有记载。

《太平广记·张山人》说，张山人法术特别高深。某天，有个客商经过一座道观，跟道观里的道士吵了一架，随即离开，遇到了张山人。张山人说：“那个道士要作法害你，我教你一招躲避的办法。你今晚砍一棵柏树，柏树得跟你一样高。你把它放在睡觉的地方，用被子盖住，你自己去旁边的屋里睡。用枣木做七根枣木钉，钉在地上，布成北斗之形，你在北斗的第二颗星下面趴着，今晚无论发生何事，都不要出来。”

客商照做了，当天晚上，外面狂风大作，骤雨倾盆，雷电轰鸣，“电入屋数四，如有搜获之状，不得而止”。第二天客商起来一看，发现柏树已经被雷电劈成了粉末。

这个故事里，柏树替他受了难。钉在地上的七颗枣木钉就代表北斗七星。客商伏在第二颗枣木钉的下面，相当于受到了北斗七星的掩护，雷电拿他没办法，只好劈碎了他的替身柏树。

姜子牙救武吉的法术也是这样，他用一根棍子当成武吉的替身。周文王推算八卦的时候，只能推算出武吉的替身，而不能推算到武吉本人。武吉本人被姜子牙借北斗七星掩盖住了。这就叫“压星”。

除了用枣木钉代表北斗七星，还可以用灯或蜡烛代表。诸葛亮也施行过类似的法术：在五丈原摆了七星灯，希望用压星的方法给自己延长寿命，无奈太倒霉，被魏延一脚踢翻了一盏灯。压星法术失败，诸葛亮也就去世了。

借物代形也可以做坏事。《太平广记》里还有个陆生，在终南山一位老人那里学会了这种法术。这老人很奇怪，竟然向他要个女人，当作学费：

> 老人曰：“授学师资之礼，合献一女。度君无因而得，今授君一术求之。”遂令取一青竹，度如人长，授之曰：“君持此入城，城中朝官，五品以上、三品以下家人，见之，投竹于彼，而取其女来。但心存吾约，无虑也；然慎勿入权贵家，力或能相制伏。”

陆生就拿着竹杖进城，这竹杖有隐身作用，别人看不见他。他走到户部王侍郎家里，见到王侍郎的女儿正在梳洗打扮。他就把竹杖扔在床上，把女孩拉走。等他走下台阶，回头一看，竹杖已经变成了女孩的模样，僵卧在床上，好像死了的样子。王家发现女孩僵死，慌乱起来，这时有个法师叶天士看出了端倪，用水一喷，床上的假女就现出了原形，再带人搜查，这才抓到了陆生。

还有的道士修炼到高级阶段，临命终的时候，可以用剑或鞋代替自己的身体，别人以为他死了，把他装进棺材，过一段时间打开一看，棺材里只有一口剑或一只鞋。这也是一种借物代形之术。其实这些法术高深的人何妨直接脱身而去？留一件东西，一来向凡人昭示法力，二来是用它代表自己，接受人间的各种业报，而真身自在逍遥去了。

五行遁术

纣王命姜子牙监造鹿台，姜子牙劝谏纣王，纣王大怒，要杀姜子牙。姜子牙跑出九间殿，跳进御水河中：

> 众官赶子牙过了龙德殿、九间殿，子牙至九龙桥，只见众官赶来甚急，子牙曰："承奉官不必赶我，莫非一死而已。"按着九龙桥栏杆，望下一摔，把水打了一个窟笼。众官急上桥看，水星儿也不冒一个——不知子牙借水遁去了。

姜子牙借水遁，回到了结拜兄弟宋异人的村子里。这里有一个常见的误解：很多人看到这段，以为水遁就是顺着河道跑了，其实并不是。原著并没有说宋异人门前有河与九龙桥连通。所谓的水遁、土遁，并不是顺着水和土移动。土行孙、张奎的地行术，才真的是在土里走，和土遁没有什么关系——如果是什么遁就在什么里走的话，土遁可以在土里走，水遁在水里走，那金遁、火遁怎么办呢？

五行遁术，是借着金木水火土这些物质，隐藏自己的身体，然后飞起来，到了一定的地方落下去。原著里经常出现的"落下遁光"，还有"驾着土遁起在空中"，都是在天上飞的。例如姜子牙带着许多民众从朝歌出五关，逃难到西岐，用的是土遁之术，这是四百里的距离。

子牙道："你们要出五关者，到黄昏时候，我叫你等闭眼，你等就闭眼。若听得耳内风响，不要睁眼。若开了眼时，跌出脑子来，不要怨我。"众人应承了。子牙到一更时候，望昆仑山拜罢，口中念念有词，一声响。这一会，子牙土遁救出万民。众人只听的风声飒飒，不一会，四百里之程出了临潼关、潼关、穿云关、界牌关、汜水关，到金鸡岭，子牙收了土遁，众民落地。子牙曰："众人开眼！"众人睁开了眼。子牙曰："此处就是汜水关外金鸡岭，乃西岐州地方。你们好好去罢！"

这也证明，这成百上千人的土遁，都是在天上飞行。

《封神演义》里几乎人人都会五行遁术。"遁"这个字是逃遁、逃跑的意思，五遁就是借助五行之物隐藏身形逃跑。明谢肇淛《五杂俎》讲五行遁术最详细：

汉时解奴辜、张貂，皆能隐沦，出入不由门户，此后世遁形之祖也。介象、左慈、于吉、孟钦、罗公远、张果之流，及《晋书》女巫章丹、陈琳等术皆本此，谓为神仙，其实非也。其法有五：曰金遁、曰木遁、曰水遁、曰火遁、曰土遁，见其物则可隐，惟土遁最捷，盖无处无土也。须炼遁神四十九日，于空山无人之中独坐结念，更有符咒，役使百神。若一念妄起，便须重炼。即如红线、聂隐娘、精精、空空之流，皆此等辈耳。国初有冷谦，字启敬，导人入太仓库盗钱，事发被逮。求饮，即跳入瓶中，扑破，片片皆应，而竟不知所在，此水遁者也。正德初，有老翁脱太监于流贼者，又钟鬖髻握土一块，遂不见，土遁者也。

这段话基本说明白了五行遁术的发展史（文中提到的冷谦，在《倚天屠龙记》里也出现过）。可见，五行遁术首先是隐身术，只要碰上金木水火土这五样东西就能隐身。这五种方法中土遁最快，因为“无处无土”，找土最方便，火、金都不好找。《封神演义》里经常说“从地下抓起一把土，往天上一扬，借土遁而去”。当然，《封神演义》给隐身又增加了一个快速移动的功能，这是小说编出来的。

遁术一定要借助介质，金木水火土都是介质。道教、民间法术里有好多遁术，叫十三遁，金木水火土这五个，再加另外八个：人遁、禽遁、兽遁、虫遁、鱼遁、雾遁、云遁、风遁[1]，后来又发展为七十二遁。

《万法归宗》里说到一种灯水遁，先在夜深人静的时候点一盏灯，再在旁边放一盆干净水，不能让灯灭了，然后念咒：

> 敬请此间土地神，仔细守把冰火门，来往大路随我走，不许透露我行踪，供奉太上老君急急如律令。

念完咒，这盆水就有法力了，蘸着水写一个“路”字，然后用左脚踩在上面，再念一段咒语，就可以想去哪儿去哪儿，别人看不见。

甚至还有鞋遁，就是用黄纸写一道符，写完之后把符烧了，然后念咒三遍，把符烧成灰吞到肚子里，此时便有了法力。遇上危险的时候就脱下一只鞋，往敌人脸上一扔，鞋就变成了自己的模样，九天之后才会现出原形，但用遁的人早就跑了。《西游记》里，金鼻白毛耗子精用两只绣花鞋变成自己的样子，和孙悟空战斗，被打倒后恢复绣花鞋的原形，真身早就逃走了，这就是鞋遁。

鞋遁是七十二家遁术里最简单的一种，咒语很短，练起来也容易：

> 欲炼之日，用黄纸阔二寸，朱书震雷符于上，面向北烧灰，清水吞之。向北念咒三遍，取气三口，吞入腹中。临用之时，弃

[1]《中华道教大辞典》“十三遁”条。

右鞋一只，正东而去，行过三步，则鬼神不见。所留之鞋如自己之形，人见似真死。过九日，法乃尽，众视之为鞋。

这种鞋遁我也会，只不过不是靠法术，而是靠臭气把人家熏跑。

五行遁术的基本原理，就是借助金木水火土这五样东西把自己的身体隐藏起来，别人看到的也许就是一团光或者一阵风。所以书里说“黄天化驾遁光来往西岐，落下遁光”。清代小说《绿野仙踪》里，有一个冷于冰，他也会这种遁术，有点像直升机，可以在空中悬停。需要爬升，就“驾水遁起在空中百十丈高”；需要下降，就“将遁光一按，离地不过有一丈高下”。

土行孙的地行术，是直接钻入介质，而不是借介质隐形，似乎比五行遁法高明。《绿野仙踪》六十二回，写鄱阳圣母和冷于冰斗法：

那圣母道：“你可会五行遁法么？”于冰道：“颇知一二。”圣母道：“你既会五行遁法，你可能在石头上钻出钻入么？”于冰心里道：“此法吾师能之。当日在西湖传道毕，将身子钻入地内去。我焉能有此大术？”因问那圣母道：“我不能，你能彀么？”那圣母大笑道：“些小神通，何足为异！”随将白龙夫人唤过来，站在面前，那圣母用剑诀在那夫人头上画了一道符箓，吩咐道：“你去钻来，着那道士看看。”那夫人笑嘻嘻，轻移莲步，款蹙香裙，走到石堂西边墙下，掉转头来，笑向于冰道：“那道人休笑话我。”说着，将身一弯，用头往石墙上一触，真与鳅鱼钻泥无异，形影全无。瞬目间，又从墙内钻出来。两旁众妖各大笑。那圣母亦拍手大笑道：“奇哉！奇哉！”问于冰道：“你以为何如？”于冰沉吟道：“此妖神通广大，我非其敌。”

可见在地面或石头中钻入钻出，是更高级的“大术”。

当然啦，今天用得最广泛的是以尿为介质的“尿遁”，就是酒桌上不想喝酒，借口上厕所跑了。喝酒太多容易伤身，尿遁大法实在是好啊！

龙须虎的神异志

姜子牙还收服过一个怪物，叫龙须虎。他去昆仑山拜见元始天尊，回来的路上，碰上了一个独腿怪兽，长相特别凶恶，书中描绘说：

> 头似驼，狰狞凶恶；项似鹅，挺折枭雄。须似虾，或上或下；耳似牛，凸暴双睛。身似鱼，光辉灿烂；手似莺，电灼钢钩。足似虎，钻山跳涧；龙分种，降下异形。采天地灵气，受日月之精。发手运石多玄妙，口吐人言盖世无。龙与豹交真可羡，来扶明主助皇图。

它要吃姜子牙的肉，姜子牙把杏黄旗往地上一戳，说：“你要是能把杏黄旗拔起来，我就给你吃。”龙须虎上来拔，却拔不起来，反而被杏黄旗的旗杆粘住了，没办法，只好归顺了姜子牙。

龙须虎有一种奇异的本领，是发手有石：

> 龙须虎答曰：“弟子善能发手有石。随手放开，便有磨盘大石头，飞蝗骤雨，打的满山灰土迷天，随发随应。”子牙大喜：“此人用之劫营，到处可以成功。”

从此龙须虎跟随姜子牙到处征战，后来死于巨人邬文化劫营。

龙须虎的原型很明确，它实际上就是上古传说中的独腿神兽“夔”。《庄子》说夔“以一足趻踔而行”，只能蹦跳着走路。《山海经》也说：

> 东海中有流波山，入海七千里。其上有兽，状如牛，苍身而无角，

一足，入水则必有风雨，其光如日月，其音如雷，名曰夔。黄帝得之，以其皮作鼓，橛以雷兽之骨，声闻五百里，以威天下。

也有说夔长得像龙的，如《昭明文选》：

夔，木石之怪，如龙有角，鳞甲光如日月，见则其邑大旱。

同时，夔也是一个人名。《尚书·舜典》记载，大舜登基之后分封百官，例如让大禹去做司空，为百官之首，皋陶为李，类似司法部部长，后稷为田，掌管山林，有点像现在的农业部部长。倒数第二位封的人就是夔，叫他“典乐”，负责管理音乐。

所以，春秋战国时，大家就开始争论，夔到底是一条腿的神兽呢，还是舜的大臣。《吕氏春秋·察传》讲了一个故事：

鲁哀公问于孔子曰："乐正（管音乐的官）夔一足，信乎？"孔子曰："昔者舜欲以乐传教于天下，乃令重黎举夔于草莽之中而进之，舜以为乐正。……重黎又欲益求人，舜曰：'夫乐，天地之精也，得失之节也。故唯圣人为能和，乐之本也。夔能和之，以平天下。若夔者一而足矣。'故曰'夔一，足'，非'一足'也。"

也就是说，孔子认为"夔一足"的意思，是夔能够管理音乐，有这样一位就足够了，并不是只长着一条腿。

但是从今天的角度来看，孔子有强行解释的嫌疑。因为孔子的特点是"六合之外，存而不论"，他很喜欢给一些神话故事一个现实的解释，这也符合中国文化早熟的特点。

实际上，夔是传说中的神兽，见于各种古籍，这种神兽虽然不存在，但这种神话却是存在的。乐官名叫"夔"，只是取了这个神兽的名字而已。就像今天的人名，也有叫"龙""虎"的。孔子有意无意地把两件事搅到一起去了。

《封神演义》里的龙须虎，是照着夔的形象写的，夔像龙，龙须虎姓龙没有错，但为什么又有个"虎"字呢？因为夔这种神兽又和另外一种神兽螭虎相混。"螭"也是一种龙，从汉代一直到现在都有这种装饰，一般出现在青铜器或玉器上，是一种半龙半虎的形象。清陈浏《陶雅》：

今之螭虎，其古者夔龙之流亚欤。

意思是说，今天的螭虎，实际上是从古代的夔龙演变过来的。

龙须虎"发手有石"的本领，更能证明他就是夔了。因为这个艺术构思，应该是源自《尚书·舜典》，原文是：

> 帝曰："夔！命汝典乐，教胄子，直而温，宽而栗，刚而无虐，简而无傲。诗言志，歌永言，声依永，律和声。八音克谐，无相夺伦，神人以和。"
>
> 夔曰："於！予击石拊石，百兽率舞。"

大舜的意思是说："夔！任命你主持乐官，教导年轻人，使他们正直而温和，宽大而庄重，刚毅而不粗暴，简约而不傲慢。诗是表达思想感情的，歌是唱出来的语言，五声是根据所唱而制定的，六律是调谐五声的。八类乐器的声音能够调和，不使它们乱了次序，神和人就都会因此而和谐了。"夔说："好，我可以敲击着石头乐器，使百兽（可能是扮演百兽的人）依着音乐舞蹈起来。"

"击石拊石"的意思，是击打石头制成的乐器，奏出音乐来。中国古代的乐器根据材质分为"八音"：金（如铜钟）、石（如石磬）、丝（如琴）、竹（如笛子）、匏（如葫芦丝）、土（如埙）、革（如鼓）、木（如梆子）。石是其中的一种。

《封神演义》的作者可能有意无意地曲解了这个意思，认为"击石拊石"就是发出石头射击，于是就编出龙须虎张手发石头的法术来了。

一代明君周文王

第一位"三顾茅庐"的帝王

《封神演义》里说，周文王求贤若渴，听说西岐郊外有一个高人，就来拜会他。谁知道三番两次都没找到，最后斋戒沐浴，又来求见，这次终于和姜子牙见了面。

周文王和姜子牙一聊，觉得他确实是个高人，就把他请回朝中。周文王让手下散宜生推来自己的座驾辇舆，表示自己对姜子牙的格外优待。原文是：

> 宜生将聘礼摆开。子牙看了，速命童儿收讫。宜生将銮舆推过，请子牙登舆。子牙跪而告曰："老臣荷蒙洪恩，以礼相聘。尚已感激非浅，怎敢乘坐銮舆，越名僭分。这个断然不敢！"文王曰："孤预先相设，特迓先生，必然乘坐，不负素心。"子牙再三不敢，推阻数次，决不敢坐，宜生见子牙坚意不从，乃对文王曰："贤人既不乘舆，望主公从贤者之请。可将大王逍遥马请乘。主公乘舆。"王曰："若是如此，有失孤数日之虔敬也。"彼此又推让数番，文正乃乘舆，子牙乘马。欢声载道，士马轩昂。时值喜吉之辰，子牙来时，年已八十。

姜子牙死活不上文王的车，表示不敢僭越，再三推辞。后来，还是散宜生出了个主意，让周文王坐自己的凤辇龙车，姜子牙骑周文王的马。双方又推让了一会儿，最后周文王乘车，姜子牙骑马，回到了西岐城。

《封神演义》是文人写的，文人还是讲政治，不敢让姜子牙坐龙车，违背君臣之礼。虽然说明朝没有什么文字狱，但是作者还是有他的尺度，不敢乱写。民间对这事就有很多发挥了。

比如说，有个民间故事，说姜子牙坐上了龙车，使出法术，让龙车走不了。周文王一看怎么办呢，就亲自给姜子牙拉车，拉了八百零八步，实在是拉不动了。姜子牙见此哈哈大笑，说："天数如此，你给我拉了八百零八步，我就保你八百零八年的大周朝的江山。"于是周朝果然延续了八百零八年。

这个是民间的说法，包括八百零八年也不是一个准确的数字。还有一个说法也来自民间，姜子牙上车后走不了，周文王就背着他走了四十八步，文王有百子，他的儿子们就继续背，最后也是背了八百零八步，周朝就出了四十八个周王，有了八百零八年的江山。

有出梆子戏叫《渭水河》，又叫《文王访贤》，就是这么讲的，地方曲艺里面基本上都有这样的故事。过去的老北京有人力车行，供奉周文王为自己的祖师，因为文王都给别人拉过车，自己给人拉车，不丢人。《击鼓骂曹》的祢衡也说："昔日文王访姜尚，渭水河边得栋梁。臣坐辇，君陪往，为国求贤理应当。"其实人力车是清末的时候从日本传来的，以前中国没这个东西，一开始叫东洋车，后来简称洋车。这日本传来的东西当然不可能以周文王为祖师，显然这是从民国才开始流传的说法。

有人奇怪，说周文王访姜子牙，为什么这么像刘备访诸葛亮的"三顾茅庐"呢？它们到底谁先谁后呢？当然，并不是周朝在前，三国在后，就是文王访姜子牙在前，三顾茅庐在后。其实，这是中国古代小说的一种故事模式，叫作"三顾模式"。

"三顾茅庐"在《三国志》里面没有详细的记载，就是一句话，刘备访诸葛亮，"凡三往乃见"。但是在《三国演义》里面，就写成了洋洋洒洒的好几回。实际上，是借这种曲折来体现很多事情。

首先体现的是诸葛亮的人格高逸，人才不会轻易为人所用；其次体现了刘备的求贤若渴，姿态放得很低；再者，说书人讲故事，需要这种一波三折，第一次刘备谁也没见着，第二次见到了弟弟和丈人，第三次在外面等诸葛亮睡醒。做足了文章，吊足了胃口。

"三顾茅庐"这个套路出现之后，几乎所有历史小说都喜欢仿这个故事。比如《有夏志传》，讲夏朝的故事，成汤三聘伊尹；还有《明英烈传》，朱元璋三请徐达、宋濂和刘伯温也是这个套路；《东汉十二帝通俗演义》，说光武帝刘秀请邓禹和严光，也类似"三顾茅庐"；《西汉演义》，项羽请范增；《隋唐两朝志传》，窦建德请杨义臣，都是仿照这样的套路来写的。但是有些事情并不符合历史，比如历史上的范增是自己去找的项羽，而小说里写成了项羽三请范增。

为什么宋代以后出现了这么多三顾茅庐的“梗”呢？原因很多，首先当然是得人才者得天下，要尊重人才。另外，编这种书的，一般是社会上地位不高但又有一定文化的人，比如施耐庵、罗贯中。这些人没有官做，尤其是元朝的时候，不能参加科举，只能编杂剧、小说。他们就利用这么一个“意淫”的机会，把自己代入范增、伊尹，算是“YY 文学”的始祖。

我们今天也有“玛丽苏小说”，把女主角写得特别厉害，不管什么男人见到她都神魂颠倒，一个两个三个四个全部围着她转；男性版就是杰克苏，全方位要帅，聪明又潇洒，大气又大方，很多女性围着他转。像诸葛亮、姜子牙，他们身上也带有底层文人自恋的影子，幻想自己有安邦定国之才、经天纬地之策，点拨点拨你，你就能打下江山。

其实打江山哪那么容易？“未出茅庐便知三分天下”，这是不可能的。只能亲身参与政治实践、军事斗争，积累经验，才能慢慢获得能力。

历史上的诸葛亮，虽然出山时只有 27 岁，但他和荆州的高人、幕僚都玩得非常好，并不是只在家里看那么多年书就可以了。而且诸葛亮加入刘备的集团之后，也是一步一步成长起来的。像今天，一个硕士毕业生，一个宅男，就能指点天下了？这是不可能的事情。

杜撰出来的“食子传说”

周文王的长子伯邑考到朝歌进贡，替父赎罪，不料惹怒了纣王。纣王就把伯邑考杀了，乱刀斩为肉酱。

这时妲己心生一计，说：周文王正囚禁在羑里，圣贤一定不会吃自己儿子的肉，现在把伯邑考的肉送给他，看他吃不吃。他如果吃的话，就是一个凡夫俗子；如果不吃，那就是真有本事，不如早点杀掉，免除后患。纣王觉得有理，就把伯邑考的肉做成三个肉饼，送给周文王。

这时候，周文王已经占卜出来，这肉饼就是用儿子的肉做的，可是不

河南安阳汤阴羑里城伯邑考墓

敢不吃，于是含着眼泪，吃了进去。纣王也就放下心来。

周文王吃儿子的肉，历史上确有记载，晋皇甫谧《帝王世纪》是这样说的：

> 纣既囚文王，文王之长子曰伯邑考，质于殷，为纣御，纣烹以为羹，赐文王，曰：圣人当不食其子羹。文王得而食之，纣曰：谁谓西伯圣者，食其子羹，尚不知也。

古代的肉羹不是肉汤，是带汁的肉。这是晋代流传的故事，至于晋朝之前故事是怎么讲的，我们现在也不太清楚了。

从更早的材料来看，纣王的确杀过一个人，并把他做成肉酱，但这个人并不是伯邑考，而是梅伯。

梅伯，在小说中是被炮烙死的，但是史书中他是被醢死的。醢就是肉酱，醢死，就是把梅伯做成肉酱，不但做成肉酱，还分发各路诸侯：

> 昔者纣为无道，杀梅伯而醢之，杀鬼侯而脯之，以礼诸侯於庙。文王流涕而咨之。[1]

不过周文王没有吃，而是流着眼泪，发出叹息，指责纣王太残暴了。到东汉至魏晋的时候，这个故事不知怎么就转到伯邑考身上去了。

那么历史上有没有吃了儿子肉的人呢，倒也确有其人，这个人就是战国时期的乐羊。乐羊是魏国大将，他攻打中山国。哪知道他儿子正在中山国，于是中山国人把他的儿子煮熟了，把肉汤送给他。乐羊毫不犹豫，满盛一碗吃了下去。正是因为这件事，魏国国君魏文侯反而对乐羊生了疑心，觉得他不怎么样，连儿子肉都吃。

> 乐羊为魏将以攻中山。其子在中山，中山县其子示乐羊，乐羊不为衰志，攻之愈急。中山因烹其子而遗之羹，乐羊食之尽一杯。中山见其诚也，不忍与其战，果下之。遂为文侯开地。文侯赏其功而疑其心。[2]

其实这种把至亲做成肉羹或烧烤的事情，在先秦两汉也有，比如刘邦跟项羽打仗的时候，项羽抓了刘邦的爸爸，威胁刘邦要煮他的爸爸，结果刘邦说，我俩拜过把子啊，我爸爸也是你爸爸，“吾翁即若翁，必欲烹而翁，则幸分我一杯羹。”你要是做了，就先分我一碗。这个“杯”不是今天的玻璃杯，是小碗的意思。

[1] 见《吕氏春秋》。
[2] 见《说苑·贵德》。

唐宋以后，文明开化，关于“吃儿子的肉”这件事出现了各种解释，也有了不同的评价。如果真有其事，周文王的心态，应该跟乐羊、刘邦是一样的。虽然传统上认为他是圣人、贤人，但是我想，作为一个想取成汤天下的人，没有一点狠劲是不行的。政治上的成功、军事上的成功跟道德楷模是两回事，不论古今都是如此。很多大人物的道德模范故事，大多数都是后人的附会。

但是中国人喜欢让大人物保持十全十美的形象，所以后人又给周文王编了一个“文王吐子”的故事，说文王吃了伯邑考的肉，回到西岐，觉得恶心，就把吃了的肉吐了出来，吐出的肉变成几只兔子跑走了。这就等于没有吃儿子的肉，替“圣贤不食子肉”圆了个场。

这个故事暂时没有找到出处。吐子，谐音“兔子”。“吐子”“吐子”念多了，也就变成“兔子”了！

昏庸残暴商纣王

《封神演义》里的纣王，作者当然尽力把他写成一个暴君。但是，不同时代的暴君，有不同的暴法。而《封神演义》里的纣王，表现得不像一个商朝的暴君，倒像一个明代的皇帝。

因为《封神演义》成书于明代，除了需要按史实来安排情节外，它体现的价值观、君臣关系，其实都是明代的，而不是商代的。

书里有这样一段：纣王想杀儿子殷郊、殷洪，两人从宫中逃走，然而被纣王派来的殷破败、雷开等人追上。武成王黄飞虎听说，大怒，汇齐文武大臣到九间殿前议事。原文在这里，写文武百官闹闹吵吵，很有意思：

黄飞虎上了坐骑，径至午门。方才下骑，只见纷纷文武，往

> 往官僚，闻捉获了殿下，俱到午门。不一时，亚相比干、微子、箕子、微子启、微子衍、伯夷、叔齐、上大夫胶鬲、赵启、杨任、孙寅、方天爵、李烨、李燧，百官相见。黄飞虎曰：“列位老殿下，诸位大夫，今日安危，俱在丞相、列位谏议定夺。吾乃武臣，又非言路，乞早为之计。”……纣王即用御笔书“行刑”二字付与。殷、雷二将捧行刑旨意，速出午门来。黄飞虎一见，火从心上起，怒向胆边生，站立午门正中，阻住二将，大叫曰：“殷破败！雷开！恭喜你擒太子有功，杀殿下有爵！只怕你官高必险，位重者身危！”殷、雷二将还未及回言，只见一员官，乃上大夫赵启是也，走上前，劈手一把，将殷破败捧的行刑旨扯得纷纷粉碎，厉声大叫曰：“昏君无道，匹夫助恶，谁敢捧旨擅杀东宫太子！谁敢执宝剑妄斩储君！似今朝纲常大变，礼义全无！列位老殿下，诸位大臣，午门非议国事之所，齐到大殿，鸣其钟鼓，请驾临朝，俱要犯颜直谏，以定国本！”殷、雷二将见众官激变，不复朝仪，吓得目瞪口呆，不知所出。

这一段君臣斗争，很有意思。首先是大臣们非常团结，其次是大臣们敢和君王对着干，最后，赵启居然说了三个特别有时代特征的字：要“定国本”。

“定国本”这三个字，在古代，尤其是明代，不是随便用的，“国本”指的就是太子。“定国本”，就是确定太子是谁。按照咱们现在的说法，叫指定接班人，在封建王朝，意义非常重大。

“定国本”的说法，唐代就有，《唐大诏令集》（相当于唐代红头文件集）里有一句话：“建立储君，重研国本”。南宋宋宁宗的儿子，不是死就是病，于是从宗族里选了一个赵询立为太子，结果赵询 29 岁就死了，埋在西湖旁边（现在西湖旁边还有个太子湾）。当时就有个说法叫“国本未立”。

历史上最有名的国本之争，就是万历时期的“争国本”事件。

万历皇帝皇长子叫朱常洛，还有一个郑贵妃的儿子福王朱常洵，万历皇帝想立朱常洵。然而大臣们死活就是不干，于是造成了长达15年的“争国本”。后来“梃击案”也与此有关，也是由两个皇子、两派势力的斗争引起。

赵启在这里用的这三个字“定国本”，实际上有点牵强，为什么呢？因为“定国本”指的是在几个皇子中定下谁是太子。然而殷郊早就是太子了，殷洪又不会和他争，怎么还需要再去定太子是谁呢？所以这个地方，有人说可能夹带了“私货”，影射了明代的争国本事件。清代昭梿在《啸亭杂录》里说：

> 钟伯敬《封神演义》荒诞幻渺，不可穷诘。然皆暗指明事，以神宗为纣，郑贵妃为妲己，光宗常洛为殷洪，王恭妃为姜后。张维贤为闻仲者，以其行居次也。朱希忠为黄飞虎者，姓皆色也。西岐者，暗指播州杨应龙。以孙丕扬为杨任，因其家居关西，而无甚知识，以手下为耳目也。以朱赓为尤浑，以其尤劣于四明也。三教道师暗指齐、浙、楚三党，托塔天王暗指李三才也，邓九公者，郑芝龙也，申公豹者，申时行门下客也。至以邹元标等江右人为梅山七怪，尤为诬善。夫食毛践土之士，而谤毁其君为辛纣，居然笔之于书，其人可诛，其板可斧矣！而尚流传世间，亦可怪也。

纣王的很多罪行，酒池、肉林、炮烙，早在先秦就广为流传。但是在《封神演义》里，明显没有重点写酒池肉林这种“传统罪状”——说实话，一个帝王，挖个池子装酒，立几根签子穿肉，有什么大不了？这已经是经济发达的明代了啊！别说帝王，恐怕随便一家大饭馆就搞得起酒池肉林。所以写这样的罪状，并不容易激起读者的痛恨。

《封神演义》着重反复写的，是纣王如何残暴地对待忠心耿耿的大臣。

诸如杜元铣、梅伯、商容，包括后来的闻太师、赵启、微子、箕子这些人，他们有一个共同的特点：都非常主动、自觉地给纣王提意见，甚至开骂，闹得很凶，这正是明代士大夫的特点。这种特点，在商代的贵族身上是很难找到的。

明代大臣们很会闹，要不就集体上书，要不就集体辞职。皇上一生气也会廷杖，最后闹得很僵。《封神演义》里的大臣们，“众官激变”，敢跟皇上对着干，而且非常团结。这种明代士大夫的感觉，在历史上的商代肯定是没有的。而纣王也不怎么像上古帝王，反倒像明代喜欢天天“廷杖”大臣的皇帝。

《封神演义》里还有一个地方，也被人指出来过，就是“计废姜皇后”。

妲己嫉恨姜皇后，就叫费仲找了一个家人姜环。这个姜环没什么脑子，碰巧姓姜，还来自东鲁——就是姜皇后的娘家姜桓楚治下之地。费仲就唆使他行刺纣王，说是姜皇后的主使，借此罗织罪名，纣王就把姜皇后加以严刑，迫害而死。

有人觉得，这件事很像晚明的“梃击案”。

梃击案发生于万历四十三年（1615），前面说过，神宗皇帝有两个儿子：王恭妃所生的朱常洛，郑贵妃所生的朱常洵。郑贵妃很得宠，神宗想立朱常洵为太子，遭到大臣反对，只好立朱常洛。忽然有一天，有一个叫张差的人闯进了朱常洛的住处慈庆宫，拿着棍子乱打。张差被擒后，开始颠三倒四，胡言乱语，说是遇到两个太监，许诺给他富贵，几天后，太监就把他带进了紫禁城慈庆宫，并给了他一根木棍，告诉他进去见人就打，尤其是见到穿黄袍的，就把他打死。如果被抓了，自会有人营救。而这两个太监，正是郑贵妃的内侍庞保和刘成。

这件事捅出来后，朝野震动，纷纷认为郑贵妃大逆不道。神宗不愿深究，只是杀了张差、庞保、刘成，其余的人一概不问。经手案件的王之寀要求深究，也被罢官。所以这件事，到底是郑贵妃真的指使人来杀太子，还是太子故意诬陷郑贵妃，现在不好说了。

这个故事，和《封神演义》里的“计废姜皇后”十分相似：姜环就相当于张差，姜皇后就相当于郑贵妃。《封神演义》里当然是诬陷成功了。如果这一情节真的影射梃击案，就体现了作者的态度：他相信郑贵妃是被诬陷的，相信这是太子导演的苦肉计。

所以清代学者王闿运这样讲：

> 《封神演义》者本拟《水浒传》《西游记》而作，亦兼袭《三国志》。其文有狼筅，在明嘉靖以后，而俗间大信用之，至以改撰神号，至今言四大天王、哼哈、财神、瘟、痘皆本之，已为市井不刊之典矣。余童时喜其言太极图有焚身之祸，盖意在讥明太宗杀方正学诸君，及其言猪狗佐白猿总戎，以讥李景隆诸将，以为各有所指。然其文衍成数十万言，必有所命意，乃能敷衍。而闻仲者又以拟张江陵而跋扈也。其言姜环又明斥梃击事。[1]

我们现在已经知道，《封神演义》有长期的演变过程。这种把书里每个人物都和明代某个人物对应起来的死板影射，当然是不可信的。但要说《封神演义》里暗暗体现了明代的朝政风气，却是有道理的。因为一代之文学反映了一代之风气，这就是陈寅恪先生说的：“小说亦可作参考，因其虽无个性的真实，但有通性的真实”。

[1] 见《湘绮楼文集》。

不是主角，亦似主角

比干：命运掌握在陌生人手里

在《封神演义》里，比干是被剖心而死的。这个故事，本来史料里也有记载，但是《封神演义》又添加了很多东西，就很好看了。故事大概是这样的：

比干和黄飞虎烧死了轩辕坟里的狐狸，用狐狸皮做成了一件狐皮裘，献给了纣王，得罪了妲己。妲己决定报复，就假装生病，声称要吃比干的心才能好，纣王就叫人宣比干进宫。

比干想起姜子牙曾经给过他一道符，说是危急时刻可以用，就带在身上进宫。他被剖了心之后，竟然没有死，这是姜子牙的符咒起了作用。

但是事情还没有完。比干被剖心之后，立即上马，直接去了城北门，看到路边有个卖菜的老太太。比干停下，问老太太卖的是什么菜，老太太说自己卖的是无心菜。比干问道："菜无心能活，人要是无心会怎样？"老太太说："人要是没了心，当然会死。"比干一听，大叫一声，掉下马来，一腔热血洒在尘埃里，气绝身亡。

这个故事其实是说：姜子牙的符咒暂时护住了无心的比干，让他暂时不会死。但是比干要想彻底不死，必须找一个陌生人，问这个问题："菜无心能活，人无心会怎样？"比干的生死，全部取决于这个人怎么回答。如果这个人的回答是"能活"，那么比干就能活下来；反之必死无疑。

为什么比干的生死会取决于一个陌生人呢？这其实是古代的一种习俗，属于语言巫术的一种：通过陌生人说的话来进行占卜。

从唐朝开始，流行起一种非常有趣的占卜方式，叫"镜听"，一般适用于女性。比如一个女孩心里有事，想占卜一下，她就先梳洗打扮，向灶王爷跪拜之后，拿一面铜镜放在怀里。镜子越古老越灵，如果不是古镜，出嫁时带来的也灵。她揣着镜子上街去听，碰到的第一个人说的第一句话，就是她要听的。这句话是吉还是凶，就是她想占卜的事情的结果。所以《琅嬛记》说：

> 镜听咒曰："并光类俪，终逢协吉。"先觅一古镜，锦囊盛之，独向灶神，勿令人见，双手捧镜，诵咒七遍出，听人言以定吉凶。又闭目信足走七步，开眼照镜，随其所照以合人言，无不验也。昔有女子十一行人，闻人言曰："树边两人，照见簪珥，数之得五。"因悟曰："树边两人非来字乎？五数，五日必来也。"至期果至。此法惟宜于妇女。

这种占卜唐代之后特别盛行，直到清代还有。蒲松龄《聊斋志异》里就有一篇叫《镜听》。

故事说两妯娌的丈夫都参加了科举考试，儿媳妇用镜听占卜自己丈夫的功名，在街上听到的一句话是"你也凉快凉快去"，十分不解。过了几天发榜，有人赶来报喜，正赶上天气炎热，两妯娌正在汗流浃背地做饭。报录人报大爷考中，婆婆便对大媳妇说："老大考中了，你可以凉快凉快去了！"二媳妇又是嫉妒又是伤心，哪知道又来人报说二爷也考中了，她就把擀面杖一扔，脱口而出："我也凉快凉快去！"二媳妇听到的那句话，在她身上应验了。

这件道具也不一定必须是镜子，可以在屋里烧一炷香，然后出去听，叫"香卜"；甚至连香都不用，就是算个卦，出门，听碰到的第一个人说的第一句话，看它是吉是凶，这个叫"响卜"。"响卜"在今天的福建地区依然存在。

这种占卜术，慢慢也变成了一种民俗。比如现在结婚的时候，有一个环节叫"讨口彩"。婆婆要给媳妇做一碗面，面做得半生不熟，媳妇一边吃一边回答婆婆的问题，婆婆问：“生不生？”媳妇就回答：“生！”这里的“生”就是比喻生孩子。其实很多民俗，都有古代巫术的痕迹。

比干这个故事，后来在某个电视剧版里，还演变成了妲己变成老太太去回答那个问题。其他的剧版也有不同的演绎，比如有一版说比干无心之后，全凭一种精神力量支撑自己往外逃，路人的回答会给他力量，也可能让他失去力量。这种改编也有道理。讨口彩也是，就算小两口不想生，大伙在那儿起哄，他们有了精神上的压力，可能也会考虑生了。实际上这种语言巫术往往起到了一种改变人的心情、想法的作用，促使人朝着语言暗示的方向发展。

“讨口彩”还有一种民间故事的变形，叫“讨封赠”。这种故事也很好玩。一般是说，有个动物修炼了很久，要成仙了。它就问一个陌生人，问陌生人自己像什么，这个人说像什么，动物以后就会成为什么。

比如我奶奶给我讲过一个故事：

某个夏天的晚上，有个老汉听见院里有动静，走过去看，看到一只黄鼠狼顶着骷髅骨朝他作揖。他吓了一跳，可是仔细一看，黄鼠狼没有恶意，反而开口问他：“你看我像个人呢，你看我像个神呢？”原来它就是来讨封赠的。它修炼那么多年，结果在此一举：老汉说像神，黄鼠狼就能成神；说像人，黄鼠狼就能成人。结果老汉因为之前被吓了一跳，很生气，就说：“我看你像个王八蛋！”黄鼠狼一听，摔倒在地，溜走了。这就等于千年的修行失败了。

所以说，人类虽然没什么法力，但是人类的语言，对于某些动物来说，还是有威力的。我奶奶的故事说到这里就结束了，但我又从别的地方听到了类似故事的后续：

黄鼠狼讨封赠失败后怀恨在心，打算报复。第二天晚上，老汉打开房门一看，门口全是强盗，他吓了一跳，拿把菜刀准备拼命。谁知道这强盗似乎不是很厉害，一砍就倒，但就是砍不完，砍倒一批，又上来一批。老汉砍得筋疲力尽，一直砍到第二天天明。等他儿子起床一看，发现老汉挥舞着菜刀，地上全是高粱秆儿。原来他砍了一夜的高粱，筋疲力尽，倒地身亡。他儿子来到高粱地里一看，所有的高粱都没了。原来这就是黄鼠狼干的，害得他家人财两空。

这种故事的逻辑是：如果黄鼠狼问你，你要认真回答。无论说像人，或者像神，或者什么都不像，都是不会得罪它的。但要是带着情绪随口乱答，就要招来报复了。

这是北方的故事，北方的故事，黄鼠狼比较多；而在南方，大蟒的故事比较多。南方河流多，很多农村都有桥。有些桥下，桥洞的正中央挂着一把小铁剑，尖朝下，叫“斩龙剑”。因为民间传说，大蟒会顺着洪水经过这些桥，如果顺利通过，就会变成龙，所以一定要在它变成龙之前把它杀了。

但是大蟒也是有心眼儿的。大蟒经过斩龙剑之前，会在路边找个人问：“你看我像条龙还是像条虫？”不管回答“龙”还是“虫”，蟒都不会怪罪你，但你如果不按它的逻辑回答，它就会报复你。就算它失败了，它也不会让你好看。

这类故事到底说明了什么，民俗学家可能会给我们更多的阐释。但凭我自己想，这起码告诉我们普通人：我们所说的每句话都是作数的，一定要认真对待，否则随口一句话，可能就会不知不觉地给他人带来伤害。

邬文化：猪八戒的前身？

邬文化出现在《封神演义》中比较靠后的地方。关于他的出场，原文是这样描述的：

> 且说朝歌城来了一个大汉，身高数丈，力能陆地行舟，顿餐只牛，用一根排扒木，姓邬，名文化；揭招贤榜投军。朝廷差官送邬文化至孟津营听用。

邬文化夜袭周营，杀了周将三十四员，还打死了龙须虎，后来在蟠龙岭被姜子牙设计烧死。

不知什么时候起，网上流传开一个说法，说邬文化是猪八戒的前身。这个说法没有什么道理。网传的理由只是他和翻版孙悟空袁洪基本上一起出现，而且是一个高大汉子，手里使一根排扒木，有点像猪八戒的钉耙。

其实，我们只要看一看《封神演义》的前身《武王伐纣平话》，就知道邬文化的真正来历了。如果熟悉一点历史的话，那句“陆地行舟”已经可以让我们想到是谁了。

《武王伐纣平话》原文是这么写的：

> 太公兵前到汜水关九项渡前，逢纣兵来迎。有将是乌文画，此人身长一丈七尺，腰阔数围，拳打万人，不可当敌。长食万人之饭。纣王游黄河时，有一只大船，名曰“和州载”，二名“七里州”，万人不可拽动。被乌文画独拽此船，逢间道岗坡或旱地，如水中，拽亦然。乌文画者，即奡荡舟，本是东海人也。来迎太公决战。太公令祁宏与乌文画战。二人出阵，战斗不到十合，败了祁宏。又令南宫适与乌文画战，不斗十合，败了南宫适入阵中。太公又令殷交与乌文画决战，斗到十合，被殷交翻身展臂，持百斤大斧劈乌文画之斧。被乌文画用铜叉架了殷交。如此三日，无人与乌文画决战。
>
> 有一日，太公定计，南有广武山荆索谷，先铺了机略。来日，太公南宫适再与乌文画决战。南宫适用尽平生气力死战，约斗百余合，被南宫适使铜弓铁箭射乌文画。南宫适箭无空发，奔奡荡舟，正中面门。被奡荡舟用手接了箭。南宫适翻身又射，箭箭相冲，连发三十支铁箭，被乌文画左右手接之，三十支箭不贴身。又败了南宫适，慌奔广武山走。奡荡舟后赶。奡荡舟言曰：“吾不捉了南宫适，誓不东归！”遂赶南宫适入广武山中。

至夜初明月之下，只见马军陆续入此山。奡荡舟赶南宫适入荆索谷。南宫适过登于山嗳。乌文画独入谷中，被太公教兵将截了后路。别路放过南宫适去了。却用石头屯了出入之路，放火烧之。乌文画逃窜无门，火烧奡荡舟而死。

《武王伐纣平话》是现存的《封神演义》最早的原型故事。这里面：

（1）邬文化的名字写成“乌文画”。清魏禧《兵迹》说：“天之所以生豪杰者，固异其体，则乌文画、养由基形躯伟巨。”可见“乌文画”这个名字，是和“邬文化”并行的。

（2）说“乌文画者，即奡荡舟”，是东海人。前后故事，和《封神演义》里的差不多，最后也是在一个山谷里被烧死。

“奡荡舟”又是什么人呢？这是个很常见的典故，见于《论语·宪问》。南宫适问孔子：

羿善射，奡荡舟，俱不得其死然。禹、稷躬稼而有天下。

这个南宫适不是周文王的那个南宫适，而是孔子的学生，两个人同名。“荡舟”有两种解释，一种解释是善于水战，另一种解释就是能陆地拉船。《武王伐纣平话》显然更喜欢第二种偏神奇的解释。所以无论《武王伐纣平话》还是《封神演义》，都要说邬文化能“陆地行船”。这里涉及一段夏朝开国的历史：

奡，念 ào，又作浇。奡是寒浞的儿子。寒浞是羿的家臣（这个羿也不是尧时那个后羿，是夏朝人，东夷有穷氏的首领）。夏朝的君王仲康死后，儿子相继位。羿把相赶跑，自己当了夏朝的君主，后来被家臣寒浞杀掉。寒浞有两个孩子，奡和豷。奡长大后，力大无穷，能在陆地上拉船。寒浞就派奡带兵，继续追击相，把相杀掉了。后来相的儿子少康打了回来，把寒浞一家子杀了，才报了此仇，重登王位。而羿、寒浞、奡，正是东夷的有穷氏，都是“东海人”。

“奡荡舟”本来是一句话，谁知《武王伐纣平话》里把这三个字当成一个人的名字，还没让他死，让他从夏朝一直活到了周朝。

奡是历史上著名的大力士，经常和许多大力士并称。比如秦国的大力士乌获，以及孟贲、夏育。至于奡为什么又叫“乌文画”，目前还没有找到确定的线索。我怀疑是和另一位大力士“乌获”弄混了。

另外有趣的是，“和州载”和“七里州”也是古代有名的大船。“和州载”是唐朝荆南节度使成讷造的大船，上面官府楼台一应俱全（大概这就是“连州城一起载来”的意思），七里州应该是“七里洲”，在浔阳江中，还有鲁班刻的一条“木兰舟”，也是传说中的名船，只是《武王伐纣平话》都给编排到纣王身上去了！

第四章

统领万方：中国的『八百万众神』

不管是山川日月神、风雨雷电神，还是民间俗神，都来自老百姓心中最朴素的信仰，跟他们的日常生活、衣食住行、生老病死是分不开的。

自然神：
源于自然，用之于民

五岳：中华民族的保护神

黄飞虎："忠孝节义"的纠结

黄飞虎是一个贯穿全书的人物，这个人在几百年的演化中，也经历了很多变化。

在元代的封神故事《武王伐纣平话》里，黄飞虎是南燕王，镇守柘城县（在今河南商丘）。他的妻子耿氏被纣王害死，还被剁成肉酱给他吃。黄飞虎大怒，就造反了。儿子黄飞豹劝他说："告父王，此事不可以。纣王是大国之君，父乃为臣，不可以反君。虽然我母死，后怎生奈何？"黄飞虎大怒，竟把儿子杀了，起三万雄兵，杀到朝歌——这大概是武王伐纣之前朝歌经历的第一场危机。

纣王派五位将军迎战：史元格、赵公明、姚文亮、钟士才、刘公远（就是《封神演义》里的五鬼，而赵公明又变成了财神），被打得大败。纣王又派虾吼、佶留留迎战，又败了。纣王无奈，出皇榜招募大将，有人就推荐了姜子牙。姜子牙派羊刃去劫黄飞虎营寨，羊刃故意被擒。黄飞虎叫羊刃带路，反过来劫姜子牙营寨，就被姜子牙捉住了。姜子牙听了黄飞虎的冤屈，就把他放了。后来武王伐纣时，黄飞虎来投奔，武王就封他为先锋招讨大将军。

这个故事相当原始，甚至很粗糙。首先，黄飞虎的儿子竟然叫黄飞豹，和老爸一个辈分！其次，黄飞虎为了给孩子他妈报仇，竟然先把孩子宰了……

到了《封神演义》里，这个故事就很完善了，也就是黄飞虎在书里戏份最重的故事：“反五关”。

“反五关”的缘起，是黄飞虎的夫人贾氏进宫朝见妲己，被纣王调戏，跳楼身亡。黄飞虎的妹妹黄氏是贵妃，痛骂纣王，纣王就把她也摔死了。

黄飞虎闻报大惊失色，这时他的四个结拜兄弟黄明、周纪、龙环、吴谦劝说大哥造反。黄飞虎开始还反对，说：“你们是绿林强盗出身，可我黄门七世忠良，二百余年深受国恩，怎么能反呢？”但禁不住四个人的激将法，就被激反了。四个人还不放心，又怂恿正在气头上的黄飞虎去挑战纣王，把造反这件事坐实。击败纣王后，黄飞虎带领全家西逃，路上突破临潼关、潼关、汜水关、界牌关、穿云关五关防守，最后到达了西岐。

这应该说是黄飞虎人生的一次大转折，从此他从商纣王的忠臣变成了叛臣，成为西岐重要战将。

从现代人的角度来看，这段故事好像没什么意思，提的人也不多。但是“反五关”的故事，是《封神演义》中的重要内容，甚至京剧、豫剧等剧种都有讲“反五关”的专门剧目。它在明代，或者说在封建社会的意义，是非同寻常的。

因为这段书实际上把古人（尤其是明清）的基本道德规范都融在了里面：忠、孝、节、义。这四个东西如果不冲突还好，发生了冲突，就有戏看了。这和现代故事里经常讲个人自由和家庭、社会约束的冲突，是一回事，比如《三傻大闹宝莱坞》。发生冲突怎么化解，怎么处理，怎么舍弃，是一个永恒的难题。

古人也是一样的，他们自有他们认可的原则，这就是忠孝节义这些东西。没有冲突的时候，忠孝节义并行没有任何问题。一旦这四个价值体系发生了冲突，必须取舍、调和的时候，怎么办呢？

在“忠孝节义”这四个字里边，义首先说的还不是哥们义气，“忠臣、孝子、义夫、节妇”，义指的是丈夫。洪迈的《夷坚志》里就有“忠孝节义判官”，专门鼓励这四种人，丈夫不义、妻子不节在古代是违背伦理的。黄飞虎面对忠臣和义夫这两个选择的时候，内心冲突是非常激烈的。

黄飞虎的几个兄弟，光脚的不怕穿鞋的，本就是绿林好汉出身，没有负担，可以随便造反。但黄飞虎是有负担的，他家七世忠良，如果反的话必须背负骂名，所以他瞻前顾后。戏台上的“反五关”有这么一段，黄飞虎要造反的时候一抬头，看到了家里“七代忠良”的匾额：

> 一见匾额心头震，不由心中乱纷纷，我一怒杀进他皇宫院，七代忠良化灰烬，界牌关怎么见我年迈的父亲？

这就是一种痛苦的抉择。黄飞虎此时的心情和林冲有一拼，《夜奔》的唱词里就有“按龙泉血泪洒征袍，恨天涯一身流落。专心投水浒，回首望天朝。急走忙逃，顾不得忠和孝”。只有设身处地于古人的处境，理解他们所认同的价值观，才能知道当这些价值观发生冲突的时候，他们的内心是多么痛苦。

黄飞虎最终选择杀出朝歌，一个是做有情有义的丈夫，一个是做有情有义的兄弟，两方面的“义”，压倒了对纣王的愚忠。他不像《说岳全传》里的岳飞，岳飞是愚忠，无论如何一定要忠，甚至他的马前张保在他面前自杀，他反倒哈哈大笑，认为总算成全了“忠孝节义”四个字，这就太过了。比较一下黄飞虎和岳飞这两个人，显然黄飞虎更加可爱、更加真实，虽然做了叛逃之臣，我们反倒觉得他有血有肉。

“反五关”安排的最后一个冲突是孝。作者把黄飞虎的老父亲黄滚安排在潼关，就是这个目的。实际上不安排他也没有任何关系，黄滚后来也没什么戏份。他的出场，就是为了给反五关增加一个冲突：让父亲和儿子在忠孝大节上发生冲突。结果又是黄明、周纪等四个结拜兄弟发挥作用，把黄滚老将军的家财都搬上车，放了把火。黄滚没办法，只能归顺西岐。《封神演义》里边这几个矛盾都是靠义气解决的，所以这本书还是带着一种草莽气。

这两回虽然很短，却把古人认可的忠孝节义的价值观都融在里边，充满冲突，所以后人才爱看。《封神演义》的作者可能不是一个一流的作家，书里有好多抄袭或借鉴的内容,比如“过五关”抄的是关羽“过五关斩六将”的故事。但黄飞虎“反五关”这段，在《封神演义》里算非常不错的故事，值得拿出来细细品味。

纨绔子弟黄天化

黄天化是黄飞虎的大儿子，跟着清虚道德真君学艺。他奉师命下山，出战四大天王，但是公子哥儿的性格不改，离开师门就忘了道家戒律，穿上了锦衣华服，犯了大忌：

> 黄天化在山吃斋，今日在王府吃荤，随挽双抓髻，穿王服，带束发冠，金抹额，穿大红服，贯金锁甲，束玉带，次日上殿见子牙。子牙一见天化如此装束，便曰：“黄天化，你原是道门，为何一旦变服？我身居相位，不敢忘昆仑之德。你昨日下山，今日变服；还把丝绦束了。”

因为犯了错误，所以第一战就被魔礼青用白玉金刚镯打死了。亏得道德真君把他带回洞府救活，又把镇洞之宝“攒心钉”给了他，才杀了四大天王。

后来邓九公的女儿邓婵玉和哪吒交战。邓婵玉擅长飞石打人，把哪吒的鼻子打扁了。哪吒败回营中，黄天化反倒在旁边说风凉话：

> 傍有黄天化言曰：“为将之道：身临战场，务要眼观四处，耳听八方。难道你一块石头也不会招架，被他打伤；今恐土星打断，就破了相，一生俱是不好。”把哪吒气得怒冲牛斗，今日失机着伤，又被黄天化一场取笑。

哪知道第二天黄天化出战，也被邓婵玉打了脸。哪吒趁机出来说：“为将要眼观四处，耳听八方。你连一女将如何也失手与他，被他打断山根，一百年还是晦气！”总算找回了场子。

《封神演义》里的黄天化，就是这样一个很热血、有时候有点“中二”的官二代。这种性格不是作者凭空设定的，他的原型很明确，就是泰山府君（后为东岳大帝）的第三个儿子，通称泰山三郎。

泰山三郎在唐代的时候就很灵验。后唐时封为雄威将军，宋代大中祥符元年封为炳灵公。炳灵，就是神迹明显、功勋卓著的意思，和泰山没什么关系。

下图是今天山东泰安岱庙天贶殿的壁画。左侧为东岳大帝，前面开路的两位，左边的是东岳大帝的儿子炳灵公，右边的是延禧真人。可见黄天化在东岳大帝那里，是十分受尊崇的。

既然炳灵公是三郎，那么大郎和二郎哪儿去了？这个还真不好找。中国神话传说特别喜欢给有影响力的年轻人安上“三郎”的名字，比如泰山三郎、华山三郎、哪吒三太子，白龙马是玉龙三太子，甚至被哪吒打死的

山东泰安岱庙天贶殿壁画

那个小龙也是三太子。但凡叫三郎、三太子的官二代，他们都有一个共同的特点：能闯祸。

泰山三郎的特点主要有这么几个：

（1）可以求得功名利禄。

（2）轻狂、少爷脾气、衣着华丽（这很符合黄天化的人设）。

（3）好色。

比如《广异记》的一个故事（也收入《太平广记》）：

> 赵州卢参军，新婚之任，其妻甚美。数年，罢官还都。五月五日，妻欲之市求续命物，上于舅姑。车已临门，忽暴心痛，食顷而卒。卢生号哭毕，往见正谏大夫明崇俨，扣门甚急，宗俨惊曰："此端午日，款关而厉，是必有急。"遂趋而出。卢氏再拜，具告其事。明云："此泰山三郎所为。"遂书三符以授卢，"还家可速烧第一符，如人行十里，不活，更烧其次。若又不活，更烧第三符，横死必当复生，不来真死矣。"卢还，如言累烧三符，其妻遂活，顷之能言。初云被车载至泰山顶，别有宫室，见一年少，云是三郎。令侍婢十余人拥入别室，侍妆梳。三郎在堂前，与他少年双陆，候妆梳毕，方拟宴会。婢等令速妆，己缘眷恋故人，尚且悲泪。有顷，闻人款门云："是上利功曹。适奉都使处分，令问三郎，何以取卢家妇，宜即遣还。"三郎怒云："自取他人之妻，预都使何事！"呵功曹令去。相与往复，其辞甚恶。须臾，又闻款门云："是直符使者。都使令取卢家妇人。"对局劝之，不听。对局曰："非独累君，当祸及我。"又不听。寻有疾风，吹黑云从崖顶来。二使唱言："太一直符，今且至矣。"三郎有惧色。风忽卷宅，高百余丈放之。人物糜碎，唯卢氏获存。三使送还，至堂上，见身卧床上，意甚凄恨。被推入形，遂活。

这一段的意思是：赵州卢参军的妻子很漂亮，忽然有一天心脏病发作死了，原来是泰山三郎把她的魂勾去了。卢参军找正谏大夫明崇俨，用画符的方法把他妻子的魂魄要了回来，推回尸体，妻子复活。可见泰山三郎从古就是好色之徒。

跟泰山三郎一样好色的还有华山三郎，哥俩一东一西，都喜欢勾漂亮女孩的魂魄。魂魄被勾，就表现为突发心脏病而死。但法力高超的道士会通过画符的办法，把魂魄要回来。

《封神演义》里黄天化的很多性格是照着泰山三郎写的，比如前面举的“穿王服，带束发冠，金抹额，穿大红服，贯金锁甲，束玉带”的扮相，其实就是照着当时民间塑的炳灵公的形象写的。所以《醒世恒言·郑节使立功神臂弓》这样描写炳灵公：

> 见十数个黄巾力士，随着一个神道入来，但见：眉单眼细，貌美神清。身披红锦衮龙袍，腰系蓝田白玉带。裹簇金帽子，着侧面丝鞋。员外仔细看时，与岳庙塑的一般。

既然说“与岳庙塑的一般”，那说明民间心目中的炳灵公很早就是这副样子，和《封神演义》中黄天化的外貌描写非常相似。而且，他下山之后不愿意穿道服，而是穿华丽的衣服，也反映了他的少爷脾气。取笑哪吒，仍然是少爷脾气。

上海松江东岳庙的炳灵公像（颜大瑞道长供图）

至于《封神演义》中的黄天化为什么用双锤，这个没有具体的资料支持，但我怀疑很可能是照着岳云的形象写的。历史上的岳云就使双锤，而黄天化又是东“岳”三郎。民间可能因为有个岳字，就把岳云的锤安在黄天化身上。

跑龙套的中岳、北岳、西岳

《封神演义》写到后半，作者明显懈怠起来，一个最明显的例子，就是第八十六回《渑池县五岳归天》。

黄天化被高继能杀了之后，武成王黄飞虎悲痛万分。姜子牙和他商量说，既然令郎为国捐躯，左道蜈蜂之术没法破，您要不要去崇城把崇黑虎请过来，用神鹰来克制蜈蜂术？

这个用神鹰来克制蜈蜂的逻辑虽然是对的，但是让黄飞虎去请崇黑虎的逻辑有点问题，因为黄飞虎跟崇黑虎交情并不深。武成王黄飞虎答应了，就往崇城大道而来。按说现在是两军交战时期，去一趟崇城一来一回得一两个月，但是作者好像并没考虑到这些细节。

路上发生了一件很奇怪的事情。黄飞虎过飞凤山的时候，发现山坳里有三个将领在厮杀，一员将使五股托天叉，一员将使八楞熟铜锤，一员将使五爪烂银抓。这三个人杀得难解难分，就像下四国军棋似的，一会儿这俩合伙打一个，一会儿那俩合伙打一个，三个将领杀得哈哈大笑。黄飞虎问你们为什么以互相打架来取乐呢？三个人说我们是吃饱了饭没事干，在此消遣。黄飞虎就收了他们三个做徒弟，然后去见崇黑虎。

这三个人奇怪在何处呢？第一没有交代他们是从哪儿来的；第二没有交代他们有什么特殊的本领——连邓辛张陶都不如；第三根本没怎么出过力。结果在渑池县和张奎作战的时候，五个人都被张奎干掉了——三个人基本就是来送人头的，然而竟然封了和黄飞虎平级的中岳、北岳、西岳大帝！

结合作者前后的写作风格来看，他应该是想把五岳一个一个地写出来，因为东岳黄飞虎的戏份非常多。其他四个的戏份虽说未必要很多，但总不能相差悬殊。南岳崇黑虎还不错，唯独北岳、中岳和西岳，实在是说不过去。我读到这里，前前后后看了好久，也没有看出作者为什么要写这么三个人，所以只能解释为：他编到这儿的时候，实在编不出其他三岳的故事来了，所以只能编了哥仨来凑数！

通过收将来凑数，是古代小说的常见套路。闻太师收邓辛张陶，殷洪收庞刘苟毕，这都是收将。别的评书里，也有很多收将的故事，最典型的是《说岳全传》里牛皋下山运粮，路上收了郑怀、张奎和高宠。这三个人的祖上，分别是宋代初年的汝南王郑恩、东正王张光远、开平王高怀德。哪知道这三位虽然都很厉害，但高宠很快就挑滑车，被处理掉了；剩下的两个，基本上没有发出任何声音，建立任何战功，也被埋没掉了——这就是一个典型的模式。作者的主要目的，大概就是为了拖一下情节。

都说《水浒传》的一百零八将“人有其面目，人有其声口”，其实也未必，有好多也是凑出来的，比如邹渊、邹润，就没有什么特点。邹润脑后长一个瘤，叫独角龙；邹渊叫出林龙，从这个名字来看，也没有什么特殊的本事，所以就默默地出现，默默地被处理掉。

《薛家将》里薛仁贵的结拜兄弟叫八大火头军，其中的周青、姜兴本、李庆红、薛先图也都是跑龙套。另外还有《岳飞传》里的吉青、梁兴、赵云、周青这四个人，实际上唱重头戏的是吉青，形象粗鲁、青面獠牙、经常闯祸，剩下的赵云、周青、梁兴完全没有什么戏。

最搞笑的是这些名字都是大路货，而且居然可以换来换去。比如《说岳全传》里的赵云，似乎就是从《三国演义》里的赵云抄过来的。《封神演义》里的中岳大帝闻聘，似乎也是从《三国演义》里的荆州大将文聘抄过来的。“崔英”这个名字，在刘宝瑞的相声《黄半仙》里是大内总管。“蒋雄”是楚庄王“绝缨会”的主角，同时也是《三国志平话》里的桂阳太守。又比如“周青”这个名字，《薛家将》里有，《说岳全传》里也有，是一个非常常见的龙套名字（这个名字后来发达了，在《佛本是道》里当了男主）。

从这儿又可以看出，《封神演义》这一段和袍带书很像。所谓的袍带书就是长枪大戟、攻城野战、改朝换代(此外还有短打书,短打书就是高来高去、陆地飞腾、江湖黑道、捕盗捉贼,如《白眉大侠》《三侠五义》等)。《封神演义》毕竟是一部旧小说，它无法离开说书体的性质。明明是众山之首的五位大帝(甚至还兼任掌握五行、协理五方的职责),却被几个龙套把格调拉低了!

从高山到天空的信仰发展

五岳,可以看作五座名山的山神。但是提起山神,大家总觉得地位很低。这大概是受了《西游记》的影响，因为《西游记》里的山神，基本和土地爷是一样的地位，“五十里一山神，五十里一土地”。山神就是地方最基层的小神，是个妖怪来了就可以欺负他们。

但实际上，在上古并不是这样的。上古的山神，地位远比明清以后的山神崇高。

上古的部落，一般无法走得很远。所以他们心目中的世界，也就是自己活动范围的这一块。所以这一片地区的高山，就特别容易受到崇拜。比如曹操攻打的那个乌丸部族，相信死后的魂灵能去赤山(在今辽宁)；福建一带的部族，相信灵魂能去武夷山，管理者是“武夷君”；齐鲁一带，相信死后灵魂去泰山。日本文化里，如今村昌平的电影《楢山节考》，居住在楢山附近的人，老了之后，要让儿孙把自己背上楢山，让灵魂回归山神。

除了死后要回到大山，很多原始神话还认为，最高的天神，就住在受崇拜的大山的顶端。这种思维，在全世界都存在。希腊人认为天神宙斯住在奥林匹斯山上。天神既然住在山上，实际上也是山神。宙斯就是奥林匹斯山的神，此外并没有一个专门的神来单管这座山。

周先民也有这样的信仰,他们崇拜的是“天室”,即中岳嵩山。所以“嵩高维岳，峻极于天”，周民们认为天神都居住在这些高山峻岭之中。天帝和百神都住在天室山上，所以周王和众臣要住在天室山下，选洛邑作为国都，很合理。这个天室，和奥林匹斯山顶的宙斯宫殿，差不多是同一个意思。

泰山也是一座高山，“山高则配天”，因此也取得了敬奉天神的资格。

帝王有了政绩，要登泰山“封禅”，向天神祭祀，成了几千年来的传统。当然，可以理解为高山离天最近，但毋宁理解为天神本来就住在泰山之上。传说上古登泰山封禅的帝王有七十二人，他们登上泰山，其实是直接和天神交流。

为什么人们觉得天神不住在天上而住在高山上？这似乎和人们对大自然的认识有关。原始人觉得高山大概就是世间最高之物了，山顶就是天上。“自地以上皆天也”，所以觉得天神住在最高的山上，是很合理的。

实际上，西藏至今仍然保持了这种原始信仰，他们的很多高山，上面都住着天神。比如冈仁波齐，在藏语中意为“神灵之山”，有 360 位大神住在上面，而在梵文中意为“湿婆的天堂”。

但是，人们对大自然总是从陌生到熟悉的。随着登上高山的人越来越多，大家觉得这些山也没什么稀罕。爬到山顶，发现并没有到达天上，天空仍然很高。与其说山的高度变低了，不如说天的高度变高了。

冈仁波齐

山岳的神秘感逐渐消失，山上神灵的地位逐渐下降。于是，人们不再认为最高神住在真实的山岳上，而是住在神山上，比如昆仑山，天帝就住在上面。印度人认为帝释天住在须弥山顶的善见城，也是这个意思。

电影《开国大典》里,有一个农民说“以为毛主席住在天安门的尖尖上”，藏族歌曲唱的“北京的金山上光芒照四方”，都是这个意思。北京并没有什么金山，毛主席也不在天安门办公。但在这些淳朴的人们心中，山或天安门，就是伟大人物所能居处的最高之处了。北京没有金山，他们居然能想象出一座来。从这个角度来说，前者“天安门”类似早期真实的山岳信仰；后者“北京的金山”，更像一座想象中的神山，与昆仑神山、须弥山同类。

昆仑山和须弥山，都是很遥远的地方，不易到达，所以仍然可以在一段时间内保持神秘感（包括“北京的金山”之于西藏人民）。但是，随着地理探索的不断深入，人们发现，世界上好像没有这样的神山。神山的神话又一次破灭，于是渐渐地，天神都跑到天上去了。玉皇大帝这些晚期的神，都住天空上的天宫——反正当时天空还没有探索过。

所以，天神从山岳向天空的上升过程，其实反倒是一个退缩的过程。因为他们永远要待在一个神秘的、难于到达的地方。随着人们的不断探索，留给他们的空白越来越少，他们可待的地方也渐渐窘迫，直到20世纪，被彻底赶出了宇宙。

作为神山的五岳

五岳是神山中比较大、比较重要的，也是中国古人心目中中原地区的五座神山。它们既是华夏大地的标志物，又是中华民族的保护神。

在华夏大地上找五座名山，加以祭祀，这在先秦时期就有了。据说上古时期的大舜就祭祀五岳，《周礼·春官·大宗伯》载：“以血祭祭社稷、五祀、五岳。”《礼记·王制》则说：“天子祭天下名山大川，五岳视三公，四渎视诸侯。”也就是说，五岳的地位，相当于人间朝廷中仅次于皇帝的“三公”。

但是，以哪五座名山为五岳？因为历代疆域不同，一直在变化。

汉代的时候，东岳泰山、西岳华山和今天一样。当时的北岳是常山，不是山西省大同浑源的北岳恒山，而是在河北曲阳，现在叫大茂山。河北省曲阳县有一座北岳庙，北岳神一直是在那儿受祭的。谁知道这座山改来改去，改到了山西，跨了省——行政班子所在地和所属地全变了。

现在你去北岳恒山旅游，会发现山上有一座北岳的寝宫，顾名思义，应该是北岳大帝睡觉的地方。寝宫修在一座凹进去的悬崖里，这个地方叫“飞石窟”。

据说飞石窟原本是一座完整的悬崖，舜帝要来祭祀恒山，结果在曲阳大茂山遇到大雪，不能前进。于是这面悬崖崩下来一块巨大的石头，飞到了舜帝面前，作为山石“代表”接受祭祀。相应地，悬崖就留下了一个巨大的凹陷，形成了飞石窟。王士禛《池北偶谈》说：

> 相传舜望于山川，北至大茂山，大雪不能前，有石飞堕，遂祀焉，即今曲阳庙。

这个故事比今天导游们编的故事水平高一些，其实它想说的，无非是山在山西、庙在河北这样一个奇特的现象。

汉代的南岳，也不在今天的湖南衡阳。当时的南岳叫霍山，在今天的安徽省，这是真正的南岳，而处于湖南的南岳衡山那是后来的称谓。

唐代开始给五岳封王：武后垂拱四年封中岳为中天王，玄宗封西岳为金天王，东岳为天齐王，南岳为司天王，北岳为安天王。宋时又封五岳为帝：真宗大中祥符间封东岳为天齐仁圣帝，南岳为司天昭圣帝，西岳为金天顺圣帝，北岳为安天玄圣帝，中岳为中天崇圣帝。既然成了“帝”，就不能没有夫人，所以给五岳夫人也封上了“后”的尊号。明代洪武时期，又重新整顿了一番岳镇海渎神号，削去历代封号，只称东岳泰山之神，南岳衡山之神，中岳嵩山之神，西岳华山之神，北岳恒山之神。所以，《封神演义》里的五位大帝，其实是沿袭了宋真宗时的封号。

某某王、某某帝，这是五岳的封号而不是姓名。不仅《封神演义》喜欢给五岳大神编派人名，历代纬书、道书，都喜欢编，而且五花八门，说什么的都有，比如：

> 五岳君神：东方太山君神姓圆名常龙，南方衡山君神姓丹名灵峙，西方华山君神姓浩名郁狩，北方恒山君神姓登名僧，中央嵩山君神姓寿名逸群。呼之令人不病。
>
> 五岳将军：东方太山将军姓唐名臣，南方霍山将军姓朱名丹，西岳华阴将军姓邹名尚，北岳恒山将军姓莫名惠，中岳嵩高山将军姓石名玄。恒存之，却百邪。
>
> 五岳君：嵩山君角普生，泰山君玄丘目睦，华山君浩元仓，衡山君烂羊光，恒山君伏通萌。[1]

不得不说，这个南岳大神“烂羊光”可真是让人身子一震！

道教经典也喜欢给五岳起名字，有一部叫《太上求仙定录尺素真诀玉文》的经书，说东岳大帝东岳君叫区更生，南岳君叫祝昌中，中岳君叫玉精，西岳君叫辱曲正，北岳君叫玄尹丰，也是非常奇怪的名字（也有说法这五

[1] 以上均见《龙鱼河图》。

个人其实是五岳的使者）。

另外，因为五岳代表五方，又和五方五行联系起来，东岳泰山代表东方木，南岳衡山代表南方火，西岳华山代表西方金，北岳代表北方水，中岳代表中央土。所以五岳又有一套名字，按颜色命名：东岳青帝，南岳赤帝，西岳白帝，中岳黄帝（这个黄帝不是轩辕黄帝），北岳黑帝。这五帝用颜色命名之后又叫五方帝。有的人认为五方帝和五岳帝不是同一个概念，也有教派认为就是同一个概念。泰山顶上有一座青帝庙，就是因为泰山是东方，属木，是青色，所以叫青帝庙。

既然五岳代表五方，五岳之神就不单单是一座山的山神，而是主理一方的大神了。所以北岳恒山上，既有北岳大帝的庙，在一个偏僻角落里还有一座小庙，是专门供奉“恒山山神”的。这个山神只管这座恒山，而北岳大帝的权力比他大得多。相当于一省的省会里，既有省政府，又有市政府。

五岳是过去的中原版图中五个相对边缘的位置，例如北岳的北边，就是北方游牧民族了。所以今天的北岳恒山上的悬空寺有一副对联，叫：

> 蕴毕昴之精，霞蔚云蒸，万丈光芒连北极；作华夷之限，龙盘虎踞，千秋保障镇边陲。

这副对联写得很好，上联是从神话上说，点出北岳的神性；下联是从实际作用上说，指出北岳恒山是中原地区的保障。但是现在肯定不能这么说了。前几年，网上有“重排五岳”的呼声，有人提出的五岳候选者是东岳长白山、西岳珠穆朗玛峰、中岳峨眉山、北岳天山、南岳阿里山。虽然不一定准确，却说明了国人心中的“中国”观念，随着时代在不断地变化着。

雷部：农业社会的希望之源

闻太师：纣王最怕的人

闻太师是《封神演义》里的重要人物，他在商朝这边的地位，相当于周朝的姜子牙。

闻太师开始的时候没有出场，而是平定北方诸侯的叛乱去了。等班师回来，遇到给比干送葬的队伍，才知道这些年朝政大乱；回到大殿，又看见新增设了炮烙之刑，大怒。他仗着自己是几朝元老，把纣王训斥了一顿。三天后，又呈上一道改革朝政的奏章，要求拆除鹿台、废除炮烙、贬妲己、杀费仲尤浑等。这里有一句，把闻太师那副托孤老臣的派头写得极好：

> 闻太师立于龙书案傍，磨墨润毫，将笔递与纣王："请陛下批准施行。"

立逼着纣王签字，除了闻太师也没谁了！

但是纣王勉强同意了七件，贬妲己、杀费尤、拆鹿台，这三件说什么也不肯。这时候费仲还不识时务，走出来说：

> "太师灭君恃己，以下凌上，肆行殿庭，大失人臣之礼，可谓大不敬！"太师听说，当中神目睁开，长髯直竖，大声曰："费仲巧言惑主，气杀我也！"将手一拳，把费仲打下丹墀，面门青肿。只见尤浑怒上心来，上殿言曰："太师当殿毁打大臣，非打费仲，即打陛下矣！"太师曰："汝是何官？"尤浑曰："吾乃是尤浑。"太师笑曰："原来是你！两个贼臣表里弄权，互相回护！"趋向前，只一掌打去，把那奸臣翻筋斗跌下丹墀有丈余远近。唤左右："将费、尤二人拿出午门斩了！"

大商朝除了纣王，唯一一个敢在朝堂上这么干的人，只有闻太师，纣王在全书里最怕的人也是闻太师。我本人非常喜欢闻太师，他很有性格。

为什么闻太师敢对纣王这个态度，也不怕纣王对他不利呢？有很多原因。第一，闻太师是作者着力描写的一个人，而且写得非常成功，权倾朝野且忠心耿耿，对纣王而言几乎就是一个严父的角色，他就敢对纣王呼来使去。第二，从全书的逻辑来说，纣王刚刚继位，闻太师就跑去北海了，这 15 年没有在朝里，没有见证纣王从一个有为青年变成骄奢淫逸的暴君的过程，也没见过纣王的暴行，还以为纣王还是他走的时候那个对他尊敬无比、对他百依百顺的纣王，所以没有心理阴影，胆子比别的大臣大。我们也有类似的经验，比如你出去工作十多年，回到老家，遇到了原来那些老人，他们对你的态度，还是跟当年对童年的你一样——因为他们心目中的你，还是小时候的样子。

第三，按照有些学者的研究，作者实际上是在闻太师身上写进了一些明代权臣的影子。这虽然没有什么证据，但是我觉得很有意思。例如澳大利亚学者柳存仁，他认为《封神演义》里的故事反映了明朝的一些政局。比如闻太师回到大殿，看到龙书案上满是灰尘，就可能是对明朝万历不上朝现象的一种讽刺。

柳存仁认为闻太师对应的是陶仲文。陶仲文是嘉靖的大臣，喜欢神仙方术，一开始是地方小官，后来被邵元节推荐给嘉靖皇帝，到宫中作法，斩妖除邪，得到了嘉靖皇帝的信任与重用，被皇帝指派管理道教，还被封为“神霄保国宣教高士”。闻太师是截教弟子，可以说是截教在纣王朝中的一个代理人，陶仲文也精通神霄雷法，而且陶仲文的“仲文”两个字倒过来，就变成闻太师的名字“闻仲”了。这种说法不一定靠谱，但是也算是为了探求故事的深意和书的背景知识所做的努力。因为名著的背景很可能非常复杂，所以问题的答案往往也不是唯一的。

闻太师最后兵败绝龙岭，遇到了云中子。云中子立起八根“通天神火柱”，把闻太师困在柱中。云中子发手有雷，柱子震开，飞出四十九条火龙，烈焰飞腾。故事是这样说的：

话说闻太师掐定避火诀，站于中间，在火内大呼曰："云中子！你的道术也只如此！吾不久居，我去也！"往上一升，驾遁光欲走。不知云中子预将燃灯道人紫金钵盂磕住，浑如一盖盖定。闻太师那里得知，往上一冲，把九云烈焰冠撞落尘埃，青丝发俱披下。太师大叫一声，跌将下来。云中子在外面发雷，四处有霹雳之声，火势凶猛。可怜成汤首相，为国捐躯！

闻太师往上一冲，正好撞在紫金钵盂上，他就披散着头发掉到火里烧死了。

北京白云观所藏雷声普化天尊画像

为什么要写这么一笔呢？其实作者写神火柱八面围困也好，钵盂也好，就是为了创造一个合理的逻辑：让闻太师把帽子撞掉，把头发披散下来。

因为闻太师最后封的是九天应元雷声普化天尊，雷声普化天尊又叫"九天贞明大圣"，是道教雷法尤其是神霄派雷法崇敬的天神。他的画像，都是披散着头发，执鞭，骑麒麟。

道教经书《九天应元雷声普化天尊玉枢宝经》

里，这样描写雷声普化天尊：

九天普化君，化形十方界，披发骑麒麟，赤脚蹑层冰。手把九天炁，啸风鞭雷霆。

所以《封神演义》里说闻太师骑墨麒麟，手持两条神鞭，这都是根据道教九天应元雷声普化天尊的图像和相关经书的描述写的。闻太师平时打仗的时候，要顶盔贯甲，总不能老是披着头发。所以临死的时候作者一定得让他把头发披下来，以披着头发的形象死去。

和雷声普化天尊形象有关的，还有真武大帝。真武大帝也披着头发。《北游记》里说真武大帝在山里修炼得道，有这样一个故事：

一日祖师于岩上梳头，霎然想起血身无用，自觉意懒，头亦不梳，撇向后面，沉吟半晌，将身视下岩去，那岩下却有十余丈深。耳闻天书一到，五龙捧起祖师，祖师见旨到跪接。……祖师听读罢，叩头谢恩毕，回身梳洗，发不能上。祖师大惊，妙乐天尊曰："弟子不知此意，天书到后，形不能改，安能再梳？"

也就是说，真武大帝接到上天旨意，封他成神的时候，正好在梳头。成神之后，无论怎么梳，头发都梳不起来了。他的师父妙乐天尊就说，从被封为神的这一刻开始，你的形象就永远不能再变了，你的头发也永远梳不起来了。所以现在真武大帝都是披着头发的样子。

不光是成仙，死之后成鬼也是这样。各种小说里数不清的女鬼，一般都是年纪轻轻就死了，死了之后无论过多少年，再出来迷惑人的时候，还是年轻时的样子。

这个设定很有意思，成仙之后的样子，取决于成仙那一刻的模样（所以修仙的时候还得随时注意圣旨什么时候下来。如果在洗手间蹲着的时候圣旨下来让人成仙，那可麻烦了）。

金光圣母：闪电跟镜子有什么关系？

《封神演义》里有一位金光圣母，摆了一座金光阵，位列十绝阵第六。这金光阵很厉害，阵里有二十一根高杆，每根杆上吊着一面镜子。每面镜子上有一个镜套，套住镜子。用的时候把套子拽起来，露出镜子，发动雷声。镜子发出金光，就把人照死，皮肉不存。一个炮灰级的仙人萧臻就是这样死在了阵中。

金光阵是被广成子破掉的。广成子破金光阵很有意思，是这样的：

> 广成子暗将番天印往八卦仙衣底下打将下来，一声响，把镜子打碎了十九面。金光圣母着慌，忙拿两面镜子在手，方欲摇动，急发金光来照广成子；早被广成子复祭番天印打将来，金光圣母躲不及，正中顶门，脑浆迸出。一道灵魂早进封神台去了。

为什么广成子不一下子把二十一面镜子打碎，而是留了两面呢？

这是因为，金光圣母被封为了雷部的闪电神，而镜子是古代管闪电的神的标配。在各种神仙图像中，无论是男电神还是女电神，手里都有两面镜子。作者写金光圣母死前，一定要把两面镜子拿在手里，这仍然是要遵循“死时什么样成神后就什么样”的定律。

《道法会元》里说电母叫秀文英。《北游记》里说闪电神叫“影刀娘”，俗名朱佩娘。实际上并不是只有电母才使镜子，道教里也不是只有电母才管闪电。在不同的道法里，管闪电的神不一样。《道法会元》里面有驱电大将叫李正，他也是管闪电的，手里有两面镜子。召唤他的《起电符》，还描绘了他的形象：

> 朱衣，顶金冠，朱履，青发，双手持二物若团镜状，有光辅

鬼二人，朱衣，披黑发，各持朱幢。凡遇行舟涉夜，登途昏暗，即驱照耀。左手印，右手剑，向天门呼：电火将李正为吾驱电。

只要跟闪电有关的一定是用镜子，因为镜子在古代是能够反光的东西，人们认为闪电是由它发出来的。

一般来说，雷公是男的，闪电神是女的，所以叫“雷公电母”。但是这个说法出现得比较晚。唐代以前的传说，雷公是男的，闪电神也是男的，所以不叫“雷公电母”，而叫“雷公电父”。

后来电母变成了女性，可能和一个传说有关。《太平御览》引《神异传》曰：

东王公与玉女投壶，误而不接，天为之笑，开口流光，今电是也。

老天爷一开口，就有光从他嘴里边出来，这就是闪电。这是民间非常有趣的脑洞。这就像民国时山东大军阀张宗昌，他是一个大老粗，却喜欢写诗。他写了一首《咏闪电》：

忽然天上一火链，莫非玉帝想抽烟？如果不是想抽烟，怎么又是一火链？

火链就是过去打火用的火镰。现在看这首诗很好笑，可一千年之后的人再看这首诗，或许会觉得张将军的想象太神奇了：原来闪电在古人的心里是玉皇大帝要抽烟。所以有些东西在不同的时代以不同的视角来看，给人的感觉是不一样的。

可能是因为这个东王公和玉女投壶的故事里有一个玉女，而且雷公电父都是老头，总得有一个女性来搭配一下才显得好听，闪电就和女性联系起来了。大概在唐代之后，电父就改成电母了。但是道教里仍然有许多类似“驱电大将”的男性电神。

雷部四将之邓辛张陶

闻太师在黄花山，收了邓、辛、张、陶，原著是这样写的：

> 忽听脑后一声锣响，太师急勒转坐骑，原来是山下走阵；走的乃是长蛇阵，阵头一将，面如蓝靛，发似朱砂，上下獠牙，金甲红袍，坐下黑马，手使一柄开山斧。……闻太师看见一将飞来，甚是英雄，十分勇猛，心中大喜：“收得此人，去伐西岐，乃是用人之际。”

这位就是“邓辛张陶”之首邓忠。闻太师用金鞭一指，平地现出一座金墙，用金遁把他遁住了，接下来，张节、陶荣又来挑战。闻太师用水遁遁住张天君，用木遁遁住了陶天君。辛环急忙展开翅膀飞来：

> （辛环）忙提锤钻，将胁下双肉翅一夹，飞起空中。一阵风响，只听得半空中声似雷鸣，至山上，大呼曰：“好妖道！将吾兄弟打死，岂可让你独生乎！”闻太师当中眼睁开看时，好凶恶之像，二翅飞来。怎见得，赞曰：
>
> 二翅空中响，头戴虎头冠，面如红枣色，顶上宝光寒，锤钻定天下，獠牙嘴上安，一怒无遮挡，飞来势若鸾。
>
> ……闻太师自忖：“五遁之中，遁不得此人。”且将金鞭照路傍一块山，连指两三指，命黄巾力士：“将此山石把这人压了！”力士得法旨，忙将此山石平空飞起，把辛环挟腰压下来。

这就是闻太师黄花山收邓辛张陶的故事。

你可能记得《西游记》里孙悟空打上天庭，南天门上看门的是“庞刘苟毕、邓辛张陶”，这里的邓辛张陶就是《封神演义》里的邓辛张陶。邓辛张陶是雷法里比较重要的神。

雷法是北宋时期兴起的，主管呼召风雷、伏魔除妖、求雨、求雪、求风，旱涝或者阴天的时候,也可以作法改变天气。北宋徽宗时期,雷法特别兴盛。

雷法内部又分不同的派别。最有名的是神霄、清微，还有天心、东华、北帝等不同的派系。这些派系实际上没有什么区别，只因创派的祖师不同，才形成不同的流派。

这就像很多大学都有中文系，但是不同的文学院是由不同的老先生们开创的，遂形成了不同的治学流派，不同的流派集中在不同的大学里。

道教的流派也是这样，不同的流派有不同的神谱，有各自重视的神仙，有些神仙这个派使得惯，有些神仙那个派使得惯，所以现在的神仙体系非常复杂。邓辛张陶这四个人（后来“封神榜”都封在了闻太师手下），属于九天应元雷声普化天尊手下的二十四员天君。他们在神霄派里受到的重视多一点，出现得比较多。而后文会讲殷洪下山收庞刘苟毕四将，这四个人，尤其是苟、毕这两位，在清微法派里出现得比较多。

那么，为什么殷洪下山收四将和闻太师黄花山收四将的情节显得如此重复呢？从故事的编排上来看，不能让闻太师一下子收八个将，这样写起来太拖沓了。为了把这些重要的雷将都编到故事里，只能拆开了写，四个四个分别打包，让他们分期分批有步骤地出现（当然也要分期分批被干掉）。

当然，《封神演义》的作者水平有限，在写作技术上不够完美，存在很多重复。例如闻太师收邓忠时，邓忠大呼曰：“你是何人？好大胆！敢来探吾山穴！”第五十九回里，庞刘苟毕也说：“你是哪里道童？敢探吾之巢穴！”这前后的话几乎都是一样的。

除了这八位之外，还有一组经常四位一起出来的雷将是“马赵温关”，后文我们会提到，九龙岛四圣其实就是照着马赵温关四个人写的。不同的道教派系喜欢用不同的神，马赵温关在酆岳派用得比较多。

北京白云观所藏雷部天将画像

这几组雷将再加上殷郊、王灵官，经常拆分组合，形成十大雷将或者十二雷将这样不同的组合。《封神演义》《西游记》里甚至还有二十四雷将或者三十六雷将，把雷将的队伍又扩充了。《西游记》里，孙悟空从老君炉跳出来，打上灵霄宝殿，王灵官上前阻挡，又调来雷部的三十六雷将把他围困在中心。无论是二十四还是三十六，里边一定会包括庞刘苟毕、邓辛张陶、马赵温关这些人。

邓辛张陶这四个人，地位是不平等的。邓、辛、张这三个人最先出现，而且经常一起露面，哥仨比较亲。陶原来是一个人，后来配在邓辛张后边，成了邓辛张陶四个人。这有点像桃园三结义，后续四弟姓赵名云字子龙，都是“3+1”的结构。

邓辛张这三个人在《封神演义》里叫邓忠、辛环和张节，这是《封神演义》的创造。《西游记》里拿雷钉去打青牛精金刚圈的邓张二雷公，叫邓化、张蕃。其实在真正的雷法里边，他们仨应该叫邓伯温、辛汉臣和张元伯。《封神演义》没说这三个人是怎么来的，只说他们几个拜把子落草为寇。

实际上这三个人的来源非常古老。宋代著名道士白玉蟾，有一篇有名的文章叫《雷霆三帅心录》（收在《道法会元》卷八二），专门讲三帅的来历，据说辛汉臣和张元伯这两位是帝喾的后人，帝喾高辛氏是轩辕黄帝的曾孙。帝喾高辛氏在位七十年，生了两个儿子，大儿子叫傒，二儿子叫隆延。隆延娶了陈钟氏，生了两个儿子，这两个儿子就是辛元帅和张元帅。张元帅原来叫扶风黑历，因有功在身，封在张这个地方（张是个地名），后来就姓了张。辛元帅为了纪念他的老祖宗帝喾高辛氏，所以姓辛（顺便说一句，现在河南省商丘还有一个地名叫高辛镇，据说就是帝喾高辛氏的出生地）。

邓元帅和他们俩不一样，他是风后的后代。风后是轩辕黄帝的臣子，擅长行军打仗、排兵布阵，汉朝还有一本书叫《风后》，专门讲兵法、阵图。邓伯温因为有功，封在邓墟这个地方，遂以邓为氏。白玉蟾说的这些东西有一定的背景，并非完全胡编乱造。宋朝罗泌的《路史》也提到了邓伯温这个人：“（黄帝）乃暨力牧、神皇、风后、邓伯温之徒及蚩尤氏转战，执蚩尤而诛之。”

根据《上清玉枢五雷真文》的说法，邓天君助轩辕皇帝打败了蚩尤，封为河南将军，看见轩辕黄帝修仙登天，便也进入武当山修道，但因打仗杀人太多不能升天，上帝便把他封在了武当山为神。邓伯温发觉世人不行忠孝，互相伤害，就发愿说自己要成为神雷，代天行道，把这些恶人都劈死。他的愿望太过强烈，怒气冲天，忽然有一天身体发生了变化，像蝙蝠一样长出两个翅膀，凤嘴银牙，手足都成了龙爪，可飞行太空，吃掉一切妖魔鬼怪。上帝遂封他为律令大神，掌管法律，隶属于雷部。

辛元帅、张元帅也有类似的传说。辛元帅的故事和庞刘苟毕中苟的故事有点像，以后再细说。张元帅据说是山东宁津县人，父亲张淳一天晚上梦见金甲神，就有了张元帅。张元帅从小聪明，长大后官至刺史，深受百姓爱戴，百姓还立祠堂祭祀。玉皇大帝因为他刚直不阿、体察民情，封他为飞捷报应使者。这就是民间传说中的张元帅。

陶元帅又叫陶天君，全称是雷霆天医五雷陶天君，他背生双翅，最明显的特点是手里有个药瓶，或者说一个葫芦，表示他是一个大夫（这个也有道理，前面三个都是打仗的，后边跟一个治疗的，随时可以回血）。至于陶元帅什么时候跟了前面那哥仨，没有发现较为靠谱的文献记载，可能是民间为了凑四个，左边两个、右边两个对称，所以把陶元帅和他们三个配在一起，形成了邓辛张陶这么一个组合。

关于陶天君的原型，道教的《陶天君宝诰》里面说陶天君：

> 晋室名儒，黄冠宰相。生而神异，膝呈七曜之文；长而该通，胸贮五车之富。挂冠带于永明，廉而且智；备顾问于梁武，显而愈韬。

既然是大儒生，又是道士、宰相，还和梁武帝有交情，这个人只能是陶弘景了。陶弘景是梁朝著名的道士，号称华阳隐居，既是大学者，又是道教上清派的大宗师，喜欢隐居，皇帝经常去山上向他求教国家大事，所以他还有个外号叫山中宰相。他炼过丹药，写过《本草经集注》等医书，所以后来道教把他当成陶天君的原型。但是陶弘景这么一个大学者、大宗师、大宰相，在《封神演义》里成了邓辛张之后的老四，变成一个叫陶荣的大老粗，这就很违和了。不过总的来说，在清代的很多水陆画、壁画里，陶天君跟其他雷将一起，变成了鸟嘴、肋生双翅的形象，只是手里还托着个药壶，依稀有点医者的影子。

另外，一位道长告诉我说，他们认为，陶天君在太素[1]的时候叫六波天主帝君。过了一万一千多年，六波天主帝君在周文王时期降临于人世，化身为陶天君，道教的说法和《封神演义》的时代比较吻合。陶天君姓陶，叫陶公济，赤身肉翅，凤嘴银牙，左手拿救治药葫芦，右手拿斩邪宝剑，

[1] 太素就是宇宙刚出现、混沌初分时候的形态，《列子》上说宇宙刚出现的时候叫太易，之后是太初、太始、太素、太极，然后是太极分两仪，两仪分四象，四象分八卦，宇宙逐渐完善。

真形符上面画的就是他拿葫芦撒药的形象。

雷部四将之庞刘苟毕

雷部另外四位是“庞刘苟毕”。这四位，是殷洪下山时收来的。殷洪在赤精子处学艺，艺成下山，路过二龙山，遇到了庞弘、刘甫、苟章、毕环，用师父的法宝阴阳镜试了试，就把四人收服了。这四位合起来叫庞刘苟毕，后来也成了雷部神将。

邓辛张陶、庞刘苟毕，这八位经常一块儿出场，将他们分开讲的原因，应该是作者为了避免行文太拖沓。而这四将也基本没有什么出色表现，一露脸就被干掉了，所以是用来凑数的。

庞刘苟毕这四位，经常在道教的清微雷法里出现，被尊称为四元帅，民间流传着他们各自的故事。

先说庞弘。他在《三教源流搜神大全》里面，名字叫庞桥，字长卿，在《封神演义》里被改为庞弘。庞桥在汉江边上摆渡，童叟无欺，对待任何人都非常好。有一天，一个人过江时把一百两金子丢在了船上，第二天来找，庞桥就把金子拿出来还他。还有一次，一个姑娘过河，遇到下雪，走不了了，于是庞桥就留她在家里住宿，因为太冷没有干柴取火，就把自己的衣服烧了取暖，而他对这个姑娘没有任何出格行为。因为他做过的好事非常多，玉皇大帝就封他为混炁元帅，让他手持金刀，出入天门，赏善罚恶。

第二位刘甫。《三教源流搜神大全》说他名叫刘俊（原作“後”，误），东晋人，生于岷江的一个渡口——他和庞元帅都是摆渡人出身，所以经常在一起。他小时候拜一位罗真人为师，精于五雷掌诀，能够呼风唤雨，给老百姓做过很多好事，老百姓非常崇奉他，所以玉帝就把他封为天君。

第三位苟章。他的故事，我们之前提过了。他姓新（应作“辛”）名兴，是个孝子，他在山谷里发现了五只鸡，捉回家准备给母亲吃。哪知道这两只鸡不是普通的鸡，是雷鸡，鸡打雷，把他母亲劈死了。辛兴痛悔万分。这时候来了个道士，给了他十二颗火丹，辛兴吃了，就立即变身，长出翅膀尖嘴，飞上天宫。天帝认为他至孝，就把他封为雷门苟元帅。

但是奇怪的是，这位“辛兴”，应该叫辛元帅啊！为什么又叫苟元帅呢？其实这是和另一个故事混了。托名东晋陶潜创作的《搜神后记》说：

吴兴人章苟者，五月中，于田中耕，以饭置菰里，每晚取食，饭亦已尽。如此非一。后伺之，见一大蛇偷食。苟遂以鈠斫之，蛇便走去。苟逐之，至一坂，有穴，便入穴。但闻啼声云：“斫伤我某甲。”或言：“何如？”或云：“付雷公，令霹雳杀奴。”须臾，云雨冥合，霹雳覆苟上。苟乃跳梁大骂曰：“天使！我贫穷，展力耕垦。蛇来偷食，罪当在蛇，反更霹雳我耶？乃无知雷公也。雷公若来，吾当以鈠斫汝腹。”须臾，云雨渐散，转霹雳向蛇穴中，蛇死者数十。

这位章苟引来了雷神，劈死了大蛇。后来不知为什么，又和辛兴的故事莫名其妙地混在了一起。所以《封神演义》里的苟元帅叫“苟章”，把两个字颠倒了一下而已。

在庞刘苟毕的故事里，最厉害的还是毕元帅。在《三教源流搜神大全》里，他姓田名华，天上的雷炁降入地中，孕成胚胎，藏在一块石头里。田华就从这块石头中出生，降生时就有霹雳火光照灼天地，并有大蛇围护、蜜蜂喂养。后来，女娲补天，怎么补也补不成，田华就去帮她，用“木火之精，劈碎玄精之石髓”，女娲补天就方便多了。后来，黄帝大战蚩尤的时候，田华也帮过忙。上天封他为雷门毕元帅，辅玄天上帝诛瘟疫鬼。

然而神奇的是，这位毕元帅竟然姓田名华！这和那位苟元帅姓辛名兴一样让人迷惑。其实这应该又是民间传说的混淆。“毕”繁体作“畢”，看上去有点像“田華”二字的合体，所以被用作元帅之姓名。

甚至苟元帅和毕元帅还被混成一个人，叫“苟毕元帅”：饮马桥居人李旭见一人披发而束额，左绾索，右挈槌，状如神人。问玄妙观道士郭渊静，渊静曰："吾心将雷霆苟毕元帅也。"[1]

这位苟毕元帅，似乎也和章苟故事有关。另外，《封神演义》里辛元帅叫辛环，而毕元帅叫毕环，怎么这么巧，都用"环"做名字呢？所以，毕元帅、苟元帅、辛元帅（辛字与章字形近），可能都是从章苟的故事演变来的。

当然，以上这些都是民间故事，不过也可以看出，这些元帅在雷法里很著名，所以老百姓才给他们编出了各种各样的出身故事。

这些元帅的出身故事，看上去都很光辉伟大。但是在《封神演义》里，他们的待遇反倒一下子降了下来，这八位都成了占山为王的草寇，归顺后也没什么表现，一个个窝里窝囊地死掉了。例如毕元帅，他帮助女娲补过天，帮助轩辕黄帝打过蚩尤，这该是多大的神！结果《封神演义》只把他写成殷洪的一个部将。这可以说明，在《封神演义》作者的心中，雷法的地位是比较低的，甚至有故意贬损的嫌疑。

菡芝仙：风神究竟是男是女？

菡芝仙和彩云仙子都是三霄娘娘的助手，菡芝仙手里有一个风袋，在最后黄河阵决战的时候：

> 菡芝仙把风袋抖开，一阵黑风卷起。不知慈航道人有定风珠，随取珠将风定住，风不能出。

而这个风袋，又在《西游记》中"风婆婆"手里出现过，是风神"标配"的法宝，所以菡芝仙最后也被封为风神。当然，在《封神演义》里，为了把画面写得富有美感，作者就把"风婆婆"写成菡芝仙这样的年轻姑娘。

在道教文化里，"风袋"又叫"风囊"。道教经典《法海遗珠》中提到

[1] 见明陆粲《庚巳编》。

了一种“飞捷五雷大法”，其中有一位神将邓杜卿就是管风的，模样是：

青发，五叶火冠，面黑，眼白，小睛，白短袍，胸前结定，内全装金甲，黑吊辙，两脚踏二水轮，背负风囊，仗长枪。

这位邓元帅脚底下还踩两个轮子，跟哪吒差不多。

实际上中国古代传说中管风的神也有很多。上古时管风的神并不是女性，他叫风伯。风伯、雨师都是男的。我个人认为，这应该是我们传统文化“早熟”的表现。因为在古代有一种特别好玩的现象：凡是官方的、正统的、精英的风神，全是男的。但是在民间，尤其是在原始的部族传说里，风神都是女的。

唐代段成式的《酉阳杂俎》记载了这样一个故事：有一个人叫崔玄微，有一次碰上很多花精。接着来了一位女神，姓封，叫封十八姨。花精里面有一个叫阿措的，得罪了封十八姨，封十八姨愤而离去。

阿措怕封十八姨因为此事不再庇护她们免受恶风骚扰，于是请求崔玄微立一面朱幡，上面画上日月五星的纹样，立在园子里，就可以免除风难。而这位崔玄微，也就成了最早的“护花使者”。这位封十八姨后来还在小说《镜花缘》里出现过，专门和百花为难作对。

女性风神，还出现在很多原始的部族传说里。比如蒙古族传说中，刮风的女神就是一个老婆婆。风是她从一个牛皮口袋里放出的气息，这风总是从西北刮过来——因为蒙古高原上多是西北风，所以蒙古人认为西北的天上有一个大洞，风都从那里吹出来——这大概和汉地的“天倾西北”神话也有关系。

另外，东北的赫哲族也有一个风神，叫卧杜妈妈，是一个老太太，她主宰着所有的风，住在山的缝隙里边。山谷里风一吹就会呜呜地响，赫哲族人就认为这是风神发出的声音。鄂温克族人说，大地的边缘有一个老奶奶，她手里拿的不是一个口袋，而是一个簸箕。她拿着簸箕一扬，天上就刮起大风。

唐代流传着很多民间神话传说，都是从其他民族地区传过来的。所以我怀疑，因为“文化早熟”，中国本土的“风神”全是男性，后来由于吸收了边疆游牧民族、渔猎民族的传说，慢慢地“风神”就变为女性了。

另外，中国的风神形象从男性变成女性，可能还受了一点儿佛教的影响，因为印度梵语中的大风、暴风被译为“毗岚”，又叫“毗岚风”或“毗蓝婆风”“随岚风”，是宇宙形成之初或将要毁灭时刮起的迅猛的大风，很厉害。但是这个“婆”并不是婆婆的意思。印度有很多神名音译过来都带“婆”字，比如大神“湿婆”“提婆”，“婆”并不是老太太的意思，但老百姓不知道，就以为“毗蓝婆”是一个老婆婆，是管风的。中国人就是喜欢这样望文生义。

《法华经》里，讲到了十位罗刹女。“罗刹”就是吃人的鬼，有男有女，女的叫“罗刹女”。十位罗刹女里，第二位就叫毗蓝婆。她的法宝是风和云，这下子，在百姓印象里更坐实了毗蓝婆就是女性的联想。

这种联想到了《西游记》里，又发生了分化。《西游记》里有一个毗蓝婆，但这个毗蓝婆并不是管风的，她是昴日星官的母亲，有一根宝针。《西游记》里管风的是什么人呢？除了拿着风口袋的风婆，还有一个是铁扇公主罗刹女。其实“罗刹女”是一个总称，不是某一个人的名字。但在《西游记》里，却把罗刹女的身份坐实了，认为她就是铁扇公主。作为铁扇公主的罗刹女，实际上就是佛经里的毗蓝婆。《西游记》把佛经里毗蓝婆管风的能力给了铁扇公主，又用毗蓝婆的名字另外虚构了一个神——昴日星官的母亲，把这个神一分为二。

风神拿着口袋的形象，不单在《封神演义》《西游记》里有。甚至在日本，风神也背了一个口袋。高畑勋的动画《平成狸合战》，讲一群狸子（貉），住在东京外的森林里。东京不停地向外扩张，周边的森林被侵蚀。狸子就利用它们所会的变身法术，和人类斗争，最后搞了一个妖怪大游行，所有狸子都变成了各路神仙，在东京城里游行。其中就出现了风神。他背着口袋吹风，把旁边的神仙都吹走了。

日本俵屋宗达所绘风神

《平成狸合战》里的风神，和日本画家俵屋宗达画的风神一样，造型可以一直追溯到唐朝之前的敦煌壁画。敦煌壁画里有雷神和风神，风神拿着的口袋和俵屋宗达画的是一模一样的。

闻太师在黄花山收的“邓辛张陶”四将中，陶荣有一面聚风幡，也会刮风。但是这聚风幡好像就使了一次，直到他死，也没有见他再拿出来过。所以，它应该就是作者写出来凑数的一个法宝。如果是凑数的，为什么偏要让陶荣使用呢？这也好理解。之前提到的道教经典《法海遗珠》里，雷将邓杜卿就背一个风囊——这里不要误解，以为凡是雷将就是管雷的。雷将是雷法里的神将，也有不同的分工。

除此之外，《道法会元》里也有很多管风的雷将。他们有时候拿的不是风囊，而是风车。例如《上清雷霆火车五雷大法》里，有一条咒语：

> 急如风轮王律令。喝风神将旋转风车考鬼，快通名！

说实话，我也不知道这风车长什么样，顾名思义，大概跟现在小孩玩的风车有点像。风囊也好，风车也好，说明雷将里有管刮风的一个“工种”。等于说陶荣是来自道教雷法的风神，而菡芝仙是来自民间传说的风神。只是《封神演义》没有那么严谨，把陶荣和菡芝仙的功能设计重复了。但是，不要小看这两个不是特别重要的人物，他们实际上也是暗合当时人们的信仰体系的。

存在感很低的彩云仙子

我觉得彩云仙子是一个非常可爱的人物。她和赵公明也没有什么特别深的交情，但是云霄、碧霄她们要去打西岐，她就也跟着去，很仗义。但是她死得很惨——死在哪吒的火尖枪下。

哪吒把彩云仙子刺死之后，她一道灵魂往封神台而去，而事实上结局大封神的时候，彩云仙子并没有出现在“封神榜”里，榜上无名。

第一个可能性就是作者忘了——也许他原本在前边写了彩云仙子的灵魂奔封神台而去，但最后总结时把她给忘了。

第二个可能性是这本书流传时版本多样，原书写到封神时是有彩云仙子的，但再版整理的时候，前后版本“数据”没统一，就搞岔了。

这样的例子很多，在后面我们会专门讲哪些神仙没有封或忘了封。然而彩云仙子的情况可能还要复杂一点。

云神确实是一个不那么重要的神。在雷法里或老百姓的祭祀风俗里，有“风雪雷电”“雾雨冰雹”，甚至连雾霾、霜冻之类的神仙都有。而云神出现的频率是最低的，存在感也最弱。大概因为云不像别的天象，能够给地面上的人造成实际的伤害，或者带来实际的好处。

比如风，一刮风，人的身体能感觉到；雷电就更不用说；雨、雪、霜、雹这些东西，都能够给人的生活带来实际影响。唯独云，它只是间接造成雨、雪、雹，所以云神的存在感历来不强。

最早的云神叫“丰隆”，但是“丰隆”好像昙花一现，没有产生过什么特别的影响，还经常和雷神搞混。还有一个云神叫“云师”——管理云的师傅——直到明朝才被列入国家祀典。道人作法驱遣雷霆、神将的时候，一说就是八个字：“风伯雨师、雷公电母”，这里边就没有云什么事，可见云神的地位还是非常低下的。作者把他忘记了，也是非常正常的事情。

有人说，《西游记》里有一位“推云童子”，算不算云神？其实这位“推云童子”不见于任何道教典籍，很可能是根据一首乐府诗《云童行》编出来的。这个题目，唐代的张籍就写过，诗曰：

> 云童童，白龙之尾垂江中。今年天旱不作雨，水足墙上有禾黍。

然而这个“云童”或“云童童”，并不是儿童的意思，而是云彩密布的样子，“童童”是一个形容词。大概在民间传唱久了，就成了“推云童子”了。

温良、马善：没有编制的神仙

《封神演义》里还有两个人，其实也是以雷将为原型的。但他们后来没有进入雷部的编制，一个消失了，一个去了西方，远离中土是非之地。这就是温良和马善。

温良和马善，都是殷郊下山时收的跟班，原文说：

> 话说殷郊才看山巅险峻之处，只听得林内一声锣响，见一人面如蓝靛，发似朱砂，骑红砂马，金甲红袍，三只眼，拎两根狼牙棒，那马如飞奔上山来，……话未曾了，又一人带扇云盔，淡黄袍，点钢枪，白龙马，面如傅粉，三绺长髯，也奔上山来。……那蓝脸的应曰："末将姓温，名良；那白脸的姓马，名善。"

温良蓝脸，马善白脸，他们的原型是谁呢？很明确，是道教雷将中的温琼温元帅、马灵耀马元帅。

温琼的故事，见于《三教源流搜神大全》，故事是这样的：

温元帅，是后汉东瓯（瓯，即今温州）郡人，汉顺帝汉安元年（这一年张道陵公布了四部道经）生，母亲梦见天神给了一只玉环，所以名琼，字子玉。成年后先做书生，考试失利，感慨不能锄奸灭邪，正在抑郁，忽见天上下来一条苍龙，垂下一颗珍珠。吞下之后，就变成青面红发，十分凶猛，于是被玉帝加封，得赐玉环一只，金牌一面，位列泰山十太保之首。

天帝赐的这只玉环，十分不凡，因为温琼的名字，就是从这只玉环来的，在《封神演义》里就变成了温良的法宝白玉环。哪知道这个法宝菜得很，只用了一次，就被哪吒发出的乾坤圈打碎了：

> 且说温良祭起白玉环来打哪吒，不知哪吒也有乾坤圈，也祭起来；不知金打玉，打得纷纷粉碎。温良大叫一声："伤吾之宝，

北京白云观所藏手拿玉环、狼牙棒的温元帅画像

怎肯干休！”又战哪吒。被哪吒一金砖正中后心，打得往前一晃，未曾闪下马来；方欲逃回，不意被杨戬一弹子，穿了肩头，跌下马去，死于非命。

这位温良，在明代舒载阳刻本里就这样消失了。清代晚期的刻本里，才改成封为殷郊手下的日游神。

而白脸的马善，比这位温良厉害得太多。书中说他打不死，斩不断：

南宫适看见大惊，忙进相府回令曰：“启丞相：异事非常！”子牙问曰：“有甚话说？”南宫适曰：“奉令将马善连斩三刀，这边过刀，那边长完，不知有何幻术，请丞相定夺。”子牙听报大惊，忙同诸将出府来，亲见动手，也是一般。傍有韦护祭起降魔杵打将下来，正中马善顶门，只打的一派金光，就地散开。韦护收回杵，还是人形。

用照妖鉴来照，只是一个灯头儿。还是杨戬到灵鹫宫请来燃灯道人，才知道他是琉璃灯的灯火成精。

马善显然是以道教中灵官马元帅，即华光天王为原型写的。华光又称马灵耀，我们在前面提到过。这位马元帅可不简单，因为他的身世和哪吒也很像。《三教源流搜神大全》里，讲他的出身故事是：

遂以五团火光投胎于马氏金母，面露三眼，因讳三眼灵光。生下三日能战，斩东海龙王以除水孽；继以盗紫微大帝金枪，而寄灵于火魔王公主为儿，手书左灵右耀，复名灵耀。

这位马灵耀可厉害了：生下三天就能打架，把东海龙王杀了。再看《西游记》里讲哪吒的身世，就有似曾相识之感：

天王生此子时，他左手掌上有个“哪”字，右手掌上有个“吒”字，故名“哪吒”。这太子三朝儿就下海净身闯祸，踏倒水晶宫，捉住蛟龙要抽筋为绦。

生下三天，下海洗澡，杀龙王，左右手有字，几乎就是一个套路来的。

不过，这位华光元帅在《封神演义》里没有出现，却分了许多元素出来给了马善。《封神演义》里马善是灵鹫宫的一盏灯成精，正说明他和马灵耀是一回事。另外，九龙岛四圣里的王魔和马灵耀也有关系，我们会在下文中叙述，这里就不一一展开了。温元帅和马元帅，在道教雷法中也是重要神将，在《封神演义》里却给了这样两个不清不楚的形象和结局，是不是作者故意为之，就不得而知了。但有一点，马元帅和佛教关系更密切，温元帅和雷法关系更密切，两人的本领和结局，也是马善好过温琼，这是不是体现了作者的一种倾向性呢？

精兵简政的火部

“封神榜”上四部雷、火、瘟、斗，火部排第二位，火部最高神叫罗宣，封为火德星君。他是在张山、李锦伐西岐的时候出现的，主要事迹就是放火焚烧了西岐城。

比起人才济济的雷部和斗部来，火部人少得可怜：罗宣只有一个手下：接火天君刘环。后来还是把二十八宿里的尾火虎、室火猪、觜火猴、翼火蛇拨过来，充实这个部门，火部才看上去像回事了。

“封神榜”上还有个“水部”，首长是水德星君（水德星）鲁雄，下面管着水部四位正神：箕水豹、壁水貐、参水猿、轸水蚓。听起来，“水德星君”和“火德星君”好像是对等的，其实一点也不对等。罗宣带一个亲兵，就能高居四大部之一；而鲁雄只能在斗部末尾做陪衬。

按说，“水”和“火”在传统文化里总是对举的，为什么在封神榜上两个部门有这样大的差别呢?

这里原因很多，首先，中国古代第一生产力是农业，农业当然是需要水的，然而这部分功能，被雷部分去了。雷部的第一功能，就是管“兴云布雨，万物托以长养”，其次才是“诛逆除奸，善恶由之祸福”。万物长养，主要就是农业的需要。从这个角度说，“水”其实是排在“火”前面的。而鲁雄管理的水部，更像是后勤部门。

其次，人类进化的一个重要的转折点，就是懂得了怎样生火。用火的技术是人类掌握能量的一大突破。火是不易得的，水反倒是易得的资源。所以火神哪怕人少，也要在上四部取得一个位置。

第三，火神在历史上，因为很多机缘，格外受到信奉。

中国古代，有一套“五德终始”的说法。这种说法认为，每一个朝代都配五行中的一行。比如夏是木德，商是金德，因为金克木，所以商灭了夏。接下来，周灭商，火克金，周是火德；秦灭周，水克火，秦是水德。当然有时候按五行相生的规则，有时候按五行相克的规则，每朝每代，都有专门的学者来推算。

宋朝人经推算，认为自己是“火德”，所以宋朝又叫“炎宋”，皇帝喜欢穿红色衣服，军队也喜欢穿红衣。开国皇帝赵匡胤，也被传说为火德真君下凡。在宋徽宗行政力量的大力干预下，全国修建了很多火德真君庙。

北宋灭亡后，赵构逃到南方，建立了南宋，第一个年号就叫“建炎”。甚至宋代科学家苏颂造了一台“水运天象仪”，人们说我们大宋是走火运的，你这“水运”怎么行？水克火啊。苏颂只好改名叫“浑天仪象”。

与此同时，又有一个外域宗教崇拜的火神，和中国的火神融合了起来，这就是祆教。

祆教，是古代波斯帝国的国教，也是中亚等地的宗教，又称琐罗亚斯德教。传入中国后演化为明教，就是《倚天屠龙记》里的明教。前面说过，这个宗教特别崇拜火神，认为火是无限的光明。所以《倚天屠龙记》里明教教众说：“焚我残躯，熊熊圣火。生亦何欢，死亦何苦？为善除恶，惟光明故。”

祆教传入中国后，极其兴盛，尤其是唐代大量胡人进入汉地，建了许许多多的祆教庙。这些祆教庙都是拜火的，有时甚至没有神像，只是设一座祭坛，中间燃起“熊熊圣火”，信众围绕着火坛载歌载舞。

祆教进入中国之后，逐渐被本土文化同化。尤其是胡人的影响逐渐消失之后，很多祆教也融入中国的民间信仰。老百姓一看：你这供的是火神，正好，大宋也供火神，来来来，纳入我们的编制，给你也改成火神庙。正赶上宋代又力推火德真君，于是就合流到一起，很多祆教神都变成了火德真君。

唐代爆发了安史之乱。叛军首领安禄山是胡人，他是信仰祆教的，包括他部下的胡人，也是信仰祆教的。所以安禄山能造反，不但因为军事实力雄厚，也因为他是所谓的“轧荦山神”的化身，自称“安禄山”。“轧荦山”和“禄山”的意思是一样的，并不是一座山的名字，而是波斯语 roxshan 的音译，意思是“光明”。也就是说，他在胡人中具有宗教和世俗的双重号召力。包括他的后任史思明，名字里的“思明”也是这个意思。

安禄山死后，史思明给他的谥号是“光烈皇帝”，这和宋代的“建炎”一样，也是崇尚光明、烈火的意思。

胡人里，名字叫“禄山”的特别多，比如康禄山、米禄山、石阿禄山、曹逻山（均见于敦煌文书）。康、米、石、曹，都属于“昭武九姓”。这说明，胡人中“roxshan”信仰，群众基础相当扎实。

现在回到《封神演义》,这位火神的名字叫“罗宣”,其实恐怕就是“禄山”的变种。因为明代的《回回馆杂字》,就将波斯语的 roxshan 翻译为“罗山”。而汉语的“宣”和“山”本来就发音相似,意义也是相通的。《春秋说题辞》中说“山之为言宣也，含泽布气，调五神也”。另外，西方语言的 sh 既可对应汉语拼音的 sh，也可对应 x，比如萧、肖，就可以写成 shou，也可以写成 xiao。

关于罗宣的形象，书中写道：

罗宣见子牙众门人，不分好歹，一拥而上，抵当不住，忙把三百六十骨节摇动，现出三头六臂，一手执照天印，一手执五龙轮，一手执万鸦壶，一手执万里起云烟，双手使飞烟剑。

河北内丘县神码[1]中的火神

这个形象，和《西游记》里的火德真君的火龙、火马、火鸦、火鼠、火枪、火刀、火弓、火箭完全一致。五龙轮就是火龙，赤烟驹就是火马，万鸦壶就是火鸦，飞烟剑就是火刀火枪，万里起云烟就是火弓火箭。这些都没有问题。他的形象是三头六臂，唐代以来的祆教神也一直是这个样子。

再看唐代人怎么写祆教的神的，《两京新记》说：

西南隅，胡祆祠。武德四年

[1] 印着神像的纸。

所立，西域胡天神，佛经所谓摩醯首罗也。

《海国四说》也说：

波斯以摩醯首罗为教主，号苏鲁支，弟子各元真大总长如火山。

摩醯首罗又叫大自在天，原是印度教主神，佛教认为他是色究竟天的天主。拜火教就是拜火教，不是佛教，但是为什么说像摩醯首罗呢？因为长得差不多。敦煌出土的袄教神像，也是三头六臂的。粟特族供奉的袄教神，和摩醯首罗差不多。中国人见摩醯首罗见得多，见袄教的庙见得少，所以经常搞混。

今天各地的火神庙，还有管里面的火神叫“罗宣”的，这还真未必是《封神演义》的原创，可能就是袄教留下的痕迹。只是今天已经渺茫难考了。

罗宣还有一个有趣的特点，他吃素。殷郊设宴款待，罗宣说：“吾乃是斋，不用荤。”殷郊就命治素酒相待。

《封神演义》里的神仙，并不都吃素。这里却单写一笔罗宣吃素。这件事有意思的地方在于：袄教本来是不吃素的。如果他代表袄教，为何反而吃素？

这也是把几种外来宗教搞混了。唐代的时候，有三种宗教：袄教、摩尼教、景教，差不多同时传入中国。其中摩尼教的信仰也很兴盛，摩尼教的中国信众是吃素的。北宋末年爆发了方腊起义，他组织民众的方式就是“吃菜事魔”，供奉摩尼教的神。而这几种教，老百姓经常混为一谈，甚至出现了“摩尼火袄教”的说法。于是《封神演义》的罗宣也就吃素了。[1]

至于罗宣到底是叫“火德星君”还是“火德真君”，这两个其实没有太

[1] 以上观点源于荣新江《安禄山的种族与宗教信仰》，刘海威《也论袄神与火神之融合——以小说〈封神演义〉为例》。

大的差别，甚至道教自己也会混用。如果强行分辨的话，“火德星君”更侧重星神的功能，而“火德真君”更侧重火元素的功能。在《太上洞真五星秘授经》里,“火德真君”也叫“火星真君”。《法海遗珠》记载的“火德星君”的赞语“芒角森龙凤，威光叱十方。丹罡耀五夜，朱火焰三边”，同样也被《道门定制》一字不差地当作“火星真君”的赞语。说明这两个名字本来就是混着用的。

其实管火的神有许许多多，比如：火祖燧人帝君，火祖炎帝帝君，火正阏伯真官，火神祝融神君，火神回禄神君，火炁郁攸神君，丙丁位司火大神，巳午位司火大帝，南方赤精帝君，南方赤灵帝君……

这是历史上不同时期、不同教派出现的主管火的神。但是老百姓需要简化，需要明确。他们记不住那么多火神，在他们心目中，只需要一个就可以了。于是这些燧人、炎帝、赤精……在正宗的道教经书里还保留着名字，而在民间统统被称作“火德星君”或“火德真君”，或干脆简称“火神爷”。

在这里,“火德星君”更像是一个职务,而不是具体的某个人。因为“德”在这里有“功能、势力”的意味。“火德”就是获得了“火”的势力。历史上的人物，只要符合条件，都可以来当“火德星君”。“火德星君”这个名字带有宋代之后的特点，上古时是不会有的。就像一个县的长官，唐代叫县令，明代叫知县，现在叫县长。不管叫什么，功能上是一样的，而且可以由不同的人来当。

所以北京花市火神庙有一块碑，上写:“前院三楹奉南方祝融火德真君，后院三楹奉北方真武玄天大帝。”这真是一个绝好的例子，第一，它直接把上古大神祝融封作了火德真君；第二，它把真武和火德当成南北对立的神来供奉。这座庙是明代隆庆二年建的，恰可以反映那个时代的民间神谱。

除了祝融外,道教还有“南方火德真君,炎帝行权”的说法,也就是说,炎帝也可以做火德真君。《封神演义》还把罗宣封为火德真君。据田野调查，中国民间火神庙里供奉的神五花八门，有供祝融的，有供罗宣的，有供燧人民的，甚至还有供回禄大神的，不管他们供的是谁，都可以把火德星君的名号安在这个人头上，叫“火德星君某某某”。

宋代之后道教雷法兴起。雷法中也涌现出了很多火神。只要条件符合，照样可以往火德真君上靠。宋代以后，民间有拿王灵官当火神的说法，这当然因为他是雷法中的“火府天将”。明代永乐年间，有个杭州道士周思德自称得王灵官真法，在京师表演“火彩”，其实就是喷火的魔术，这个在今天的川剧里还有。

然而这种魔术，居然被永乐皇帝相中。朱棣就敕建“天将庙”，供奉王灵官。宣德年间，改为“火德观”，封王灵官为“隆恩真君”。看来王灵官离火德真君的宝座就差一步了！直到今天，北方很多火神庙里供的还是王灵官。

北京白云观所藏火神画像

南方的火神，多供奉华光天王。华光也是雷法中的一位——灵官马元帅。俗话说“让你知道马王爷三只眼”，指的就是这位。

火神居然还有供殷郊的，河南滑县、浚县、淇县一带的火神会，认为殷郊是火神。赤须红发、面目狰狞、三只眼睛，左手持鞭（剑），右手持赤红葫芦，正襟危坐，身穿战袍，胸前挂着八卦镜，头戴珠冠（然而我认为这是把殷郊和王灵官混淆了）。挂的对联也有意思，如“足踏火轮定乾坤，手持金鞭安天下”“踏火轮挥金鞭温暖世界，跨祥云瞪金睛国泰民安”，这简直是鄂尔多斯羊绒衫的广告了。[1]

火神、火德星君以及其他火系神将的关系如下图所示：

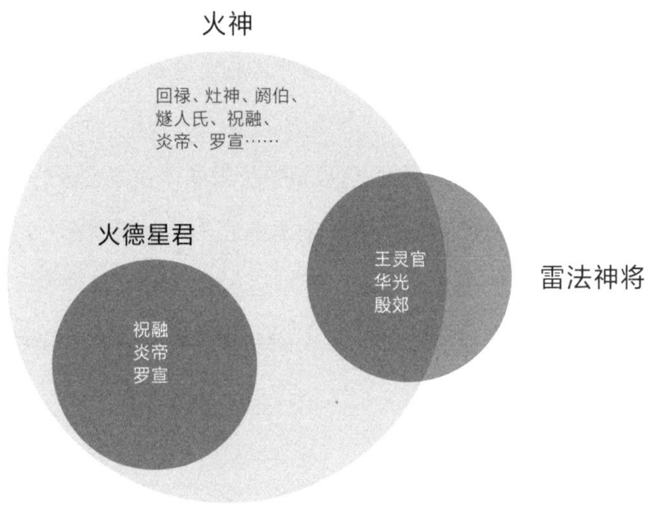

斗部众神：不只是天上的星星

雷火瘟斗，为什么在“封神榜”里被编入上四部，得享如此显赫的地位？这四个看上去没什么关系的部门其实有一个共同的特点：百姓日用。

雷部管下雨，火部管火，瘟部管健康，这些属于百姓日用没有问题。但是斗部下面都是群星，难道老百姓需要每天研究天文学吗？

[1] 参见胡宁《中原火神信仰与地方社会》。

答案是否定的。因为斗部众神,大多数并不是天上真正的星星,而是“神煞”。吉神为神,凶神为煞。这些神煞,都是以天干地支、阴阳五行为“参数”,通过各种算法推算出来的。古代科技不发达,老百姓的生活充满了不确定性,所以他们总是怕触犯看不见的神灵。天神、山神、河神、土神主管的都是自然物,当然是不能得罪的;人们进而认为每年、每月、每天、每个方位,都有各种各样的神煞在“值班”,出行、建房、嫁娶、诉讼等各种日常活动,也有各种神煞在暗中起作用。这些神煞无法对应到天空、土地、山河等具体的事物上,就只能用一套算法来确定——天地山川风雨之神,可以叫“物理神”;而这类神煞,可以叫“逻辑神”,每一个神煞,都是通过满足了一个逻辑条件而产生。

这当然是一种迷信,但是这种迷信流传了几千年,也就成了民俗的重要组成部分,这方面的术数、星命著作,甚至可以用“浩如烟海,博大精深”八个字来形容——只是这种思维和今天的文化不合,大多数人不熟悉而已。

但这种文化已经深入人心,以至于我们今天也常常使用而不自知。今天很多人遇到婚丧嫁娶还会查黄历,看看是不是“黄道吉日”(青龙、玉堂等黄道六神值日),还会骂人为“丧门星”(封给了张桂芳),称救助自己的人为“救命星”(泛指可以改变命运的神煞),形容牢不可破的防范措施叫“天罗地网”(封给了朱寅、姬叔吉),莫名其妙的差错叫“阴差阳错”(封给了金海、王保)。鲁迅先生诗“运交华盖欲何求”,指的就是“华盖星”(封给了张定)入命,甚至管无意义、不正常的恋情叫“烂桃花”,算命先生也说“命带桃花”(桃花星封给了高兰英)。青龙、玉堂、丧门、天罗、地网、阴差、阳错、华盖、桃花……[1]都是神煞的名字,能够给人降下福祸。这些名字,仍然活在我们的日常口语中。

[1] 此处人名都取自舒载阳刊本。

小封神榜：其实是一部神煞榜

《封神演义》虽然封了三百六十五位正神，遍及雷、火、瘟、斗、财神、太岁、生育等领域；但是它的前身，元代的封神故事《武王伐纣平话》，却没有这么复杂。《武王伐纣平话》里确实也有把凡人和神对应起来的说法，比如太子殷郊被胡嵩从法场劫走，纣王大怒，派四员大将追杀：

> 纣王闻奏，心中大怒，敕令左将军虾吼领兵五百赶太子并胡嵩，此人是游魂神。虾吼是大耗神，右将军佶留留，此人是小耗神。纣王又教四门都检点魏鬼、魏岁，此二人是剑杀二神也。众将来赶太子，太子独战众将。

武王打过了黄河后，纣王着急了，费仲就保举了几员大将迎敌：

> 纣王曰："是谁人？"费仲曰："教崇侯虎为大将；教薛延沱为副将，此人封为白虎神；尉迟桓，此人封为青龙神；要来攻，此人封为来住神；申屠豹，此人封为豹尾神……"

除了这里提到的几位神之外，领兵大将崇侯虎战败后被杀，封为夜灵神。另外还有一个羊刃，虽然没说他封什么神，但他的姓名就叫"羊刃"，而羊刃是典型的神煞。

如果说《封神演义》里的三百六十五位正神是"大封神榜"，《武王伐纣平话》里的这几段可称得上是"小封神榜"。但这个"小封神榜"，却是几百年后"大封神榜"的原型。这个"小封神榜"有这么几个特点：

第一，封得很不拘一格。有的死后封，比如崇侯虎；有的生前封，比如薛延沱、尉迟桓、申屠豹；有的不知什么时候封的，但人物一出场书里就交代了他的来历，比如殷郊、虾吼等人。

第二，似乎谁都可以封。薛延沱、尉迟桓、申屠豹出征前，费仲向纣王保奏的时候顺口就封了（当然也有可能是注文和正文混淆了）。

第三，所封的神完全是纣王这边的人。周朝这边，就算有人死，也不封神，例如伯邑考。

第四，也是最重要的一个特点，什么雷神、火神、瘟神、财神，都没有封。封的都是青龙、白虎、大耗、小耗、羊刃、豹尾、剑杀、夜灵神（夜游神）……这些神不是普通意义上的神，全部是神煞。

甚至可以说，《武王伐纣平话》里的“小封神榜”，就是一张占卜择吉专用的“神煞榜”。直到《封神演义》里，才把神灵的队伍扩充到雷、火、瘟、财等自然神或俗神。也可以说，斗部的这些神煞，才是封神故事的最早班底。

一般的神来源于普通的宗教或民间信仰，比如观音、妈祖、龙王。而神煞来源于阴阳历法家和选择家（所谓选择家就是从事择日趋吉避凶活动的人，比如看黄历选黄道吉日）。战国之前就出现了很多神煞，阴阳历法家编出了神煞值日的表格，按一年的日子排好，这就叫“日书”或“通书”，一直发展到今天的“黄历”。

这个传统从未间断过，而且神煞的名字越增越多。乾隆皇帝很支持，还编成了《钦定协纪辨方书》，成了比较权威的官方历书。到明清时期，神煞的名字已经发展到几百个，比如明代朱权的《臞仙肘后经》中列有：

> 吉神：
>
> 青龙黄道、天德黄道、紫微星、天德、月德、玉堂、天喜、天贵、驿马、天瑞……
>
> 凶煞：
>
> 勾陈黑道、白虎黑道、九丑、破败、冰消瓦解、大耗、小耗、飞廉、阴错、阳错、太岁、河魁……

《封神演义》第九十九回“封神榜”大名单，斗部后面群星列宿名讳，也是这些：

> 青龙星邓九公、白虎星殷成秀、天德星梅伯、玉堂星商容、九丑星龙须虎、河魁星黄飞彪……

商朝的大臣死后，基本上都封成了斗部的星神，也都是神煞。前面说过，飞廉、恶来被姜子牙杀了之后，被封为“冰消瓦解”之神。这个“冰消瓦解”之神，并不是管化冻的神，而是神煞。他们是奸臣，封为凶煞。而两位忠臣商容和赵启死后，就封为玉堂星和天赦星，这就是吉神了。

纣王要杀儿子殷郊、殷洪，老臣商容本来已经退休，急忙赶到朝歌，劝说纣王。纣王不听，商容就一头碰死在了蟠龙石柱上。而赵启是另外一个大臣，性格极刚烈。纣王传旨杀殷郊的时候，他就把圣旨一把抢过，扯得粉碎。这次见商容撞死，就走出班列，大骂纣王。纣王大怒，就把赵启炮烙而死（后文又说赵启是坠楼死的，可能是统稿时没有注意）。

天上没有天体意义上的玉堂星、天赦星。玉堂星，属于黄道黑道十二神之一。黄道、黑道也是一种择吉算命的术语，算算今天适合干什么。有什么神值日，那就适合干什么。

这一套一共十二个神，分两组。第一组六个叫黄道六神，第二组六个叫黑道六神，所以老百姓说“黄道吉日”，指的就是黄道六神值班的日子。他们都是吉神，碰上了，就比较吉利，如果碰上黑道日的六个，就比较凶。他们是一个神管一天，十二个神就管十二天，然后等到第十三天的时候从头再来。

十二神的名字和顺序是：

> 一青龙、二明堂、三天刑、四朱雀、五金匮、六天德、七白虎、八玉堂、九天牢、十玄武、十一司命、十二勾陈。

在《封神演义》里，商容排第八位。第一位青龙星，就是邓婵玉的父亲邓九公，而第六位天德星，封给了纣王的另外一位忠臣梅伯。

青龙、明堂、金匮、天德、玉堂、司命，这六位是黄道六神，他们值日则吉；天刑、朱雀、玄武、白虎、天牢、勾陈，这六位是黑道六神，他们值日则凶，需要避忌。这天不可造房子动土，不可远行、出兵等。

所以过去老百姓经常说某天是“黄道吉日”，其实有六种可能。也许是青龙值日，也许是玉堂值日。直到现在，还有黄历可以查询。例如2020年1月27日，查黄历，是庚子年的己巳日。这一天就是玉堂星值日，是黄道日。当然，这都是民间占卜术士的发明创造。根据《奇门遁甲秘笈大全》的算法：子、午月以申日起青龙，丑、未月以戌日起青龙，寅、申月以子日起青龙，卯、酉月以寅日起青龙，辰、戌月以辰日起青龙，巳、亥月以午日起青龙。除了日子有十二神管着，一天十二个时辰也有十二神管着。推算方法，和上述一样：子午日以申时起青龙，丑未日以戌时起青龙……同上法类推。

例如2020年5月5日，干支历是庚子年辛巳月戊申日（农历四月十三）。这天是立夏，是辛巳月的第一天。注意干支历完全用天干地支记录年月日时，以立春为新年，交节为月首，一个月就是两个节气，和农历完全是两套历法。

这个月的第一个青龙值日的黄道日是哪天呢？根据以上规则，这个月是辛巳月，“凡是巳、亥月，以午日起青龙”。从这个申日开始顺数，6日酉、7日戌、8日亥、9日子、10日丑、11日寅、12日卯、13日辰、14日巳，15日午，则5月15日是第一个青龙神值日。

青龙神定了之后，就可以按照刚才的十二神顺序继续往下数了：5月16日明堂、5月17日天刑、5月18日朱雀、5月19日金匮、5月20日天德、5月21日白虎、5月22日玉堂（《封神演义》里认为是商容）、5月23日天牢，到了5月24日，则是玄武值日，这天就是黑道日。按黄历的说法，求医、动土，都不吉利。

《封神演义》里把玄武星神封给了徐坤。徐坤是佳梦关的守将，是个龙套人物。他是这么死的：

> 季康大呼曰："徐坤，今日天下尽属周主，汝何为尚逆天命而强战也？"徐坤大骂："反贼！谅尔不过一走使耳，你有何能，敢出大言！"纵马摇枪直取，季康手中刀赴面交还。两马相交，大战五十余合。季康口中念念有词，只见顶上一道黑气，黑气中现一狗头。正酣战之间，徐坤被狗夹脸一口，徐坤未曾防备，怎经得一口，不觉手中枪法大乱，早被季康手起一刀挥于马下，枭了首级。

这位徐坤，虽然封为"玄武星"，但是这个"玄武"和真武大帝的别号"玄武"以及北方玄武七宿的"玄武"，意义完全不一样，或者说功能发生了很大的分化。只是上面若干神煞之一的"玄武"，任务就是在对应的年月日时祸害人（当然有时候也做点好事）。

赵启受封的天赦星，也是一个神煞的名字。他虽然不在十二神里，但也负责值日。天赦星所在的日子叫"天赦日"，这个规定倒不烧脑，一年里一共有四天：立春后的戊寅日、立夏后的甲午日、立秋后的戊申日、立冬后的甲子日。

为什么这四天叫"天赦日"呢？因为这四天的干支，配合起来很吉利。至于为什么选这四天，《钦定协纪辨方书》卷四"天赦"部分给出了一本正经的详细解释，这里就不引述了。总之，迷信认为，这四天是上天格外开恩，赦免众生罪过的日子，利于消灾化煞，祈福祈寿。皇帝在这四天里也尽量不要动刑杀人。

由此可见，这些神煞主要存在于概念中，是通过对年月日时干支和五行方位的计算，以一套算法算出来的，很像一套游戏。这些神一般来说并没有固定的形象，只是《武王伐纣平话》或《封神榜》把它们赋予了具体的人，这才有了形象，让我们熟悉起来。"封神榜"里斗部的"群星名讳"，全都是这些神煞。

古人特别相信这些，甚至没文化的底层人士，也都懂得择吉。《水浒传》的王婆想给潘金莲、西门庆牵线，找的理由就是来潘金莲家里借历书，说是要查一个裁衣服的好日子：

> 那妇人道："这个何妨。既是许了干娘，务要与干娘做了。将历头去叫人拣个黄道好日，奴便与你动手。"王婆道："若得娘子肯与老身做时，娘子是一点福星，何用选日？老身也前日央人看来，说道明日是个黄道好日。老身只道裁衣不用黄道日了，不记他。"那妇人道："归寿衣正要黄道日好，何用别选日？"

王婆和潘金莲都没什么文化，但是对选日子却非常熟悉。王婆甚至还恭维潘金莲是"福星"，这也是基于人们普遍相信每天都有星神值日的文化。

裁件衣服，是民间最小最琐碎的事情，择吉也就算了。按说出兵打仗是国家大事，是不应该迷信的，但出兵打仗，有时候比民间妇女还要迷信。明代茅元仪的《武备志》有专门的章节"出军择日"，甚至还有"出军择时"，而且每个月出兵的吉日、吉时还不一样。其实这也好理解，打仗是风险非常大的事，无法预知结果，所以军队里的迷信也是很严重的。

众星捧太岁

前面我们详细讨论了殷郊在整个封神故事中的地位。他其实相当于早期封神故事的男一号，被后来的《封神演义》抹去了很多光彩。

但是，为什么他能够拥有男一号的资本？因为他受封的这个太岁神，在众星神中有着非常崇高的地位。很多术数古籍都提到了这一点：

> 夫太岁者，乃一岁之主宰，诸神之领袖。……盖太岁如君也，

大运如臣也。如君臣和悦，其年则吉；若值刑战，其年则凶。[1]

太岁人君之象，率领诸神，统正方位，斡运时序，总成岁功……十二年一周，若国家巡狩省方、出师略地、营造宫阙、开拓封疆，不可向之，黎庶修营宅舍、筑垒墙垣，并须回避。[2]

这里面都说太岁是一岁的主宰，诸神（星神、神煞）的领袖。由他来统领那些青龙、白虎、大耗、小耗……自然是顺理成章的事情。

唐代的时候，就流行着纣王太子是太岁的说法，但是名字还没有确定。例如《永乐大典》收录的唐代陈周辅《四门经》说：

太岁六盘山人氏，姓姚，名宝，字万卿。年二十岁，为官聪明正直。作道德，人慈祥。天帝遥知，白日上升。随遣金甲神人，降来下方，与纣王为太子。年长一十七岁，文章冠世，武略过人。……上帝降敕。封作人间管在世王宫、万民舍宇宅神太岁，内外第一位尊神之主。若人犯之，令家长不安，立有祸殃。赞曰：纣王宫殿立其身，善治家邦善治民；因赴天宫王母会，世间宅内管诸神。

这个“内外第一位尊神之主”“世间宅内管诸神”，地位是相当崇高的。在《武王伐纣平话》里，殷郊一出生，作者就明说他是太岁：

有一日，姜皇后降生一太子，名位曰景明王，号为殷交。因王打玉女，天降此人，此人便是太岁也。

为什么《武王伐纣平话》里“小封神榜”上全是神煞的名字，是因为

[1] 见《三命通会·论太岁》。
[2] 见《钦定协纪辨方书》引《神枢经》。

他们都是围绕着太岁殷郊编出来的。可惜的是,《封神演义》里竟然把他的这些下属全都剥夺了,归到斗母手下。而殷郊只好带着不多几个部下独立在外了。这大概是《封神演义》这位作者的私心:他的信仰里,可能斗母更加崇高,而对殷郊不感兴趣甚至暗中贬损。

太岁和真正的天文学是有关系的,因为太岁信仰来自岁星(五大行星中的木星)纪年。

五大行星中,水星、金星离太阳太近,经常隐没在太阳的光芒里,火星的运行轨迹又不太有规律,木星、土星的运行却很稳定。木星绕日公转一周的时间将近 12 年(土星是 29.5 年,和二十八宿的来源有一定的关系),所以古人就用木星在天上的位置纪年:将轨道(黄道)等分成 12 份,每份叫一辰(西方叫十二宫)。

但是木星公转一周并不是整整 12 年,而是 11.86 年。每 12 年都多走一点,几轮后就很不准确了。于是,人们为了纪年更加准确,又想符合 12 年一循环的木星纪年法的习惯,就发明了一个想象中的天体:“太岁”。太岁相当于木星的影子,和木星的运转轨道相反。而且直接规定,太岁运行一圈,就是整整 12 年。这是一个逻辑意义上的天体。于是比较原始的木星纪年法渐渐停用,开始使用太岁纪年法。千百年下来,这个想象中的“太岁”,已经和实际的木星没有什么关系了。上节说的黄道黑道十二神,也是这么曲曲折折地演变过来的。

《武王伐纣平话》里,殷郊跑到华山落草为寇,正在武王大军的东征路上。《荀子》以及很多古籍都说:“武王之诛纣也,行之日以兵忌,东面而迎岁。”向东是迎着岁星(木星)走的。历史上的武王东征,碰上了岁星;而封神故事里的武王东征,碰上了岁星的“虚拟机”太岁。这二者不能说没有关系。

很多神煞都是根据太岁的位置计算出来的。例如《武王伐纣平话》里,负责追杀殷郊的是虾吼和佶留留,虾吼是大耗神,佶留留是小耗神。这两个神名就很有意思,因为这两个神,都是和太岁“作对”的。例如《钦定协纪辨方书》讲大耗：

> 大耗者，岁中虚耗之神也。所理之地不可营造仓库、纳财物，犯之当有寇贼惊恐之事。
>
> 大耗者，太岁击冲破散之神也，物击则破，冲则散，破散则耗也。
>
> 大耗即系岁破，而复以大耗名者，为建囷仓、纳财帛等事重著其义。

大耗位于太岁所冲之位（相当于钟表盘上 12 点与 6 点、3 点与 9 点、5 点与 11 点等）。太岁每年在不停地运行，所以大耗的方位也在不停地变化。例如子年（2020 年的大部分都属于庚子年），太岁在子位（正北），那么和它对应的午位（正南），就是大耗所临之地。迷信认为，假如你有一块地，这年就不要在这块地的南边盖仓库。

大耗也可以作用于日子，例如子年的午日、寅年的申日、卯年的酉日，这些日子，也尽量不要建仓库，纳财物。

小耗是“太岁前五辰”，挨着大耗。小耗所临的方位，不要经商、运输、建房。《钦定协纪辨方书》说：

> 小耗者，岁中虚耗之神也。所理之方，不宜运动出入、兴贩经营，及有造作，犯之者当有遗亡虚惊之事。
>
> 小耗常居大耗后一辰，未至于大耗，故曰小耗。

这样看，如果大耗在午，小耗就在巳。到了《封神演义》里，追杀殷郊的主将叫殷破败，仍然被封为小耗星。这个痕迹，不能不说和太岁、神煞信仰有很大关系。因为《武王伐纣平话》是围绕着太岁殷郊设计故事，所以很多细节也体现了这种逻辑。没有了太岁，这些星神也就没有计算的意义了。

杨任：拥有超高辨识度的形象

《封神演义》里有一个著名的人物杨任。他的故事是这样的：

纣王要修鹿台，时为纣王大夫的姜子牙劝谏。纣王要杀他，姜子牙借水遁逃走了。文官杨任又替姜子牙说话，劝谏纣王，被纣王挖去双眼而死，却被清虚道德真君救活。道德真君将两粒金丹放进他的眼窝，使其眼窝中长出一双手，手中长出一对天眼，能观看天上地下、人间百事。杨任还有法宝五火七禽扇、飞电枪等，在周营屡建奇功，最后死在梅山七怪之手，封在殷郊手下，为甲子值年太岁。

不过，杨任虽然这样厉害，却是一个问题很大的人物，因为他身上存在着不少矛盾。

首先原著里就有个大 bug，因为纣王处刑的时候说："将此匹夫剜去二目，朕念前岁有功，姑恕他一次。"谁知奉御官拖走杨任后，剜去其二目，他反倒死了！这两处情节接得没头没尾。

在原著中，杨任此前根本就没有单独出来过，更不要说"前岁"有什么功。再说，纣王明明刚说过"恕他一次"，肯定是并不想杀他，而且，人剜去两眼，也不至于死，那他怎么突然死了呢？

还有，别的大臣冒死进谏，如杜元铣、梅伯、商容，句句事事落在实处，被杀被剐，也算死得其所。然而杨任是跑去替姜子牙说话，这时候，姜子牙早就水遁跑了，杨任却不知道，等于白死了这一回。别的大臣进谏，都是一死了之，唯独杨任，死后又被道德真君用法术复活，这岂不是格外地优待？

这里只能理解为杨任的故事文本比较复杂，整理者没有搞清楚，留下了这个 bug。可以推想，在《封神演义》之前，一定还有更多的杨任故事，只是我们现在已经不得而知了。

所以，种种迹象表明，杨任和其他大臣不一样。他是因姜子牙死而复生的，和姜子牙有莫大的关系。

杨任有什么来历呢？其实，杨任就是一位神煞“羊刃”。

在《武王伐纣平话》里，姜子牙有一个莫名其妙的部下，叫“羊刃”。这个羊刃为人很有意思。姜子牙一开始在商朝做官时，曾奉命讨伐南燕王黄飞虎。坐大帐点将，羊刃因为母亲生病没来，姜子牙就叫他把腿上肉割下来给母亲吃。羊刃很痛快地割了，母亲病就好了。

羊刃对姜子牙感恩戴德，姜子牙就叫他去偷袭黄飞虎的营寨，谁知道一打进去就被抓了。莫名其妙的是，羊刃见了黄飞虎就投降了。

黄飞虎问羊刃：“谁叫你来的？”羊刃说：“姜尚叫我来的。”黄飞虎说：“你肯带我去杀姜尚吗？”羊刃居然没有半点纠结，甚至连“忠臣不事二主”的场面话都没有，就同意了。

羊刃领着黄飞虎又去打姜子牙的营寨，一进营又被姜子牙的伏兵抓了。姜子牙审问黄飞虎，黄飞虎投降。从此羊刃不知下落。

可能很多人觉得“羊刃”这个名字很奇怪，它其实是一个重要神煞。连字都没换，也不管像不像人名，直接就搬到小说里来了。

“羊刃”也写作“阳刃”，是八字的一种特殊组合。命理认为：羊即阳，有阳刚之义；刃是凶杀之物。所以羊刃是星命家所认为的极恶之煞，特征为激发、急躁。但受此暴戾的性情诱导，往往生出罕有之怪杰、烈士、孝妇等。羊刃有点像一把双刃剑，既可能成为帮助自己的吉神，也可能成为伤害自己的恶煞。

看羊刃的规则是：

> 甲羊刃在卯，乙羊刃在寅，丙戊羊刃在午，丁己羊刃在巳，庚羊刃在酉，辛羊刃在申，壬羊刃在子，癸羊刃在亥。[1]

比如，八字里只要有天干“壬”和地支“子”，就犯羊刃。假如生日这

[1] 见《三命通会》。

一天的天干是“壬”，那么看年、月、日、时里有没有“子”。假如此人是“甲子年乙丑月壬辰日丁丑时”生。从日干“壬”出发找有没有羊刃，发现年的地支是“子”，那么就命带羊刃。假如此人竟然生于壬子日，那更直接，叫“日坐羊刃”。又如此人生于“乙酉年乙酉月庚寅日丙戌时”。日干为“庚”，庚见酉为羊刃。而此人的年、月两个地支都是“酉”，那么此人命里就带两个“羊刃”。

这似乎可以理解《武王伐纣平话》里的这位“羊刃”好像没有什么自己的主见，叫他割肉下手就割，叫他打仗出门就打，叫他反水立即就反。他无论在哪里，对姜子牙、对黄飞虎，甚至对自己，都是一个具有很强伤害力的存在。作者是不是根据神煞“羊刃”的特点来写这个人物的？平话文字太短，我们只能做这样的推测了。

平话里的这位羊刃，和姜子牙有莫大的关系，是紧接着姜子牙当官后就出现的人物。而《封神演义》里的杨任，也是紧接着姜子牙当官后出现的。所以我们有理由认为，杨任的原型就是羊刃，之所以改成“杨”和“任”，只是嫌他的名字太不像人名了。

杨任最负盛名的，就是他那双从眼窝长出的可爱的小手。可惜这双小手也是借来的，它们原本属于曾经的男一号殷郊。

我们在前面说过，《封神演义》的作者从殷郊身上剥夺了好多东西，分给了哪吒，也分给了杨任。

道教经书《法海遗珠》中的《太岁武春雷法》里描述了

《封神真形图》中的杨任形象

殷郊的长相：

> 赤体青身，焦黄发竖起，顶上骷髅一个，项带骷髅八个。豹皮护臂。两眼出两手。

从“两眼出两手”就可以看出，杨任就是比着殷郊的原始形象写的。杨任本来和殷郊没什么关系，最后封的竟然还是“甲子值年太岁”，是殷郊的跟班（这种手中生眼的形象，结合殷郊戴的骷髅、穿的豹皮裙看，更可能是和佛教密宗有很大关系，千手千眼观音也是手中生眼）。

传统的纪年法，是按 60 年一个甲子纪的，所以 60 年就有 60 个太岁神掌管，每人管一年。60 个神都归殷郊管理。杨任管的就是甲子年，60 年的第一位。那剩下 59 个呢？《封神演义》没说，因为给这 59 个太岁神再编 59 个故事，就太啰唆了！但我估计按原作者的心气儿是想编的，无奈交稿日期太紧或者稿费被拖欠了。

现在很多道观里都有六十太岁殿，供奉六十太岁神。这里面的第一位甲子年的太岁，有时候不叫杨任，而是叫金辩或金辨。这位金辨大将军竟然也被塑成眼窝长出两手的形象，这更说明杨任、金辨本来就是一回事。杨任是《封神演义》编的，金辨是道教自己传承的体系。随便给这些俗神起名字，实在是太正常的事情。

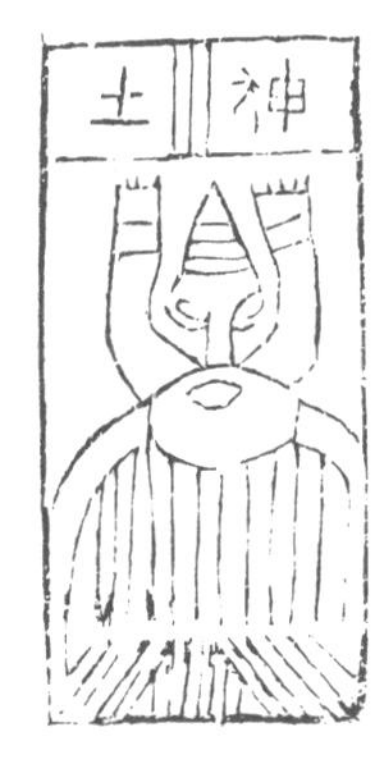

河北内丘县神码中的土神

杨任抄太岁殷郊的设定，还有一个例子，那就是民间的土神（和土地爷略不同），也长着一副杨任的样子。

左图是河北省内丘县神码上的土神。土神和太岁的关系很紧密。《钦定协纪辨方书》说：“太岁……若国家巡狩省方、出师略地、营造宫室、开拓封疆，不可向之。黎庶修营宅舍、筑垒墙垣，并须回避。”这里所说的各种忌讳，全部和土有关，可见太岁和土的关系极为密切，“太岁头上动土”是最忌讳的。

因为杨任这个造型太奇特，所以很多地方戏都想尽办法做造型，比如下左图是西秦社火的杨任脸谱，见于凤翔、宝鸡一带。杨任的手是长在眼窝里的，脸谱无论怎么画也是个平面，所以一般都把手画在眼眶周围，或者做两只高浮雕式的手。

然而甘肃人民想到了一个绝好的道具：马勺。

下右图就是陇州社火的杨任，眼眶里甚至长出两张脸来，脸上又长出两只手。这大大小小的零件都是用马勺做成的！由此可以看出，民间的智慧是多么的无穷无尽了！

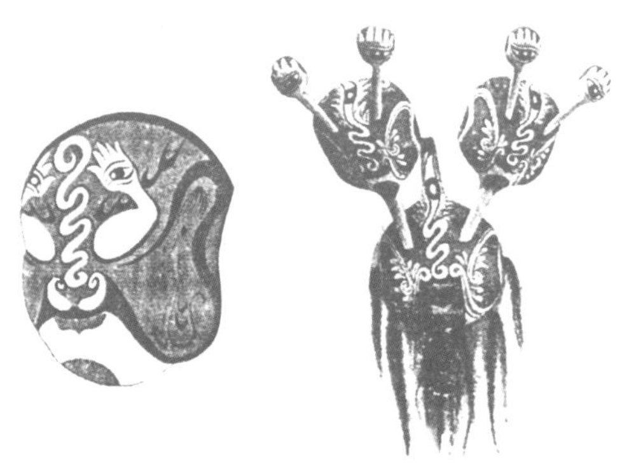

好色之徒土行孙

土行孙是惧留孙的徒弟，擅长地行术，贪财好色。开始时被申公豹策反，下山协助邓九公征讨西岐，被西岐擒获。邓九公归降西岐，土行孙与邓九公的女儿邓婵玉成亲，伐纣时屡建奇功，最后被同样擅长地行术的张奎杀死，死后封为“土府星”。

在占卜择吉术中，“土府”也是一位凶煞：

> 土府者，是土地之府庭也。土为万物之主，月建为月内万神

之主，各随四时而运。盖月建之体本土也，以其居故曰府。[1]

这段话的意思是说，土府可以视为“月建”的别名。那么什么是月建呢？“建”是北斗的斗柄，规定正月建寅（斗柄指向寅位），二月建卯，三月建辰，四月建巳……顺着十二辰轮一圈，到十二月建丑结束。迷信认为，这个月内如果发生战斗、攻伐，不要朝着月建的方位，要背向它。月建所值之日（如正月第一个寅日，二月第一个卯日），不要盖房子、结婚姻。这是择吉术的说法，占卜术也吸收了月建，用于看八字、起卦等各种领域。

除了土府星，《封神演义》还封了金府星、木府星、水府星、火府星。五府星和古代五行观念有关。道教认为天上有金、木、水、火、土五府：

> 天以木府仁，其温为春，以主生生之常，温精上结为岁星。
>
> 天以火府礼，其炎为夏，以主茂盛之常。……炎精上结为荧惑之星。
>
> 天以土府信，其厚为地，主王季夏，统维四方，以主产施安

[1] 见《御定星历考原》。

给之常，厚精上结为镇星。

天以金府义，其凉为秋，以主威裁万物之常，凉精上结为太白之星。

天以水府智，其寒为冬，以主保实澄严之常……寒精上结为辰星。[1]

天上五府，对应在人体就是肺（金）、肝（木）、肾（水）、心（火）、脾（土）五个脏腑。天上五府各有神灵，经常存思、祈祷，“静念火府（或木府、水府等）之真灵”，就可以使对应的五脏受益。

《封神演义》里的“土府星”到底是上面两种含义的哪一种？我更倾向于前者。因为他妻子邓婵玉封的“六合星”，也和月建有关（择吉术里没有金府、木府、水府、火府的名目）。正好道教五行观念中又有其余四个府，就干脆一起加进来凑神名。明代舒载阳刊本中，五府星里，除了土行孙是个重要角色外，其余四位：金府星陈定、木府星芦申、水府星余灿、火府星王真，都标注“万仙阵亡”，可见都是给土行孙跑龙套的。

土行孙是一个非常有趣的人。他干别的不行，只要用美色来引诱他，他干事就比谁都欢。刺杀武王的时候，遇到一个宫女（杨戬变化的），竟然忘记了身负重任，解衣上床，要和那女子交欢，结果被捉住了。

这一点有点像《水浒传》里的“矮脚虎”王英。王英也是一个矮子，五短身材。古代小说有个特点，但凡矮子往往好色。《水浒传》说他的特点是“溜骨髓”（古人认为脊髓变成了精液）。“三打祝家庄”的时候，王英出战，正好碰上扈三娘。正在交手的性命攸关时刻，“王矮虎却要做光起来”（做光就是调情），这和土行孙是一样的毛病。

《薛丁山征西》的故事里也有两个矮子，一个是窦一虎，一个是秦汉。窦一虎是王禅老祖的大弟子，他跟土行孙一样擅长地行术。

[1] 见《云笈七签》。

古代小说里，经常出现矮子的形象，他们的任务，往往就是来插科打诨，制造一些幽默感的。这种任务，比较正面的英雄如武松、卢俊义、杨戬都没法承担，只有矮子可以。

这很可能跟中国古代的喜剧表演传统有关。汉代以来，从皇宫到官府再到民间，都喜欢用侏儒表演喜剧。我们熟悉的汉代说唱俑，满脸喜色，坐在那儿手舞足蹈地说书。从他的身体比例上来看，就是一个侏儒。

甚至有的地方官发现了矮人，就把他当成稀罕物进贡给朝廷，再加以训练，让他学习演滑稽剧。道州（在今湖南）盛产侏儒：

> 昔汉武帝爱道州矮民，以为宫奴玩戏。其道州民生男，选拣侏儒好者，每岁不下贡数百人，使公孙父母与子生别。有刺史杨公守郡，以表奏闻天子云："臣按五典，本土只有矮民，无矮奴也。"武帝感悟省之，自后更不复取。其州人立祠绘像供奉，以为本州福神也。后天下士庶黎民皆绘像敬之，以为福禄神也。[1]

汉代说唱俑

[1] 见《三教源流搜神大全》。

这位杨公名叫杨成，直言劝谏汉武帝，拒绝供奉侏儒。后来杨成被老百姓神化了，就成了“福禄寿”里的福神。

戏曲里还有一种专门的角色叫矮子丑。矮子丑是专门扮侏儒的，比如武大郎、土行孙之类，实际上演员都是有正常身高的人，演出的时候双腿弯曲，用大衣服一罩，就像个侏儒一样——这个功夫叫矮子功，不是一般人能演的，能模仿矮子上蹿下跳，甚至蹲着就能跳上桌子。川剧里有一出和土行孙有关的戏《顺天时》，讲的是邓九公伐西岐的故事，主要角色就是矮子丑。

但是，拿身体不健全的矮子寻开心，毕竟有违现代文明，这种角色也就越来越少了。然而在赵本山、潘长江的小品中，仍然有类似心态的遗存。除了嘲笑矮子，还会嘲笑瞎子、傻子、瘸子，这实在不是一个值得发扬的传统。

不过，矮子往往有艳遇，土行孙的妻子是邓婵玉，武大郎的妻子是潘金莲，窦一虎的妻子是薛仁贵的女儿薛金莲，秦汉的夫人是西凉玄武关总兵刁应祥的女儿刁月娥。矮男配美女，这几乎是古代小说里一种固定的搭配。

有人问，既然矮子被人嘲笑，为什么还要给他们配一个漂亮姑娘呢？大概是出于一种复杂心态：一方面要嘲笑矮子或傻子供自己取乐，另一方面还有一种不好意思的惭愧心。所以在戏文、小说里，经常给他安排一个美女妻子，算是补偿。这种补偿，其实就是对读者和观众的心理补偿——让我们既发泄了一种阴暗情绪，又让自己觉得还不算太过分。于是，我们就心安理得地去欣赏这些丑角带来的笑料了。

不过，话又说回来，戏曲小说里那些美女又何罪之有？若不是心甘情愿，又如何接受这种婚姻呢？这实际上又涉及一个更深刻的问题：在古代，我们的文学作品很少把女性当人看，她们在故事中的作用，就是一个道具、一个花瓶。扈三娘、邓婵玉，甚至薛仁贵的女儿薛金莲，无论地位多高，都改变不了自己的命运。这种心态其实比嘲笑侏儒更严重，这是我们不能为之讳饰的。

至于邓婵玉，也是一个有意思的人物。她的形象应该来自《水浒传》。

《水浒传》后半段，宋江征河北田虎的时候，有个女将叫琼英。据说她在梦中得天捷星张青传授飞石法，百发百中，实际上就是邓婵玉的五光石的原型。而且，《水浒传》讲王矮虎跟琼英对战的时候，琼英拍马来战，王矮虎“拴不住意猿心马，枪法都乱了”。甚至扈三娘也败在她手里——琼英用石头打中了扈三娘的手腕，打掉了她的刀。

《封神演义》比《水浒传》晚出，应该是吸收了这些形象，塑造出一个琼英、扈三娘的集合体，所以邓婵玉会手使双刀、发石头。

邓婵玉最后受封“六合星”。六合指月建和月将相合（“月将”指太阳的位置）。《御定星历考原》说：

> 六合者，日月合宿之辰也。其日宜会宾客、结亲姻、立契券、合交易。

这就是一位吉神了。六合规定是正月在亥、二月在戌、三月在酉……十二月在子，相当于逆行十二辰。例如 2020 年 2 月 14 日，是正月的丁亥日。亥日赶上月建在寅，这天的值日吉神就有六合。而 2 月 5 日是正月的戊寅日。正月的月建是寅，又赶上日干支也是寅，所以这天值日凶神就有土府（可用黄历软件自行查阅）。土府和六合，以月建为纽带，日月相合，一凶一吉，结为一对夫妻，而又以月建（土府）为主导。作者又赋予了土行孙颇具特色的土行法术，这是《封神演义》很有设计感的地方。

张桂芳、风林：谁才是丧门星？

《封神演义》中，张桂芳是一个很有特色的人物。他擅长呼名落马之术，喊人名字，对方就会掉下马来。他用此术打败了许多周营将领。他的先锋官风林，也是个厉害角色。最后，张桂芳被封为丧门星，风林被封为吊客星。

“丧门”和“吊客”都是神煞名，它们通常一起出现，有丧门必有吊客。

命书认为，一个人有没有丧门星或者吊客星，要先看生年或生日的干支。看“丧门”的原则是：

子日逢寅年，卯日逢巳年，丑日逢卯年，寅日逢辰年……（日的地支比年的地支靠前两位。）

看吊客的原则是：

子日逢戌年，丑日逢亥年，寅日逢子年，卯日逢丑年……（日的地支比年的地支靠后两位。）

例如某人是丙寅年、庚辰月、甲子日、丙午时出生。日的地支是“子”，而年的地支是“寅”，子日逢寅年，那就是命带丧门。吊客同理可推。这是命书里对“丧门”“吊客”的一种解释。迷信认为碰上丧门、吊客是很凶险的，会有亲人亡故、哭泣之事。

丧门和吊客和普通的神煞不同。普通的神煞，像伏吟星、官符星……只有名字，一般没有固定的形象。而丧门和吊客在民间是有公认的形象的，大概也是因为他们对人的影响实在太大，所以“丧门星”到现在也是一句骂人的话。张桂芳和风林在书里的形象，基本就是这两个神在民间的样子。

但是《封神演义》在这里好像有一点问题，作者似乎把风林和张桂芳这两个形象搞反了。书里写风林，说他：

翠蓝幡下一将，面如蓝靛，发似朱砂，獠牙生上下。怎见得：花冠分五角，蓝脸映须红。金甲袍如火，玉带扣玲珑。手提狼牙棒，乌骓猛似熊。

一副凶神恶煞的模样。而实际上民间的图像，尤其是在水陆画里，这不是吊客神的形象，而是丧门神的形象。再看张桂芳：

银盔素铠，白马长枪，上下似一块寒冰，如一堆瑞雪。怎见得：顶上银盔排凤翅，连环素铠似秋霜。白袍暗现团龙滚，腰束羊脂八宝厢。护心镜射光明显，四面铜挂马鞍傍。银合马走龙出海，倒提安邦白杵枪。胸中炼就无穷术，授秘玄功实异常。青龙关上声名远，纣王驾下紫金梁，素白旗上书大字："奉敕西征张桂芳"。

白盔白甲，有点像常山赵子龙。这种穿白衣服的形象，在民间图像里一般是吊客，而不是丧门。顾名思义，吊客是来凭吊、报丧的客人，他们才会穿白衣服。丧门是凶神，是带祸事来的，没有必要穿白衣服。

还有一个佐证是《水浒传》。《水浒传》里第六十位头领是地暴星鲍旭，绰号"丧门神"。他在书里的形象是：

狰狞鬼脸如锅底，双睛叠曝露狼唇，放火杀人提阔剑，鲍旭名唤丧门神。

长着一张鬼脸，跟锅底一样黑，两个眼睛暴出来。这个"丧门神"跟风林相似，跟张桂芳不同。

吊客的扮相是一身白，所以《康熙侠义传》说一个人假扮吊客：

堵着门首站立一个吊客神：身高八尺，帽子有二尺多高，青须须煞楂着一张白脸膛，两道眉往下耷拉着，两只吊客眼，身穿一身白孝衣，腰系麻辫，脖颈之上套着一根血麻绳；手拿哭丧棒……

这也是一身白，和张桂芳的白盔白甲骑白马有一比。

另外，河北省石家庄有一座毗卢寺，毗卢寺里的佛教壁画，画有青龙、白虎、吊客、丧门四神。丧门神画成一个青脸凶神，嘴唇咧着，眼睛睁着，红头发，手里虽然没有拿“阔剑”，却拿一把“阔刀”。而吊客画成一个哭泣的白衣女人，也正和张桂芳的白衣形象相似，而且“张桂芳”本身就是一个很女性化的名字。

石家庄毗卢寺壁画『青龙白虎丧门吊客』

不过，既然《封神演义》这么写，可能在作者心中，丧门、吊客的形象就是这个样子；也有可能当时这两个神经常成对出现，就像青龙白虎、朱雀玄武、黑无常白无常，永远一起出来，大伙也就不太计较哪个是丧门、哪个是吊客了。

有一个相声叫《醋点灯》，李伯祥、杜国芝说过，是讲旧社会相声演员的穷困的。李伯祥家里穷，去粮店赊面，掌柜不赊给他，李伯祥就给他念丧歌，诅咒他：

> 噢——一进门来丧气多，丧门吊客两面陪着。掌柜的一会儿得霍乱，学徒的一会儿得噎嗝，正念喜，看明白，空中来了五殿阎罗，牛头马面头里走，那个火神爷就在那后头跟着，如若不赊我五斤面，一会儿你们这儿就着火！

这里边的丧门吊客、五殿阎罗、牛头马面、火神爷都是民间非常害怕或者讨厌的凶神恶煞。能够进入相声里，也说明在过去，大家对这两位是相当熟悉的。

张桂芳的本领是“呼名落马”，只要喊对方的名字：“某某某还不下马，更待何时！”对方就会不由自主地掉下马来。但这种法术，唯独对哪吒无效，因为哪吒是莲花化身，虽然有名字，却没有三魂七魄。

所以，这种法术灵验的条件有两个：有姓名、有灵魂。这种法术，反映的其实是遍布全人类的巫术思维：“姓名禁忌”。

几乎所有地方的原始人，都有这样一种认识：人一旦取了名字，就和他的灵魂关联到了一起。如果名字受到了干扰，灵魂也会同时受到影响。一种法术作用到他的名字上，就相当于作用到了他身上。弗雷泽的《金枝》说，在印第安人部落，只有内部成员互相知道名字，而绝不泄露给外人，因为害怕外边的巫师利用名字施魔法，伤害自己。

《封神演义》里，还有两次用到了这种巫术。十绝阵中摆落魂阵的姚天君用巫术害姜尚：

> 筑一土台，设一香案，台上扎一草人；草人身上写“姜尚”的名字；草人头上点三盏灯，足下点七盏灯——上三盏名为催魂灯，下七盏名为促魄灯。姚天君在其中，披发仗剑，步罡念咒于台前，发符用印于空中。

姚天君拜了几天，就把姜子牙的灵魂拜出了窍。要不是赤精子抢回来，姜子牙就死了。

后来陆压献“钉头七箭书”害赵公明，也是一样的道理：

> 营内筑一台，扎一草人，人身上书“赵公明”三字，头上一盏灯，足下一盏灯，自步罡斗，书符结印焚化，一日三次拜礼。

等到二十一天之后，陆压拿来了一副小弓箭，向草人左眼一箭，右眼一箭，当心一箭。于是赵公明在商营里先是双目失明，最后气绝身亡。由此可见，这种巫术不分正邪，无论阐教、截教，都能用。

《西游记》里的金角大王有一个羊脂玉净瓶，银角大王有一个紫金红葫芦，用的时候，底朝天，口朝地，喊人名字一声，对方如果答应了，就会被吸进去。孙悟空和两个妖怪周旋的时候，改了假名字“者行孙”，谁知根本没用，一样被吸了进去：

> 那怪物又叫声“者行孙。”行者在底下掐着指头算了一算，道：“我真名字叫做孙行者，起的鬼名字叫做者行孙。真名字可以装得，鬼名字好道装不得。”却就忍不住，应了他一声，飕的被他吸进葫芦去，贴上帖儿。原来那宝贝，那管什么名字真假，但绰个应的气儿，就装了去也。

这个故事也很好地体现了这个原理：临时取的名字，和原来的名字一样。只要取了一个名字，这个名字就像数据库里的指针，依然指向你的灵魂，哪怕是临时的，也和你的灵魂产生了联系。

很多人小时候有个小名，长大了再取“学名”。其实这也有“姓名禁忌”的痕迹。因为小孩子灵魂还很弱小，小名如果不外传，外人不知道，也就无法伤害到他了。女孩的名字也不能轻易问，大概也是因为过去人认为女孩的灵魂比较娇弱，只有提亲的时候才能问，这就形成了古代婚礼的一个重要环节“问名”。

以前法院出告示枪决死刑犯时，犯人的名字往往用大红笔打个叉，就表示把他消灭掉了，这其实都是巫术心态的体现。

中国人还有给孩子起贱名的习俗，比如狗蛋、粪球、茅厕。这其实是对姓名巫术的反制：你不是知道我的名字了吗？但我的名字太贱，所以能破你的法术。这和屎尿、猪狗血破法术的道理是一样的。

敦煌保存下来许多唐代的民间文献，里面有各种名册。看这些名册，就可以知道唐代的人们是怎么给孩子起名字的。猪、狗、牛、马、粪，在敦煌遗书中记录的唐代人名中非常多，例如张猪子（P3249）、阴猪狗（P4063）、马狗子（P2041）等，还有叫段粪堆的（P4992）。甚至达官贵人也这样干：卫灵公有大臣叫司空狗，辽代有王族子弟名叫驴粪。

学过鲁迅先生《从百草园到三味书屋》的人，都知道里面有条美女蛇，能喊人的名字，如果答应了，半夜就会来吃他的肉。这也是一样的道理：你的名字连着你的灵魂，你答应了，就等于把灵魂的线索交给了蛇妖。这种妖怪有个通名，叫“倚草附木”。所以《西游记》第四十回，在红孩儿的号山，孙悟空对唐僧说：

> 你知道那倚草附木之说，是物可以成精。诸般还可，只有一般蟒蛇，但修得年远日深，成了精魅，善能知人小名儿。他若在草科里，或山凹中，叫人一声，人不答应还可；若答应一声，他就把人元神绰去，当夜跟来，断然伤人性命。

明代水陆画里，有一大类就是“倚草附木”，人们对它们既崇拜又恐惧。

姓名禁忌巫术还造成了一个文化现象，就是“避讳”。过去的老百姓，对皇帝、大官的名字都要避讳，例如唐太宗名叫李世民，所以唐代人凡是写到“民”字，都写成“人”。《捕蛇者说》里“以俟夫观人风者得焉”里，“人风”其实就是“民风”。实在避不过去，就缺一笔，表示尊重。

这种习俗，到今天还有若隐若现的痕迹。有些地方，上级领导到下级单位视察、开会，如果级别差太多，下级布置会场的时候，领导的姓名牌有时候会直接写“首长”，而不是写领导的名字，这其实也是一种避讳。

姓名巫术也分强弱，张桂芳、陆压、姚天君这种是无法反制的，但是有些精怪可能道行不深，喊人名字的时候，如果对方不答应，这种巫术就会反噬他们自己。例如《搜神记》记载：

> 中山王周南，为襄邑长，忽有鼠从穴出，在厅事上语曰：“王周南！尔以某月某日当死。”周南急往，不应。鼠还穴。后至期，复出，更冠帻皂衣而语曰：“周南！尔日中当死。”亦不应。鼠复入穴。须臾，复出，出复入，转行，数语如前。日适中。鼠复曰：“周南！尔不应死，我复何道！”言讫，颠蹶而死。即失衣冠所在。就视之，与常鼠无异。

这个故事里，老鼠精几次三番地喊王周南的名字。谁知王周南警惕性很高，死活不答应，不和它搭话。于是老鼠精一次比一次焦急，最后一次，王周南还是不答应，老鼠精终于受到了反噬，把自己的性命丢了。

七孤星、七杀星

黄飞虎反五关的最后一关，叫汜水关，守将叫韩荣，他有一个副将叫余化，人称七首将军，手使一杆方天画戟，有法宝戮魂幡，能够放出黑气捉人。黄飞虎就是被他用这个法宝捉住了。幸亏哪吒来援救，才打败了余化，救出了黄飞虎。

这位七首将军余化，书里管他叫七孤星：

> 一个是七孤星，英雄猛虎；一个是莲花化身，抖擞神威。

但是后来封神的时候，封的不是七孤星，而是孤辰星，这其实是原著中的一个 bug。

和其他神煞不一样，七孤星是真实存在的星。没有雾霾的晚上，可以在金牛座看到一团白气一样的天体，它叫昴星团。按照中国命名法，属于

昴星团

二十八宿中的昴宿。

这个星团里有六到七颗肉眼可见的星，所以又叫七姊妹星团，在不同地方有不同的叫法。南方有些地方管它叫七孤星，这是民间的一个俗称。

明代《郑和航海图》里，管昴星团叫“七星”（不是北斗七星）。广东沿海的老百姓又管它叫七宿、七簇、七姑娘星，简称七姑星，传来传去又变成了“七孤星”，或者干脆去掉七字，就叫“孤星”或“姑星”。

西方有一套星座命名方式，如大熊星座、小熊星座、猎户座、金牛座等；中国也有一套，叫“三垣二十八宿”。但这是官方分法，老百姓不懂，就按照自己的方式给这些星起名。最有名的是牛郎星，民间叫扁担星。有些地方扁担星又不指牛郎星，指的是心宿，即天蝎座的三颗星。还有的地方管猎户座腰带那里的三颗星叫扁担星。这就是一个名字对应不同的星座。七姑娘星，则是一个星座有不同的名字。此外，还有荷包星（北冕）、帐子星、灯笼骨星（即南十字）等。

余化叫七首将军，并不是因为他有七个头，而是从他的封号“七孤星”来的。老百姓以为七孤星由七个人组成，七个人有七个脑袋，所以叫他七首将军。最后封神的时候又改成了孤辰星，或许是故事流传前后不一致造成的。

这个星团写成“七姑星”的时候，老百姓更倾向于认为它代表天上的七仙女，和余化没有什么关系。明朝有位文学家倪宗正，据说他出生的时候是七姑星送苏轼的灵魂来投胎：

> 先生诞生之夕，太安人汪梦七仙子从云端捧一小儿至，曰：“特送苏东坡来与汝为子。盖上帝感汝孝也。”寤而生先生，盖七夕云。而七仙子乃七姑星也。[1]

昴星团是七个女子的传说，在新西兰毛利人中也有。毛利人管昴星团叫“马塔瑞基”，一颗是母亲，其余六颗是女儿。毛利人认为，太阳神经过一年的跋涉，到了冬天就很虚弱了。马塔瑞基的任务，就是每年帮助太阳神重新升起。

日本有一个汽车品牌叫“斯巴鲁”，公司是富士重工，是由六个公司合并而成的，后来改名“株式会社 SUBARU”，所以斯巴鲁的车标是六颗星，这就是昴星团，说明昴星团很受日本人喜爱。

“昴”这个字虽然很生僻，但是自从谷村新司的歌曲《昴》流行开来之后，日本人开始喜欢用“昴”给孩子起名。

《名侦探柯南》里的冲矢昴喜欢开的车就是斯巴鲁。很多人看动画只看字幕，喜欢管他叫“冲矢昂”，那是念了白字。

由此可见，民间的七姑星，多数情况下指的是七位仙女。《封神演义》的作者也可能是因为这个原因，觉得余化和七仙女的形象不搭，才把榜上

[1] 见《倪小野集》卷八。

的“七孤星”改成了“孤辰星”，但是前面还没来得及改。

孤辰星不是真正的天上的星,而是一个神煞的名字。有一句话叫“男怕孤辰女怕寡宿”，所谓孤辰寡宿，不同的算命书有不同的说法。一种流行的说法是：如果这个人属猪、属鼠或者属牛，也就是亥子丑这三年生人的话，八字里如果带了寅，就叫犯孤辰；如果是属虎、属兔或者属龙的，八字里带了巳，就是犯孤辰。同理，属马、羊、猴的，要看八字是否带酉。

比如某个人是甲子年丙寅月，子鼠年生人，月的干支里有个寅，就算犯了孤辰。迷信说法认为，孤辰往往代表这个人比较孤独，不合群，跟人有隔阂，不圆融，很难相处，作为丈夫很容易跟媳妇闹矛盾，这是不好的一面。但是也有好的一面，做事讲原则，或可以成为著名的高僧或者高道。

《封神演义》里还有一位，叫七杀星张奎，很容易和七孤星余化混淆。这位张奎镇守渑池县，但是相当厉害，杀了五岳、土行孙、邓婵玉等许多周营大将。渑池县是伐纣途中的一个重要障碍。

张奎表现最凶猛的一次，就是一战杀掉了黄飞虎、崇黑虎等五岳：

> 也是五岳命该如此。只见张奎等五将去有二三箭之地，把兽顶角一拍，一阵乌烟，即时在闻聘背后，手起一刀，把闻聘挥于马下。崇黑虎急用手去揭芦盖，已是不及，早被张奎一刀，砍为两段。崔英勒马回来时，张奎使开刀又战三将。忽然桃花马上，一员女将用两口日月刀，飞出阵来，乃是高兰英来助张奎。这妇人取出个红葫芦来，祭出四十九根太阳神针，射住三将眼目，观看不明，早被张奎连斩了三将下马。可怜五将一阵而亡。

最后还是用了指地成钢法，费了好大力气，集合周营所有力量，才把他除掉。

其实七杀星在真正的天空中并不存在，也是一个概念性的神煞。根据古代命书的规定，一个人的生日，如果遇到下列情况，就叫犯七杀：

> 甲见庚，乙见辛。以其隔七位而相克战，故谓之七杀。[1]

也就是说：

六甲日出生（甲子日、甲寅日、甲辰日、甲午日、甲申日、甲戌日生日），八字见庚，即为命带七杀。

六乙日出生（乙丑日、乙卯日、乙巳日、乙未日、乙酉日、乙亥日生日），八字见辛，即为命带七杀。

例如某人是庚午年、辛巳月、甲申日、丁卯时生，他生日这天的天干有“甲”，生年天干里带个“庚”，这就叫犯了七杀（这是网传辛弃疾的八字）。

为什么叫七杀呢？因为古人喜欢把十天干和五行相配（如下表），这样十天干之间就有了生克关系。而按照这种配法，每一行离克制自己的那行的距离，正好是七位。上面的例子里，“庚”属金，就克制生日里属木的“甲”。

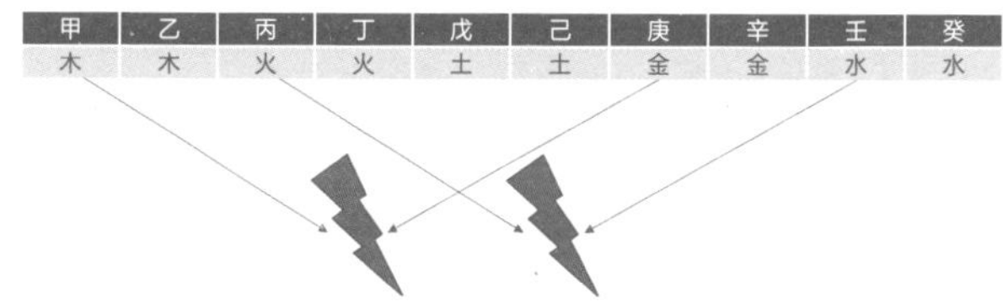

命书认为命犯七杀，容易多灾多难，但也容易成就忠臣烈士，甚至认为辛弃疾、阮玲玉、梅艳芳等人的八字都“命犯七杀”，这也算是一种附会了。说到底，七杀星仍然是一个靠逻辑规则产生的星神。

在原著中，张奎和五岳大战时，书里写了这样两句：

> 此正是“五岳逢七杀”，大抵天数已定，毕竟难逃。

[1] 见《三命通会》。

只杀得刮地寒风声拉杂，荡起征尘飞铠甲，渑池城下立功勋，数定“五岳”逢“七杀”。

作者一连强调了好几次，似乎他心里早就很清楚，七杀必然是五岳的克星。这是为什么呢？

有了刚才的分析，就可以猜想：五岳在传统文化中，代表着金木水火土五行。而七杀的特点，就是管五行相克的，它必能调动任何一行去克制另一行。所以五岳遇到七杀，无论如何都难以逃脱了。

九曜、二十八宿

斗部名单的末尾，还有九曜、二十八宿、三十六天罡、七十二地煞。这些星神中的大多数没什么故事，除了崇应彪（崇侯虎的儿子）被斩首外，其他的都注明一笔“万仙阵亡”，就算交代了。所以这里只是简单地提一下。

九曜是九个天体的名称，日、月、金、木、水、火、土合称“七曜”，加上罗睺、计都两个假想的天体[1]，就叫“九曜”。印度人通过对九曜的观测，编制了一套历法《九执历》，唐代传入中国。虽然这套历法是从天体运行得来的，但是人们使用它们，主要是用这九颗星和年月日相配来定吉凶，久而久之，和真实的天体运行已经关系不大。后来九曜也被星命、风水、相面等术数文化吸收了进来。

例如有一种民间祭星术，规定某月某日九曜中的某星下界，如太阳星：

每月二十七日下界。用黄纸牌位写“日宫太阳帝子星君”，灯十二盏，正西祭之，大吉。

[1] 通常认为罗睺是黄道和白道的降交点，计都是升交点。

罗睺　计都　太阳

太阴　火曜　水曜

木曜　金曜　土曜

说到底，九曜对普通老百姓来说，性质上还是神煞。所以《西游记》里九曜攻打花果山，书里一直说他们是“九曜恶星”“九个凶神”。

二十八宿也叫二十八舍，是古人沿着黄道划分的二十八个星空区域，用来观察日、月以及金、木、水、火、土五大行星的运动，相当于一个坐标系。“宿”就是住宿、停留，和黄道十二宫的“宫”意思接近。

二十八宿的顺序是：

东方青龙　角木蛟　亢金龙　氐土貉　房日兔　心月狐　尾火虎　箕水豹

北方玄武　斗木獬　牛金牛　女土蝠　虚日鼠　危月燕　室火猪　壁水貐

西方白虎　奎木狼　娄金狗　胃土雉　昴日鸡　毕月乌　觜火猴　参水猿

南方朱雀　井木犴　鬼金羊　柳土獐　星日马　张月鹿　翼火蛇　轸水蚓

北京白云观所藏二十八宿画像（局部）

通行的“二十八宿”，都是三个字的名字：角木蛟、井木犴、心月狐……其实，作为天体的二十八宿，只是第一个字：角、斗、奎、井、亢、牛、娄……这才是真正的星名。后面的两个字，是为了占卜、择吉配出来的。理论上讲，“二十八宿”以三个字的名字出现，就不是天体意义上的二十八宿了，而变成了民间术数“禽星术”。

这里的“禽”不专指鸟类，而是动物的通称（因为没有表示“动物”这个意思的单字）。天上二十八宿分为东西南北，每一方七个，这七个和金木水火土日月“七曜”以及七种动物相配，就可以占算吉凶。例如：

井木犴：井是南方朱雀七宿的第一个，木是七曜之一，犴是一种动物。

昴日鸡：昴是西方白虎七宿的第四个，日是七曜之一，鸡是一种动物。

亢金龙：亢是东方青龙七宿的第二个，金是七曜之一，龙是一种动物。

室火猪：室是北方玄武七宿的第六个，火是七曜之一，猪是一种动物。

将这二十八种组合通过一定的规则，来配年月日时。不同的年月日时，又预示着不同的吉凶。不同的人出生于不同的年月日时，可以配不同的星宿。而每年每月每日每时都有不同的星宿当值，通过分析它们的生克关系，就可以推断出吉凶。例如 2008 年 11 月 19 日上午 9 点到 11 点，通过算法，可以推出年禽为箕水豹，月禽为昴日鸡，日禽为壁水貐，时禽为柳土獐。

所以，经常听有人说二十八宿是二十八个动物成精，这是错误的。著名的禽星术的著作，有《演禽通纂》、明代池本理的《禽星易见》等，详细地记载了每个禽星的性情、“吞啖”（相当于相克）等搭配关系。《西游记》里有三个犀牛精，没什么特别的法术或法宝，孙悟空偏偏打不过，还得请二十八宿里的“四木禽星”降服。牛被这几个禽星克制，也是禽星术反映出的一种“吞啖”关系。

演禽术相当古老，上海博物馆藏汉代铜式盘，已经有了把各种动物和干支、阴阳相配的做法。有些动物，和今天的二十八宿配的还不一样，如蝉、蟹、鹰、豺等。

三十六天罡、七十二地煞

《封神演义》斗部里，最难说清楚的，是三十六天罡、七十二地煞。

其实这一百零八位星神，在《水浒传》里更有名。《封神演义》只是为了凑数、撑场面，里面的人，一个有戏份的都没有，全都“万仙阵亡”了。

此外，《西游记》也说有天罡数的变化三十六种，地煞数的变化七十二种。似乎在元明时期，“三十六天罡，七十二地煞”是一个通行的知识。但“天罡地煞”到底是什么？所有的解释，包括工具书的解释都语焉不详，只

北京白云观所藏二十六天罡画像（局部）

说是“道教丛辰名”，至于什么来历，用于什么场合，并没有人能说清楚。我求问过几位有精研的道长，也没有讲清楚其来历。

天星地煞，也说成“天星地宿”“天星地曜”。《道法会元》里记录了一则“保病遣煞牒”，是祈祷祛退各路神煞的，其中就有：

……尚虑某火宅经营，尘劳汩没，或故为误作，致招鬼责神诛，或西整东修，干犯天星地煞。

也就是说，天星、地煞是不能触犯的。如果触犯了，就会招致祸患疾病。

七十二地煞应该又叫“七十二煞”或“七十二神煞”。宋代文同（苏轼的表兄）《丹渊集》有一篇《道士袁惟正字行之序》，说道士袁惟正：

道士袁君，阆中人也。其所住观与余永泰山居相距才百里。予昔在乡里时，已闻袁君能用六十四卦推五行，配六神，使七十二煞，言人祸福。

也就是说，“七十二煞”是可以供道士驱使的。土地神下属的《道法会元》的《上清天蓬伏魔大法》一卷中，也有两条召神将捉鬼、斩鬼的咒语：

汝等既已到来，火急监勒本人家司命土地六神，七十二神煞，搜捉为祸邪鬼，与吾斩讫，提头分明现形。疾疾。

咒毕，……次念召都统监狱咒曰：北帝有将，总御万灵。威权躁恶，食鬼吞精。上从玄帝，下统幽冥。吾符所召，速为监狱。右存一炁都统大将军，状如龙虎君，手执剑战，领飞鹰走犬使者，三十六将，卫护坛前，匝绕四维。

另外还有一条：

谨请提头沥血大神龚海，张竭，火急前去某家，监勘七十二神煞，疾速收捉为祸邪鬼，与吾尽行斩首，提头沥血，分明现形，疾速报应。急急如律令。

七十二神煞神祃

七十二神煞归土地六神（即一家中的土地神、门丞、户尉、井神、灶神、厕神）管辖，当然算“地煞”。

配合“七十二神煞”使用的，还有后文的“三十六将”。七十二神煞是管捉鬼的，而“三十六将”是管守护监狱的。“三十六将”又是什么神仙呢？其实既然叫“天蓬伏魔大法”，这三十六将自然就是大名鼎鼎的“天蓬三十六将”，归天蓬元帅管辖。而天蓬元帅和真武大帝并称北极四圣，正是真武系统的大神。

在明确提到三十六天罡星的《大宋宣和遗事》（这是水浒故事的源头）里，宋江在九天玄女庙得了天书，天书中列梁山三十六将姓名，最后有一行字写道：“天书付天罡院三十六员猛将，使呼保义宋江为帅，广行忠义，殄灭奸邪。”这个“天罡院”，既然叫“天罡”（天罡是北斗斗柄的意思），工作又是“殄灭奸邪”，应该就是真武大帝、天蓬元帅管理的“北极驱邪院”。可见，“天蓬三十六将”和“三十六天罡”很可能就是一回事，或者有极密切的关系，而“天罡地煞”信仰，是宋代之后真武信仰的一部分。

至于三十六天罡、七十二地煞的全部名字，目前只有《水浒传》《封神演义》这种小说全部列出来过。不过，在流传于世的一些神煞中，可以看到相似的名字。例如朱权《臞仙肘后经》记载的恶煞有：天耗星、天刑星、天魔星、天激星、天杀星、天殃星、天哭星、天灾星、天狱星、地伤星、地耗星等，但总数只有十几个，紫微斗数又有天机、天魁、天同、天使、天巫、天官、天厨等二十余个。也许这些神煞，和天罡地煞有一定的关系吧。

斗姆：斗部的首领是女性

斗部的最后一节，应该讲一讲斗部的最高首领金灵圣母。

金灵圣母是通天教主的第二位弟子，可是在书中出场却不多。只在万仙阵出来过一次，坐七香车，负责排兵布阵，杀了洪锦和龙吉公主，被文殊、普贤、慈航三大士围殴，最后被燃灯道人用定海珠打死。在封神榜上，被封为“执掌金阙，坐镇斗府，居周天列宿之首，为北极紫气之尊，八万四千群星恶煞，咸听驱使，永坐坎宫斗母正神之职”。

斗姆（同“斗母”），顾名思义，是北斗的母亲。所以，想知道斗姆怎么来的，就要知道北斗信仰是怎么回事。

北斗七星高悬北方天空，明亮而壮观，斗口指向北极，每年旋转一周，斗柄的指向标志着四季的变化。所以，古人认为它象征着宇宙的权威和秩序，称它为“帝车”，也就是天帝巡行的车辆。

中国的北斗信仰出现得非常早，河南濮阳出土过一座古墓，墓主遗体旁用河蚌摆成了龙和虎，头顶上还有一个造型，通常认为它象征的就是北斗七星，这是原始社会的北斗崇拜。到了春秋战国，北斗信仰已经非常兴盛。

到了东汉，张道陵创了《五斗真经》，五斗就是北斗、南斗、东斗、西斗、中斗。这个好理解，按照中国人喜欢凑数、喜欢配对的想法，既然有北斗、南斗，一定有东斗、西斗，有东西南北四个斗就应该有中斗。但是这五斗属于天空中哪些具体的星？道教自己的说法都不一致。按照《真一口诀》的说法，阳明星（北斗第一天枢星）为东斗，阴精星（北斗第二天璇星）为西斗，丹元星（北斗第五玉衡星）为南斗，天关一星（金牛座 ζ，金牛的左角）为中斗，而北极星为五斗意义上的“北斗”。

道教给五斗编排了不同的星神，他们的功能是：北斗主死（主管死亡），南斗上生（主管出生），东斗主算（算人的寿数），西斗记名（记人的名字），中斗大魁，总监万灵（类似于办公室主任的协调工作）。《三国演义》里管辂预言少年赵颜活不过十九岁，叫他去山里寻找两位老人，给他们鹿肉吃，然后跪倒求寿。那两位老人果然把赵颜的年龄从“十九”改成了“九十九”。原来他俩一个是北斗神，一个是南斗神。这里的北斗、南斗，包括东西中三斗，其实也都是功能性的神，和它们的天文学意义没有关系了。而五斗中，最核心、最重要的，还是北斗。

北斗信仰兴盛之后，人们总想给这些星神找个来历，唐代之后，就出现了斗姆。

根据道教说法，斗姆是北斗七星和天皇大帝、紫微大帝的母亲。这见于斗姆信仰的重要道教经典《玉清无上灵宝自然北斗本生真经》：

> 在昔龙汉，有一国王，其名周御，圣德无边，时人禀受八万四千大劫，王有玉妃，明哲慈慧，号曰紫光夫人……至金莲花温玉池边，脱服澡盥，忽有所感，莲花九包，应时开发，化生九子，其二长子，是为天皇大帝，紫微大帝，其七幼子，是为贪狼、巨门、禄存、文曲、廉贞、武曲、破军之星，或善或恶，化导群情。

就是说，斗姆是有丈夫的（可以叫斗父）。斗姆在池中洗澡的时候，忽然感觉来了，就生出了九个儿子（通称“九皇”）。另外，北斗的斗柄旁，还有左辅、右弼两颗小星，平时看不见，叫“七见二隐”，道教认为是天皇大帝和紫微大帝的“余辉”所化。所以“九皇”既可以指北斗七星加辅弼二星，也可以指天皇大帝、紫微大帝加北斗七星。

九皇和天文意义上的九颗星也没什么关系，人们信仰他们，主要还是相信他们可以降福或降祸。九皇信仰构成了后来斗姆信仰最坚实的基础。现在很多道教宫观里的墙上都有宣传板，可以根据自己的属相查出九皇中的哪一位属于自己的本命星君，比如属鼠的是贪狼，属牛、属猪的是贪狼、巨门等。

道教有很多女性大神，例如比斗姆早得多的西王母，而斗姆也融合了西王母的很多特点。西王母管理西方，五行属金，号称“金母元君”。斗姆的尊号“中天梵炁斗姆元君紫光明哲慈惠太素元后金真圣德天尊”里，有“金真”两个字。《封神演义》很忠实，依然保留了“金”的属性，叫她“金灵圣母”，连兵器都是“飞金剑”。

这个时候，斗姆还没有特定的形象，后来和佛教摩利支天信仰合流，才变成了三面、八臂、手中持有法器的模样。

摩利支天是佛教神，梵文 Marici，意译“威光天女”，有大神通，擅隐身，能为人消除障难。据说以其为本尊的修法，有护身、隐身、得财、净论得胜利等功德。其形象一般为三头、八臂。三张脸正面是菩萨相，慈眉善目，左面为猪脸，獠牙吐舌，右面为童女相。八臂分别拿弓箭、金刚杵、绳索、无忧花等。坐七头猪车，或骑猪行走。《封神演义》里金灵圣母坐的是“七香车”，其实应该是“七猪车”。

北京白云观所藏斗姆画像

摩利支天和斗姆本来没有任何关系，但宋代之后，斗姆和摩利支天就混为一谈了。至于为什么会这样，大概和北斗化为七头猪的故事有关。

唐段成式《酉阳杂俎》里，有这样一个关于高僧一行的故事：一行年轻时很穷，受邻居王姥接济，后来王姥的儿子犯了杀人罪，一行就想办法救他。

> 一行心计浑天寺中工役数百，乃命空其室内，徙大瓮于中。又密选常住奴二人，授以布囊，谓曰：“某坊某角有废园，汝向中潜伺，从午至昏，当有物入来。其数七，可尽掩之。失一则杖汝。”奴如言而往。至酉后，果有群豕至，奴悉获而归。一行大喜，令置瓮中，覆以木盖，封于六一泥，朱题梵字数寸，其徒莫测。诘朝，中使叩门急召。至便殿，玄宗迎问曰：“太史奏昨夜北斗不见，是何祥也，师有以禳之乎？”

北斗就这样被一行扣起来了，天上的北斗消失不见，吓得玄宗赶紧召他询问。一行趁机劝他大赦天下，玄宗果然听从，王媪的儿子也就放了出来。当天晚上，北斗出现了一颗星，七天后恢复了原状。

这件事在当时“大传众口”，可见是非常有名的故事。又恰好摩利支天的坐骑也是七头猪，民间就这样把这两位本来八竿子打不着的神仙拉到了一起。

斗姆管辖的五斗，各自的星数都不一样，按照《易经蒙引》的说法：东斗五星、西斗四星、中斗三星、南斗六星、北斗七星。所以《封神演义》也借鉴了这个设定，东斗四位星官、西斗五位星官、中斗三位星官、南斗六位星官，唯独北斗是九位星官，这当然考虑到了“九皇”，加入了“左辅”和“右弼”。

东斗星官　苏护　金奎　姬叔度　赵丙

西斗星官　黄天禄　龙环　孙子羽　胡升　胡云鹏

中斗星官　鲁仁杰　晁雷　姬叔方

中天北极紫微大帝　姬伯邑考

南斗星官　周纪　胡雷　高贵　余成　孙宝　雷昆

北斗星官　黄天祥（天罡）殷比干（文曲）黄景元（武曲）韩升（左辅）韩变（右弼）苏全忠（破军）鄂顺（贪狼）郭振（巨门）董忠（招摇）

然而这个北斗星官的名单是有问题的，天罡、破军、招摇其实都是指北斗第七星（又叫“摇光”），所以黄天祥、苏全忠、董忠其实是封在了同一颗星上。廉贞、禄存反倒被丢掉了。不知道这是作者对“九皇”并不熟悉，还是当时有其他的说法，这还有待于进一步的发现。

民间俗神：逃不开的生老病死

瘟神吕岳：被讨厌的神

苏护奉命攻打西岐的时候，给西岐造成很大麻烦的，就是瘟神吕岳。别小看这个瘟神吕岳，他的实力几乎顶得上半个十绝阵，不但他自己厉害，他手下还有东西南北四个小瘟神。

瘟神，肯定是管瘟疫的。瘟疫，在古代主要指大规模的传染病。现在我们认识到的传染病很多了，比较严重的有 SARS、鼠疫，以及 2020 年的新冠肺炎。但是在古代，医学不发达，传染病没有那么多分类，统一都叫瘟疫或瘟病。传染病由微生物导致，流水、飞沫、饮食，都可以成为传播的途径。古人不知道传染病的成因，于是就认为是有瘟神在作怪。

瘟神最早不叫瘟神，而叫瘟鬼。瘟鬼的概念汉代就有了。东汉有“五瘟鬼”的信仰，五瘟就是五种瘟病，按照五方，分别用青、红、黄、白、黑五种颜色来命名。所以吕岳的徒弟：周信、李奇、朱天麟、杨文辉，他们的脸也分为青、红、黄、黑四个颜色。

这里面的安排有点问题——管西方的瘟神叫李奇，按说他应该是穿白色的衣服，但是书里说他穿的是淡黄袍。不过这是个小问题，我们只要知道包括吕岳在内的这五个人，实际上是从东汉时期五瘟鬼的形象演变过来的就可以了。

东汉时期，对付瘟鬼有很多方法，比如在晚上四更天的时候，拿豆子、蓖麻子、家里人的头发之类，把这些东西混合在一起，扔到井里，然后念咒语（当然这个咒语没有传下来）。念完之后，就可以保这一年里家人不会闹伤寒，这种法术叫避瘟鬼。

施法用的东西为什么要放在井里？这实际上就反映了古人的认识：很

多传染病是通过地下水、井水、河水等途径来传播的。所以《封神演义》里吕岳投毒的方法是：

> 吕岳至一更时，分命四门人，每一人拿一葫芦瘟丹，借五行遁进西岐城。吕岳乘了金眼驼，也在当中，把瘟丹用手抓着，往城中按东、西、南、北，洒至三更方回。不表。且说西岐城中那知此丹俱入井泉河道之中，人家起来，必用水火为急济之物，大家小户，天子文武，士庶人等，凡吃水者，满城尽遭此厄。不一二日，一城中烟火全无，街道上并无人走。皇城内人声寂静，止闻有声唤之音。

“井”“泉”“河”“道”，确实是过去城池里特别注意预防的地方。翻阅地方县志会发现，有很多关于为了预防瘟病，保持“井泉河道”清洁的文字。

《封神演义》里有各种各样的法术，大概也就数吕岳的法术最古老。没有法宝，没有特殊的法术，就是两只手抓着瘟丹，在西岐城里按东西南北撒，撒到三更天才回来，这么辛苦。

吕岳第一次和西岐作战失败了，回山炼成了“瘟癀伞”和“瘟癀阵”，卷土重来，在穿云关下把姜子牙的大军挡住，摆了一座瘟癀阵，里面放了二十一把瘟癀伞，按照九宫八卦方位摆列停当，中间建一座土台。正在这时，来了一个朋友，叫李平，劝他不要违背天命，吕岳不听。这时候姜子牙进阵来了：

> 子牙催开四不相，随后赶进阵来。吕岳上了八卦台，将一把瘟癀伞往下一盖，昏昏黑黑，如红纱黑雾罩将下来，势不可当。子牙一手执定杏黄旗架住此伞。可怜！正是：七死三灾扶帝业，万年千载竟留芳。

姜子牙虽然有杏黄旗护体，性命无忧，却也出不来了。幸亏青峰山紫阳洞清虚道德真君叫杨任下山破瘟瘟阵。道德真君给了他一杆飞电枪，一把五火神焰扇：

> 话说吕岳走进阵去，杨任赶进阵来。吕岳上了八卦台，将瘟瘟伞撑起来，往下一罩。杨任把五火扇一扇，那伞化作灰烬，飘扬而去；又连扇了数扇，只见那二十把伞尽成飞灰。当有瘟部神祇李平进阵来，指望劝解吕岳，不要与周兵作难，也是天数该然，恰逢其会，当被杨任一扇子扇来，李平怎能逃脱？
>
> 李平误被杨任一扇子扇成灰烬。陈庚大怒，骂曰："何处来的妖人，敢伤吾弟！"举兵刃飞取杨任。杨任把扇子连扇数扇，莫说是陈庚一人，连地都扇红了。吕岳在八卦台上见势头凶险，捏着避火诀，指望逃走，不知杨任此扇乃五火真性攒簇而成，岂是五行之火可以趋避。吕岳见火势愈炽，不能镇压，撤身往后便走，被杨任赶上前，连扇数扇，把八卦台与吕岳俱成灰烬。

这里最倒霉，也最不应该死的，就是李平，后来他当了和瘟道士。即便如此，也纯粹是一场乌龙，他是被误伤致死的。

有人问为什么给李平安排这么一个下场呢？个人认为，李平还是很可敬的，他体现了一种牺牲精神，这个事本来跟他没有任何关系，他不来也可以。结果他为了劝吕岳弃暗投明，身涉险地。这种牺牲精神，在中国古代的瘟神传说里还真有，这也是一类故事。

《北游记》里有一回，就叫《玉帝差使灭村人》，原来有一座斑竹村，村中灶君奏玉帝曰，村中恶人横行，百姓都不行善。玉帝闻奏大怒，就命行瘟使者钟仕贵领旨行瘟，灭了斑竹村全村百姓。钟仕贵带着瘟药下界，来到斑竹村，见了当坊土地。

钟瘟神曰:“五帝闻奏大怒，说这一村人民不信善事，可灭，差某下凡，你可将我此药明日巳时，放于各井中，与众人饮水，则尽瘟死他一村人民。”土地禀曰:“这里人果不信善，该灭，其中只有一人，姓雷名琼，卖豆腐为生，其人为人心好，常种善根，施舍心重，此人不可害他。”使者曰:“善人当救，余者不可卖放。”将药吩咐土地。土地接了药，变一老人，去到井边等候。正遇雷琼来打水作豆腐，土地于琼背后曰:“此水你多担些去，明日巳时，此水放药，吃人会死，吃不得。”琼听见回头一看，不见其人。琼大惊，心中忖曰:“若天降之神，明日入药于井，害却一村之人，吾安可知而隐之,偷存自己性命?不若宁作我死,倘若救得一村人，亦是老夫阴功。古云:‘宁可信其有，不可信其无。’”

次日自天光一起，直至井边等候，看果如言否。果见一老人，手拿一包药而来，正欲放入井中。琼向前一抢在手，土地大惊，正欲抢回,那老子一气吞下;即时瘟死于地,四肢青黑。土地大惊，即时带此老子三魂六魄，上天宫去见玉帝。玉帝闻奏感叹，封雷琼为威灵瘟元帅。

也就是说，这位雷琼为了救全村百姓，一口气吞下了全部瘟药，牺牲了自己的生命，因此才成为主管瘟疫的元帅。

这个钟仕贵，实际上就是最早的两个瘟神——钟士季和赵公明之一，钟士季就是跟邓艾伐蜀的钟会，三国末期的赵公明，据说是赵云的弟弟。这两个人，我们讲财神和五鬼的时候还会提到。

这类故事不但《北游记》里有,在民国郭白阳写的《竹间续话》里也有，这部书主要讲福建的掌故传说。故事说有五个秀才，进京赶考的时候，遇到许多鬼向一口井里下药——下药之后，城中的人就会死一半。五个秀才就守在井边，不让人打水，说井水里有毒，但是当地人既不认识他们，也不相信他们。五人无法，决心舍己救人，就当着众人的面，打出井水来喝了，

《三教源流搜神大全》中的五瘟使者

果然中毒而死。全城人民感激五人大义，就塑像供奉他们。玉帝于是封他们为五瘟大帝，让他们来管理人间瘟疫。

这两个故事，体现了一种非常好玩的现象。李平本来是反对瘟癀阵的，结果死后反倒被封为和瘟道士，归瘟部管理也是同样的情况。除瘟是必须的，行瘟也是不可避免的，这两件事在老百姓心中是一体的。既然都不可避免，与其让那些瘟鬼去管，还不如让持心公正、有奉献精神的人去管。

另外，为什么是杨任，而不是别人来破瘟癀阵？为什么用的法宝是五火神焰扇？这其实反映了中国古代送瘟神的习俗。

送瘟神习俗，一般流传在东南沿海。如果某地发生了瘟疫，老百姓就会做一场法事，用竹篾、纸张扎一条大船。有的长好几丈，像真船一样，里面放上一些纸扎的器具。然后把瘟神的牌位、塑像、供品放在船里，大家抬着这只船，绕着城、村庄巡游，这个过程叫引船，意思是让家家户户的瘟神恶鬼都到船上来吃供品，不要再祸害人。

等这一圈巡游得差不多了，再把这条纸船抬到海边或江河边，在水里烧掉。海边的人如果有财力，会把真船拉到深海里烧掉。烧完后，人们就认为瘟神被送走了。

毛泽东有一首诗《送瘟神》：

春风杨柳万千条，六亿神州尽舜尧。
红雨随心翻作浪，青山着意化为桥。
天连五岭银锄落，地动三河铁臂摇。
借问瘟君欲何往，纸船明烛照天烧。

“纸船明烛照天烧”，写的就是送瘟神的习俗，说明毛泽东对这种习俗非常熟悉。这首诗是毛泽东得知江西省余江县消灭了血吸虫病之后写的，说明民间对瘟疫的定义很广，就连血吸虫病都算是瘟疫的一种。这种习俗不光中国有，东南亚、朝鲜、日本，都有这种习俗。日本有一个叫“牛头天王”的神，能给人间带来瘟疫。祛除的方法，也是用茅草和木板做一条船，抬着它巡行，最后送到海上让海水冲走。

至于吕岳的法宝为什么是“瘟癀伞”，大概是因为很多送瘟神的民俗里，确实用到了伞这种法器，如果不够用的话，还发动老百姓来捐。伞是送瘟神出行时的一种仪仗，当然有的时候也不烧，放在水里漂走——这很像咱们放的许愿船，小纸船上放一支蜡烛。其实这个习俗和送瘟神的习俗关系很大，只是现代医学发达，瘟神没有了存在的空间，我们很少有人去关注它背后的机理而已。

痘神余化龙：一人得道，全家飞升

在《封神演义》里，和瘟神吕岳相似的一个神，就是痘神。

被封为痘神的人叫余化龙，是潼关的主将，有余达、余兆、余光、余先、余德五个儿子。关于这五个儿子，我怀疑应该有一个早期版本，早期版本里儿子只有三个：余兆、余光、余先。因为三个名字偏旁相同，兆、光、先都有一个“儿”字。正如民国张家四姐妹，张元和、张充和、张兆和、张允和，名字中间的字都从“儿”。讲究的人起名字，同辈的兄弟姐妹用一个偏旁。例如苏轼、苏辙，贾政、贾赦。余化龙自己没什么本事，最厉害的是余德，他学了撒痘之术，带着四个哥哥去周营播撒：

> 余德取出五个帕来，按青、黄、赤、白、黑颜色，铺在地下。余德又取出五个小斗儿来，一人拿着一个，“叫你抓着洒，你就洒；叫你把此斗往下泼，你就泼。不用张弓射箭，七日内死他干干净净”。兄弟五人，俱站在此帕上。余德步罡斗法，用先天一气，忙将符印祭起。
>
> 话说余德祭起五方云来至周营，站立空中，将此五斗毒痘四面八方泼洒，至四更方回。不表。且说周营众人俱肉体凡胎，如何经得起，三军人人发热，众将个个不宁。子牙在中军也自发热。武王在后殿，自觉身疼。六十万人马俱是如此。三日后，一概门人、众将，浑身上下俱长出颗粒，莫能动履；营中烟火断绝。止得哪吒乃莲花化身，不逢此厄；杨戬知道余德是左道之人，故此夜间不在营中，各自运度；因此上不曾浸染。只见过了五六日，子牙浑身上俱是黑的。此痘形按五方：青、黄、赤、白、黑。

这就是所谓的毒痘，不是青春痘，青春痘是良性的。这里的痘指的是中国甚至世界上最厉害的一种传染病：天花。现在已经知道，这种病是天花病毒引起的，感染了病毒之后，脸上手上就会出红色的疹子，再过几天就会化脓，最后结痂。天花病毒致死率很高，即便不死，痊愈之后脸上也经常留有麻子。

中国过去没有这种病，大概汉代时从西域传来，到了北宋的时候，有了一个专门的名字“痘疮”。

面对痘疮，当时没有什么办法。汉代的伏波将军马援征战交趾的时候，把痘疮带到了中原。他军中很多人染上了痘疮，几乎死了一半，非常惨烈。

古人对治疗天花有很多探索，《封神演义》这段故事说，杨戬去火云洞走了一趟，求见神农。神农给了杨戬几粒金丹，又来到紫云崖下拔起一根草，说这草可以治痘疹之患：

> 紫梗黄根八瓣花，痘疮发表是升麻。常桑曾说玄中妙，传与人间莫浪夸。

中国人很早的时候就用升麻来治天花，例如葛洪《肘后备急方》：

> 比岁有病天行发斑疮，头面及身须臾周匝，状如火疮，皆戴白浆，随决随生，不即疗，剧者数日必死，疗得瘥后，疮瘢紫黯，弥岁方灭，此恶毒之气也。世人云：以建武中于南阳击虏所得，仍呼为虏疮，诸医参详作疗，用之有效方。
>
> 取好蜜通身摩疮上，亦以蜜煎升麻，数数拭之。亦佳。
>
> 又方以水浓煮升麻渍绵洗之。苦酒渍煮弥佳，但燥痛难忍也。

意思是用蜜煮升麻，或者用水浓煮升麻来洗痘疮，就能好。效果怎么样，就不得而知了。

杨戬带回了金丹和升麻，治好了周营众人的病。众人杀进关去，杀死余家五兄弟，余化龙自刎身亡。最后余化龙被封为“主痘碧霞元君”，夫人金氏封为“卫房圣母元君”，五个儿子封为五方主痘正神。

这件事有意思之处在于，余化龙和四个大儿子什么都不会，只因为小儿子余德，居然全家都封了神。大概是因为余德的岁数最小，不能成为主痘正神，只能让全家一齐加封。甚至余化龙的夫人，前面故事里连面都没露，提都没提，最后突然冒出一个“夫人金氏，封卫房圣母元君”，打仗的时候她去哪儿了？凭什么这时候来受封？这就是很多单位论资排辈的逻辑。年轻人有能力，干出了工作成绩，署名、获奖、开会，却都是大领导的事，而且部门内老员工无论出没出力，都得有一份好处——这是一个非常现实的话题。

另外，余化龙这个“主痘碧霞元君”的头衔，实际上是错误的。因为“元君”是女神的专用称谓，是不能封给男性的：西王母叫“金母元君”，魏夫人叫“紫虚元君”，全真七子里的孙不二叫“清净渊真玄虚顺化元君”，写的书也叫《孙不二元君法语》。但作者好像不太了解这件事，这简直是一个大笑话。

由此也可以看出，《封神演义》的作者应该是北方人，因为碧霞元君信仰，明清至民国流行于北方，影响力很大。她是泰山玉女之神，后来被单独供奉。因为她是女神，所以民间拜她，一般是求生育、保胎、保护儿童。因为小孩出痘的比较多，所以她也分担了一个主痘的功能，从她的神格里，分化出一个“天花娘娘”，和“催生娘娘”“送子娘娘”“眼光娘娘”等一样，都在碧霞元君庙里受供奉。《红楼梦》里，巧姐出天花，王熙凤就要拜天花娘娘，祈求保佑。

天花娘娘有时候也叫“痘神娘娘”，或者干脆叫“痘娘”。据说来保护每个小孩的痘神娘娘还不一样，怎么看出来呢？金受申《北京通》说，就看出痘的小孩喜欢干什么。如果他喜欢吃素，不喜欢吃荤，说明来的是“京娘娘”（意思大概就是城里的娘娘）。有的小孩要吃鱼吃肉，说明来的是“荤娘娘”。还有的小孩出痘之后，语言行动都跟原来不一样了，比如特别喜欢吃东西，要吃这个要吃那个，就像乡下的小孩没见过世面似的，这种就说来的是“怯娘娘”，“怯”是老北京

痘神神祃

的土话，乡下、土气的意思（此据《中国神怪大辞典》“痘神”条）。

除了以上三种娘娘之外，如果出痘小孩喜欢接近家里的男人，不喜欢女人，就说来的是“风娘娘”，风骚的娘娘。

除了痘神娘娘之外，还有痘哥哥、痘姐姐。“哥哥”“姐姐”是小男孩、小女孩的意思，用来哄出痘的孩子，比如喊“痘儿哥哥跟我们玩”“痘儿姐姐跟我们玩”。

甚至还有传说，说小孩出痘不是痘神管，而是痘妖在作祟，痘妖的形象是个老人，眼睛像绿豆一样，朝着小孩的床上一吸气，把小孩的精气吸走，小孩就会出痘。

南方也供痘神，有位痘神叫张健，这位痘神虽然名字普通，来历却不寻常。根据《三教源流搜神大全》，他是唐代武则天时人，官至刺史，为官清正。武则天传旨天下，选拔俊美少年入宫，受到了张健的抵制，他上奏说：本来想选的，谁知本地人都长了痘，陛下想要也可以。武则天一听，心想我要一群麻子男人在宫里干什么呢？就算了。因他护民有功，玉帝就赐他一柄瘟槌，叫他专门管理麻疹、天花之类的疾病。

除此之外还有一些地方神，例如施相公，是南方尤其是上海江浙一带的蛇神，可能是因为蛇跟痘疹都是有毒的东西，所以老百姓也把他当痘神来供奉。还有柳夫人、邓将军、宝珠娘娘等。

痘神的特点是地域性特别强，全国没有一个总的痘神在管。经常是当地的一位大神分化出一个神格来，管小孩的痘。《封神演义》虽然做了努力，试图让余化龙一家成为总痘神，但从后代的影响力看，似乎是失败了。

身兼数职的财神赵公明

赵公明是《封神演义》里的一位大神，闻太师摆十绝阵屡屡失败，就到峨眉山请他来助阵。赵公明有二十四颗定海珠、缚龙索，还从三霄那里借来了金蛟剪，一时西岐几乎无人能敌。最后还是被陆压设计用钉头七箭书射死了，后封为金龙如意正一龙虎玄坛真君，就是民间著名的财神。

民间的财神也很多，例如文财神比干、范蠡，武财神关羽。现在几乎所有的寺庙都有“财神殿”。其实财神的出现和地位上升，是商品经济的产物。在小农经济下，老百姓更多的是祈求雷部、龙王，给自己带来风调雨顺。即便有人信财神，他也没什么影响力。只有商品经济发达了，财神的香火才会旺盛。明代尤其是晚明，商品经济已经发展到非常高的程度，所以财神的名头也越来越大。

正因为财神不是自古以来就有的，所以现在民间拜的各种财神，都是从各路神仙转职过来的。比如关公，关公并不是财神，他的本职工作是一位武将，后来做了寺院的护法。因为他讲义气，江湖上说有义气才能来财，所以他的身份就变成了财神。所以说，关公还是那个关公，而财神这个神位却是新的。

这个逻辑，很像尼尔·盖曼的《美国众神》。美国有许多来自世界各地的古神，但是他们的信徒渐渐减少，没人祭祀他们，所以他们都非常虚弱，反倒是新生的美国众神，什么媒体之神、科技之神、网络之神，都活力满满，给旧神带来了巨大的威胁。在元明时期，财神就是这样一位新神，所以你看他在《封神演义》里的表现，也相当生猛。

作为财神的赵公明虽然是新神，但他的来历可够古老。这个故事，首先得从第十六回《子牙火烧琵琶精》讲起。

姜子牙创业屡屡失败，宋异人请他喝酒，借此安慰。宋异人带他来到了后花园，姜子牙看过风水，认为这里可以建一座楼。宋异人说以前也造过，只是建起来就会遭遇火灾，一连遭遇七八次。姜子牙就给他作法驱邪：

> 异人信子牙之言，择日兴工破土，起造楼房，那日子时上梁，异人在前堂待匠，子牙在亭子里坐定等候，看何怪异。不一时狂风大作，走石飞砂，播土扬尘，火光影里见些妖魅，脸分五色，狞狞怪异。

子牙在牡丹亭里，见风火影中五个精灵作怪，子牙忙披发仗剑，用手一指，把剑一挥，喝声："孽畜不落，更待何时！"再把手一放，雷鸣空中，五个妖物慌忙跪倒……

这五个妖物，就是五鬼，姜子牙命他们去西岐山，搬泥运土，听候使唤。五鬼走后，宋异人的楼房也就盖起来了。

这短短的一个故事，看似简单，其实至少流传了一千多年，而且非常复杂。

五鬼即东西南北中五方之鬼。古人对方位特别在乎，认为每一个方位都有神，叫五方之神，或者叫方神。一个朝代快结束、新的帝王要兴起的时候，五方神就会出现，帮助新的帝王。所以传说姜太公所作的《六韬》中，有这么一个故事：

武王伐纣，雪深丈余，五车二马，行无辙迹，诣营求谒。武王怪而问焉。太公对曰："此必五方之神来受事耳。"遂以其名召入，各以其职命焉。既而克殷，风调雨顺。

意思是说，武王伐纣的时候，有五方神来听命，被姜子牙认了出来。神都有自己的名字，道士或者有道之人能够驱使鬼神，一个重要的技能就是记住所有神的名字，记住名字之后才能驱使他们。姜子牙有这样的本事，自然是历代对他的神化。

姜子牙把五方神一个一个地喊进来，给他们分配任务。五方神也非常友好，灭商之后，就保佑周朝风调雨顺（这可能是四大天王分管"风、调、雨、顺"的一个来历）。

汉代之前，五方神基本上什么都管，有点像大政府，人生、人死、降祸、降灾、降福、发财等等，管的事特别多。汉代之后，尤其在道教中，五方神逐渐分化成五天、五帝、五岳、五气。五岳信仰本来也有，不过在这里，算是五方神在山岳上的体现。这些五天、五帝、五岳、五气，可以看成五方神的分化，或者说他们的分形、分体，也可以把他们看成五方神之外独立的神。

这就类似于一个县政府，以前很多职能都集中在政府里，随着业务的不断分化，今天分出一个交通局，明天分出一个招商局，后来又分出一个反贪局。一开始，县里可能只有公安、卫生、文教、财政这么几个部门，后来越分越多，都是从县政府的职能中分出来的。

这里的五个怪物，就是五方神分化出来的功能之一。秦汉之前的五方神有降灾的功能，后来，这摊业务就单独分出来，出现了专门给人降灾的五个神，叫“五瘟”。

五瘟降灾的方式，主要是降瘟疫；有时候也降别的灾，比如走着走着摔个跤，摔断了腿，这种叫天灾、横灾，原则上也归五瘟来管。执行后一种职能的时候，它们通常叫“五鬼”。

五瘟和五鬼本来是一回事，“在天为五鬼，在地为五瘟”[1]。但是一个神一般不会占两个神格或两个任务，所以任务继续细分，五瘟是五瘟，五鬼是五鬼。从五个人变成了十个人，甚至更多。

这在《封神演义》的两个问题中就可以看出来。《封神演义》给我们带来了许多叠床架屋的设定。第一个问题，《封神演义》后面出现了瘟神，叫吕岳，下边带着四个帮手，算起来也是“五瘟”，实际上这是《封神演义》原创的“五瘟”。而这里的“五鬼”在《封神演义》里已经剥离了“五瘟”的功能，这摊业务被转移到吕岳师徒五人身上了。

第二个问题，就是《封神演义》里活跃的财神爷赵公明，也和五瘟有莫大的关系。

赵公明本来是瘟鬼之一。晋干宝《搜神记》说“上帝以三将军赵公明、钟士季，各督数万鬼下取人”，降下瘟疫，只有手里有神赐赤笔的人才能幸免于难。

[1] 见《三教源流搜神大全》。

熟悉三国的知道，钟士季就是钟会，灭蜀的大军就是他率领的。那么赵公明是谁呢？他就是赵云的弟弟赵朗，字公明。[1]古人的名和字是有意义关联的，例如三国的秦朗字仲明，赵朗字公明。

为什么历史人物钟会、赵朗成了神？是因为三国之后，道教有了很大的发展，这个时期，道教把汉代到三国时期很多名人封了神，例如陶弘景的《真灵位业图》就封了曹操、司马懿、刘备等许多人（见第一章第一节）。

后来在钟士季、赵公明的基础上，又出现了五方瘟神。春瘟张元伯、夏瘟刘元达、秋瘟赵公明、冬瘟钟士季（或钟仕贵），总管中瘟史文业。中瘟史文业，实际上就充当着《封神演义》里吕岳的角色。

在元代的时候，出现了一个有趣的现象，赵公明变成了两个神，都叫赵公明，一个还是五瘟之一赵公明；另外一个，渐渐出现了新的故事，增加了新的功能。

《三教源流搜神大全》里这样讲：

> 终南山人也。自秦时避世山中，精修至道，功成，钦奉玉帝旨，召为神霄副帅。
>
> 驱雷役电，唤雨呼风，除瘟剪疟，保病禳灾，元帅之功莫大焉。至如讼冤伸抑，公能使之解释；公平买卖求财，公能使之宜利和合。但有公平之事，可以对神祷，无不如意。

从这几段可以看出，他的功能，首先还是和瘟疫有关，“除瘟剪疟，保病禳灾”，但是又多了一个任务：“公平买卖求财，公能使之宜利和合。但有公平之事，可以对神祷，无不如意”。“如意”这两个字，依然被《封神演义》保留了下来，封他“金龙如意正一龙虎玄坛真君”。

甚至他拿铁鞭，骑老虎，也是五行中西方金的属性（龙为东方木，虎

[1] 见胡小伟《关公信仰研究系列》。

为西方金）。所以我很怀疑五瘟中，只有主管西方的秋瘟赵公明成了财神，可能和他的“金”属性有关，财神正是管理金银的。

更神奇的是，一般来说，新神总会替代旧神。但是财神赵公明出现之后，五瘟之一的赵公明并没有消失，而是二者都被大家祭拜。很多瘟神庙里，五瘟使者之一仍然是赵公明。这就热闹了：一个行瘟，一个管财兼除瘟。不知如果真有赵公明，看到自己有这样两种工作，会不会精神分裂？

北京白云观所藏赵公明画像

三霄娘娘：既管生孩子又管厕所

和赵公明关系最密切的，就是三霄娘娘。三霄是赵公明的师妹，一开始，她们没想卷入阐截双方的争斗，只是把法宝金蛟剪借给了赵公明。

金蛟剪是两条蛟龙上下首尾相交，不管什么都能剪断，也是一件非常霸气的兵器。燃灯道人的梅花鹿，就是被它剪断的：

> 话说公明祭起金蛟剪——此剪乃是两条蛟龙，采天地灵气，受日月精华，起在空中，挺折上下，祥云护体，头交头如剪，尾交尾如股，不怕你得道神仙，一闸两段。那时起在空中，往下闸来。燃灯忙弃了梅花鹿，借木遁去了。把梅花鹿一闸两段。公明怒气不息，暂回老营。不题。且说燃灯逃回芦篷，众仙接着，问金蛟

剪的原故。燃灯摇头曰："好利害！起在空中，如二龙绞结；落下来，利刃一般。"

没想到，赵公明被陆压用钉头七箭书射死。三霄坐不住了，就下山来，帮助闻太师摆了一座"九曲黄河阵"。这座阵可比十绝阵厉害多了。三霄有一件厉害法宝叫"混元金斗"，把阐教十二仙全都吸进阵里，"闭了顶上三花，消了胸中五炁"。十二仙在阵中失去了道行，变成了凡人。

混元金斗的原型是什么呢？《封神演义》自己就解释了：最后一回说"混元金斗即人间之净桶"。净桶就是马桶。过去的人，晚上不愿意出去上厕所，或者天冷下雨下雪出不了屋，就在屋里边解手。上到天子，下到庶民，家家里面都得有个净桶。即便是皇帝也用，只是比普通老百姓的豪华。

《封神演义》里有这么一句话："特敕封尔执掌混元金斗，专擅先后之天，凡一应仙、凡、人、圣、诸侯、天子、贵、贱、贤、愚，落地先从金斗转劫，不得越此。"这句话是什么意思呢？

原来，中国古代，尤其是明清的时候，老百姓生孩子，喜欢生在马桶里。因为生孩子会有污血，古人认为污血冲犯神明，要用容器盛好。

封神题材的影视作品中，混元金斗的形状各不相同，有的是小碗状，有的是方的，实际上都不对。其实现在的南方还有一种习俗，姑娘出嫁的时候要送子孙桶，子孙桶就是马桶。现在人们虽然都用抽水马桶了，生孩子也去医院了，但是还保留了女儿结婚送马桶的传统。子孙桶的主要功能，不是解手用，而是象征着多子多福。

子孙桶是圆的，几十厘米高，像一个大纸篓，上面涂上红漆，旁边用铜箍紧固。黄铜箍金灿灿，桶又是圆的，所以叫混元金斗。

一般来说，和子孙桶一块儿送出去的还有洗脚盆，叫聚宝盆；还有水桶，叫聚宝桶，这叫子孙三宝。过去送了子孙桶是要用的，现在也有不送实物的，而是做一个小型的马桶模型，里面放上桂圆、花生、莲子，象征着早生贵子。

明清时期有一本讲圆梦的书《梦林玄解》，书中说，如果梦见家里的马桶里跳出一条鱼，就表示将要喜得贵子。所以把孩子生在马桶里，曾经是非常普遍的民俗。

金蛟剪的作用，就更明显了：混元金斗是生孩子用的，生下孩子之后，小孩脐带和母体连着，需要拿一把剪子剪开，今天分娩也会用到。所以金蛟剪就是妇女生育用的剪刀的形象化。

这两件法宝非常厉害，因为在民间的思维里，无论神仙、天子、富贵人家、贫苦百姓，都要生在混元金斗里。神仙也是人修炼的，就算是太乙真人、文殊广法天尊，当年也是凡人，还是要生在这个马桶里。所以三霄娘娘只要祭起混元金斗，广成子、赤精子等就全都被吸进去，重新回到刚降生的状态了。

三霄娘娘是《封神演义》的独创，但是这三个人是有原型的。

她们受封的时候，书中说：

> 三姑正是坑三姑娘之神。混元金斗即人间之净桶，凡人之生育，俱由此化生也。

这表明，三霄有两个神格，管两件事。

她们既管人间生育，属于生育神；又管马桶，属于厕神。“坑三姑娘”的来历非常早，又叫紫姑神、厕姑、饭罗仙、箕姑等。“坑”就是茅坑，但是《封神演义》似乎对这个名字产生了一个有意无意的误解：坑三姑娘应该是行三的意思，不是三个姑娘，《封神演义》却编出三个娘娘来了。

不过这种混淆可能由来已久，因为紫姑神本身就不止一个来源。南朝宋刘敬叔的《异苑》这本书里说，紫姑神是一个小妾，大老婆嫉妒她，经常让她干粗活脏活。终于在正月十五日这天，紫姑被大老婆暗暗杀死在厕所里。人们怀念她，就把她奉为厕所之神，这是比较主流的说法。

南北朝时期，紫姑信仰已经很流行了，后来又出现了各种各样的传说。甚至苏轼还关心过这件事，他自称和紫姑聊过天，《子姑神记》就记载了这

北京市房山区十渡镇六合村黑水峪娘娘庙，三霄殿

件事。根据苏轼的说法，紫姑是寿阳人，姓何名媚，字丽卿，出身书香人家，被寿阳刺史纳为小妾。

紫姑还有个名字，叫“七姑娘”，这可能是从汉代戚夫人传说演变来的。刘邦有两个儿子，一个是吕后生的刘盈，另一个是戚夫人生的赵王如意。吕后对戚夫人母子恨之入骨，把如意暗杀了，又把戚夫人手脚砍去，扔到猪圈里，还起个名字叫“人彘”。刘邦若是看了，就会崩溃了。

为什么戚夫人也和厕所有关呢？因为古代的猪圈兼做厕所使用，汉朝墓葬里，经常出土猪圈模型：分两层，下层养猪，上层加板子，人在上面大小便，粪便掉下来被猪吃掉——猪吃完之后变成肉，人再吃猪肉，这可以说是现实版的“五谷轮回之所”了。把戚夫人扔到猪圈里，就相当于把她扔在厕所里。所以，紫姑神又叫“戚姑娘”，老百姓对这个“戚”不太熟悉，传来传去，就写成数字的七了。

甘肃省成县有一座三霄殿，里边供着三霄娘娘。但是当地人不叫她们云霄、碧霄和琼霄，而是叫金霄、玉霄和碧霄。中间的叫金霄娘娘，俗称大霄；一边是玉霄娘娘，俗称二霄；另一边是碧霄娘娘，俗称三霄。三霄娘娘都抱着小孩，谁想要孩子，就来这里求子。但是人间的小孩名额是有限的，不是想求就求得来，所以三霄娘娘旁边又有一尊神，叫偷子婆婆，专门给人偷小孩，如果没有名额了就去拜偷子婆婆。

当地三霄娘娘的信仰特别兴盛，甚至还有三霄娘娘经，比如《金霄送子娘娘经》《玉霄催生娘娘经》《碧霄痘疹娘娘经》。金霄管送子，玉霄管催生，小孩出生之后容易得痘疹，碧霄就管痘疹。不光成县有三霄信仰，甘肃的高台县也供奉三霄，我去那里调查的时候，当地老人对三霄娘娘非常熟悉，说起她们来就像讲他们村里的大妈大姐。

华北地区信奉一尊大神，叫碧霞元君。碧霞元君原本是泰山玉女，泰山顶上的碧霞元君庙，非常宏伟壮观。北京、山东、河北等地，没有不拜她的。供奉碧霞元君的庙宇，通常也是三位女神并列：中间是碧霞元君，两旁是送子娘娘和眼光娘娘。有的碧霞元君像手里抱着个小孩，说明她也是管送子的，跟金霄娘娘差不多。

北方有一个习俗，如果在碧霞元君面前许了愿生了小孩，之后要去还愿谢恩，送几个泥娃娃过去，于是每座庙的元君像旁边，都会有很多泥娃娃。有的没有小孩的人，就去庙里用红线拴几个泥娃娃，“偷带”回家。这个习俗叫“拴娃娃”或“偷娃娃”。在拜观音的庙、拜天妃妈祖的庙里，也可以见到这种习俗，这和前面说的那位偷子婆婆其实是一回事。

由此可见，明清时期全国各地的生育神，渐渐形成了神格上的合流，碧霞元君也好，三霄也好，天妃也好，都承担了送子的任务，这就是民间神灵有分有合的特色。

显道神和开路神

《封神演义》里，有两位身材高大的神：方弼、方相。

他们二位原来是纣王的镇殿将军，后来因为纣王无道，要杀害殷郊、殷洪，两人就反出朝歌，投了西岐，分别死在十绝阵的风吼阵和落魂阵里，最后被封在殷郊手下，成了显道神（也写成险道神）和开路神。

按封神故事说，方弼是老大，方相是老二。实际上，从历史的角度看，方相才是老大。因为“方弼”这个名字，是《封神演义》里才有的，而“方相”的历史却非常古老。《封神演义》喜欢给人编名字，比方说黄飞虎、闻仲，还有什么张桂芳、魔家四将，这些名字，并没有在民间或者其他神谱里出现过，是完全的原创。但是，“方相”不是作者编的。只是中国人讲究对称，于是在“方相”之外又编出一个“方弼”。“相”有辅佐的意思（如辅佐帝王的丞相），“弼”也是辅佐的意思，于是方弼、方相就成了哥俩儿。

方相，并不是说一个人姓方名相，而是“方相氏”的意思。那么，这个方相氏是什么呢?

方相氏，是先秦时期丧礼上的一种职业，先秦典籍《周礼》里边就记载了方相，加了“氏”字，就是做某种职业的人了。

据《周礼》记载，方相氏“黄金四目”，即黄金的头，四只眼睛（应该是面具），蒙着熊皮，一手拿着戟，一手拿着盾，走在送殡的队伍最前面，专门驱鬼。因为古人认为,送葬的路上有很多恶鬼,需要有专门的人驱散他们。

到了坟地里，方相就先跳到坟坑里去，拿戟在四个角上东戳一下，西戳一下，这也是驱鬼。古人认为，坟坑里也有很多鬼，其中一种重要的鬼叫“方良”，也写成“魍魉”“罔两”。方相需要把他们统统驱走，棺材才能放下去。

事实上今天民间也保留着类似的丧葬习俗。比如有些地方把纸钱、稻草放在坟坑里烧一下，叫“暖坑”，或者用火盆烧松香、松枝。有些地方直接是孝子下去在坟坑里躺一下，或者扔一只公鸡下去（迷信认为公鸡是阳性的动物）。这些其实都是驱除坟坑内恶鬼的古代风俗的痕迹。

除了出殡的时候用到方相，过年时也要用。过年时，国君的宫殿里要驱鬼，也是请方相戴上黄金四目的面具，蒙上熊皮，拿着戟和盾，后边还要带 120 个小孩子。这些小孩一定要在 10 岁以上，12 岁以下，穿上黑衣服，戴上红帽子，跟着方相氏又唱又跳，在宫里边驱鬼。

方相一边驱鬼，一边还要唱奇诡的歌：

　　胇胃食虎，雄伯食魅，腾简食不详，揽诸食咎，伯奇食梦，强梁、祖明共食磔死寄生，委随食观，错断食巨，穷奇、腾根共食蛊。凡使十二神追恶凶，赫女躯，拉女干，节解女肉，抽女肺肠。女不急去，后者为粮！

这首歌的意思，就是召唤十二位神灵，赶恶鬼走。如果不走，就要把他们的身体撕碎，把肉割下来，把肺肠抽出来。

这些仪式，实际上就是上古巫术的痕迹，方相氏实际上也是上古的一种巫师。最典型的特点，就是他的四只眼睛。《封神演义》里仍然说方相兄弟长着四个眼睛，他们出场“四目生光真显耀，脸如重枣像虾红”。按说方弼、方相封神前都是凡人，怎么会有四只眼睛呢？

长四只眼睛的神或四只眼睛的人，一般和上古巫术有关。不光是汉族人，别的少数民族也是一样。珞巴族生活在青藏高原上，有一个传说叫“阿巴达尼失掉后眼”：

阿巴达尼有四只眼睛，前面两只，后面两只，前面两只是正常的，看人的，后面两只是对付妖魔的。

有一天，他去魔鬼给波伦布家里玩。给波伦布心很坏，他一看阿巴达尼来了，就请他去跳山涧之间的吊索。阿巴达尼就在上面跳来跳去，觉得很有趣。给波伦布就拿刀把藤条割断了，阿巴达尼一下子摔下来，虽然没摔死，但是把两只后眼摔掉了。给波伦布就把这两只后眼拿走了，从此阿巴达尼没有了后眼，就不能看到妖魔鬼怪，给波伦布就把妖魔鬼怪放出来到处害人。阿巴达尼没有别的办法，只能通过杀鸡杀牛，用牲畜、家禽的血来驱鬼或者念咒，这样才发明了巫术和祭祀。[1]

[1] 见刘城淮《中国上古神话通论》，云南人民出版社，1992 年。

汉族神话里，造字的仓颉也有四只眼睛，实际上仓颉也是拥有巫师身份的，所以《太平广记》说：“（仓）颉首有四目，通于神明。”他能够和鬼神世界相通，才能创造文字。

方相氏本来是真人驱鬼的，但是到了唐宋之后，老百姓就不那么遵守古礼了——其实也很难找到会念那些驱鬼咒语、会跳那些驱鬼舞的人。所以，为了图省事，人们扎成纸人，也一样蒙上面具，走的时候把它举在队伍前面，俗称“开路神”或者“显道神”。

“显道神”也写成“险道神”，《水浒传》里有一个“险道神郁保四”，坐第105把交椅。他其实没什么本事，就是扛大帅旗的，看起来威风。正因为他“身长一丈，腰阔四围”，所以叫“险道神”，恐怕暗含着“外强中干”的意思。

直到现在的农村，还有扎开路神的。著名的相声《白事会》，最后有一段大贯口，说出殡时的纸人纸马，“有开路鬼、打路鬼、英雄斗智百鹤图，

民国时期出殡队伍中的纸扎方弼、方相

方弼、方相、哼哈二将，秦琼、敬德、神荼、郁垒四大门神，有羊角哀、左伯桃、伯夷、叔齐名为四贤”。实际上开路鬼和打路鬼就是方弼和方相，等于又把两个人分成了四个人。

唐宋就很流行纸扎方相了。有钱的人家，还给开路神的四肢安上骨架，有轴承可以动，有真人钻到里边，可以让纸人活起来，远远一看就跟真神下凡一样。

宋代《东京梦华录》记载，当时开封府白事行的店里有很多方相，谁家出殡就租给他，用完之后再还回来，反复使用。这就很像咱们现在殡仪馆里面的花圈，遗体告别的时候租过来用，告别式举行完了再拿回去。这种丧葬用品租赁业务，在宋代就很兴盛了。

当然，出租的方相，是给老百姓准备的，经济实用。达官显贵死了，自然也要用方相，他们有钱，就自己扎制。出殡时送到墓地，有时候烧了，有时候就直接扔到坟坑里。因为上古时期，由人扮演的方相氏，就是要跳到坟坑里驱鬼的。所以，把纸扎的方相扔到坟坑里，也是合理的做法。但是，有时候送殡的人懒，就顺手扔到路边。即便是烧了，这种东西个头很大，在坟场也未必烧得干净。它本身长相很恐怖，就产生了许许多多关于纸扎方相的恐怖故事。

《太平广记》里记载，有一个将军窦不疑，从不怕鬼。忽然有一段时间，太原东北方向闹鬼，传闻身高两丈，见者即死。窦将军听说了，就出城去找，看到鬼之后，一箭射去，射中鬼身，鬼带箭就跑，跑到河岸下不见了。第二天才发现，原来是一个破败的纸扎方相。

这种现象很像今天一种鬼故事：不知谁把一个塑料服装模特丢在路旁，远看像一具女尸一样，于是各种传说就莫名其妙地出现了！

护法神：你的信仰由我守护

混乱的四大天王

在伐西岐的三十六路人马里，佳梦关的魔家四将，也是一支不可小看的队伍。书里说魔家四将的本领是：

> 佳梦关魔家四将乃弟兄四人，皆系异人秘授奇术变幻，大是难敌。长曰魔礼青，长二丈四尺，面如活蟹，须如铜线，用一根长枪，步战无骑。有秘授宝剑，名曰“青云剑”。上有符印，中分四字：“地、水、火、风”，这风乃黑风，风内有万千戈矛。若人逢着此刃，四肢成为齑粉；若论火，空中金蛇搅绕，遍地一块黑烟，烟掩人目，烈焰烧人，并无遮挡。还有魔礼红，秘授一把伞，名曰“混元伞”。伞上有祖母禄、祖母印、祖母碧，有夜明珠、碧尘珠、碧火珠、碧水珠、消凉珠、九曲珠、定颜珠、定风珠，还有珍珠穿成四字：“装载乾坤”。这把伞不敢撑，撑开时，天昏地暗，日月无光；转一转，乾坤晃动。还有魔礼海，用一根枪，背上一面琵琶，上有四条弦，也按“地、水、火、风”。拨动弦声，风火齐至，如青云剑一般。还有魔礼寿，用两根鞭。囊里有一物，形如白鼠，名曰“花狐貂”，放起空中，现身似白象，胁生飞翅，食尽世人。

这四将在与西岐第一场大战中，就拿出法宝，一时间天昏地暗，日月无光，光西岐的将领就死了九个，文王的王子就死了六位。后来，还是杨戬、黄天化先后加入周营，用“八九玄功”（七十二变）和攒心钉，才杀了魔家四将。四将后来在封神榜上被封为四大天王。

说起四大天王，人们并不陌生，只要去过佛教寺院，都知道大门口第一座殿一般都是“天王殿”。殿里供奉的，就是四大天王，只不过在讲究的寺庙里，天王的名字并不叫魔家四将，而是按佛教记载，称为持国天王、增长天王、广目天王、多闻天王。

魔家四将的名字，是《封神演义》的创造。但是也不止一个版本，陕西省绥德县张家砭合龙山有座真武庙，门前立着重修四天王碑，碑文说：

> 夫所谓天王者，余始不知其何人而为神也。迨偶览《封神传》，有魔家四将，而名魔礼青、魔礼红、魔礼福、魔礼寿者，意者其人与。后殷太师闻仲，因黄飞虎反商归周，遂伐西岐，请道仙排列十绝阵，以擒周太师吕尚。俱为太公所破，四将折于阵内，英魂杳渺，往封神台而听姜子牙所封，故称四天王之神者，或者其为即是欤？

在这里，老三不叫“魔礼海”，而是叫“魔礼福”。个人认为，这还真有可能。因为老大老二一青一红，都是颜色；老三老四一福一寿，都是祝愿。“福”和“寿”是对应的。“福”字变成了“海”，可能是两个字相似造成的。

而且，这通碑文里讲的四大天王故事也不一样。今天通行的《封神演义》中，四天王是单独伐西岐的一支势力，而碑文说四天王死于十绝阵里，似乎他们是十绝阵的参与者。这个版本的故事没有流传到今天，恐怕得等未来新材料的发现了。

四大天王的历史由来已久。印度神话认为世界中心叫须弥山，山腰有四天王天。须弥山的山腰有犍陀罗山，四天王和他们的眷属（随从）住在犍陀罗山的四座山峰上。他们的任务是“各护一天下”，守卫四方。

隋唐时期，四大天王信仰从西域传播到了中国。所以那时候四大天王的造像很像西域武将，已经和原来的印度神不一样了。明清时期，又吸收了藏传佛教的造型，渐渐变成今天的样子。所以说，今天我们看到的四大天王，其实是一个混合体。

《封神演义》的四大天王，其实是混乱的。“封神榜”封的四大天王是：

增长天王魔礼青，掌青光宝剑一口，职风

广目天王魔礼红，掌碧玉琵琶一面，职调

多文（闻）天王魔礼海，掌管混元珍珠伞，职雨

持国天王魔礼寿，掌紫金龙花狐貂，职顺

然而魔家四将出场时，是魔礼海拿琵琶，魔礼红拿混元伞，说明前后忘了照应。

再拿佛教里真正的四大天王的法器一对比，就会发现更乱套了：首先，佛教的东方天王不叫增长天王，而是叫持国天王。而且，他拿的是琵琶，不是宝剑。因为东方持国天王的眷属是乾闼婆，是半神半人的天上乐神，善于弹琴，演奏奇妙的音乐。根据专业性质，持国天王应该拿一把琴（印度式的竖琴），到了中国，就变成了一把琵琶。

《明清汉传佛教众神全像》中的四大天王画像

在佛教里，南方天王应该叫增长天王，而不是广目天王，他的法器才是宝剑。宝剑有保护佛法、象征智慧的意义，慧剑可斩断烦恼。到《封神演义》里反倒归了魔礼青。

佛教里的西方天王叫广目天王，北方天王叫多闻天王——和《封神演义》的顺序一个都没对上！

至于混元伞和紫金龙花狐貂，在《封神演义》里是归两个天王拿的。其实在真正的佛教里，是同一个天王拿

的，就是大名鼎鼎的北方多闻天王，又叫毗沙门天王。

毗沙门天王，可以追溯到古代印度教的天神俱毗罗。俱毗罗又叫“施财天”，即“赠与财富之神”（有点像赵公明），在印度早期史诗《玛哈帕腊达》里就出现过。

在印度的造像里，毗沙门天王的左手一直拿着一只老鼠，这就是赫赫有名的“吐宝鼠”。有时候，这种吐宝鼠又画成口袋模样的“百宝囊”。敦煌壁画里，还有鼠形口袋的形象，这就是把吐宝鼠和百宝囊结合起来了（可能是因为老鼠喜欢聚集粮食，可以代表聚集财富，又或者百宝囊本来就可以代表财富）。到了《封神演义》里，就成了紫金龙花狐貂。

但是在波斯的一些雕塑里，俱毗罗拿的不是吐宝鼠，而是宝盒。其实，从老鼠到百宝囊，再到百宝盒，这个变化是合乎逻辑的。百宝盒是一种方形的盒子，很多民族都用百宝盒装金银财宝。

佛教徒认为佛舍利（释迦牟尼的遗骨）也是一种财宝，所以很多地方也用百宝盒来装佛舍利。佛教又认为，毗沙门天王是敬佛的，所以，佛教的毗沙门天王，手里托的盒子里装的就是佛舍利（说白了就是托的骨灰盒）。而佛教又习惯用宝盒装着佛舍利埋在地底下，然后在上面建一座叫“窣堵波”（梵语“塔”的音译）的东西。于是我们又看到，有些毗沙门天王手里会托着一座宝塔，这是从百宝盒演变来的。

西域画像里的毗沙门天王，如果托着宝塔，基本上都是覆钵式塔（造型像北京涮羊肉的火锅）。但是传到汉地之后，因为中原人喜欢楼阁式、密檐式的塔，一般有五层、七层、九层、十三层……如杭州雷峰塔、山西应县木塔、北大博雅塔等。所以汉地的毗沙门天王，如果托着塔，一般是楼阁式塔。我们在前面说过，毗沙门天王的一个分身，就是《封神演义》的李靖。手托楼阁式塔的天王，就是李靖的造型。

佛教的毗沙门天王造像，有的手拿吐宝鼠，有的托宝塔。在《封神演义》里，这两件法宝同样演化成两件东西：一个是魔礼寿的花狐貂，一个是李靖手里的黄金宝塔。

魔礼海手里的那把“混元伞”其实也是毗沙门天王手里拿的东西，在毗沙门天王早期雕像里，他一般是右手拿五彩棒（有点像烤肠），左手拿吐宝鼠。后来这种五彩棒变成了幢幡。幢是一种筒形的旗帜，幡是一根长条，从侧面看都是垂下来的。这种幢幡，在敦煌壁画里特别多。

但是，这种画像传到中原民间之后，老百姓不认识这种东西，认成了没有打开的雨伞。老百姓不管那套，既然看着像雨伞，就干脆把幢幡塑成没打开的伞了。所以我们去庙里看，天王手里的伞一定是没撑开的，因为它是从幢幡演变过来的。

至于《封神演义》里李靖的方天画戟，和幢幡其实是同一类东西。古代的幢幡就是一根长杆，上面挂一圆柱形的布。棍的顶端会装饰一些东西，比如三股叉、枪头等——今天中小学生军乐队里，领头指挥的孩子手里的旗，顶端也有一个枪头式的装饰，这都是中国古代战争文化的遗存。

《水浒传》里有一个小温侯吕方，一个赛仁贵郭盛，他俩的兵器是两把方天画戟，戟上的装饰一个叫金钱豹子尾，一个叫销金五色幡，这已经成了方天画戟或戟类兵器的固定装饰。《三国演义》里三英战吕布，原文说：“倒拖画杆方天戟，乱散销金五彩幡，顿断绒绦走赤兔，翻身飞上虎牢关。”吕布的方天画戟上挂的也是销金五彩幡。所以，毗沙门天王左手这件法器，到了《封神演义》，也变成了两件东西：李靖的画戟和魔礼海的混元伞。

幢幡变成伞之后，居然可以凑出一句吉祥话来了。剑有剑锋，就是“风”；琵琶有丝弦，可以“调”；伞是遮“雨”的；花狐貂是小动物，小动物的毛需要捋，一捋就“顺”了。于是就凑成了“风调雨顺”，符合我们中国老百姓凑吉利话的传统。而原本拿剑的老二，为了凑这个“风调雨顺”，也必须调整到第一位，这大概就是老二变成了老大的原因。

而且，老百姓为了凑“风调雨顺”，居然牺牲掉了一个天王！这就是西方广目天王。

在佛教造像里，西方广目天王手里拿的是一条龙（或蛇，他能镇伏群龙），在《封神演义》里干脆把它和花狐貂合并了，叫“紫金龙花狐貂”。所以魔礼寿的花狐貂是两种动物合在一起的产物。其实花狐貂平时是鼠形，放出来“身似白象”，和“紫金龙”没有半点关系。

持戟和塔的毗沙门天王（大英博物馆藏敦煌绢画）

不过，在其他场合，“风调雨顺”对应的天王又不是这样了，清梁章钜《浪迹续谈》卷七《风调雨顺》：

> 《唐书·礼仪志》：“武王伐纣，五方神来受事，各以其职命焉。既而克殷，风调雨顺。”王业《在阁知新录》：“凡寺门金刚，各执一物，俗谓风调雨顺，执剑者风也，执琵琶者调也，执伞者雨也，执蛇者顺也，独顺字思之不得其解。”杨升庵《艺林伐山》云：“所执非蛇，乃蜃也，蜃形似蛇而大，字音如顺。”然则《封神传》之四大金刚，非无本矣。

这个解释，倒是把“风调雨顺”的来历讲了，但“顺”的理由听起来十分牵强，聊备一说罢了。

四大元帅：已不复当年模样

张桂芳征伐西岐失利，消息报到朝歌，闻太师大惊失色，只好到海外寻求截教道友帮忙，总算请来了九龙岛四圣：王魔、杨森、高友乾（封神榜名单上写作高体乾）、李兴霸。这四位各骑神兽，有开天珠、混元珠等法宝。姜子牙与之对阵，这四位先后被金吒等人杀死，最后封为镇守灵霄宝殿四圣大元帅。

镇守灵霄宝殿四圣元帅，顾名思义，是玉帝的护法神。其实，道教有现成的四位护法神，就是“马赵温关”四元帅。

“马”就是马灵耀，我们在前面提过他。他又叫华光天王，以五团火光投胎，盗紫微大帝金枪，生下三日就闹了东海，杀了东海龙王。《封神演义》里，殷郊下山收的马善，是西方灵鹫宫一盏灯火化身，无论如何杀不死，就是比着马灵耀写的。

“赵”就是赵公明，本章讲过他。他既是财神，又在玉帝面前当护法，同时，他还是“五瘟”之一。这就是神谱的复杂性，同一个人，拥有不同的神格。

“温”就是温琼，《封神演义》殷郊下山收的温良，也就是马善的大哥，是比着他写的。

“关”就是关羽。宋代之后被道教吸纳为护法元帅。

这四位元帅确实在玉帝殿前当护法。在《三教源流搜神大全》里，赵公明封为“直殿将军”，温琼封为“玉皇殿前亢金大神”。在道观里，马赵温关四将，通常塑在玉帝的两侧。只不过《封神演义》要重新封神，建立自己的神灵体系，所以就把四元帅的称号重新封给了王魔、杨森、高友乾、李兴霸。

为什么说王杨高李四位和马赵温关四位对应呢？因为书里写了四人的相貌：

> 话说四位道人到朝歌，收了水遁进城。朝歌军民一见，吓得魂不附体：王魔戴一字巾，穿水合服，面如满月；杨森莲子箍，似陀头打扮，穿皂服，面如锅底，须似朱砂，两道黄眉；高友乾挽双抓髻，穿大红服，面如蓝靛，发似朱砂，上下獠牙；李兴霸戴鱼尾金冠，穿淡黄服，面如重枣，一部长髯；俱有一丈

五六尺长，晃晃荡荡。

王魔“面如满月”，显然是白脸，因为满月除了是圆形之外，还是银白色的。张飞的脸虽然也够圆，但不能说像“满月”。杨森黑脸，高友乾蓝脸，李兴霸红脸——这四位的脸色，正好对应马赵温关的脸色。马元帅的塑像肯定是一张丰满的白脸，赵公明是黑脸，温琼长着一副典型的蓝脸。最后一位李兴霸，既然都“面如重枣，一部长髯”，那就完全是比着关老爷的形象写的。等于说，道教的四大元帅被《封神演义》用了个足，马灵耀之于马善、王魔，温琼之于温良、高友乾，赵公明除了本尊出场外还分出了杨森、五鬼，就连关老爷也跑来凑热闹了。

北京白云观所藏岳元帅画像

马赵温关的组合，有时候也变成马赵温周。可能是明清之后，关羽的地位渐渐上升，不再适合做镇殿元帅了，需要一个空位来补，就补上了一个周元帅（周广泽）。有时候也变成岳赵温关，这里的岳元帅，本来名叫岳昊或岳胜，后来因为岳飞名气

南宋刘松年《中兴四将图》中的岳飞像

太大，民间又把岳元帅说成和关元帅齐名的岳飞了。

岳元帅既然替代了马元帅，说明他也是白脸。事实上，北京白云观的水陆画中，岳元帅就画成了白脸。历史上真正的岳飞，喜欢穿什么衣服，长什么模样，其实并没有明确的记录。不过清代钱彩《说岳全传》中的岳飞，完全是以白色为主色调：

> 头戴烂银盔，身披银叶甲，内衬白罗袍，坐下白龙马，手执沥泉枪，隆长白脸，三绺微须，膀阔腰圆，十分威武。

一般来说，戴白盔、穿白甲、骑白马的武将，不容易表现出主帅的霸气。这个扮相，通常是“小鲜肉”的专属，如罗成、赵云，所谓“要想俏，一身孝”。都长“三绺微须”了，何必来抢这副俏模样呢？

而且，岳飞的像并不一直是白盔白甲，南宋刘松年的《中兴四将图》和故宫南熏殿旧藏《历代功臣像轴》里的岳飞，以及杭州西湖岳庙中的岳飞像，无论是便服还是官服、盔甲，都是一副很普通的打扮，甚至很难说有什么特色。而《说岳全传》偏偏选用了一个极有特点的白色。所以我想，这副白脸、白盔、白甲的样子，是不是和道教的岳元帅画像有关呢？

至于四元帅为什么是白、黑、蓝、红四种颜色，这很容易解释：古人经常用五色配五方和五行，四元帅对应东西南北四方：东方青脸（蓝色）、南方红脸、西方白脸、北方黑脸。至于为什么岳元帅是白脸，因为他当然不可能是蓝脸和黑脸，红脸又被关老爷占了，那只能占西方白色，长一副白脸了。

保安队长哼哈二将

《封神演义》里有两个人，虽然没有成对出来，但是封神的时候却封在了一起，这就是郑伦和陈奇。

郑伦在《封神演义》里出现得很早，他是冀州侯苏护的部下督粮官。崇侯虎为纣王夺妲己，攻打冀州，捉去了苏护的儿子苏全忠。苏护正要投降，郑伦主动要求出马，捉来了崇侯虎的弟弟崇黑虎。他的法术是从鼻子里喷出两道白光，夺人魂魄。

> 郑伦也曾拜西昆仑度厄真人为师。真人知道郑伦“封神榜”上有名之士，特传他窍中二气，吸人魂魄。凡与将对敌，逢之即擒。故此着他下山投冀州，挣一条玉带，享人间福禄。今日会战，郑伦把手中杵在空中一晃，后边三千乌鸦兵一声喊，行如长蛇之势，人人手拿挠钩，个个横拖铁索，飞云闪电而来。黑虎观之，如擒人之状。黑虎不知其故。只见郑伦鼻窍中一声响如钟声，窍中两道白光喷将出来，吸人魂魄。崇黑虎耳听其声，不觉眼目昏花，跌了个金冠倒蹋，铠甲离鞍，一对战靴空中乱舞。乌鸦兵生擒活捉，绳缚二臂。

《封神真形图》中的郑伦形象

《封神真形图》中的陈奇形象

而陈奇是青龙关丘引部下，也是督粮官。黄飞虎攻打青龙关，遇到了陈奇，陈奇和郑伦不但打扮、兵器、坐骑一模一样，本领也差不多：

> 陈奇原是左道，有异人秘传，养成腹内一道黄气，喷出口来，凡是精血成胎者，必定有三魂七魄，见此黄气，则魂魄自散。

陈奇靠这个本领抓了很多周朝将领，名将邓九公也被他捉去斩首。接着郑伦来了，就与陈奇大战：

> 郑伦正战之间，自忖："此人当真有此术法。打人不过先下手为妙。"把杵在空一摆，郑伦部下乌鸦兵行如长蛇阵一般而来。陈奇看郑伦摆杵，士卒把挠钩套索似有拿人之状，陈奇摇杵，他那里飞虎兵也有套索钩挠，飞奔前来。正是：能人自有能人伏，今日哼哈相会时。
>
> 郑伦鼻子里两道白光，出来有声；陈奇口中黄光也自迸出。陈奇跌了个金冠倒躅；郑伦跌了个铠甲离鞍。两边兵卒不敢拿人，只顾各人抢各人主将回营。郑伦被乌鸦兵抢回；陈奇被飞虎兵抢回；各自上了金睛兽回营。土行孙同众将笑得腰软骨折。

后来哪吒等人攻入青龙关，围殴杀了陈奇。郑伦后来死于梅山七怪之手。封神的时候，姜子牙把他俩封为"哼哈二将"，镇守佛教山门。佛教寺庙的山门，一般都和天王殿合并在一起。天王殿里，有时候塑四个神将，就是本节说过的四大天王。有时候塑两个神将，就是所谓的哼哈二将。

北京凤凰岭龙泉寺，山门很小，塑的就是哼哈二将，还有一副启功先生书写的对联：

> 扬眉一哼狐禅外道皆脑裂，震威一哈邪魔阴鬼俱胆寒。

哼哈二将的由来，和汉传佛教的寺院布局有关。汉传佛教的寺院，非常讲究对称，通常是一种四合院结构，或一进，或两进，或三进。而第一进第一座殿，供奉的就是金刚力士。

《大宝积经·密迹金刚力士会》里说，有一位法意太子，曾发了一个誓愿：

> 吾自要誓诸人成得佛时。当作金刚力士。常亲近佛在外威仪。省诸如来一切秘要。常委托依。普闻一切诸佛秘要密迹之事。信乐受喜不怀疑结。

后来，他就成为佛的身边随从侍卫的首领，叫密迹金刚（相当于保安队长）。

密迹金刚在印度的寺里，是可以单放一个的。但是汉传佛教讲究对称，左边放一个，右边还得来一个。大概在唐代的时候，寺庙的山门里，金刚力士就变成了两个——实际这两个都是密迹金刚。

但是佛教塑像不是随便立的，总得有一定的理由，合乎一定的仪轨。于是就有佛教徒找理由去解释，比如宋僧知礼在《金光明经文句记》卷九里说：

> 金刚密迹者，《正法念处经》云："昔有国王夫人生千子，欲试当来成佛次第。故俱留孙探得第一筹，释迦当第四筹，乃至楼至当千筹。第二夫人生二子。一愿为梵王请千兄转法轮。次愿为密迹金刚神。

密迹金刚（大英博物馆藏敦煌绢画）

护千兄教法。”世传楼至化身，非也。乃法意王子耳。据经唯一人，今状于伽蓝之门，而为二像者，夫应变无方，多亦无咎。

这段有意思的是，先讲了密迹金刚的来历，是俱留孙佛（《封神演义》里的惧留孙）、释迦牟尼佛、楼至佛等人的异母兄弟，然后解释了为什么金刚力士是一位，而寺院里有两尊像呢，这是佛法要适应外界情况的变化，所以多一个也无所谓——这跟没解释差不多！

还有一种解释是：两个金刚左边的张着嘴，右边的闭着嘴。左边张嘴发出“阿”的声音，右边闭嘴发出“吽”的声音，这两个声音，原是梵语字母表中开头与结尾的两个音，佛教认为它们有神奇色彩，一开一合，是一切言语声音的根本和基础。

阿是吐声权舆，一心舒遍，弥纶法界；吽是吸声条末，卷缩尘刹，摄藏一念。[1]

但是这种玄之又玄的说法，到底有没有道理呢？其实是没有什么根据的。[2]可能就是当时塑的时候，为了让两个金刚不要雷同，就一个张嘴，一个闭嘴了。

但是因为这种说法很玄，所以反倒很有市场。可中国的老百姓对“阿”“吽”并不了解，于是改造成了“哈”和“哼”。这样一来，就把这个神圣解释世俗化了。所以现在一提哼哈二将，都有一些讽刺或幽默的味道，例如袁世凯的哼哈二将段祺瑞和冯国璋，《哈利·波特》里马尔福的哼哈二将克拉布和高尔。

说到民间的改造，我还亲眼见过一件有趣的事：北京永定河边，有一

[1] 见《丁福保佛学大辞典》。
[2] 以上见白化文《汉化佛教与佛寺》第四章第一节。

座“大王庙”，里面供的是龙王爷。大概原来是由僧人住持的，所以山门两侧，塑的是金刚力士（哼哈二将）。哪知道后来这座庙归道士管了，住持道士懒得改塑道教神像，就干脆给哼哈二将换个牌位，改成了“北斗洞明宫左辅星君”和“北斗隐光宫右弼星君”（《封神演义》里的韩升、韩变）。这种图省事的做法，正像清代的正阳门北侧有一座门叫“大清门”，门上还挂着“大清门”三字石牌匾。到了民国，大家觉得不能再叫大清门了，要换一块新匾，叫“中华门”。谁知工人图省事，懒得新做了，就想：“把‘大清门’石匾翻个面儿，背面刻上‘中华门’不就得了吗？”哪知道爬梯子拆下来一看，那背面竟然早就有了三个字，刻的是“大明门”……

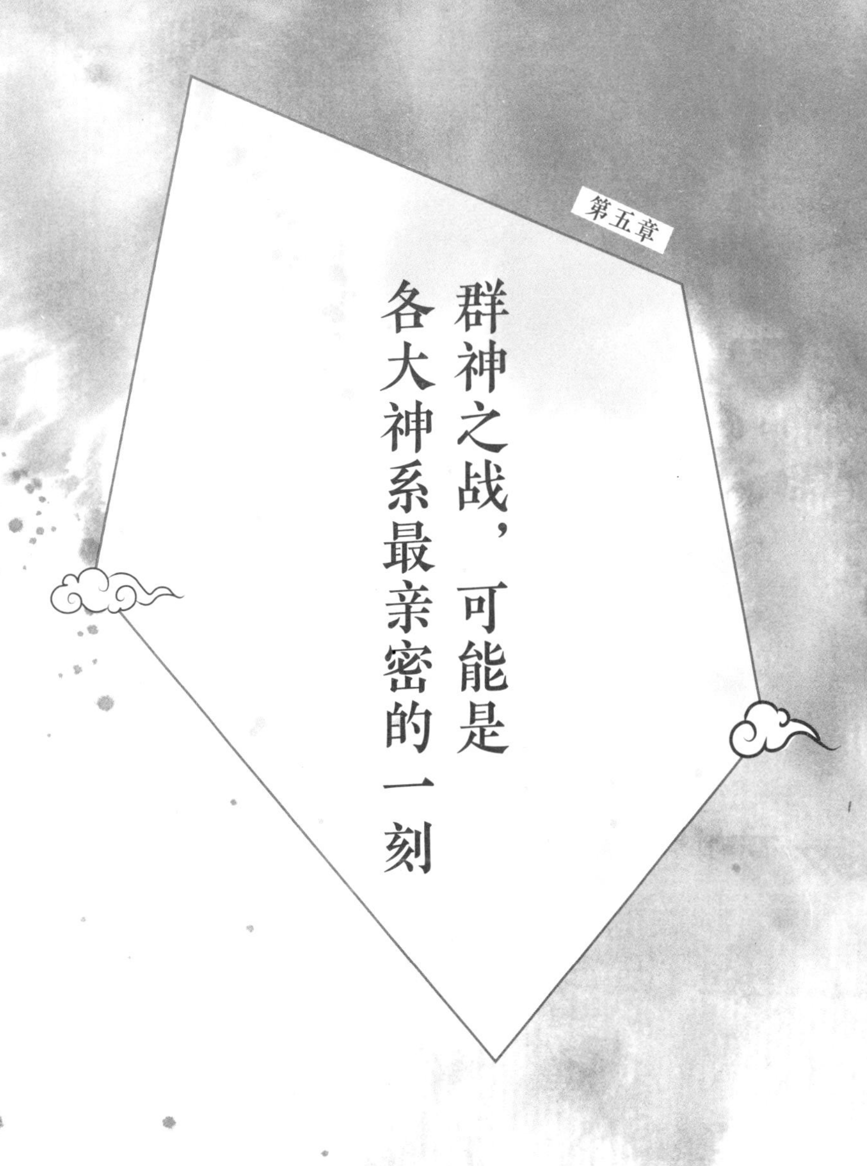

第五章

群神之战，可能是各大神系最亲密的一刻

宗教允诺的成仙之道，超然物外，不受天王老子管辖，提供了一套非常强大的与政权分庭抗礼的力量。人类开始试图介入世界秩序的维护，不再做匍匐于天神威严下的奴仆。其凭借的力量，正是独立于天庭之外的宗教门派。

宗派之一：最活跃的神仙们

从神道到仙道

《封神演义》里最活跃的神界人物，就是鸿钧道人、老子（太上老君）、元始天尊、通天教主，以及这几位教主手下的二代、三代弟子们。他们虽然没有任何维护世界秩序的职务，却是推动封神榜计划的核心动力。

阐截二教门下，都是修仙的人，无论阐截，目的都是修成仙道，“正果朝元”。但是，如果这些人没修成，半路上死了，灵魂和肉体分离，又怎么办呢？那只能说明“根行浅薄”，只能把灵魂封为神（当然更浅薄的是普通人）。所以书里说二十八宿的口气都是这样：

> 截教传来炼玉枢，玄机两济用工夫。丹砂鼎内龙降虎，斩将封为室火猪。秘授口诀伏妖邪，顶上灵云天地遮。三花聚顶难成就，斩将封为翼火蛇。不恋荣华止自修，降龙伏虎任悠游。空为数载丹砂力，斩将封为觜火猴。

在《封神演义》里，修仙的人，成为上述那些有职务的神，并不是一件特别好的事，因为原文有这么一句话：

> 看官，大抵神道原是神仙做，只因根行浅薄，不能成正果朝元，故成神道。

作者对“神道”的结局并不看好，他更赞同的是“正果朝元”，或者像杨戬等七人那样“肉身成圣”。这样才能免于天庭政权的管理，甚至可以与其分庭抗礼。所以通天教主摆诛仙阵，元始天尊对他说：

> 贤弟为何设此恶阵？这是何说？当时在你碧游宫共议“封神榜”，当面弥封，立有三等：根行深者，成其仙道；根行稍次，成其神道；根行浅薄，成其人道，仍随轮回之劫。此乃天地之生化也。

生命分仙、神、人三道，是《封神演义》的特有的逻辑。书中先成了“神道”，后成了“仙道”的，只有一位，就是哪吒。

我们在前面说过，哪吒自杀后，殷夫人给哪吒建了一座庙，哪吒被百姓奉为神，然后莲花化身，肉身成圣。在哪吒行宫的日子里，他没有肉身，只是魂魄，所以也是一位“神道”。所以李靖打听行宫来历时，军政官对他说：

> 半年前，有一神道在此感应显圣，千请千灵，万请万应，祈福福至，禳患患除；故此惊动四方男女进香。

哪吒还说了这样一番话：

> 如今我魂魄无栖，望母亲念为儿死得好苦，离此四十里，有一翠屏山上，与孩儿建立行宫，使我受些香烟，好去托生天界。

所以，所谓“神道”，无非就是有灵性的鬼——哪吒甚至还不知从哪里招聘了两位“鬼判”，给他打杂。“神道”和人类之间，是有类似结界的障碍的，不能随意显形，所以哪吒见他母亲只能靠托梦，而姜子牙和五鬼对话，马夫人也看不见。而仙人是可以天上人间，任意遨游的。

“封神榜”上的几百位正神都是这样，他们的形态是魂魄，没有形体的依傍，一般是很痛苦的。所以姜子牙斩了飞廉、恶来后，二魂“凄切不胜”。即使是居正神之首的清福神柏鉴，当年做过轩辕黄帝总兵官，也因大战蚩尤，被火器打入海中，“千年未能出劫”，十分痛苦，总算盼来姜子牙，才把他拔离苦海。

“神道”只有受了人间香火，才能慢慢地重塑形体。所以李靖毁庙之后，哪吒去乾元山诉苦，这时候书里说他的形态是：

> 哪吒受了半年香烟，已觉有些形声。

但是这种形体还是受香火的制约，一旦香火寥落，“神道”的日子也就不好过了。“神道”的地位并不高，那些没有经过朝廷册封的“神道”，甚至连地方官都可以砸像毁庙，遇到天灾、战乱，香火萧条，“神道”的生存也会受到威胁。哪吒的庙被李靖毁了之后，没了香火，立即无处栖身，陷入极大的危险。

所以这就能看出被册封为“正神”的好处了：可以获得永久的祭祀。哪怕各地百姓忘记了他们，至少还有朝廷层面的国家祀典。所以金灵圣母被打死后，原文说了一句：“封神正位为星首，北阙香烟万载存。”透着一种端上了体制内铁饭碗的慰藉。

这次政权扩容的策划者，是成道的高级仙人；执行者，却是一位凡人姜子牙。如果把“仙道”视为人类修行的最高成果的话，这似乎告诉我们，人类开始试图介入世界秩序的维护，不再做匍匐于天神威严下的奴仆。所凭借的力量，是独立于天庭之外的宗教门派。

我们在第一章中知道，历代政权都有一套自己的“封神”手续。在《封神演义》产生前，神是国家封的。《封神演义》是民间的作品，与国家祀典无关，然而这本书却处处浸润着由人类“封神”的思路。毋宁说，到了明代，民间对神灵已经不再像从前那样毕恭毕敬，顶礼膜拜。《封神演义》的作者似乎发现，官方已经提供了一套非常成熟的“封神”方法，不妨借用过来。

而各宗派允诺的成仙之道，超然物外，不受天王老子管辖，又提供了一套非常强大的与政权分庭抗礼的力量。这,大概就是《封神演义》的逻辑基础，也是这位作者的宏伟志向。

众神之巅，前仆后继

通天教主用诛、戮、陷、绝四口宝剑摆下一座“诛仙阵”，老子和元始天尊都来破阵。老子大战通天教主，发生了一件事情，叫“一气化三清”。

> （老子）把青牛一拎，跳出圈子来；把鱼尾冠一推，只见顶上三道气出，化为三清。老子复与通天教主来战。只听得正东上一声钟响，来了一位道人，戴九云冠，穿大红白鹤绛绡衣，骑白泽而来，手仗一口宝剑。
>
> 只听得正南上又有钟响，来了一位道者，戴如意冠，穿淡黄八卦衣，骑天马而来，一手执灵芝如意，大呼曰：“李道兄！吾来佐你共伏通天道人！”把天马一兜，仗如意打来。
>
> 正北上又是一声玉磬响，来了一位道人，戴九霄冠，穿八宝万寿紫霞衣；一手执龙须扇，一手执三宝玉如意，骑地吼而来……
>
> 四位天尊围住了通天教主，或上或下，或左或右，通天教主止有招架之功。

这来的就是上清、玉清、太清三位道人，是老子的元气所化。这三个化身不能持久，虽然包围了通天教主，但一会儿气就消了，一声钟响，就不见了。

应该说，这一段很凌乱：如果“一气化三清”是老子的法术，那它还不如孙悟空变的小猴，小猴还能上来乱打，这三位好像一点用都没有，只是幻影。

其实，这个“一气化三清”，和咱们日常生活中的所谓的“三清”既有相似之处，又有不同之处。这段故事，逻辑上虽然混乱，却可以看出许多有趣的问题。

只要去过道观的人就知道，很多道观有三清殿，中间是元始天尊，两侧是灵宝天尊、太上老君（老子），三清是最高领袖。

《封神演义》里的老子、元始天尊和通天教主三位，和三清有什么关系呢？其实没什么关系。并不是说，既然老子和元始天尊是三清中的两个，剩下的通天教主就也得算三清。

还有人说，既然元始天尊有了，太上老君有了，那剩下的通天教主，是不是那个灵宝天尊呢？也不是。通天教主和灵宝天尊没有任何关系，这只是《封神演义》自己创了一套体系而已，借用了老子和元始天尊的名字。

所谓的“三清”，指的确实是玉清、上清、太清，但这“三清”有两个含义。第一个含义是“三清境”，位于天界之上，是最高神仙所住的地方。第二个含义就是三清境内居住的三位至上神：元始天尊住玉清境（《封神演义》原文里的玉清道人，和书里的“元始天尊”完全是两回事），灵宝天尊住上清境（原文中的上清道人），道德天尊住太清境（太上老君，书里所谓的太清道人）。原文里太清道人手拿一把龙须扇，这就是道观塑像中道德天尊手里的法器，被《封神演义》搬了过来。

道教教派的最高尊神的概念是有变化的，有的尊奉太上老君为最高神，有的尊奉元始天王或元始天尊，还有太上道君，即灵宝天尊。元始天尊和太上道君虽然是后出的神，地位反倒更高。

这和《封神演义》的逻辑是一样的：《封神演义》全新编造的最高神是鸿钧道人，鸿钧道人的地位比元始天尊、太上老君还要高。“钧”指古代制陶的轮子，“鸿”是巨大的意思。古人认为天地像一个制陶的巨大轮子，不停地转动着，所以“鸿钧”指天或大自然。“鸿钧道人”的字面意思，就是大自然的化身。

之前讲过的“斗姆”也是这样，她在神话故事里是北斗之母，但绝不

北京白云观所藏元始天尊画像

北京白云观所藏道德天尊画像

北京白云观所藏灵宝天尊画像

是先有斗姆信仰，再有北斗信仰，而恰恰是反过来：先有北斗信仰，后有斗姆信仰。

越是后出的教派，它的最高神越厉害，地位越比前面的高，这是一个非常普遍的现象。因为它要压人一头：我要传教，老教派都有一个最高神了，我后来的怎么才能超过你呢？只能再编一个神，压过前面那个。这是造神一个普遍特点。

小说是这样，真正的民间也是这样。例如明代民间普遍信奉“无生老母”，这就是明代（或者可以上溯到元）民间编出来的大神，把释迦牟尼、太上老君、元始天尊等最高神又都压在下面。

顾颉刚先生讲上古史，提出“层累地造就古史说”，也是这个概念：周代人心目中最古的人王是禹，到孔子时始有尧舜，到战国时有黄帝神农，到秦时三皇出来了，汉以后才有所谓“盘古”开天辟地的传说。所以可以这样设想：古史是层累地造成的，发生的次序和排列的系统恰是一个反背。

不过，新教派出现后，也需要融合之前的教派，否则会流失受众。所以就出现了融合和博弈，最后达成一个大家都认可的结果。于是就出现了一气化三清的概念。南北朝时期的文献《太真科》，认为三清都是大罗之气所化，大罗是道境极地，本意是一气，然后生玄、元、始三气，始气变成了清微天玉清境，元气变成了禹余天上清境，玄气变成了大赤天太清境。这个说法就把三清住的地方解决了。

虽然解决了住处，但这三位大神到底谁高谁低还没解决，于是一直流传着两种说法。第一种说法是上清派道士的，他们主张“三清”是元始天尊一气所化（因为他们崇尚元始天尊，尊奉元始天尊为老大）。元始天尊先是化为天宝君，又化为灵宝君，再化为神宝君。但是另一派，天师道或者后代受天师道影响的派别，认为“三清”是太上老君一气所化，因为他们把太上老君当成最高教主，或者说是“道”的化身。既然太上老君是“道”的化身，那当然是由他化出三清。

其实到现在为止，这个问题也没有完全讨论清楚。但大家有了共识：“三清”肯定是从某个“一气”化出来的。至于是谁，就不必争辩了。大家“搁置争议，共同开发”。

“三清”谁先谁后的争议，在魏晋南北朝到唐代这段时间比较大，因为要构建一个神学体系。宋代之后，全真教兴起，主张内炼、清修，对这些并不感兴趣。所以“一气化三清”其实是个历史问题。

“三清”是一个非常复杂的问题，我们讨论太上老君、元始天尊、灵宝天尊这些概念的时候，一定不要认为它们一直是确定无疑的。虽然只有四个字或者两个字，但其实经历过非常复杂的变化，尤其是东汉到南北朝之间这几百年（甚至“太上老君”和“老子”有时候都不是一回事）。这就是中国复杂的土壤产生的问题。

十二上仙：阐教最强天团

十二上仙破十绝阵，是阐教第一次派出最强阵容。这十二位按通常出场的排班顺序是：

> 广成子、赤精子、太乙真人、灵宝大法师、清虚道德真君、惧留孙、文殊广法天尊、普贤真人、慈航道人、玉鼎真人、道行天尊、黄龙真人

有人问我：所谓的阐教十二仙（俗称十二金仙），作者到底有没有特意设计次序？我查了很多资料，感觉作者是有设计十二仙次序的想法的，我们也能感觉得到他的努力。但好像因为某些原因，比如作者能力不够，或者素材不够，这个愿望没有实现，只在书里留下了一些痕迹。

如果说有一点设计感的话，可能就是书里明确说了：惧留孙和文殊、普贤、观音三位，后来入释教成佛成菩萨，等于给后来的释家开了一个头。

此外，广成子、赤精子是传说中的上古仙人，太乙真人是一个著名神仙的名字。如果硬要说十二上仙的设计有什么特点的话，我们可以用八个字概括：“古今同体，仙佛合宗”。在时间上贯穿了古今，在教派上融合了道和佛。

其实“古今同体，仙佛合宗”，也体现了明代三教合一的特色，符合当时人们的口味，所以十二上仙的体系很快就被大家接受了。

十二仙的来历值得一说的，第一位是广成子。他是很早的人物，是庄

子的原创（或许还有更早的来源）。《庄子·在宥》说：

> 黄帝立为天子十九年，令行天下，闻广成子在于空同之上，故往见之。……顺下风膝行而进，再拜稽首而问曰："闻吾子达于至道，敢问：治身奈何而可以长久？"广成子蹶然而起，曰："善哉问乎！来，吾语女至道：至道之精，窈窈冥冥；至道之极，昏昏默默。无视无听，抱神以静，形将自正。必静必清，无劳女形，无摇女精，乃可以长生。目无所见，耳无所闻，心无所知，女神将守形，形乃长生。慎女内，闭女外，多知为败。我为女遂于大明之上矣，至彼至阳之原也；为女入于窈冥之门矣，至彼至阴之原也。天地有官，阴阳有藏。慎守女身，物将自壮。我守其一以处其和。故我修身千二百岁矣，吾形未常衰。"黄帝再拜稽首曰："广成子之谓天矣！"广成子曰："来！余语女：彼其物无穷，而人皆以为有终；彼其物无测，而人皆以为有极。得吾道者，上为皇而下为王；失吾道者，上见光而下为土。今夫百昌皆生于土而反于土。故余将去女，入无穷之门，以游无极之野。吾与日月参光，吾与天地为常。当我缗乎，远我昏乎！人其尽死，而我独存乎！"

大概意思是说，轩辕黄帝去向广成子求道，广成子告诉他，要保持安定的心态，让精神饱满，这样才能长生不老。广成子自己则要去"无穷之门""无极之野"，与天地同体。

这就是广成子的来历。后来又加了好多的附会，比如说他是老子的化身、太上老君的化身，广成子到了周朝就转世为老子，等等。

第二位是赤精子。他也是传说中上古的神仙。根据某些文献的说法，他和广成子一样，也是太上老君在某个时期的化身：

> 老子上三皇时，为玄中法师。下三皇时，为金阙帝君。伏羲

时为郁华子，神农时为九灵老子，祝融时为广寿子，黄帝时为广成子，颛顼时为赤精子，帝喾时为录图子，尧时为务成子……

他还有一个比较有名的传说。西汉时期的方士甘忠可写了两本书，一本叫《天官历》，还有一本叫《包元太平经》（也有人说这两个名字连起来是一部书）。《包元太平经》说汉朝的气运要完了，应该重新受命于天。甘忠可说这两部经不是自己编的，是天帝派遣一个叫赤精子的真人下凡来传授的。总的来说，广成子和赤精子属于不同时代的人，广成子早，赤精子晚。

《封神演义》里经常说十二仙是“十二代上仙”，“十二代”到底是师徒关系呢？还是师兄弟关系呢？当然，在书里，他们都是元始天尊的徒弟，是师兄弟。但是从广成子、赤精子的时代关系来看，所谓的十二代，在作者的观念里，似乎应该指这十二个仙人在不同的时期出世，教化凡人。所以广成子是最早的，其次是赤精子。但是作者的驾驭能力似乎没那么强，没能把事说明白。

后边文殊和普贤也是这样的：虽然他俩都是菩萨，但在民间经常流传着“文殊度普贤”的说法，文殊菩萨成道早，普贤菩萨成道晚，普贤成道之后还有一些私心杂念，然后文殊菩萨来考验他。

广成子、赤精子之后，是太乙真人、灵宝大法师。“太乙真人”这个神仙大行其道，是在某些书里，“太乙真人”经常作为传经、解经的形象出现。而受过灵宝法箓的法师，可称为“灵宝法师”，例如《上清灵宝大法》的编者金允中，就号称“洞玄灵宝法师”。“灵宝大法师”，应该就是指灵宝派的重要法师或开派宗师。太乙真人和他可以组成一对。

唐倪少通《太一观董真人殿碑铭（并序）》中说，“太乙”即太一，即至道的别称。天上有“太乙之府”，由太乙真人管辖：

紫清之上，玉皇御中。有太乙之府，上台之宫。宫有九署，三官所宗。太乙真人、太伯仙翁。定生丹籍，落死北酆。统制万灵，元化无穷，即太乙掌符录权总之化也。

这位太乙真人，负责“定生丹籍，落死北酆”，是执掌天下生死祸福簿籍的权威人物。他在晋朝初年还下凡了一次，托生为董奉。

> 庐山真人殿者，按《仙传》，即太乙真人隐化之所治也。连虎溪福地，按咏真洞天，上应仙曹，下通阴府，真人逐代降世。魏末晋初，孕灵于闽川侯官，寓姓董氏。名奉字君异，托迹混时，行仁布惠，活士燮于交址，救屈女于柴桑。种杏拯民，苏苗降雨。……以晋永嘉元年三月十五日，感上帝锡命曰：“太乙真人，历居凡世，功满三千，可任碧虚上监，仍掌吴楚人民生死之文，罪福之籍。”

董奉是魏晋时名医，治病不取钱物，但要求重病治愈者在山中栽杏五株，小病治愈者栽杏一株。数年之后，就成了一片杏林。董奉便在树下建一草仓储杏。需要杏子的人，可用谷子自行交换。董奉用得到的谷子赈济贫民，供给行旅。后世称颂医家“杏林春暖”之语，就是这么来的。太乙真人升天之后，仍然管理中国南方人民的“生死之文，罪福之籍”。

再看剩下的这几个。惧留孙是过去七如来之一，文殊、普贤、慈航是后来的三大菩萨，这些在本章都会提及。还有三位：玉鼎真人、道行天尊、清虚道德真君，没有什么特别的来历，很可能是根据常见的神仙或高道的名字编出来的，例如：

清虚道德真君：历史上名字里有“清虚”二字的神仙，有清虚真人王褒，明代的张三丰也获封“清虚元妙真君”。

玉鼎真人：宋代杜蒲《庚道集》中，记载了《西蜀玉鼎真人九转大丹》，是讲外丹烧炼的。而他的徒弟杨戬即二郎神，也是西蜀神仙，玉鼎真人很可能是四川地区的一位高道。另外丹经《性命圭旨》里，玉鼎真人也有口诀，和紫阳真人（张伯端）、伯阳真人（魏伯阳）等并列。

道行天尊:《太上灵宝朝天谢罪大忏》中有“志心朝礼,道行真空天尊”。最后是黄龙真人，这个人十分有趣。他一无法宝，二无看家法术，三无徒弟，四无战绩，除了会骑着一只仙鹤飞来飞去，要要贫嘴外，几乎就是一个“废柴”。所以我很怀疑，他和吕洞宾与黄龙禅师盘道的故事有关。这个故事，道释两家都有讲述，有的说是吕洞宾赢了，有的说是黄龙禅师赢了。《封神演义》的作者站在前者立场,编出一个黄龙真人来“埋汰”黄龙禅师,倒不是没有可能。

十二上仙系统被《封神演义》确立后，很快就产生了影响。四川成都著名道观青羊宫三清殿里，就供奉着《封神演义》的十二仙，这说明他们被吸纳进了他们的神谱，这就是受文学作品影响的例证。

另外,在陕西某些庙里,十二上仙没有黄龙真人,取而代之的是云中子。这也好理解，因为云中子住在终南山玉柱洞，是陕西本地的神仙。而黄龙真人，取消了就取消了吧。

神秘人云中子

《封神演义》里，有一个很神秘的人，叫云中子。

云中子算是最早出现的神仙。他的出场在第五回，是这样的：

> 话说终南山有一炼气士，名曰云中子，乃是千百年得道之仙。那日闲居无事，手携水火花篮，意欲往虎儿崖前采药。

既没有说他是阐教的还是截教的，也没有说他和元始天尊十二代弟子（所谓“十二上仙”）有什么朋友关系。

云中子做的几件大事，一是向纣王进献了一口木剑，要斩妲己。从这个立场上来说，他是要保成汤天下的。二是收了雷震子。三是用通天神火柱把闻太师烧死了：这和他保成汤天下的初衷似乎又完全相反。而且，他与元始天尊及门下诸弟子并没有太多互动。有时他虽然在场,但作者说“十二代门人”如何如何,常常把他给漏了。云霄姐妹摆黄河阵,用混元金斗捉拿十二上仙,云中子也免遭此劫。而且最有趣的是,从头到尾,他都不曾向元始天尊行过师徒之礼。这是为什么呢?

答案很简单:他和十二代门人不是一个体系的。可以说,云中子在《封神演义》里的资历,比阐教十二代门人,甚至比元始天尊还要老!

在《封神演义》的前身,元代的《武王伐纣平话》中,并没有什么元始天尊、十二上仙,而云中子就已经出现了。

我们在第二章说过,《武王伐纣平话》里,西伯侯姬昌去朝歌见纣王,路上遇到一座古墓。忽然雷雨大作,古墓裂开,露出一具女尸。女尸的肚子被雷劈裂了,里面有一个小婴儿。姬昌把小孩抱出来,遇到了云中子。云中子说:“这个孩子,不要扔掉,后十八年,一定是破纣王的凶神。”于是取名雷震,带回传艺。

云中子就出现了这么一回。另外《武王伐纣平话》里,也有一个人给纣王献了一口斩妲己的宝剑,这个人不是云中子,而叫许文素,出家于终南山白水洞。至于许文素是不是云中子的俗家姓名,就不知道了。到了明朝的《封神演义》里,才不见了许文素,而说是云中子献的宝剑。

另外,许文素献给纣王的那口剑,是一口真剑。妲己见了之后,竟然扭头就跑,然后那宝剑就像一条大蛇一样在后面紧追。此后这把剑一直是妲己的心腹大患。所以到了《封神演义》里,万仙阵里提了一句“云中子宝剑如虹”,算是对这把剑有一个最后的照应。

其实传世的神谱里,并没有叫云中子的神仙。但金代有位著名道士苏铉,道号“云中子”,他是全真七子马钰的徒弟。马钰号丹阳,“丹阳付授道妙,及屡以诗词接引,使进真功。以至心源明了,道体冲融。一时羽属皆以小丹阳目之”,说明他是得了马钰真传的,并且受到了师叔丘处机的器重,受命去北京传教,住持崇福观。元代追赠为“体元辅教云中真人”。至于他和《封神演义》有什么关系,就不清楚了。

所以，云中子没有列入阐教十二代弟子，也没有遭受黄河阵大劫就可以理解了：如果把《封神演义》比作一家公司，十二弟子是同一年集体新招聘来的，而云中子则是公司原有的老员工。

一般的公司都会有一个说法：“老人老办法，新人新办法。”给新老员工安排的岗位和待遇当然不一样了。云中子作为老员工，当然做了许多开创工作。像黄河阵遭劫这样的事，就相当于公司里的倒霉工作，有了小年轻之后，老员工是有权利洁身远避的。而新员工竭尽全力干完了活，累得半死，即将大功告成的时候，自然会有老员工冒出来，抢最后的功劳。所以烧烤闻太师这个大功劳，是云中子最后笑纳了！

这虽然像个笑话，有时候却也能反映古代小说创作的实际。因为《封神演义》不是一时一地成书的，而是“世代累积”型的作品，就像一个老公司，安插人物是有道道的——不是说作者可以把剧中人物随便一排即可，因为他要对新读者负责，也要对老读者负责，要考虑方方面面的感受。所以，这种哲学其实和中国的单位哲学有很相通的地方。

逍遥散仙说陆压

闻太师西征的时候，请来了许多厉害帮手，但“道高一尺魔高一丈”，西岐这边除了阐教的十二上仙之外，也来了很多高手，其中之一，就是我们非常熟悉，但又非常神秘的陆压。

陆压第一次出场，是在赵公明来打西岐的时候。但是很奇怪，阐教的人好像都不认识他：

> 这道人上得篷来，打稽首曰：“列位道兄请了！”燃灯与众道人俱认不得此人。燃灯笑容问曰：“道友是那座名山？何处洞府？”道人曰：“贫道闲游五岳，闷戏四海，吾乃野人也。吾有歌为证，歌曰：
>
> “贫道乃是昆仑客，石桥南畔有旧宅。修行得道混元初，才了

长生知顺逆。休夸炉内紫金丹，须知火里焚玉液。跨青鸾，骑白鹤，不去蟠桃飧寿药，不去玄都拜老君，不去玉虚门上诺。三山五岳任我游，海岛蓬莱随意乐。人人称我为仙癖，腹内盈虚自有情。陆压散人亲到此，西岐要伏赵公明。”

《封神真形图》中的陆压形象

也就是说，陆压是一个散仙，不受元始天尊、太上老君的管辖。

陆压来到西岐，第一件事就是献了“钉头七箭书”：把赵公明的名字写在草人上，让姜子牙对着草人连续祭拜二十一天，然后用桑弓桃箭，第一箭射草人左眼，第二箭射右眼，第三箭射心口，就把赵公明射死在闻太师营内。

陆压还有一件法宝叫“斩仙飞刀”，名字虽然叫“飞刀”，却没有刀的样子，而是一个葫芦，中有一线毫光，高三丈有余，上面有一个七寸长的小人，有眉有目，眼中有两道白光反照下来，照住目标的头顶。陆压只要打一躬，说：“宝贝请转身。”那个小人就一转身，无论你是什么大罗神仙，一定人头落地。烈焰阵的阵主白礼、梅山七怪之首袁洪，都是被它削了脑袋，而且好像从没失过手。

可这样一个厉害的人，不管是在真实的历史上，还是在各种各样的神话传说中，根本就找不到。于是很多人都在想：这个人，到底有没有原型呢？

确实有学者做过研究，但线索太少，只能是一些类似“开脑洞”般的推测。我们不谈网上各种“先有鸿钧后有天，陆压道君还在前”的传闻，只谈学界的一些研究。

比如张政烺先生，他认为陆压的原型很可能就是吕洞宾，“陆压”就是吕洞宾原名“吕岩”的音变。

这就涉及《封神演义》的作者问题。现在出版的《封神演义》，作者一般写的是“许仲琳”或“李云翔”。但是这个所谓的“许仲琳”，只是个名字而已。他生平如何，还做过什么事，跟什么人有过交集，还有什么代表作，到目前为止，我们一无所知。

所以就有传闻说，《封神演义》的作者不是许仲琳，而是明嘉靖时期的道士陆西星。陆西星称自己的道法是吕洞宾亲传。张政烺先生猜测：陆西星想把他的祖师写在书里，但直接用本名又不太合适，干脆把“吕岩”变一变，叫“陆压”——“吕岩”“陆压”声母相同。而且陆压的宝物叫飞刀，吕洞宾用的是飞剑。

不过，这样考虑还是绕了个弯，有人想：如果《封神演义》的作者是陆西星的话，那么这个陆压，难道就不会是陆西星本人吗?

《曲海总目提要》里面提到《封神演义》乃“陆长庚所作”，而巧合的是陆西星的字正是“长庚”[1]。他参加科举考试九次，但一次都没考上，一生气就出家当了道士。据说他见到吕洞宾后悟道，自成一家，一生著作非常丰富，有《方壶外史》《南华经副墨》《楞严述旨》等，放在今天，也算是一个知识网红。

陆西星的名声很大，所以就有了他写《封神演义》的说法。力主陆西星是《封神演义》作者的学者里，最有名的是柳存仁先生，而且他也认为陆压的原型就是陆西星自己，还找了一些证据。[2]

胡适先生也提出，所谓“钟山逸叟许仲琳”，也可能是陆西星的笔名，证据是陆西星曾经在金陵（今南京）的钟山支脉栖霞山上做过道士。还有一位莫其康先生，他说陆西星是江苏兴化人，而兴化有好多和姜子牙有关

[1]《曲海总目提要》此处表述上有些问题，但不在本书讨论之列。
[2] 参见柳存仁《和风堂文集》。

的名胜古迹，那里不仅有一条叫“渭水河”的河流，河边甚至还有一座钓鱼庙，庙里边还有姜子牙的像。所以陆西星小时候可能对姜子牙的传说很熟悉。[1]

据说陆西星隆庆元年（1567 年）在这座庙住过，和庙里的老人聊过姜子牙的传说。当地还传说，陆西星曾在兴化方湖岛北海草堂[2]给道释两家的各路神仙重排座次，莫其康先生认为这和姜子牙分封诸神的情节很相像。兴化民间更有“陆西星方湖岛上作《封神》”的传说。

不管这些说法的证据是否充足，都体现出人们对陆压这个神秘人物的浓厚兴趣。其实作者把自己放到作品里的事情，古今中外都有。例如《红楼梦》，学界公认贾宝玉的塑造实际上和曹雪芹自己的经历有很大的关系。不仅作家这样做，画家也这样做，例如徐悲鸿的《田横五百士》，画面里也有他自己。还有“漫威之父”斯坦·李，也有这个习惯。而且我们看情节，陆压基本上没吃过亏，也没有受过黄河阵大劫，虽然被混元金斗抓了一次，但最后也逃脱了，这大概就是今天所说的“主角光环”吧！

除了陆西星，《封神演义》里还有一个有趣的人物，就是度厄真人。

度厄真人没有正面出场，只教了郑伦一个徒弟。他住在九鼎铁叉山八宝云光洞，有一件法宝定风珠，破风吼阵的时候借给了慈航道人，立了大功。

“九鼎铁叉山”，当然是小说家言，但是在真实地理上，确实有一个原型，就是山东的铁槎山或槎山，据《大明一统志》：

> 铁槎山，在文登县南一百二十里，山有九顶，南瞰大海，下有水帘洞，中有石球十余，潮至荡击，声响如雷。山之东有云光洞。世传玉阳真人修炼于此。

[1] 参见莫其康《陆西星著〈封神演义〉之内证》。
[2] 今兴化玄武灵台景区，据说陆西星曾在此居住。

槎、叉可通，又同音，树的丫杈也叫“槎”，小说里写混是很正常的事。

这座山就在今天的山东省荣成市，是一个风景区。山上确实有一座云光洞，而这位“玉阳真人”，就是名列全真七子之一的王处一。

王处一的别号“铁脚仙”，就是在这里得来的。他经常翘起一足，站在悬崖上，几个时辰不动。王处一特别喜欢云光洞，甚至他的文集也叫《云光集》。元至元六年（1269 年）朝廷敕赐“玉阳体玄广度真人”号，至大三年（1310 年）加赠“玉阳体玄广慈普度真君”。他的封号里，一直有个“度”字，这确实不得不让我们怀疑，他和“度厄真人”有某种关系。

宗派之二：被小说提前了上千年

接引道人、准提道人

《封神演义》里，和阐教、截教并列的，还有一个“西方教”。西方教主是接引道人，师弟是准提道人。这两位的原型，可能就是阿弥陀佛和准提菩萨。这两位非常有名，就不一一细说了。

燃灯道人、长耳定光仙、惧留孙

《封神演义》里，阐教教主是元始天尊，地位仅次于他的就是燃灯道人。燃灯道人住在灵鹫山圆觉洞，书里说他“仙人班首，佛祖源流”，其实就是照着印度的然灯写的。

然灯，音译提和竭罗、提洹竭，又写成“燃灯”“普光”“锭光”。根据某些文献记载，久远劫前，有一个提和卫国，国王名叫灯盛治。国王临终时，将国付托太子。这位太子生时，身边光明如灯，所以又叫燃灯太子，又叫“锭光”。“锭”和点油的“灯”是同一个意思,《急就篇》“锻铸铅锡镫锭鐎”颜师古注:“有柎者曰镫，无柎者曰锭。”柎就是灯足。所以有腿的叫“灯”，没腿的叫“锭”。《封神演义》里的马善,是琉璃灯火成精,其实就是这个“锭”。

锭光太子通晓了世间无常的道理，就把王位传给了他的弟弟，出家为沙门，后成正果。时有梵志儒童（虔心修行的美好少年），遇到锭光，就买花供他，又解开头发，铺在泥地上，让锭光踩过去。锭光就为他授记，预言他百劫后一定会成道，即后来的释迦牟尼。

“锭光”也写成“定光”。截教有个“长耳定光仙”，其实也是取自燃灯的别名。至于为什么是长耳，大概和古代的定光信仰有关。五代时期，杭州有位名叫行修的高僧，十三岁出家，生有异相，“耳垂至肩。上过于顶，下可结颐（在下巴上打结）。时号长耳和尚”，当时人就认为他是定光如来化身。[1]

我们去寺庙里的大雄宝殿，殿中一般供奉三尊像。有一种摆法叫“竖三世像”：燃灯、释迦牟尼、弥勒。分别是过去、现在、未来的代表。

《封神演义》里惧留孙的原型是拘留孙。拘留孙是梵语音译,意译是“金仙”。所以把阐教十二弟子称为十二金仙，也不能说错，所以《封神演义》也给惧留孙留了一个位置。

《正法念处经》记载，拘留孙的父亲是一位国王，国王有两位夫人。大夫人生了一千个儿子，让他们抓阄，看看他们将来会在什么时候成正果。抓到第一号的王子，后来就成了拘留孙。抓到第四号的王子，

《封神真形图》中的燃灯道人形象

[1] 见《武林西湖高僧事略·五代长耳相行修和尚》。

后来就成了释迦牟尼。抓到第一千号的王子，后来就成了楼至。次夫人生了两个儿子。长子愿为梵王，次子愿为密迹金刚神，护持一千位兄长。

文殊、普贤、慈航

阐教十二仙里，还有三位后来加入释教的人物，就是文殊广法天尊、普贤真人和慈航道人。

这三位都非常活跃，文殊广法天尊持有法宝遁龙桩，破了十绝阵之首天绝阵，普贤真人有法宝吴钩剑，破了十绝阵中的寒冰阵，慈航道人有法宝清净琉璃瓶，破了十绝阵中的风吼阵。

文殊和普贤很明确，就是后来的文殊菩萨和普贤菩萨；而慈航道人不叫观音道人，可能是因为“观音”这个名字太过熟悉，所以作者做了一点陌生化处理。“慈航道人”成为观音菩萨的别名，这是《封神演义》的独创。这个别名，后来又被释、道吸收，称观音为“慈航真人”“慈航大士”，这都是《封神演义》流行之后的事，甚至还编出一部《太上碧落洞天慈航灵感度世宝忏》，这是文学影响信仰的一个例子。

三大士的华丽表现，就是为大破万仙阵打前锋，分别破掉了万仙阵之前的太极、两仪、四象三个阵，阵主虬首仙、灵牙仙和金光仙也分别被三大士收服，成了他们的坐骑。虬首仙的原形是一头青狮，灵牙仙的原形是一头白象，金光仙的原形是一头金毛犼。三大士收了狮象犼，各自骑在上面，造型才算完美无缺。

有人奇怪：不是说四大菩萨吗？大智文殊、大行普贤、大悲观音、大愿地藏，怎么这里只有三个呢？其实在民间信仰中，一开始只有文殊和普贤经常搭配，后来加进了观音。明代之后才加进了地藏，变成四个菩萨。在《封神演义》的时代，地藏菩萨的信仰，比起这三位来并不算兴盛。

文殊菩萨的坐骑狮子，按照印度人的说法，是因为高明的教法如狮子吼，可以警醒世人，所以狮子是智慧的象征，故成为“大智文殊”的坐骑。

北京法海寺文殊菩萨

普贤骑的白象，也是非常常见的意象。象力量很大，但是性情柔顺，这表示普贤菩萨既慈悲，又有非凡的能力。一般的大象两颗长牙，印度文献里的是六牙，. 表示六度，即菩萨要修的布施、持戒、忍辱、精进、禅定、般若（就是智慧）。普贤菩萨的特点就是忍常人所不能忍、行常人所不能行，所以叫“大行普贤”，就像六牙白象一样，既性情柔顺，还能做出常人所不能做的事情。

文殊菩萨骑狮子、普贤菩萨骑白象的形象，早在敦煌的壁画里就出现了，不过唐代之前，文殊骑的狮子一般都是白色的（今天所见敦煌壁画中的白色狮子，因为被氧化，都会发黄）。但是不知道为什么，明代之后，文殊菩萨一直骑的是青色狮子。《西游记》里的乌鸡国国王是文殊菩萨的青狮下凡，现了原形之后，原文说它“眼似琉璃盏，头若炼炒缸。浑身三伏靛，四爪九秋霜”。过去的蓝色染料是用蓝草做的，三伏天时做的最好。

其实这是中国人的一个独创。文殊菩萨狮子的颜色在印度、西域，并没有什么具体的规定。但是文殊菩萨经常处于东方，比如《华严经》说：东方过许多国土，有世界名金色，有菩萨字文殊师利。

中国人有一套五行、五色配五方的观念，认为东方属木，是青色，所以文殊菩萨的标准色就成了青色，狮子也成了青色的。而西方属金，是白色，普贤菩萨的大象正好是白的。

明朝时，文殊普贤的坐骑甚至还跟中国传统的青龙白虎配上了。有一个叫孙绪的文人，说过这么一段话：

> 文殊坐青狮子居东，青龙也，震木也。普贤坐白象居西，白虎也，兑金也。[1]

东方属青龙，五行属木，八卦为震，西方属白虎，五行属金，八卦属兑。然而东方到底是青狮呢，还是青龙呢？西方到底是白象呢，还是白虎呢？不管通不通，反正和中国文化对上了。

孙绪还说，如来男相，面南，离卦，属火；观音女相，面北（寺里的观音都是向北坐着），坎卦，属水。然而这么说的话，大殿里的像应该是南方红色，观音应该是北方黑色。为什么从来没见过大殿里的像是大红色的，

[1] 见《沙溪集》。

观音是黑色的呢？这个他又不解释了——其实还是瞎掰硬凑。五行八卦是个筐，什么都能往里装。

不过，无论怎么凑，文殊骑狮、普贤骑象都是很古老、很固定的搭配。

观音骑犼可就是中国人的一个创造了。印度并没有观音骑犼的形象，甚至“犼”这个字，在《大藏经》里都没有。为什么观音要骑犼呢？

因为最开始文殊、普贤搭配的时候，一个骑狮、一个骑象，无论雕塑、壁画，看上去都是很和谐的。观音地位上升后，与文殊、普贤鼎足而立。三个菩萨摆在一起的时候，一个骑狮一个骑象，观音骑什么就成了问题。什么都不骑，太不像话；但也不能骑一个不太搭的东西，例如莲花座。青狮、白象都是动物，所以观音也得骑一种动物，而这种动物在文献里得有说法。

幸好，一些说法认为，观音有三十三像，会变化出各种各样的像显现在世人的面前。例如“龙头观音”，就是观音骑一条龙；“鱼篮观音”，就是观音提一个篮子，里面有一条大鲤鱼；“蛤蜊观音”，就是观音在蛤蜊（一种软体动物）里站着。不过，虽然龙、鲤鱼、蛤蜊都是动物，但和青狮、白象摆在一起都不合适。龙的身子未免太长，鲤鱼在“鱼篮观音”像中不是坐骑，蛤蜊又实在太不庄重。所以一定得需要一种陆地走兽，才能和青狮、白象相配。

幸好，三十三像观音中还有一种，叫“狮子吼观音”，又称“阿摩提观音”“阿么觫观自在菩萨”。《观自在菩萨阿么觫法》里说：

> 三目四臂，乘白师子座，头向左膝下。首戴宝冠，以白莲花严饰前。二手执凤头箜篌。左一手掌摩竭鱼，右一手持吉祥鸟白色。左足屈在师子项上，右足垂下，严以天衣缨络。通身光焰面貌慈悲。

这个观音骑一头白狮子，倒是能和青狮、白象协调。可是又和文殊菩萨的狮子重合了。虽然骑狮子不是文殊菩萨的专利，但是两头狮子一头大象看起来就不太合适，就像明星的撞衫，特别尴尬。

观音骑狮子可以，但是得改一改。很简单，把观音的狮子改个名字就行了，既然叫“狮子吼观音”，就在“吼”字上做文章。把“吼”字改成一个动物的名字。最方便的办法就是换偏旁，把“口”字旁换成“犭”字旁就行了。

这还是负责任的改法，有的书懒得改，直接写成“吼”，说这种动物就叫“吼”。例如朱紫国赛太岁，是观音菩萨的金毛犼所变。《四游记》中的《西游记》，就写作“金毛吼”，介为舟禅师有诗《题云中坐吼观音像》。岫峰宪禅师题观音图，专门注明“骑吼，有善财”。

但是“犼”这个字形，已经被另一个意思给占住了，《集韵·上厚》：“犼，北方兽名，似犬，食人。”这个犼，和观音菩萨的犼，是两个意思，只是共用了一个字形。汉字有时候一个字形可以表示很多意思，例如“花”，既表示“花朵”的花，也表示把钱用出去，这叫同形字，两个意思一个字形。“犼”也是如此。因为观音菩萨骑的犼，都是比照狮子塑造的，而不是比照狗塑造的，无一例外——这也好理解，如果比照狗画的话，无论如何不能和青狮、白象这样等级的神兽并列。

既然犼是从“狮子吼”这个词改造来的，就不能把它画得完全和狮子一样，否则就和文殊的青狮重复了。所以民间给它稍微做了一下改动，比如嘴长一点，脑袋改成一个龙头，尾巴改成一条鱼尾（也可能吸收了龙头观音的特征）。但是无论怎么变，狮子的身体永远是不变的，有的甚至干脆就是一头狮子。现在留下来的很多明代骑犼观音像，全都把犼塑造成狮子的样子。

宋元以前，从来没有与“犼”相关的神话传说。可见观音骑犼这个造型，是宋元之后才有的。这个造型出现之后，各地关于犼的故事才出现。例如清许奉恩《里乘》“金毛吼”条：

道光初年，江苏崇明县乡村秋获后，地中无故火起，延烧人家甚众。其处旧有古塚。一日，风雨骤至，一物自塚中出，形如狻猊，竟体皆火，所过草木尽灰。空中数龙下与物斗，雷电随之，且斗且走，入海而去，海水为之沸腾，经日始定。或曰：“此物即金毛吼也。”

既然“形如狻猊”，那么还是狮子的形象。从观音坐骑的演变可以看出，释道的一些设定，很多并不是一开始的时候就形成的。它是在不断的发展过程中，经由民间艺人、民间信仰和老百姓的喜好慢慢改造，最后形成了一个约定俗成、大家都接受的形象。

孔宣：并不是坐骑

武王伐纣的大军来到了金鸡岭，遇到了三山关总兵孔宣，这又是一位给伐纣事业带来无限麻烦的人物。

书中说，孔宣的背后有五道光华，分青黄红白黑五色，无论是谁，将光华向他一晃，就可以把他收去，连法宝都能收，李靖的宝塔、韦护的降魔杵、

金吒的遁龙桩、木吒的双剑……甚至姜子牙的打神鞭也不在话下。杨戬用照妖鉴照来照去，什么都照不出来，只有一块五彩一样的玛瑙在镜子里滚动。燃灯道人派大鹏鸟和他战斗，也被他打了下来。看不清他是什么，有五彩祥云护体，好像也有两翅。

正在这个时候，准提道人前来。孔宣又用红光把准提收去，谁知准提道人现出法象，把他压在下面，总算现了原形，原来是一只目细冠红的孔雀。准提道人将它收为坐骑，回西方去了。书中又叫它孔雀明王。

印度孔雀明王是很有名的。孔宣当然源于孔雀明王信仰，但是这个形象也是由好多种孔雀形象合在一起的。

首先，有一部非常有名的印度文献《孔雀明王经》（简称《孔雀经》），据经文所载，一个僧人被毒蛇咬了，阿难陀见他很痛苦，就赶紧请释迦

牟尼想办法。释迦牟尼说，我有一篇陀罗尼（咒语），念了就可以消灭各种毒害。原来，雪山上住着一只金曜孔雀王，平时他就念这篇咒语，只要一念就没有任何灾难，也没有任何人来捉他。有一天，他忘了念咒，和许多孔雀彩女在山林里游戏，结果被猎人捉住。他突然想了起来，念了一段，才得到了解脱。这部经传入中国非常早，早在东晋时期就有，一开始是毒虫咬伤时念来解毒的，后来不管是祈福、祛病都念。这个“佛母孔雀明王”，不是指经里的那位孔雀王。“佛母孔雀明王”是对这篇陀罗尼咒的人格化（见周一良《唐代密宗》）。“佛母”指这篇咒能够生出“佛地功德”[1]，有生长的意义，像能生育子女的母亲一样。而“明王”就是指它的强大功能。后人画这个孔雀明王的时候，上面一尊神像，下面骑一头孔雀，孔雀的尾巴翘起来，形成四散的光芒，这就是孔宣背后五色光华的来历。

但有个问题是，如果说这篇咒本身叫“孔雀明王”的话，那它根本就不是给人骑的。因为陀罗尼咒本身就是神，孔雀只是它的标志而已，不是说这头孔雀叫明王。所以《封神演义》上说准提道人骑着孔雀明王，就是中原人士对印度文化不了解，随便编出来的了。

佛母孔雀明王（大英博物馆藏敦煌绢画）

《封神演义》把孔宣写成准提道人的坐骑，这实际上不是因为孔雀明王有此功能，而是源于另外一个元素“孔雀座”。“孔雀座”是密宗五部座——狮子座、孔雀座、大象座、马座、

[1] 佛地功德指能成佛的一切因法，和成佛以后所具有的一切神通威德。

迦楼罗座（金翅鸟）之一。这几种座各有各的含义，比如说，狮子是百兽之王，在百兽中游行无畏，谁都不怕，用来比喻毗卢遮那是诸法之王，所以以狮子为座；大象是最有力量的，东方阿閦象征最强烦恼被征服，所以坐象座；印度人认为马有智慧，尊贵吉祥，所以南方宝生是马座；孔雀漂亮，五颜六色，表示高明的教法千变万化，西方阿弥陀坐孔雀座；大鹏座，迦楼罗座，表示成就，北方不空成就，是事业成就的象征，坐金翅鸟座。

孔雀座也有好多种画法，比如有的是八头孔雀共抬一尊宝座，也有的只是一只孔雀，也叫孔雀座。有时候文殊菩萨也骑一头孔雀，并不是天天骑狮子。这种坐骑，在印度原生神话里就有，例如大梵天就骑孔雀，所以对此也有所借鉴。

神像骑孔雀，有更高大上的解释，但是我们的老百姓不管这套，觉得骑头孔雀挺漂亮，就编一个孔宣是孔雀成精的故事，然后被准提道人收服，骑到西方去了。其实他根本就不能叫孔雀明王，只是一个孔雀座。

孔雀故事流传开来之后，引起了人们的纷纷效仿，甚至我们本土也搞了一个《太上元始天尊说宝月光皇后圣母天尊孔雀明王经》。《西游记》里还编出了孔雀和大鹏的一段故事：孙悟空打不过青狮、白象、大鹏，去如来处诉苦，如来说孔雀跟大鹏是一母两个，孔雀出生之时性情凶恶，将在雪山修炼的如来一口吞入肚中。佛祖怕污了真身，不敢从它的肛门出来，于是就把它的脊背剖开，骑上灵山。本想杀它，但诸佛菩萨说伤孔雀如伤生母——因为你是从人家肚子里出来的，于是佛祖就饶过了它，还封它为佛母孔雀大明王菩萨。其实这段故事也是我们中原人士编的。“佛母”是“能生佛地功德”的抽象含义，并不是因为是佛的母亲才叫佛母。但是老百姓一看“佛母”两个字，就把孔雀明王描绘成女神的样子。等到《西游记》续集，把它演成一头母孔雀，就更加离谱了。

羽翼仙：大鹏金翅“雕”

张山李锦伐西岐的时候，有一个羽翼仙，来帮助他们攻打西岐城。

羽翼仙白天与西岐众将交战不利，晚上现了本相，是一头大鹏金翅雕，他的翅膀特别厉害，想把海水扇起来，淹没西岐城。幸亏姜子牙用金钱一算，算出羽翼仙要来偷袭，就赶紧用北海之水罩在了西岐城的上面，元始天尊又用三光神水加在北海水上，护住了西岐城。羽翼仙扇了很久，越扇水越高，扇了一夜，筋疲力尽，一点效果都没有。

从行文来看，《封神演义》写到这儿的时候，估计作者也有点烦了，为什么？因为这一段写得也未免太直白了。既然姜子牙能拿金钱算出羽翼仙要来偷袭，怎么瘟神吕岳下毒、火神罗宣焚城又算不出来呢？罗宣火焚西岐城的时候，更应该用到北海之水呀，怎么姜子牙也没有用呢？

所以这些故事，就是为了让这位羽翼仙出场。羽翼仙的原形，书上说得很清楚：大鹏金翅雕。“金翅雕”是汉语的说法，因为中国人认为雕是鸟中最大的了。其实它的正式名字叫“金翅鸟”，是印度文献里的一种神鸟。

“金翅鸟”前面，本来没有“大鹏”两个字。“大鹏金翅雕”或“大鹏金翅鸟”，其实是把“大鹏”和“金翅鸟”两个概念弄混了。“大鹏”是中国古代《庄子》里说的神鸟：

> 北冥有鱼，其名为鲲。鲲之大，不知其几千里也；化而为鸟，其名为鹏。鹏之背，不知其几千里也。

大鹏本来源于中国神话。但是翻译印度文献的时候，大家觉得“金翅鸟”也是大鸟，我们的“大鹏”也是大鸟——得了，就干脆合起来叫大鹏金翅鸟！其实这是一个混乱的说法。后来老百姓又改叫“大鹏金翅雕”，等于一个动物竟然占了三个鸟名！

《西游记》里，狮驼岭的大鹏精，就是一只“大鹏金翅雕”，它扇一翅九万里，两翅十八万里，孙悟空一个筋斗才十万八千里，所以它飞得比孙悟空快，这是用的大鹏的设定，因为《庄子》说大鹏“抟扶摇直上者九万里”。而《封神演义》里说它能够扇干海水，这个是金翅鸟的属性，这两个属

性来自两个不同的神话。

根据印度文献的说法，金翅鸟住在海边的大树上，以龙为食（可能源于猛禽以蛇为食）。但是龙在海里，金翅鸟想吃龙，怎么办呢？就从大树的枝头上飞下，用翅膀去扇海水。印度文献原文是“搏”，就是击打大海的水。一打，海水就分开了好几百里，露出龙王。金翅鸟就飞下去，把龙抓出来吃掉。所以《长阿含经》说：

> 若卵生金翅鸟欲搏食龙时，从究罗睒摩罗树东枝飞下，以翅搏大海水，海水两披二百由旬，取卵生龙食之，随意自在。（胎生、湿生、化生的金翅鸟也差不多。）

所以《封神演义》用的就是这个故事。但是作者似乎没写好，很多细节都没有交代清楚。例如羽翼仙说：

> 可取些酒来，你我痛饮。至更深时，我叫西岐一郡化为渤海。

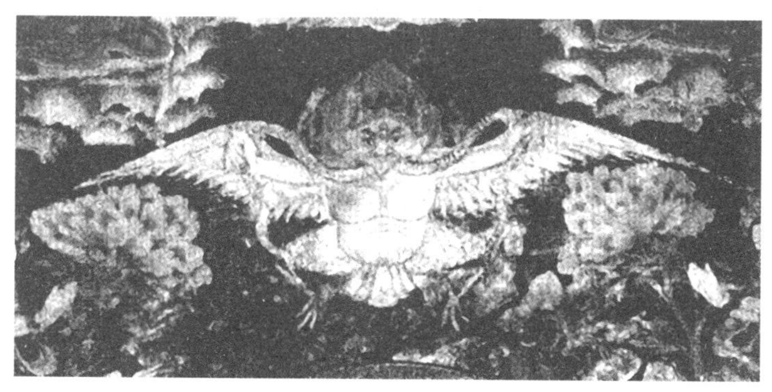

《明清汉传佛教众神全像》中的金翅鸟画像

怎么化为渤海？难道是从别的地方把海水运过来？好像金翅鸟并没有这个功能，他只是扇开海水而已，他会不会运海水，我们并不知道。

而且，姜子牙把北海水弄过来保护西岐，也是很怪的事。既然明知道羽翼仙能扇开海水，为什么还非得搬海水？这不就是纯粹想让羽翼仙来表演一下这个技能吗？

元始天尊派了“四揭谛神”保护西岐，其实“揭谛神”也是一个中国人搞出来的神。因为虽然印度有“揭谛”这个单词，但它的意思是“去”。有一条印度文献说：“揭谛揭谛，波罗揭谛，波罗僧揭谛。”意思是“去，大家都去，到智慧解脱的彼岸去”。“揭谛”是梵语的音译，根本就不是一个神的名字。结果不知道怎么，大概是“揭谛”有点像个人名，传到中国之后，老百姓就编出来一个揭谛神。而且“揭谛”是印度词语，元始天尊是道家领袖，使唤揭谛神，确实是太民俗化了。

羽翼仙偷袭不成，就离开西岐，飞到了灵鹫山上，肚子饿了，到处找吃的。遇到一个童子给它吃点心，一共吃了 108 个。哪知道碰上了燃灯道人。燃灯道人用手一指，羽翼仙疼得满地打滚，吃的点心都吐了出来。没想到，吐出来的不是点心，而是一条银链子，连绵不断，一端锁住了羽翼仙的心肝。原来这 108 个点心是燃灯道人的 108 颗念珠。羽翼仙这才被降服，跟随燃灯道人修行。

这个故事，其实也是有原型的，就是水淹泗州城的故事。

泗州城原址在今天的江苏，清朝时被洪水淹没，就是现在的洪泽湖。因为这里经常发洪水，当地就流传着一个故事：观音降水母，或者叫张果老降水母——不管是谁，故事梗概都是一个神仙降服了兴风作浪的水妖水母娘娘。

这个故事版本很多，梗概通常是这样的：

水母娘娘有一个水桶，里面藏的是三江五湖之水。有一天她想淹泗州城，结果碰上了观音菩萨（或者另外的什么神仙），正在那煮面条。水母娘娘饿了，吃了面条，结果吃进去之后就肚子疼，往外吐，吐出来的不是面条，而是一条银锁链，一端拴在自己的心肝上。水母娘娘被降服了，观音就把她压在一座山下（或者压在一口井里）。

这个故事，和羽翼仙的故事很像。而水母娘娘，其实应该是一个更古老妖怪的化身：无支祁。这个无支祁，实际上也是孙悟空的前身之一。

无支祁本来是淮河的水怪，大禹时期在淮河中兴风作浪，大禹抓它之后，拴上一条铁链，把它锁在了龟山的脚下（也有说法是把它锁在了桐柏山的一口井里），不管是什么，共同的特征，就是它的脖子上拴了一条锁链。

传说唐永泰年间，有个渔夫在龟山脚下垂钓，忽然钓鱼绳拉不上来了，他就跳下水去，发现水底有一条长长的大铁链，盘在山脚下。他赶紧上来报告刺史李汤。李汤叫人套了五十头牛一起来拉，结果越拉越长，水面上惊涛翻滚，最后铁链子拉到尽头，冒出一头形如猿猴的怪兽。

> 状有如猿，白首长鬐，雪牙金爪，闯然上岸。高五丈许，蹲踞之状若猿猴。但两目不能开，兀若昏昧。目鼻水流如泉，涎沫腥秽，人不可近。久乃引颈伸欠，双目忽开，光彩若电，顾视人焉，欲发狂怒。观者奔走。兽亦徐徐引锁拽牛入水去，竟不复出。[1]

它竟然把五十头牛都拉到水里去了，此后再也没有出现。

这个形如猿猴的怪兽，就是当年被大禹擒获的无支祁。后来这个形象有一部分就演变成了孙悟空。

但是为什么又变成了水母娘娘呢？这个应该是老百姓传来传去，传错了。因为“无支祁”只是一个发音，“无”字没有实际意义，所以有时候写成“巫”，有时候写成“毋”，还有时候写成“母”，怎么写都行。但老百姓并不知道“无支祁”是什么意思，看到“母支祁”或“毋支祁”，就想当然地认为一定是一个女神或女妖，然后再演变，就是水母娘娘。所以《西游记》

[1] 见《古岳渎经》。

日本《唐土行程记》所绘无支祁

杂剧里有“无支祁圣母”，就是把它女神化了。

《西游记》中，孙悟空在小雷音寺打不过黄眉怪，去请大圣国师王菩萨。书里说这位国师王菩萨降服了水猿大圣，又说他降服了水母娘娘。这两个的原型其实是同一个，就是无支祁。但《西游记》将其混淆了。

被当成财神的多宝道人

多宝道人是火灵圣母的师父，也是通天教主的首席弟子，地位相当于燃灯道人。但奇怪的是，书中对他没有特别着墨，这恐怕是《封神演义》写到后来有点仓促了。这也是《封神演义》这本书的通病：越到后来，“脑洞”开得越大；但是笔力不够，所以一些本来特别好的材料都被浪费掉了。

按照多宝道人的名字，原型应该是“多宝如来”。主要源于印度文献《法华经》。因为《法华经》的影响非常大，所以多宝塔的信仰也非常兴盛。魏晋时期的造像，例如山西云冈石窟，多宝如来和释迦牟尼就经常并坐在同一座七宝塔中，说明他的地位和释迦牟尼是对等的。唐代楚金禅师修建了

《明清汉传佛教众神全像》中的多宝佛画像

一座多宝塔，大书法家颜真卿为此写下《多宝塔碑》，是颜体的代表作。

“多宝”这个名字很好听，在中国老百姓看来，既然有很多宝物，那就跟财神爷差不多。有很多水陆画，画面中多宝如来经常坐在宝座上，手中散出各种珍珠、玛瑙、钻石，下面有许多小人抢着接。这就是把多宝如来世俗化了——他的宝物，是用来证明高深的道理的，不是像赵公明一样给人散财的。

在《封神演义》里，多宝道人到底有多少宝，谁也不知道，最后好像什么都没使出来，这就只能说是一种遗憾了。既然多宝道人徒有虚名，所以民间管样样“精通”、样样稀松的人也叫“多宝道人”，虽然宝物多，但是没有一样能拿得出手。

马元：吃荤的神

殷洪被策反后，正要攻打西岐，忽然来了一个道人求见。殷洪把他叫进来，书上说他的长相：

> 只见营外来一道人，身不满八尺，面如瓜皮，獠牙巨口，身穿大红，颈上带一串念珠，乃是人之顶骨，又挂一金镶瓢，是人半个脑袋，眼、耳、鼻中冒出火焰，如顽蛇吐信一般。殷殿下同诸将观之骇然。

这人自称是“骷髅山白骨洞一气仙马元”，他有这么几个特点：一是吃荤，这和大多数吃素斋的修炼之士大不相同。

二是法术奇特，能从脑后伸出一只手来抓人，直接撕人，吃人心。比如他吃运粮官武荣：

> 马元抵武荣这口刀不住，真若山崩地裂，渐渐筋力难支。马

元默念咒，道声："疾！"忽脑袋后伸出一只手来，五个指头好似五个斗大冬瓜，把武荣

抓在空中，望下一摔，一脚屣住大腿，两只手端定一只腿，一撕两块，血滴滴取出心来，对定子牙、众周将、门人，"啯喳啯喳"，嚼在肚里；大呼曰："姜尚，捉住你也是这样为例！"把众将吓得魂不附体。

三是结局奇怪，马元想抓住周武王和姜子牙，谁知遇到了一个女子（杨戬变化的），书上说：

马元离了高山，往前才走，只听得山凹里有人声唤叫："疼杀我了！"其声甚是凄楚。马元听得有人声叫喊，急转下山坡，见茂草中睡着一个女子。马元问曰："你是甚人，在此叫喊？"那女子曰："老师救命！"马元曰："你是何人？叫我怎样救你？"妇人答曰："我是民妇；因回家看亲，中途偶得心气疼，命在旦夕，望老师或在近村人家讨些热汤，搭救残喘，胜造七级浮屠。倘得重生，恩同再造。"马元曰："小娘子，此处那里去寻热汤？你终是一死，不若我反化你一斋，实是一举两得。"女子曰："若救我全生，理当一斋。"马元曰："不是如此说。我因赶姜子牙，杀了一夜，肚中其实饿了。量你也难活，不若做个人情，化你与我贫道吃了罢。"女人曰："老师不可说戏话。岂有吃人的理？"马元饿急了，那里由分说？赶上去一脚，踏住女人胸膛，一脚踏住女人大腿，把剑割开衣服，现出肚皮。马元忙将剑从肚脐内刺将进去。一腔热血滚将出来。马元用手抄着血，连吃了几口；在女人肚子里去摸心吃。左摸右摸捞不着，两只手在肚子里摸，只是一腔热血，并无五脏。马元看了，沉思疑惑。正在那里捞，……见文殊广法天尊仗剑而来，忙将双手掣出肚皮，不意肚皮竟长完了，把手长

在里面；欲待下女人身子，两只脚也长在女人身上。马元无法可施，莫能挣扎。

马元的手脚和女人的身子长在了一起，无法动弹，这时候西方教的准提道人来到，把他带到西方去了。

马元是使用人骨法器的。使用人骨法器，也是印度的一种习俗。早期的印度湿婆教，男性瑜伽师的标志性器物之一，就是颅骨。这些瑜伽师被称为“持颅骨者”，他们本来并不是修行人，也不是出家人，只是因为杀过人，被判流放，在野外、森林、没有人的路口，以乞讨为生。法律规定他们必须苦修，而且身上得披着狗皮、驴皮这种非常肮脏污秽的东西，手里面还一定得拿着一个人头骨做的饭碗，随身还得带着他杀死的那个人的头。这种习俗有一种原始巫术的意味。

余元：本是监斋神

余元是一个非常小的人物。如果不细读原著的话，可能很多人都注意不到他。他是蓬莱岛一气仙，截教金灵圣母之徒，余化的老师。姜子牙攻打汜水关的时候，他曾出来为商军助阵。

余元没有什么特别高的本领，他有一把带毒的“化血神刀”，传给了弟子余化，接连砍伤了哪吒、雷震子，被杨戬变化后骗去丹药，杀了余化。余元出山为余化报仇，惧留孙用捆仙绳将他捉住，却无法斩杀，最后只得将余元锁起来沉入海中，余元借水遁逃走。最后还是陆压赶来，用斩仙飞刀将余元人头割下。姜子牙岐山封神，封余元为水府星。

这位余元，书中对他的描述是：

生得面如蓝靛，赤发獠牙，身高一丈七八，凛凛威风，二目凶光冒出，坐金睛五云驼，使一尺三寸金光锉。有诗为证：“鱼尾冠，金嵌成，大红服，云暗生，面如蓝靛獠牙冒，赤发红须古怪形，丝绦飘火焰，麻鞋若水晶，蓬莱岛内修仙体，自在逍遥得至清，位在监斋成神道，一气仙名旧有声。”

这段话里，有一句最重要：“位在监斋成神道。”“监斋”是一个特有的名词。寺庙有监斋神，即监护僧食之神，也称“监斋菩萨”或“监斋使者”。既然他是“位在监斋”，那么换句话说，《封神演义》的作者就是按照“监斋神”来创作的他。

那么，监斋神长什么样呢？正好青海省海东市乐都区西来寺保存了一套明代水陆画，其中第7图是一幅“监斋神”图，薛桂花《西来寺水陆画“监斋神”图解》中说：

该图长147厘米，宽82厘米，绢本，保存完整，色彩艳丽。该图图中心部位绘一“监斋神”，右手持锏（十八般兵器之一，属鞭类，长而无刃，四棱，上端细小，下端有柄），坐在礁石上。“监斋神”身着铠甲，战裙，披巾，绿面孔（绿面，象征骁勇、暴躁，如程咬金），青手，朱发上扬，头戴巾帻，巾上饰水红花，扎胡须，面目狰狞。

《封神演义》是明代的，这套水陆画也是明代的，两者一对比就可以看出，余元和这个监斋神很像。

“监斋神”的像，一般都是青面朱发，象征骁勇、无所畏惧。而《封神演义》也说余元“面如蓝靛獠牙冒，赤发红须古怪形”。而且余元的兵器是“一尺三寸金光锉”，这其实就是监斋神手中锏的变形。锏和锉一样，都是短短的一根铁条，有棱。这就更说明余元是照着监斋神的形象描绘的了。

至于监斋神到底是什么来历，在少林寺有一个传说：

《明清汉传佛教众神全像》中的监斋大士画像

元代至正时，少林寺有一位行者，蓬头赤足，手中常提一根烧火棍，在厨房做杂务。由于地位平平，寺中竟然无人知道他的姓名和法号。至正十一年三月的一天，红巾军围攻少林寺。这位行者冲出寺外，手提烧火棍，打退敌军：

> 至日红巾临寺，菩萨持一火棍，独镇高峰，红巾畏之而退，则时即没，后觅不见。乃知菩萨示迹，永为少林寺护法，坐伽蓝之地。[1]

这位行者被认为是“那罗延神王”化身，从此成为少林寺的护法，又被奉为监斋使者。

那罗延原是印度古神，后来被吸纳为护法神，意译为“金刚力士”或“钩锁力士”，信奉那罗延的人，都希望获得那罗延的神力，修成“那罗延身”。因为那罗延身体中的骨节如钩锁，坚固无比。《大宝积经》载：“其身坚强犹如钩锁，得金刚志致道圣性。”

《封神演义》里的人物，虽然各有法术，但是身体总是肉身，怕刀怕剑。余元却具有少见的坚不可摧的身体。土行孙偷袭余元，“照余元耳门上一下，只打得七窍中三昧火冒出来，只是不动”。余元被擒后，姜子牙“命韦护祭降魔杵打，只打得腾腾烟出，烈烈火飞”，丝毫奈何他不得，这其实是比照着“那罗延身”写的。

但是，印度文化中，又有一种神叫“紧那罗”，意为“音乐天”“歌神”，男性为马头，女性相貌端庄，但无论男女，都有美妙音声，能作歌舞，和金刚力士造型的“那罗延”完全不同。“紧那罗”和“那罗延”只差一个字，流传的时候竟然发生了混淆。时间一长，民间又认为这位“那罗延神王”是“紧那罗王”了。明代高僧莲池大师编辑的《诸经日诵集要》里，就有“九天

[1] 见少林寺《那罗延神护法示迹碑》。

云厨监斋使者大圣紧那罗王菩萨”。其实这是把两个汉译名字相近的神混在一起了。

河南除了少林寺之外，还有很多寺院中的僧人也精熟武艺。明朝廷一度征用这些武僧抗倭。郑若曾《江南经略·僧兵首捷记》记载，僧兵们战斗时，曾化装成那罗延神，冲锋陷阵。如嘉靖三十二年（1553 年）翁家港之战：

> 天员（与下文无极都是河南千载寺武僧）引骑兵左右闪开，诱贼前进。贼先发矢，僧兵亦发矢。天员传令停射交锋。无极摧阵，呼伽蓝三声，大喊：杀！杀！
>
> 僧兵临战，暗约以靛青涂面。贼见青脸，红巾蒙头，疑为神兵，胆已褫落。

无论怎样变化，这里的青脸红巾，仍然保持了监斋神青脸朱发的形象，

而且烧火棍、降魔杵、锏、锉，都是差不多的短兵器。由此可见，余元虽然是个小人物，他背后的文化背景可真不容小看。

民间宗教：老百姓心中的神话传说

通天教主：孙悟空的原型

通天教主是截教领袖，和老子、元始天尊都是鸿钧道人的弟子。

阐教收徒弟，很像现在的精英教育，十二仙都很厉害。截教就有点像平民教育，收的徒弟什么都有，甚至像羽翼仙这样的动物修成人形的也收，

数量还很多。“通天教主”这个神仙名称，正统的道教并没有，但是在民间信仰中却时有所见，有时候还和我们常见的神仙混在一起。

例如福建顺昌信仰的是“通天大圣”和“齐天大圣”，这是兄弟二人，就是《西游记》里猴精孙悟空的原型。甚至在早期的西游故事里，去取经的猴精名叫“通天大圣”，而不是“齐天大圣”。顺昌还有一块石碑，刻着“通天教主齐天大圣”，这个名字有点不清晰，但很明显只有两种可能：如果“通天教主”跟“齐天大圣”是两个人的话，那“通天教主”就是通天大圣；如果“通天教主”是“齐天大圣”的定语的话，那齐天大圣就等于通天教主。

“齐天大圣”或“通天大圣”，在妖魔中的地位是很高的。所以在元末明初《西游记》的杂剧里，通天大圣（后来取经的孙悟空）出场的时候，台词是：

> 一自开天辟地，两仪便有吾身，曾教三界费精神，四方神道怕，五岳鬼兵嗔，六合乾坤混扰，七冥北斗难分，八方世界有谁尊，九天难捕我，十万总魔君。

最后两句话很有意思，“九天难捕我，十万总魔君”，他自称十万总魔君，是各种妖魔鬼怪的首领。这个传统被周星驰的《西游·降魔篇》吸收了，孙悟空自称“我是众妖之王齐天大圣”，这实际上是从“十万总魔君”变化而来，地位崇高。

我们在第一章讲过，无论是早期的还是成熟的封神故事，其背景都是神魔两派的斗争。哪吒射死了石矶娘娘之子，惹来诸魔的报复，因为石矶娘娘是“诸魔之领袖”。这里的通天大圣同样是诸魔领袖。“通天”这个名字，无论是“教主”还是“大圣”，都天然和魔界领袖绑定在了一起。

另外，民间的一些说唱评书（如《倒马金枪传》）里，还把金碧峰称为通天教主。金碧峰历史上实有其人，是元末明初僧人，宣州人，本姓石，自幼出家，有很多神奇的故事。比如说他在大树下打坐，突然山洪暴发，把他淹没了。别人以为他死了，谁知水退之后，他仍然在那里打坐。朱元璋打天下时，曾寻访过他，定都南京就是他出的主意。当时天下大乱，各种教派盛行，一批江湖上的宗教人物被神化，比如进入《倚天屠龙记》里的周颠、彭莹玉（彭和尚）、铁冠道人、布袋和尚等，他们在民间有很多传说。金碧峰也是其中之一，被认为是燃灯古佛转世。

明代有一部模仿《西游记》的神魔小说《西洋记》,讲郑和下西洋的故事。金碧峰成了书中的主人公，用自己的法力保护郑和。这部书，加上《封神演义》就是三足鼎立。《西洋记》的模式和《西游记》一样,郑和就好比唐僧，金碧峰就好比孙悟空，里边还有一个张天师，也有点本领，但经常闹笑话，很像《西游记》里的猪八戒。

既然金碧峰不是凡人，他的活动也不限于元、明，在背景为北宋的《倒马金枪传》里也有出现，是辽国将领韩匡嗣的师父，号称“北海九鼎铁叉山八宝云光洞老仙师海外通天教主金碧峰”。这里不但出现了“通天教主”这个名字，还出现了《封神演义》里也有的“九鼎铁叉山八宝云光洞”。

这件事有意思之处有两个。第一，金碧峰也好，孙悟空也好，通天大圣也好，通天教主也好，他们曾经共有过“通天”这个名字，而且这些人都有一种独立的个性甚至反叛精神，都能够在正统势力之外另立乾坤、重开世界。我觉得这并不是偶然的。

第二，这些人还有一个共同特点：都和东南沿海有关。《封神演义》里的通天教主，是住在东海蓬莱岛的。齐天大圣、通天大圣信仰，是专属于福建一带东南沿海的。《西游记》的花果山也是在海里的。金碧峰出现在《西洋记》里，随着郑和下西洋，也是属于海洋的人物。甚至《封神演义》写通天教主的住处蓬莱岛，有一段赞语：

势镇东南，源流四海。汪洋潮涌作波涛，滂渤山根成碧阙。蜃楼结彩，化为人世奇观；蛟孽兴风，又是沧溟幻化。丹山碧树非凡，玉宇琼宫天外。麟凤优游，自然仙境灵胎；鸾鹤翱翔，岂是人间俗骨。琪花四季吐精英，瑶草千年呈瑞气。且慢说青松翠柏常春；又道是仙桃仙果时有。修竹拂云留夜月，藤萝映日舞清风。一溪瀑布时飞雪，四面丹崖若列星。正是：百川浍注擎天柱，万劫无移大地根。

大致相同的文字还出现在描写金鳌岛的时候，这两段，和《西游记》里描写花果山的文字如出一辙。所以说，通天教主、通天大圣、齐天大圣，是有非常多的共同之处的。

《八闽通志·食货》里记载了明代福建各县的税收情况，福建顺昌县在农业、渔业、茶业、房地产等税收之外，还有“通天神会课钞二十三锭三贯二百文”，这个数字相当可以了，比当地茶业纳的税还要多。这种“通天神会”，应该就是当地老百姓祭拜“通天大圣”或“通天教主”的组织。

我们在第一章讲过，“截教”这个名字，很可能来自《诗经》的“海外有截”。所以，如果一定要拿截教和明代现实相对应，可以对应到东南沿海的各种民间信仰和民间宗教。如三一教、瑜伽教、天妃、陈靖姑、齐天大圣等，这里的信仰非常庞杂，很多神都是土生土长的地方神，不是正规佛教或道教能涵盖的，像通天大圣、齐天大圣，就被归入“魔”的范畴了。

元明两代，又是一个民间信仰大爆发的时期，白莲教、罗教、黄天道、弘阳教……甚至民间的胡黄白柳各大仙都纷纷登场，并不限于东南沿海。他们大多数以佛教、道教的名义传道。正规的佛道信徒斥他们为“魔”。但是，这些信仰生命力又十分顽强，信众特别多。正规的佛道二教，受自身体制限制，不可能收太多的门徒，拿它们也没办法。

《封神演义》里的老子、元始天尊，自然是正统道教的代表，而接引道人、准提道人，自然是正统佛教的代表。破万仙阵之前，元始天尊给了慈航道人一把三宝玉如意，让他用这个来破四象阵。这个玉如意，其实是灵宝天尊的法器。道观里的三清塑像，中间是元始天尊，手拿混元宝珠，旁边的灵宝天尊，手拿如意，另一侧的太上老君，手拿太极扇（《西游记》里降服青牛精的芭蕉扇）。《封神演义》里的元始天尊手拿三宝玉如意，这等于是把正统道教里的元始天尊和灵宝天尊合在一起了——相当于孙悟空手里拿了猪八戒的钉耙。

我们在本章第一节说过,《封神演义》里，老子和元始天尊虽是两个人，实际上却代表了正统道教里的三个人：灵宝天尊被整合到元始天尊的形象里去了。然后搞出一个“通天教主”来，代表民间宗教。这样，老子、元始天尊、接引道人、准提道人、通天教主，五位圣人就可以象征明代信仰的大致状况。

所以燃灯道人看见万仙阵时感慨说：

> 今日方知截教有这许多人品。吾教不过屈指可数之人。

老子和元始天尊在万仙阵前也说：

> 他教下就有这些门人！据我看来，总是不分品类，一概滥收，那论根器深浅，岂是了道成仙之辈。此一回玉石自分，浅深互见。遭劫者，可不枉用工夫，可胜叹息！

实际上是说：你们这些野路子的，人数虽然多，但永远不可能和我们正规军抗衡。

万仙阵上，不但代表正规道教的老子、元始天尊亲自出手，代表佛教的接引道人、准提道人也来了。通天教主败在四位圣人的手下，其实有一种正规宗教联手绞杀民间教派的意味。

但是,《封神演义》妙就妙在，虽然通天教主失败了，但没有受到任何惩罚，甚至连贬黜都没有。师尊鸿钧道人及时赶来，化解矛盾，对三个徒弟说：

> 大徒弟，你须让过他罢。俱各归仙阙，毋得戕害生灵。况众弟子厄满，姜尚大功垂成，再毋多言。从此各修宗教。

这段话其实意味着：民间信仰是消灭不掉的。与其拼个你死我活，不如“各修宗教”。只要不戕害生灵，就默许它们和正统宗教并行存在。它们是社会的潜流，但也是不可忽视的力量。这是鸿钧道人的智慧，也是现实的无奈。

截教的“圣母情结”

截教有一个“圣母现象”，是阐教没有的。

截教“圣母”特别多：龟灵圣母、无当圣母、金灵圣母、金光圣母、火灵圣母……龟灵圣母被蚊虫吸干血肉，金灵圣母被封为斗部正神“斗姆元君”，金光圣母被封为雷部的闪电神，火灵圣母被广成子用番天印打死，无当圣母在万仙阵中看到大势已去，就悄悄逃走了，下落不明。

无当圣母在《封神演义》里，没有什么特殊的表现。但是她的名字却暴露了身份。截教这么多“圣母”，正说明它和民间宗教的密切关系。

明成化年间，山东即墨人罗清创立了一个民间宗教，叫“罗教”。罗教的影响力非常大，而且后世产生了许多分支。罗教宣教的经典叫《五部六册》，其中有一部叫《巍巍不动泰山深根结果宝卷》，里面有这么一段话：

> 那个是诸佛母？藏经母、三教母、无当母，怎么为母？诸佛名号，藏经名号，万物名号，这些名号，从一字流出。认的这一字为做母。母即是祖，祖即是母。……无当名号，诸佛名号，三

教名号，菩萨名号，一切字名号，一切万物名号，都是本来名目变化名字，都是一字流出。

这段话意思是说，罗教的宇宙观里，特别突出“母”的概念，认为“母”是万物的本源。所以诸佛母、藏经母、三教母、无当母……其实都是一个东西，指的就是这套宇宙观里世界的本源。“无当”的意思是“无极”“无边”，“无当母”就是无量无边事物的本源。[1]

罗教的“母”，本来是一个抽象概念。但是和它同时间或者稍微晚一点的民间宗教，例如龙华教、白阳教等，就把“母”形象化成一个老太太，叫“无生老母”，并且还有一个口诀，叫“真空家乡，无生老母”。按他们的说法，“真空家乡”就是无生老母住的地方，是人类的出生地以及最后的归宿（类似极乐世界或宇宙的极点）。世界的始祖、宇宙的主宰就是无生老母。

无生老母的信仰在北方，尤其是河南、山东、山西等地区特别兴盛，直到今天还没有断绝。河南浚县大伾山，就是无生老母信仰的重镇。山上有专门的无生老母庙，还有一个老母殿，里边一共 13 个老母，除了无生老母之外，它把佛道二教的许多神都借了过来，加上“老母”的名字。例如文殊老母、普贤老母，这当然是从文殊、普贤二位男性菩萨改造过来的。还有一位“劈山老母”，手拿一把斧子，可能是从盘古改过来的。一位“托天老母”，可能是从女娲改过来的。此外还有观音老母、泰山老母（应是碧霞元君）等。

最有意思的还有一位“地母”，显然是由佛教地藏菩萨改造的。佛教地藏菩萨本来是男性，标准造像是左手拿锡杖，右手拿宝珠，有“锡杖振开地狱之门，宝珠光摄大千世界”的意思。然而这位“地母”手里的法器，竟然是一个地球仪，文具店里常见的地球仪！

[1] 另一说“无当”通“武当”，从道教的真武大帝信仰而来，见濮文起《新编中国民间宗教辞典》“无当古佛”条。

所以这是一种非常民间化的思路：主神是无生老母，没有左右胁侍神不好看。但是，如果中间一个老太太，四周都是男神，看上去也不协调。不如全搞成“老母”，和村里老太太凑一起打牌一个样。

罗教本来就是民间宗教，教理教义并没有什么特别深奥的地方。然而就这么一点关于“母”的抽象概念，也被民间演绎发挥，造出了一个乃至多个老母神，不得不佩服这种力量的强大。

除了无生老母，明清也信奉骊山老母（又称黎山圣母、梨山圣母）、碧霞元君，还出现过白阳圣母、九龙圣母、太阴圣母等崇拜。弘阳教的神谱里，有“六祖八母”（包括番天母、折地母、老无生等）。文学作品里，除了《封神演义》里的各种圣母外，还有遍及各种评书、小说的乌灵圣母（《说岳全传》）、金霞圣母、金花圣母（《飞龙全传》）、金刀圣母（《薛丁山征西》）……

为什么明清之后产生了这么多的老母、圣母？原因当然很多，但我觉得，从明清民间信仰格外兴盛这个现象，可以看出来：老百姓有越来越多的苦难需要排解、宣泄。

在这一点上，男神和女神的差别就体现出来了。一般来说，人们对男神升起的是崇拜感，是对未来的希望，如求财、求升官、求平安等，是一种积极进取的心态；而对女神往往产生的是亲近感，尤其是母神，感觉面对的就是自己的母亲。拜倒在她面前的很多人，未必真的求什么未来，只是想把所受的苦难哭诉一番，就像倒在母亲怀里，寻求抚慰一样。这样的“圣母”越多，说明老百姓的心态就越压抑，越悲凉。

大伾山的「地母」像

顾颉刚先生在《妙峰山》中

说，北京妙峰山碧霞元君的信仰特别兴盛，很多老百姓一步一磕头爬到山上去，在碧霞元君的神位下边放声大哭，有时候不止女性，很多男人也去哭，你也不知道他们哭什么。想来可能就是对生活绝望，有一肚子委屈需要向圣母倾诉吧。

火灵圣母：巫术军事家

《封神演义》里虽然圣母多，但是花了笔墨去写的却很少，火灵圣母算是一个。

火灵圣母有一顶金霞冠，冠上有一只淡黄包袱，将包袱挑开，现出十五六丈金光，把火灵圣母笼罩当中。她看得见别人，别人看不见她。除此之外，她还会训练火龙兵：

> 且说火灵圣母问胡升曰："关中有多少人马？"胡升曰："马步军卒有二万。"圣母曰："你挑选三千名出来与我，自下教军场教演，方有用处。"胡升即选三千熊彪大汉。圣母命三千人俱穿大红，赤足，披发，背上帖一红纸葫芦，脚心里俱书写"风火"符印，一只手执刀，一只手执幡。

打仗的时候，火灵圣母带着三千火龙兵一齐冲杀放火，把洪锦、龙吉公主杀得大败而逃。

火灵圣母有什么特点呢？应该说，她把道教的技术（或者说传统方术）直接应用于军事了。虽然之前的十绝阵、黄河阵也用到过普通士兵，但那些阵法，都是神仙之间（或者说术士之间）的斗争。普通士兵只是去跑龙套，没有任何用处。三霄、赵公明、殷郊、殷洪、罗宣、羽翼仙、吕岳，都是单打独斗，只用个人法术或法宝，并不需要士兵帮忙。火灵圣母的出现，标志着截教开始把法术应用于大规模作战。

火灵圣母训练“火龙兵”，和当时的社会联系很紧密。因为这套法术，其实当时的军队里也在用。

今天说古代的军事经典是《孙子兵法》，其实《孙子兵法》是非常唯物主义的，在古代的兵书里还真少见。许多兵法，都跟法术的关系非常大。

北宋末年，金兵攻打北宋，汴京被围。这时有个叫郭京的人，其实是个神棍，自称会法术，只要依他的方法，训练出一支六甲神兵，就可以退敌。朝廷真的相信了，就让他去带兵打仗：

> 京师被围，朝廷急于命将，有郭京，军中一老会员，京师盛传用六甲兵法，可以生擒二酋。其法用兵七千七百七十人，尝自试于内，朝廷信之不疑，赐以金缯数万计，使自募兵，恩数备至，人皆呼为“郭相公”。其所招募皆市井游惰，色色有之，不问武艺精否，但择其元命合六甲法者。有卖线者，京一见授以将命，他皆类此。金兵攻围甚急，京谈笑自若，云择日出师，凡三日可至太平，直抵阴山而止。其所招军但只砍首级，不必战也。前期竖天王旗，每壁三面，按五方色，或画天王，不知何法也。[1]

六甲神兵打仗，穿黄衣服，披发仗剑，和火灵圣母的火龙兵穿红衣服、披发执幡差不多。然而，这支“六甲神兵”根本不顶用。金兵打进来，这个神棍就趁乱逃走了。

明代抗倭战争中，也有用法术打仗的。例如明代唐顺之编的《武编》里，记载了一种倭寇的阵法，名叫“演禽阵法”，其实是基于二十八宿的巫术。例如尾火虎阵：

> 主将临阵默念“唵吽吽哈哈哈叱叱叱”，一变为尾火虎阵，令

[1] 见《续资治通鉴长编拾补》卷五十八。

士卒群聚踞咆哮而前，各执短刀。主者裂白扇弃地，或水中分两翼，横跳而进，则后阵自溃，前中皆奔散矣。可收兵归营，不可深追。若彼知破，令军士群弃草鞋一只投阵中，锣声大震而进，主将披发直前，众兵自走矣。

尾火虎是老虎，所以要求士兵“咆哮而前”，模仿老虎的叫声。主将还需要披发作法，也和术士有一拼了。破这种阵法也容易，就是己方士兵每人朝敌人扔一只草鞋（因为传说草鞋可以使为老虎作引导的伥鬼迷惑）。

这是尾火虎阵，还有虚日鼠阵，要在地上打着滚朝前冲（因为老鼠是在地上窜的），破虚日鼠阵，“令三军手执竹叶长竹，口作猫声”，也就是要学猫叫！

所以，官军也好，贼寇也好，都会相信这些东西。因为正规军也是从老百姓中招上来的，知识结构并没有什么不同。

乾隆三十九（1774年）年，山东清水教造反，攻打临清城，出现了官军和清水教徒斗法的事。清水教徒攻城的时候，口中念咒，披发仗剑，带领“神兵”冲阵，据说枪弹打到法师身前，就会纷纷坠落。于是防守的官军也跟他们斗法：

益令老弱妓女裸而凭城，兼以鸡犬粪汁，缚帚洒之，由是炮无不发，发无不中。[1]

官军大概是这种心理：既然你搞了，我要是不搞的话就吃亏，于是把妓女发动起来，让她们站在城墙上，来破对方的“法术”。其实就算官兵将领不信，也架不住下边的士兵信，当兵的都是老百姓招上来的，如果你看到对方这么装神弄鬼冲过来，肯定害怕，所以也得提防——这个心态就好

[1] 见《临清寇略》。

比相声《跳大神》说的一样，一条街上两家商店对门，一家商店挂一面“照妖镜”，要把所有的晦气都给照走。对门也一定会挂一面，来反弹对方的“法术”。结果镜子越挂越多，两店斗法，救活了三家玻璃铺。

即便到了晚清，清军面对西方列强的大炮，也还是使用这种破法，找许多女人在城墙上站着，用桶装了屎尿，朝敌人泼洒——然而敌人的大炮一样放。直到 1900 年的义和团运动失败，这种神话才渐渐消失。

第六章

百鬼夜行：《封神演义》中的妖族

在最早的《封神演义》逻辑里，妖怪或非人类是不能成神的。故事不断流传和亡佚，封神榜却没有随之更新，后代版本的编者只好将妖怪替补上去，却又无意中制造了新的问题。

妲己：也许是东亚最著名的妖怪

在《封神演义》里，妲己被一只九尾狐狸精吸去魂魄，附体在她的肉身上。很久以来，“狐狸精”和“九尾”就紧密联系在一起，一说千年狐狸精，必然是“九尾”（例如《西游记》里金角银角两位大王的干娘）。其实九尾狐狸不仅是妖兽，在上古的传说中，它还是祥瑞的象征。

《吴越春秋》记载：大禹三十岁还没娶妻，在那时候就算剩男了，很着急，忽然一条九尾白狐窜进了他的屋子，这可不是什么妖孽，而是大禹将要娶妻的征兆。大禹想起了一首歌：

> 绥绥白狐，九尾庬庬。我家嘉夷，来宾为王。成家成室，我造彼昌。

于是娶了涂山氏之女。

为什么九尾狐使大禹家室昌盛呢？汉代学者班固在《白虎通义》里解释说：

《封神真形图》中的妲己形象

> 必九尾者何？九妃得

其所，子孙繁息也。于尾者何？明后当盛也。

也就是说，九尾代表九个妃子，而尾巴长在身体后面，所以也代表子孙后代。九尾狐狸代表夫人众多，子孙昌盛。

《山海经》里也有记载：“青丘之山有兽焉，其状如狐而九尾。”这个九尾狐，很可能是九个氏族，或者是当地氏族崇拜的神灵。

甚至周文王也曾给纣王献过九尾狐。周文王被纣王关在羑里，西岐方面为了救他出来，就到处寻找珍禽异兽。散宜生弄到了一只九尾狐，连同其他珍宝献给了纣王，纣王一高兴就把姬昌放了。

文王拘羑里，散宜生之西海之滨，取白狐青翰献纣，纣大悦。[1]

散宜生至吴，得九尾狐，以献纣也。[2]

虽然地点不一样，有说是在西海的，有说是在吴的，但这是九尾狐第一次和纣王产生联系。

这里的九尾狐，还不是妖孽的象征，而是瑞兽。否则散宜生不会把它作为献给纣王的礼物。

但是，狐狸的生活习惯很诡异，比如喜欢打洞，所以经常住在坟地里，这也给人一种神秘的感觉。所以它成为瑞兽的同时，另一些人也把它当作妖兽。东汉许慎在《说文解字》里说：

狐，妖兽也，鬼所乘之。有三德：其色中和，小前大后，死则丘首。

[1] 见《尚书大传》。青翰，青色的野鸡。

[2] 见《幽通赋》注。

晋代学者郭璞又说：

> 狐五十岁，能变化为妇人。百岁为美女，为神巫，或为丈夫与女人交接，能知千里外事，善蛊魅，使人迷惑失智。千岁即与天通，为天狐。[1]

所以，狐狸精变化美女的故事，也一直和狐狸是瑞兽的故事并行不悖。有关妲己是狐狸精的最早文献记载，见于北朝李暹注《千字文》“周发殷汤”句：

> 一入朝歌，捉得纣，杀之。捉得妲己，付与召公，令杀。召公见其姿容端正，一叹而百美，不忍杀之。留经一宿，太公谓召公曰：“纣之亡国丧家，皆由此女，不杀之，更待何时！”乃以碓锉之，即变作九尾狐狸。[2]

此外，山东博物馆和山东费县文管所联合清理的费县潘家疃东汉墓画像石上，也有长着狐狸尾巴的妲己画像。[3]这说明妲己是狐精的传说由来已久了。

狐狸喜欢与人交合，获得他的精气。《封神演义》里还保留了一段：伯邑考向纣王进贡宝物，想赎回父亲姬昌。妲己在宫里百般挑逗伯邑考。原著说是她想和伯邑考“共效于飞之乐”，其实“于飞之乐”还不是妲己的主要目的，主要目的原著说得更清楚：“况他少年，其为补益更多。”这方面，纣王并不能满足她。

在中国古代传说里，狐妖（包括女鬼）的修炼中，有一样最重要的

[1] 见《玄中记》。
[2] 见日本京都大学图书馆藏写本《纂图附音增广古注千字文》。
[3] 参见姜生先生《狐精妲己图与汉墓酆都六天宫考》。

东西，就是男子的精（元阳）。《西游记》中大多数女妖精抓唐僧，并不是想吃他的肉，而是要和他交合，说白了就是吸他的精。一旦被女妖得到了“元阳”，女妖功力大增，唐僧的修炼就白费了。唐僧经常对女妖说：“我怎肯在此丧了元阳？”是把这种东西看得比生命还重要的。

九头雉鸡精和玉石琵琶精

受女娲之命祸乱商朝天下的，还有九头雉鸡精和玉石琵琶精。

九头雉鸡精是一个小人物，非常卑微的小人物。她是妲己的跟班，甚至连玉石琵琶精都不如。琵琶精在姜子牙卖卦的时候露了一面，而雉鸡精出场的作用只有一个：妲己要害比干，假装昏迷，她这时垫上一句话：“有玲珑心一片煎汤吃下，此疾即愈。”然后纣王就逼迫比干把心挖了出来（按书中情节，这时的妲己是不能说话的）。此外，再没见过她对情节的发展有什么推动。

九头雉鸡精住在轩辕坟里，而轩辕坟里的主要住户是一群狐狸。狐狸和鸡一起住，为什么不吃她？这也是一件奇怪的事情。

而且，她连一个合适的名字都没有。她变成人形的名字叫“胡喜媚”。要知道“胡”这个姓，是狐狸精混人类社会的专有的姓，不准其他动物染指。例如《太平广记》的大小胡郎，《聊斋志异》里的胡氏、胡四相公等。明明是鸡，何以改姓胡？

要知道，给鸡精起名字不是没有先例。唐代王洙《东阳夜怪录》里的鸡精叫“奚锐金”，姓奚，自然是从繁体的“雞”来的。为什么放着这么现成的例子不用，却偏偏和狐狸一族扯上关系呢？

另外，这位雉鸡精的名字“喜媚”，也够“土味”，简直要和“翠花”“二丫”“蜡梅”们并列。要知道，妲己把她这位闺蜜可是吹成了神仙中人的！

这样一个人物，既然与妲己并列为三妖之一，总不能一点来历都没有。除了妲己是狐狸精这种说法之外，还有一种说法，说她是雉鸡精变化的。这种说法也有一定的市场，然而这个话题本来是讲女子缠足的：

> 商妲己狐精也，或曰雉精，犹未变足，以帛裹之，宫中效焉。[1]

女人缠足这件事，在当时也评价不一，有人认为很美，而有人就认为是妖妄之举。既然是妖妄，就得找出个妖妄的理由来。于是就说，妲己上半身变成人形，脚还没有变，只能用布帛裹起来，宫女纷纷仿效，这就是女子缠足的来历。在这种说法中，妲己是狐狸还是雉鸡，两种意见并存。所以，在妲己故事中，雉鸡和狐狸天然是不分家的。《三教源流搜神大全》里的殷郊故事提到妲己，也说“是妖雉亡国”，并不是狐狸。

雉鸡在古代，名声并不好。今天俗语里，把某类“特殊工作者”叫“鸡”，当然可以很简单地说“鸡”就是“妓”的谐音，但翻翻书发现，并不是那么简单。很多时候，“鸡”其实专指“雉鸡”。

雉鸡这种动物，是可以用来比喻淫乱的人的。《诗经·匏有苦叶》说“雉鸣求其牡”，意思是说雌雉鸡在发情。而按照传统说法，这句是用来讽刺卫国的夷姜的。夷姜本来是卫庄公的妾，后来又和庄公的儿子宣公偷情（这卫宣公也不是省油的灯，先偷了小妈，后又偷了儿媳）。所以《毛诗正义》注此句说：“夫人犯礼而不自知，夫人所求非所求。”这两句说得太中国风了，如果换成欧洲风就是：“高贵的夫人啊，你为何像只野鸡一样在发情？”

在古代人眼里，雉鸡不但淫，还有些妖气。《礼记·月令》“孟冬之月……雉入大水为蜃。”传说到了冬天，雉鸡纷纷进入大江大河，变成巨大的蚌，

[1] 见《古今事物考》。

能吐出妖气结成海市蜃楼，这也挺诡异的。还传说雉鸡和蛇可以互变，夏天雉鸡变成蛇，冬天蛇变成雉鸡（《异苑》）。于是，有人把这些传说整合起来，说：

> 雉不入水，国多淫妇。[1]

意思是说，如果到了冬天，雉鸡们还没有入水，国中就会产生许多淫妇。

因为这些原因，雉鸡在古代民间名声就很不好。不只妲己，西施也被认为是雉鸡精转世。

元末明初有个学者叫谢应芳，他有首写苏州的诗：

> 幽寻度香径，遐思倚琴台。乌喙尝胆日，雉妖捧心来。春风煽秾艳，灭国轻于埃。[2]

这首诗已经明说捧心的西施是“雉妖”了。

谢应芳这个人，非常讨厌西施和她的男朋友范蠡。他专门写过一篇《论吴人不当祀范蠡书》[3]，说范蠡这个人一无是处，西施更是亡国妖女，建议苏州人把范蠡的像从庙里扔出去。

为什么管西施叫“雉妖”？这个典故出自一部小书《翰府名谈》：

> 西施母梦翠鸡五色，自空飞下，遂生西施。[4]

《翰府名谈》是宋朝的书，至少在宋元时期，这个故事已经流传得很广了。

[1] 见《玉烛宝典》。

[2] 见《和陈维寅苏杭怀古》。乌喙指的是越王勾践。因为《吴越春秋·勾践伐吴外传》：“夫越王为人长颈乌喙、鹰视狼步，可以共患难而不可共处乐。”

[3] 见《辨惑编》。

[4]《御定骈字类编》引。

不但像谢应芳这样的文化人知道，老百姓也知道，如明代的民间教派弘阳教，有一部《弘阳叹世经》。里面有这么几句唱：

怎见他宠西宫乃是鸡精？吴王为色宠西宫，双剐子胥二眼睛。武门从把头来挂，为朵残花坠江心。

除了西施是雉鸡精，汉高祖刘邦妻子名叫吕雉，很多古书叫她“淫雉”，这也是雉和一个坏女人产生联系的例子。汉朝要避她名字的讳，把“雉鸡”都改名叫“野鸡”，无意中给一种古老的职业起了名字。

至于被姜子牙烧死又复活的玉石琵琶精，似乎是《封神演义》里的一个 bug。因为狐狸和雉鸡都是动物成精，为什么偏偏玉石琵琶不是呢？而且玉石琵琶这种物品的特性，和惑乱君心并没有什么关系。

其实，这个“琵琶精”，应该是从蝎子精讹变来的。[1] 蝎子有毒，可以比况女人毒。狐狸妖媚，雉鸡淫荡，蝎子狠毒，这三个，正是古人拿来形容坏女人的三种常见动物。[2]

蝎子和琵琶发生关系，当然是因为形状相似。《西游记》里有个女妖蝎子精，十分厉害，把如来佛的手指扎了一下，如来也疼痛难忍。只有昴日星官（一只大公鸡）才能收服她，让她露出本相，“是个琵琶大小的蝎子精”。所以她的住处也叫“毒敌山琵琶洞”。

所以，把蝎子精称为琵琶精，也是可以的。古人经常拿琵琶比喻蝎子，例如《搜神记》里记载了一个故事，说安阳城南的驿亭经常闹妖精，一个书生夜宿这里，听到有人说话，发现是一头母猪、一只公鸡和驿里的蝎子，于是“握剑至昨夜应处，果得老蝎，大如琵琶，毒（钩子）长数尺”。

---

[1] 参见梁归智《女妖怪的隐喻——〈西游记〉经典探秘之四》。
[2] 微博上九之尾先生说狐狸吃雉鸡，雉鸡吃蝎子，蝎子蛰狐狸，形成一个相克的链条，这个说法也很有趣。

《聊斋志异》也有一篇《大蝎》：

> 明彭将军宏，征寇入蜀。至深山中，有大禅院，云已百年无僧。询之士人，则曰："寺中有妖，入者辄死。"彭恐伏寇，率兵斩茅而入。……周视亦无所见，但入者皆头痛不能禁。彭亲入，亦然。少顷，有大蝎如琵琶，自板上蠢蠢而下。一军惊走。彭遂火其寺。

这种大如琵琶的蝎子，通常被古人当作妖怪。所以《封神演义》的作者把琵琶精和蝎子精搞混，并不是一件稀奇事。

千里眼和顺风耳

《封神演义》有两个小人物——高明、高觉（明、觉都是耳聪目明的意思），两位本领很特殊：擅长遥观和远听。姜子牙在帐中商议什么事，都被他们偷听了去。杨戬拜见师父玉鼎真人，求问来历，玉鼎真人对他说：

> 此业障是棋盘山桃精、柳鬼。桃、柳根盘三十里，采天地之灵气，受日月之精华，成气有年。今棋盘山有轩辕庙，庙内有泥塑鬼使，名曰千里眼、顺风耳；二怪托其灵气，目能观看千里，耳能详听千里；千里之外，不能视听也。

杨戬还讨到了破他们的方法：他让姜子牙在军中摇动红旗，擂鼓鸣金，使千里眼被红旗搅乱看不见，顺风耳被锣鼓干扰听不清。杨戬在鼓声中和旗队里告诉姜子牙：去棋盘山烧掉大树的根，去轩辕庙打碎二鬼的泥身。姜子牙这才用打神鞭把两人打死。

千里眼和顺风耳还出现在《西游记》里。孙悟空出世的时候，玉帝派他们到南天门查看动静；后来天庭出事，这两位也屡屡被委任哨探的任务。

不过，《封神演义》的作者似乎有点犯懒，没有解释清楚：到底作怪的是树精呢，还是轩辕庙两个鬼使呢，还是说鬼使附身在树精上作怪呢？“托其灵气”又是什么意思呢？

其实，这是作者有点贪心，他整合了两套故事，却没有讲好。实际上，在明代另一部讲武王伐纣故事的《有商志传》中，高明、高觉就是千里眼、顺风耳，和桃树精没有任何关系。在这部书里，姜子牙讲了两人的来历：

> 东海度朔山有大桃树，其根盘屈三千里，其柯向东北，号曰鬼门，乃万鬼出入之所。有四神，一名神荼，一名郁垒，二人性能执鬼。又一名千里眼，一名顺风耳，能视听千里之外。二神监察远方邪魅，神荼二神即收而斩之。自是轩辕黄帝令民间画神荼、郁垒像悬于门首，以压百邪。又刻千里眼二子于神庙，以察百邪。此乃千里眼二畜生也。

这段就讲清楚了：千里眼、顺风耳、神荼、郁垒，是四个神。前两位和后两位是合作关系。千里眼、顺风耳负责监察恶鬼；神荼、郁垒得到消息，就去把恶鬼捉来杀掉。高明、高觉就是黄帝庙里的千里眼、顺风耳，他们被姜子牙等人斩了之后，庙里两座雕像也就莫名其妙地掉了脑袋。

在《封神演义》里，作者可能是觉得这样还不够热闹，就干脆把神荼、郁垒也扯了进来。但是稍微了解一点古代神话的人都知道，神荼、郁垒是门神的原型，并不是妖怪。《封神演义》就干脆打个马虎眼，借他们居住的地方“度朔山大桃树，其根盘屈三千里”（语出《河图括地象》，见《纬书集成》）说事，改成“桃、柳根盘三十里”，然而这样一改，也就改了个乱七八糟。

千里眼、顺风耳并不是正统的道教神，而是东南地区海神信仰的产物，

《谟区查抄本》中的千里眼画像

《谟区查抄本》中的顺风耳画像

广州南海神庙中的千里眼塑像

广州南海神庙中的顺风耳塑像

* 以上四幅图均由盛文强先生提供

一般配在妈祖（或其他海神）的两侧或门前。内地没有这样的神，因为不需要。只有在海面上，才有这种需要。正如望远镜和雷达，航海的时候用得多。福建泉州妈祖庙、广州南海神庙，至今还有千里眼、顺风耳的塑像。

关于千里眼、顺风耳，还有个说法，说千里眼叫离娄，而顺风耳叫师旷，他们的故事，在《四游记》的《南游记》里，说得最详细。

> 却说华光得玄天上帝指示，烧了关门，走下中界，身无去向。正忧之间，望见前面有一座山，生得奇异，有四时不谢之花，八节长春之景，华光便问当方土地："那山甚么山？"土地曰："那山名叫做离娄山，山中有一洞，叫绿水芙蓉洞，洞内有两个大王在那里镇守。"华光又问曰："是何大王？"土地曰："我不敢对你说。"华光曰："有何不敢？"土地曰："我若说出，他在那里一个便看见，一个就听见，就了不得。"华光曰："有我在不妨，你只管说来。"土地曰："此山上大王，一个叫做千里眼，能看一千路外，无所不见；那一个叫做顺风耳，听得千里路外言语，无所不知。又名叫做离娄，师旷，叫做聪明二大王，吃人无厌，骨积如山。"华光听罢，发落土地，便去离娄山。

两个妖怪已经听见了土地和华光天王的谈话，于是变作两座大山，站在路旁。华光天王放起三昧真火。左山边放一把火，右山边放一把火，烧得二妖现了原形。华光天王就把金枪插在地上，让二妖来拔，结果二妖双手都粘在那枪柄上，拿不下来，叫苦连天，只好归降了华光。华光即取出两粒火丹，叫二妖吃下，只要二妖一有反心，肚中火烧起，便痛苦无比。

这里的离娄，即《孟子·离娄篇》的离娄。离娄是轩辕黄帝的大臣，也叫离朱（古代朱、娄二字同音）。传说黄帝游赤水之北，登昆仑之丘，丢失了玄珠，第一个派去找的人，就是离朱。离朱视力很好，能视百步之外。后来逐渐夸大，变成了千里眼。

师旷这个人就更有名了，他是春秋时期晋国著名的音乐家，辨音能力特别强。《三国演义》“群英会蒋干中计”中周瑜说，“吾虽不及师旷之聪，闻弦歌而知雅意”，说的就是这个人。

师旷是盲人，常自称“瞑臣”“盲臣”（古代的乐师盲人特别多）。《庄子·齐物论》说师旷“甚知音律”，所以在先秦文献中，常以师旷代表音感特别敏锐的人。

盲人的听力都很好（据说一个人的五官残废了一个，其他的功能会增强）。师旷通晓南北方的民歌和乐器调律，《左传》记载：“晋人闻有楚师，师旷曰：‘不害！吾骤歌北风，又歌南风。南风不竞，多死声，楚必无功！’”还有一次，师旷听到晋平公铸造的大钟音调不准，就直言相告，晋平公不以为然，后经卫国乐师师涓证实，果然如此。

为什么师旷会成为“顺风耳”呢，这和古代听风占卜的习俗有关。因为师旷善听，就都附会在他的身上。

古人认为风是可以带来许多吉凶征兆的，古代有一种占卜方式叫“师旷占”。例如《齐民要术》中记载：

> 五谷贵贱法：“常以十月朔日，占春粟贵贱。风从东来，春贱，逆此者贵。以四月朔占秋粜，风从南来、西来者，秋皆贱，逆此者贵。以正月朔占夏粜，风从南来、东来者，皆贱。逆此者贵。”
>
> 正月甲戌日，大风东来折树者，稻熟。甲寅日，贵。庚寅日，风从西、北来者，皆贵。二月甲戌日，风从南来者，稻熟。乙卯日，稻上场，不雨晴明，天下喜。

这些占卜方法，都是听风的来向，占卜今年的收成、米价。例如十月一日，如果有风从东来，春天的粟米贱，反之则贵。旷野中风向多变，需要有师旷这样的耳朵才能听得清，所以“顺风耳”就顺理成章地叫了起来。

另外值得一提的是，《封神演义》里，鸿钧老祖给老子、元始天尊、通天教主三个弟子吃了三颗丹药：

> 鸿钧分付："三人过来跪下。"三位教主齐至面前，双膝跪下。道人袖内取出一个葫芦，倒出三粒丹来，每一位赐他一粒："你们吞入腹中，吾自有话说。"三位教主俱皆依师命，各吞一粒。鸿钧道人曰："此丹非是却病长生之物，你听我道来：
>
> "此丹炼就有玄功，因你三人各自攻。若有先将念头改，腹中丹发即时薨！"

这种丹药，不是延年益寿的，而是控制三位弟子的。老子、元始天尊、通天教主都是圣人级别的人物，在鸿钧道人面前居然唯唯诺诺，吞下丹药，不得不说是一件悲哀而诡异的事情。

但是只要翻翻古代小说，就会发现无独有偶。刚才提到，华光给离娄、师旷也吃过火丹。火丹是控制二人行为的，一有反心，马上火起。原文是：

> 华光即化出火丹一粒，化作丸子两个，哄他曰："你要我救你，降我之时，要吃我这两粒丸子，你那手就脱得下来。"二人吃下，便要走去。华光曰："你二人方才吃的，乃是吾火丹，你二人或是思想走，若走之时，我便火丹发作起来，烧死你。"二鬼不信便走，那华光念动咒语，叫那二丸火丹发将起来，把二鬼烧倒在地，叫苦连天，大叫天王救命。华光问："汝二人今日肯归降否？"二鬼曰："若待火灭，倾心归伏，再不敢反。"华光即叫火灭，那肚里此丹便不发。

古代小说里，拥有火丹最多的，莫过于真武大帝。他下凡收妖的时候，玉帝赐给他一柄三台七星剑，一副黄金锁子甲，五百颗火丹，封为真武大将军。只要真武大帝收了一员神将，无论是龟蛇二将，还是马元帅、田华元帅、王恶等，降服之后，无不被逼着吃了这种火丹，反正管够。吃了之后，就死心塌地跟着真武大帝了，因为只要起反心，火丹立即在腹中烧起来。

旧题清代裘曰修撰的《桃花女阴阳斗传》，讲的是桃花女斗法破周公的故事，两人上天归位后，玉帝也赐了类似的火丹：

> 上帝便下玉旨曰："你两个俱有根基道行，何故自相残害？周乾，你乃如意戒刀所化，在兜率宫为看卦童子，不守清规，私自下凡，泄漏天机，反累了桃花女下凡。任桃花乃如意刀鞘也。你两个本性相同，不得另生他意！今乃汝等肉体飞空之期，每个赐金丹一粒。"命他们吞了，又言："你今服了此丹，如先生异志者，此丹在腹内不消三刻，总是金刚不坏之体，也要化成脓血！"

这个教主给部下吃药，借此控制部下的设定，后来被金庸先生学去了，于是在《笑傲江湖》里出现了一种"三尸脑神丹"。药中有三种尸虫，服食后一无异状，但到了每年端阳节午时，若不及时服用克制尸虫的解药，尸虫便会脱伏而出。一经入脑，服此药者行动便如鬼似妖，连父母妻子也会咬来吃了。东方不败强令属下服用此药，每年以解药相要挟，以使他们死心塌地听从驱使。

与此相似的，还有一种"生死符"，生死符是逍遥派灵鹫宫的宫主天山童姥所用的一种暗器。中者求生不得求死不能，受制于他人，故名"生死符"。所以神农帮帮主司空玄，见了灵鹫宫使者毕恭毕敬，就是怕她们不肯解除生死符的痛苦。这个"梗"，我们一直以为是金先生的原创，后来发现在古代小说里已经用得非常频繁了！

“梅山七怪”还是“梅山六怪”

《封神演义》的末尾，“梅山七怪”的故事占了好大的篇幅。大概情节是说，渑池县总兵张奎看渑池县守不住了，立即上奏。纣王于是贴出皇榜，招募勇猛之士带兵出征。于是陆陆续续来了七个人应募，这七个人是：白猿精袁洪、蛇精常昊、蜈蚣精吴龙、猪精朱子真、狗精戴礼、牛精金大升、羊精杨显。

这七个人给周兵带来了很大的麻烦，挡住了周朝大军很长时间，而且周营猛将杨任以及武王的几个兄弟都死于他们之手，他们最后被杨戬一一杀掉。

杨戬就是二郎神。梅山七怪被杨戬降伏，当然是因为民间流传的二郎神故事里，本来就有几位“梅山兄弟”充当助手的说法，只要看过《西游记》的人都知道。《西游记》里二郎神奉玉帝之命，攻打花果山，一定要带着得力帮手梅山兄弟同行：

> 这真君即唤梅山六兄弟，乃康、张、姚、李四太尉，郭甲[1]、直健二将军，聚集殿前道：“适才玉帝调遣我等往花果山收降妖猴，同去去来。”众兄弟俱忻然愿往。即点本部神兵，驾鹰牵犬，搭弩张弓，纵狂风，霎时过了东洋大海，径至花果山。

但是，二郎神手下到底是“梅山六兄弟”还是“梅山七兄弟”，却是一笔糊涂账。因为在这一回，二郎神带的是六位兄弟（算上二郎神自己是七个），但是等孙悟空三打白骨精，被唐僧赶回花果山时，梅山兄弟又变

[1] 很多版本作“郭申”，实际上根据世德堂本《西游记》，是“郭甲”，上端略有污损，故误认作“郭申”。

成七个了：

> 那山上花草俱无，烟霞尽绝；峰岩倒塌，林树焦枯。你道怎么这等？只因他闹了天宫，拿上界去，此山被显圣二郎神，率领那梅山七弟兄，放火烧坏了。

其实，梅山兄弟应该是七个，《西游记》在这里前后没有照应好。因为“梅山七圣”早在宋代，就是人们祭拜的神灵。南宋吴自牧《梦粱录》记载，二月八日，杭州人的祭神会，“七圣”和“二郎神”就已经在一起了：

> 初八日，西湖画舫尽开，苏堤游人，来往如蚁。其日，龙舟六只，戏于湖中。其舟俱装十太尉、七圣、二郎神、神鬼、快行、锦体浪子、黄胖，杂以鲜色旗伞、花篮、闹竿、鼓吹之类。其余皆簪大花、卷脚帽子、红绿戏衫，执棹行舟，戏游波中。

至于梅山是哪里，其实“梅山”就是眉山，大文豪苏轼的老家。而且，这七兄弟最早的主人，并不是杨戬，而是另一位二郎神赵昱[1]。《三教源流搜神大全》说隋时嘉州太守赵昱入水斩蛟，同时入水者还有七人，嘉州在隋唐就是指今天的四川眉山市。赵昱的这七位帮手就是后来的“眉山七圣”。

赵昱和眉山七圣的故事，从宋到元一直有流传。例如元杂剧《二郎神醉射锁魔镜》第一折：

> 吾神姓赵名昱，字从道，幼年曾为嘉州太守。嘉州有冷、源二河，河内有一健蛟，兴风作浪，损害人民。嘉州父老，报知吾神。我亲身仗剑入水，斩其健蛟，左手提健蛟首级，右手仗剑出水，见

[1] 参见第二章“只看英雄事迹，不论姓甚名谁”。

七人拜降在地，此乃是眉山七圣。吾神自斩了健蛟，收了眉山七圣，骑白马白日飞升。

这样看，不但《封神演义》的“梅山七怪”是从赵昱的“眉山七圣”来的，连杨戬骑的那匹白马也是从赵昱来的了。

我们在第二章提到过二郎神至少由三个形象组成：李冰的儿子李二郎，赵昱赵二郎和杨戬杨二郎。七圣也在故事里不停地换主人。七圣原指赵昱的七个帮手，谁知道后来又变成了李二郎的帮手。民国灌县本地诗文集《灌志文徵》卷六所收清代刘沅《李冰父子治水记》说：

公（李冰）治水非一处，襄之者亦非一人。……二郎其尤著也。二郎固有道者，承公家学而年正英韶，犹喜驰猎之事。奉父命而斩蛟，其友七人实助之，世传梅山七圣，谓其有功于民，故圣之。惜仅存其名又亡其一。

明清时，赵二郎的香火不如李二郎盛，所以在当时人心目中，梅山七圣已经转归李二郎管辖了。

刘沅这篇文章没有开列梅山七圣的名单，但是从“仅存其名又亡其一”来看，梅山七圣好像只有六个人留下了名字。可能正是因为“仅存其名又亡其一”，《西游记》一会儿六兄弟，一会儿七兄弟，没个定准。

七圣的名字在不同的故事里都不一样。《封神演义》是袁洪等七位。《西游记》列举的六位是“康、张、姚、李四太尉，郭甲、直健二将军”，《二郎神锁齐天大圣》只列举了“郭牙直、抱刀鬼、奴厮儿、狗儿”四位（《西游记》里的“郭甲、直健”应该是“郭牙直”或“郭押直”拆分出来的，押直是元代官名）。明代还有一部《二郎宝卷》[1]，里面记载

[1] 全称名为《清源妙道显圣真君一了真人护国佑民忠孝二郎开山宝卷》。

了梅山七圣是：

后收七圣为护法，白马白犬有前因。
长白勇猛鄂大帅，达王金枝玉叶根。
赤心忠孝常治世，各牙治名是尊神。
神号鄂猛执刀将，保驾随爷周苍同。
黄毛番王殿下子，戏耍银弹赤金弓。
尊名称为萨音坤，贵字黄伶不用晕。

但是这部宝卷因为是民间说唱，很多文字都用同音字代替，又加上前后重复，读起来不通顺。从这段文字中，大致可以分辨出七圣是鄂猛（鄂大帅，当即“抱刀鬼”）、达王、常治世、各牙治（“郭押直”，此人在这本宝卷中曾收过，但应也属于七圣）、周苍、萨音坤（当即黄毛番王）、黄伶。

《封神演义》里，杨戬明明把七怪杀了，第九十二回的回目却是“杨戬哪吒收七怪”，这就很有趣了。到底是收了呢？还是杀了呢？而且，梅山七怪死后，似乎上了封神榜，被封为这个星，那个星，怎么又跟了二郎神了呢？这笔糊涂账需要另开一节文字说明，这就是下一节要讲的“妖精到底该不该封神”。

妖精
到底该不该封神

现在我们已经知道，《封神演义》是有一个慢慢成书的过程的。在早期的封神故事里，并没有杨戬，也没有梅山七怪。是《封神演义》先把杨戬编进来，然后才把梅山七怪编了进来。而且，封神榜的名单上，原本也没有这七个人的名字。

可能有人会说：不对啊，我看到的封神榜上有这七个人的名字啊，这七个人是：

四废星袁洪、天瘟星金大升、荒芜星戴礼、伏断星朱子真、反吟星杨显、刀砧星常昊、破碎星吴龙。

这就涉及一个问题：古书的版本。你看到的这个封了神的梅山七怪，在目前能查到的版本中，是晚清广百宋斋本《封神演义》才有的。这个版本的出现，已经是清光绪十五年（1889 年）的事了。

我们知道，《封神演义》成书于明代，目前能见到的最早版本，是明末的舒载阳刊本。我们只要查一查舒载阳刊本就知道，最后的榜单上，虽然有这七个星神，却并没有七怪的名字，而是封给了七个莫名其妙的人，他们是：

四废星袁坤、天瘟星程朝用、荒芜星召国才、伏断星李颜、反吟星周柏、刀砧星胡松、破碎星余宗伯。

这七个人之前根本没出来过，大概和其他的莫名其妙的人一样，都是“万仙阵亡”了。

为什么会出现这样大的差异呢？这就是古代小说的随意性。古人重视的书籍，是上得了台面的经史子集，出版或再版的时候，是很少随意改动的。而小说则不同，古人认为那是消遣的读物，书商们为了赢利，进行删改是很正常的。

我把明代舒载阳刊本第九十九回的封神榜名单全部过录到了本节后的附录里。从这张名单，可以看出很多好玩的事情。

除了梅山七怪之外，你会发现，其中很多神，和今天通行的版本不一样。

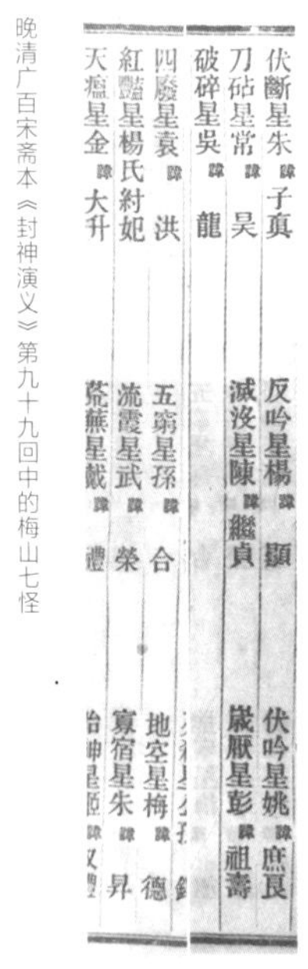

伏斷星朱 諱 子真　反吟星楊 諱 顯　伏吟星姚 諱 庶良
刀砧星常 諱 昊　滅沒星陳 諱 繼貞　歲厭星彭 諱 祖壽
破碎星吳 諱 龍
四廢星袁 諱 洪　五窮星孫 諱 合　地空星梅 諱 德
紅豔星楊氏紂妃　流霞星武 諱 榮　寡宿星朱 諱 昇
天瘟星金 諱 大升　荒蕪星戴 諱 禮

晚清广百宋斋本《封神演义》第九十九回中的梅山七怪

封神演義 卷之二十
五窮星 史 諱 思齊　地空星 洪 諱 承秀
紅艷星 王 諱 義　流霞星 楊 諱 相
寡宿星 張 諱 偉　天瘟星 程 諱 朝用
荒蕪星 召 諱 國才　胎神星 姬 諱 叔禮
伏斷星 李 諱 顏　反吟星 周 諱 栢
伏吟星 呂 諱 知本　刀砧星 胡 諱 松
滅沒星 房 諱 景元　歲厭星 楊 諱 旺
破碎星 余 諱 宗伯
外殺星 公孫 諱 鐸　四廢星 袁 諱 坤
封神演義 卷之二十

明舒载阳刊本《封神演义》第九十九回中关于七个星神的记载

比如“华盖星”，通行版本是东海龙王三太子敖丙，可是这里却封给了一个叫张定的人。又如“大祸星”，通行版本是哪吒打死的那个夜叉李艮，可是这里却封给了一个莫名其妙的陈猛。

再细看就会发现，除了敖丙、李艮之外，《封神演义》里的妖怪，以及各种非人类，都没有出现在这张榜上。除了梅山七怪，通行版本如月游星石矶娘娘、九丑星龙须虎、贯索星丘引，在这里丝毫没有体现。而灯头成精的马善、孔雀成精的孔宣，以及虬首仙、灵牙仙、金光仙，都归了某位主人或者去了西方。

所以，把梅山七怪、敖丙、李艮、石矶娘娘、龙须虎、丘引等人都封成神，是光绪年间广百宋斋本的改写（目前没有调查到比它更早的版本）。至于它为什么这么改，可能是这一版本的书商或编辑觉得这几个人戏份这么足，大多数本领还挺强，凭什么不能成神？所以就下笔随便改了。

其实，不封他们是对的。梅山七怪本来应该给杨戬做帮手，怎么能封成四废星等星神？而且杨戬杀梅山七怪的时候，原著也从来没有说一句“一道灵魂直奔封神台去了”。敖丙、李艮就更可笑了，他俩本来就已经是正神，早就在编制里了，怎么画蛇添足般又封一遍？

龙须虎不是人类，他出场的时候，原著说他：

> 发石如飞实可夸，龙生一种产灵芽。运成云水归周主，炼出奇形助子牙。手似鹰隼足似虎，身如鱼滑鬓如虾。“封神榜”上无名姓，徒建奇功与帝家。

这里原著都白纸黑字写着““封神榜’上无名姓”了，给周朝建功也是白建，怎么还能封为“九丑星”呢？

这就看出一点：在最早的《封神演义》逻辑里，妖怪或非人类不能成神。

当然，舒载阳刊本也有自己的问题。比如赵公明的两个徒弟陈九公、姚少司，去抢钉头七箭书的时候被哪吒、杨戬杀死。二人死后，原文明明写着“二道灵魂俱往封神台去了”，而且当然会封到赵公明手下，结果后来封神的时候竟然没有！反而给了“招财使者乔有明、利市仙官姚遂益”，如果说“姚遂益”就是姚少司的别名（“少司”听起来像个职务名），那么“乔有明”又是从哪来的？

而且在舒载阳刊本里，殷郊手下还有“日游神乔明、夜游神姚益”，这两位明显就是“乔有明、姚遂益”的简化版，只是减了减肥，居然又变成了另外两个人，封在殷郊手下当日夜游神了！

今天的通行版本里，日游神封的是温良，夜游神封的是乔坤，这也是广百宋斋本的改造。但这也有问题：乔坤是破化血阵死了的炮灰，和殷郊没有半点关系。而殷郊下山时，收了两位跟班：白脸的叫温良，蓝脸的叫马善。而且殷郊出战的时候，温良马善总是随侍左右，“见殷郊三首六臂，像貌凶恶；左右立温良、马善，都是三只眼”，明明是一对，最后封神的时候，按理说应该是日游神温良、夜游神马善才对。可谁知道作者竟然没按常理出牌：这位马善竟然身世不凡，是灵鹫山的灯头成精，怎么杀也杀不死，远超温良。最后马善被收回了灵鹫山，没有封神。而温良竟然只是个送人头的货色。CP 缺了一位，补上了毫无特色又毫无关系的乔坤，也是一件奇怪的事。相比来说，原始榜单上的这两位，无论是“乔明、姚益”还是“乔有明、姚遂益”，倒是一对永远不离不弃、改了名字也要在一起的好 CP 了。

而且这张原始的榜单（尤其是“群星列宿”部分），有大量我们从来没听说过的人，比如博士星邢三益（通行版本是封给了杜元铣）、武曲星黄景元、月魁星崔士杰（通行版本封给了窦荣和他的妻子彻地夫人），这些人又是哪里来的？难道都是“万仙阵亡”吗？

更奇怪的是，要说梅山七怪一个都没上这张原始榜单，也是不准确的。因为“力士星”封给了一个叫“戴礼”的人，而戴礼正是七怪里狗精的名字！凭什么梅山七怪只出一个毫无代表性的戴礼上榜，而且封了一个七不挨八不搭的“力士星”？还是说这位戴礼只是一个重名？

又如“红艳星”，这是一个很女性化的星神，通行版本封给了纣王妃子杨氏，是很得当的，可是这里竟然封给了一个叫“王义”的人，听名字就像一位“抠脚大汉”。除非是个情种，否则怎么管得了“红艳星”的事务？

有人说，他们会不会都是死在万仙阵的人，用来充数的呢？答案是：第一，凡是死在万仙阵的，人名后面一定会注明，而这里很多都没有注明。第二，之前也死了许多有戏份的人，像杜元铣、胶鬲、杨氏，明明是随手一安的事，为什么放着这些现成的灵魂不用，非得去现编一些稀奇古怪的人名充数？

所以说，这张原始的榜，有好多谜团值得探索。初步判断是这样的：这张榜可能源自一个或一组更古老的封神故事，以及一些古老的人物（那位“戴礼”很可能只是一个普通人类的名字），而且坚守非人类不封神的原则。后来这些人的故事渐渐亡佚了，但这张榜单却没有同步修改，就出现了很多“僵尸号”。晚清的广百宋斋本《封神演义》的编者发现了这个问题，就删掉了这些“僵尸号”，换上了梅山七怪等“活跃号”，却又无意中制造了新的问题。

梅山七怪本来并不在阐教、截教的体系中，虽然说截教有教无类，什么都可以收，但书中确实没有说这七怪是谁的徒弟，而且书里提到他们，总是带着贬抑的口吻，甚至连商朝将领都看不上：

> 却说殷破败、雷开与诸将亲自看见今日光景，不觉笑曰："国家不祥，妖孽方兴，今日我们两员副将，岂知俱是白蛇、蜈蚣成精，来此惑人。此岂是好消息！不若进营与主将商议何如。"

但是，一直在帮助殷商的截教里，也不是没有非人类啊。羽翼仙是大鹏，龟灵圣母是乌龟，虬首仙、灵牙仙、金光仙分别是狮、象、犼，孔宣是一只孔雀。为什么提到他们的时候，又不把他们叫"妖精"了呢？

这正说明，七怪是后来填补进去的。大概是作者写到这里，江郎才尽了，编不出太多的阐截二教的神仙，只好仿效《西游记》，开始借各种妖精凑数（也有人说七怪是讽刺靖难之变的李景隆等人的，见本书第三章）。

所以袁洪基本上抄的就是孙悟空的设定。他会使镔铁棍，会和杨戬赌变化，这段赌变化，抄袭的正是《西游记》里孙悟空和二郎神赌变化，因为《西游记》是原作，《封神演义》是抄袭，所以抄得诚惶诚恐。《西游记》原文是这样的：

> 二郎圆睁凤眼观看，见大圣变了麻雀儿，钉在树上，就收了法象，撇了神锋，卸下弹弓，摇身一变，变作个雀鹰儿，抖开翅，飞将去扑打。大圣见了，搜的一翅飞起，去变作一只大鹚老，冲天而去。二郎见了，急抖翎毛，摇身一变，变作一只大海鹤，钻上云霄来衔。大圣又将身按下，入涧中，变作一个鱼儿，淬入水内。二郎赶至涧边，不见踪迹。心中暗想道："这猢狲必然下水去也。定变作鱼虾之类。等我再变变拿他。"果一变变作个鱼鹰儿，飘荡在下溜头波面上。等待片时，那大圣变鱼儿，顺水正游，忽见一

只飞禽，似青鹞，毛片不青；似鹭鸶，顶上无缨；似老鹳，腿又不红："想是二郎变化了等我哩！……"急转头，打个花就走。二郎看见道："打花的鱼儿，似鲤鱼，尾巴不红；似鳜鱼，花鳞不见；似黑鱼，头上无星；似鲂鱼，腮上无针。他怎么见了我就回去了？必然是那猴变的。"赶上来，刷的啄一嘴。那大圣就撺出水中，一变，变作一条水蛇，游近岸，钻入草中。二郎因衔他不着，他见水响中，见一条蛇撺出去，认得是大圣，急转身，又变了一只朱绣顶的灰鹤，伸着一个长嘴，与一把尖头铁钳子相似，径来吃这水蛇。水蛇跳一跳，又变做一只花鸨，木木樗樗的，立在蓼汀之上。二郎见他变得低贱——花鸨乃鸟中至贱至淫之物，不拘鸾、凤、鹰、鸦都与交群——故此不去拢傍，即现原身，走将去，取过弹弓拽满，一弹子把他打个踋踵。那大圣趁着机会，滚下山崖，伏在那里又变，变一座土地庙儿。

之所以把这一段抄在这里，并不是凑字数，而是这段写得太精彩了。而《封神演义》相应的一段，就太简陋了：

二人各使神通，变化无穷，相生相克，各穷其技；凡人世外之禽兽，无不变化尽使其巧，俱不见上下。袁洪暗想：此时其兵已攻破大营，料不能支，且将他诓上梅山，入吾巢穴，使他不能舒展，那时再擒他不难。话说杨戬见袁洪纵祥光而去，乃弃了马，亦纵步借土遁，紧紧追赶；只见袁洪随变一块怪石，立在路傍。杨戬正赶，忽然不见了袁洪，即运神光，定睛观看，已知袁洪化为怪石。随即变化一石匠，手执锤钻，上前锤他；袁洪知他识破，化阵清风上前去了。如此两家各使神通，看看赶上梅山，忽然又不见了袁洪。

《西游记》用浓墨重彩写了十来个变化，而《封神演义》用一句“变化无穷，相生相克，各穷其技”就带了过去，可见是犯懒或者黔驴技穷了。

而且，袁洪在梅山打杨戬的一段，也是从孙悟空那里抄来的，例如：

> 话说杨戬上了梅山，四面观望一遍，忽听得崖下一声响，窜出千百小猴；都手执棍棒，齐来乱打杨戬。杨戬见众小猢猴，左右乱打，情知不能取胜，不若脱身下山。

这“千百小猴”和孙悟空变的小猴有什么区别？

所以，《封神演义》本来有一个相对简陋的版本，里面没有七怪，但是书商又希望整部书再丰满些，于是作者加了七怪的故事，但加得太仓促，既顾不上七怪本来是杨戬的跟班，也来不及编出生动的故事，只好从《西游记》里硬借了。

唯独有些莫名其妙的，是桃精高明、柳鬼高觉。他俩也是妖怪，按非人类不能封神的规矩，舒载阳刊本的封神榜名单上，也确实没有他俩。但他俩却是被姜子牙的打神鞭打死的（打神鞭只能打封神榜上有名的人），而且死后原著竟说“一灵已往封神台去了”。这到底是笔误呢，还是另有隐情呢？可能需要进一步的探讨了。

参考文献[1]

古代白话小说类

- 《封神演义》,〔明〕许仲琳 撰，人民文学出版社 2017 年
- 《封神演义》,〔明〕许仲琳 撰，日本内阁文库藏明舒载阳刊本
- 《封神演义》,〔明〕许仲琳 撰，陕西图书馆藏光绪十五年刊广百宋斋本
- 《清平山堂话本校注》,〔明〕洪楩 辑，程毅中 校注，中华书局 2012 年
- 《武王伐纣平话》,〔元〕佚名 撰，豫章书社 1981 年
- 《三国演义》,〔明〕罗贯中 撰，人民文学出版社 1980 年
- 《水浒传》,〔明〕施耐庵 撰，人民文学出版社 1975 年
- 《西游记》,〔明〕吴承恩 撰，李天飞 校注，中华书局 2014 年
- 《四游记》(含《西游记》《东游记》《南游记》《北游记》),〔明〕吴元泰 等 撰 北方文艺出版社 1985 年
- 《金瓶梅词话》,〔明〕兰陵笑笑生 撰，人民文学出版社 2005 年
- 《三言》,〔明〕冯梦龙 编，岳麓书社 1989 年
- 《儒林外史》,〔清〕吴敬梓 撰，人民文学出版社 1997 年
- 《镜花缘》,〔清〕李汝珍 撰，人民文学出版社 1981 年
- 《红楼梦》,〔清〕曹雪芹 撰，人民文学出版社 2008 年
- 《说岳全传》,〔清〕钱彩 撰，岳麓书社 1995 年
- 《绿野仙踪》,〔清〕李百川 撰，华夏出版社 1995 年
- 《北宋倒马金枪传》，付爱民 整理，北京燕山出版社 2017 年
- 《春秋列国志传》,〔明〕余邵鱼 撰
- 《大宋宣和遗事》,〔宋〕佚名 撰
- 《五代史平话》,〔宋元间〕佚名 撰
- 《两汉开国中兴传志》,〔明〕黄化宇 撰
- 《西洋记》,〔明〕罗懋登 撰
- 《有商志传》,〔明〕钟惺（旧题）撰
- 《桃花女阴阳斗传》,〔清〕裘曰修（旧题）撰
- 《康熙侠义传》,〔清〕贪梦道人 撰

经部

- 《易经蒙引》,〔明〕蔡清 撰
- 《尚书》
- 《尚书大传》
- 《毛诗正义》
- 《礼记》
- 《周礼》
- 《左传》
- 《论语》
- 《白虎通义》,〔汉〕班固 等 撰
- 《纬书集成》,[日本]安居香山、中村璋八 辑，河北人民出版社 1994 年
- 《急就篇》,〔汉〕史游 撰
- 《说文解字》,〔汉〕许慎 撰，中华书局 2013 年
- 《集韵》,〔宋〕丁度 等 撰
- 《通俗编》,〔清〕翟灏 撰
- 《纂图附音增广古注千字文》，日本京都大学图书馆藏写本

[1] 如未说明版本来源，即来自中国基本古籍库、四库全书电子版、殆知阁藏书。常见古籍如十三经、二十四史、先秦诸子等，不标注撰者、出版信息。

史部

- 《史记》
- 《汉书》
- 《北齐书》
- 《帝王世纪》,〔晋〕皇甫谧 撰
- 《续资治通鉴长编拾补》,〔清〕黄以周 等 辑
- 《吴越春秋》,〔汉〕赵晔 撰
- 《国语》
- 《战国策》
- 《路史》,〔宋〕罗泌 撰
- 《明朝小史》,〔明〕吕毖 撰
- 《唐大诏令集》,〔宋〕宋敏求 编
- 《景定建康志》,〔宋〕周应合 编
- 《大明一统志》,〔明〕李贤 等 编
- 《八闽通志》,〔明〕黄仲昭 编
- 《福建通志》,〔清〕谢道承 等 编
- 《灌志文征》,中国地方志集成四川府县志辑,巴蜀书社 1992 年
- 《唐土行程记》,[朝鲜]崔溥 撰,[日本]清田君锦 译,早稻田大学图书馆藏
- 《临清寇略》,〔清〕俞蛟 撰,昭代丛书新编本
- 《文献通考》,〔宋元〕马端临 撰
- 《宋会要辑稿》,〔清〕徐松 辑,上海古籍出版社 2014 年

子部(除宗教、术数外)

- 《孟子》
- 《庄子》
- 《管子》
- 《吕氏春秋》
- 《韩诗外传》
- 《说苑》
- 《六韬》
- 《孙子兵法》
- 《江南经略》,〔明〕郑若曾 撰
- 《武编》,〔明〕唐顺之 撰
- 《郑和航海图》,收入《武备志》,〔明〕茅元仪 编
- 《兵迹》,〔清〕魏禧 撰
- 《齐民要术》,〔北魏〕贾思勰 撰
- 《肘后备急方》,〔晋〕葛洪 撰
- 《陶雅》,〔清〕陈浏 撰
- 《朝野佥载》,〔唐〕张鷟 撰
- 《酉阳杂俎》,〔唐〕段成式 撰
- 《云溪友议》,〔唐〕范摅 撰
- 《北梦琐言》,〔唐〕孙光宪 撰
- 《东京梦华录》,〔宋〕孟元老 撰
- 《石林燕语》,〔宋〕叶梦得 撰
- 《梦粱录》,〔宋〕吴自牧 撰
- 《辨惑编》,〔元〕谢应芳 撰
- 《五杂俎》,〔明〕谢肇淛 撰
- 《涌幢小品》,〔明〕朱国祯 撰
- 《三冈识略》,〔清〕董含 撰
- 《池北偶谈》,〔清〕王士禛 撰
- 《啸亭杂录》,〔清〕昭梿 撰
- 《归田琐记》,〔清〕梁章钜 撰
- 《浪迹续谈》,〔清〕梁章钜 撰
- 《茶香室丛钞》,〔清〕俞樾 撰
- 《竹间续话》,〔民国〕郭白阳 撰,海风出版社 2001 年
- 《山海经》
- 《神异经》,〔汉〕东方朔(旧题)撰
- 《玄中记》,〔晋〕郭璞 撰
- 《搜神记》,〔晋〕干宝 撰
- 《搜神后记》,〔晋〕陶潜(旧题)撰
- 《幽冥录》,〔南朝宋〕刘义庆 撰
- 《续玄怪录》,〔唐〕李复言 撰
- 《夷坚志》,〔宋〕洪迈 撰
- 《小说枝谈》,〔民国〕蒋瑞藻 撰
- 《太平广记》,〔宋〕李昉 等 编
- 《庚巳编》,〔明〕陆粲 撰
- 《聊斋志异》,〔清〕蒲松龄 撰
- 《里乘》,〔清〕许奉恩 撰
- 《太平御览》,〔宋〕李昉 等 编
- 《古今事物考》,〔明〕王三聘 撰
- 《御定骈字类编》,〔清〕沈宗敬 等 编

集部

- 《张籍集系年校注》,〔唐〕张籍 撰,徐礼节、余恕诚 校注,中华书局 2011 年

- 《杜牧集系年校注》，〔唐〕杜牧 撰，吴在庆 校注，中华书局 2008 年
- 《丹渊集》，〔宋〕文同 撰
- 《默堂集》，〔宋〕陈渊 撰
- 《沙溪集》，〔明〕孙绪 撰
- 《倪小野集》，〔明〕倪宗正 撰
- 《湘绮楼文集》，〔清〕王闿运 撰
- 《陶成章集》，〔清〕陶成章 撰，中华书局 1986 年
- 《昭明文选》，〔南朝梁〕萧统 编
- 《全唐文》，〔清〕阮元、董诰 等 编，中华书局 1985 年
- 《元诗选》，〔清〕顾嗣立 编
- 《全宋诗》，北京大学古文献研究所 编，北京大学出版社 1991 年
- 《乐府考略》，〔清〕黄文旸 撰
- 《曲海总目提要》，〔民国〕董康 编

术数类

- 《玉烛宝典》，〔北齐〕杜台卿 撰
- 《奇门遁甲秘笈大全》，〔汉〕诸葛武侯 撰，〔明〕刘伯温 辑（均系托名），《故宫藏本术数丛刊》，华龄出版社 2013 年
- 《梦林玄解》，〔宋〕邵雍（旧题）撰
- 《臞仙肘后经》，〔明〕朱权 撰
- 《星学大成》，〔明〕万民英 撰
- 《三命通会》，〔明〕万民英 撰
- 《造命宗镜集》，〔明〕吴国仕 撰
- 《禽星易见》，〔明〕池本理 撰
- 《演禽通纂》，〔明〕佚名 撰
- 《御定星历考原》，〔清〕李光地 等 编
- 《钦定协纪辨方书》，〔清〕允禄 等 编

宗教类

- 《太上求仙定录尺素真诀玉文》，《中华道藏》第 2 册，华夏出版社 2004 年
- 《元始五老赤书玉篇真文天书经》，《中华道藏》第 3 册
- 《太上洞真五星秘授经》，《中华道藏》第 6 册
- 《太上老君说五斗金章受生经》，《中华道藏》第 6 册
- 《庚道集》，《中华道藏》第 18 册
- 《无上秘要》，《中华道藏》第 28 册
- 《云笈七签》，《中华道藏》第 29 册
- 《九天应元雷声普化天尊玉枢宝经》，《中华道藏》第 31 册
- 《上清灵宝大法》，《中华道藏》第 34 册
- 《法海遗珠》，《中华道藏》第 36 册
- 《道法会元》，《中华道藏》第 37、38 册
- 《无上黄箓大斋立成仪》，《中华道藏》第 43 册
- 《太上灵宝朝天谢罪大忏》，《中华道藏》第 44 册
- 《墉城集仙录》，《中华道藏》第 45 册
- 《太上元始天尊说宝月光皇后圣母天尊孔雀明王经》，《万历续道藏》，九州出版社 2015 年
- 《性命圭旨》，尹真人高弟 撰，中央编译出版社 2013 年
- 《太上碧落洞天慈航灵感度世宝忏》，《藏外道书》第 30 册
- 《太平经合校》，王明 编，中华书局 1960 年
- 《真灵位业图校理》，〔梁〕陶弘景 著，王家葵 校理，中华书局 2013 年
- 《水陆神全》，李信军 等 编，西泠印社 2011 年
- 《灵官宝诰》，道教科仪常用版本
- 《陶天君宝诰》，道教科仪常用版本
- 《殷君至宝》，李天飞藏民间抄本（复印件）
- 《殷郊秘旨源流》，李天飞藏民间抄本（复印件）
- 《长阿含经》
- 《增一阿含经》
- 《修行本起经》
- 《贤愚经》
- 《法华经》
- 《华严经》
- 《大宝积经》
- 《无量寿经》
- 《观无量寿经》

- 《观虚空藏菩萨经》
- 《三千佛名经》(含《过去庄严劫千佛名经》《现在贤劫千佛名经》《未来星宿劫千佛名经》)
- 《正法念处经》
- 《准提陀罗尼经》
- 《佛母大金曜孔雀明王经》
- 《经律异相》
- 《法苑珠林》,〔唐〕释道世 撰
- 《大慈恩寺三藏法师传》,〔唐〕释慧立 原本,释彦悰 撰定
- 《一切经音义》,〔唐〕释慧琳 撰
- 《金光明经文句记》,〔宋〕释知礼 撰
- 以上 19 部文献均出自中华电子佛典协会(CBETA)电子佛典集成
- 《佛国记》,〔晋〕释法显 撰
- 《武林西湖高僧事略》,〔宋〕元敬、元复 撰
- 《观自在菩萨阿么𪾢法》,《大正藏》第 20 册
- 《绘图三教源流搜神大全》,上海古籍出版社 1990 年
- 《万法归宗》,《续修四库全书》第 1064 册,《续修四库全书》编委会 编,上海古籍出版社 2002 年
- 《民间宝卷》,中国宗教历史文献集成编纂委员会 编纂,黄山书社 2005 年
- 《圣经》

著作类

- 《金枝》,[英]弗雷泽 著,汪培基 等 译,商务印书馆 2013 年
- 《中国小说史略》,鲁迅 著,江西教育出版社 2019 年
- 《妙峰山》,顾颉刚 著,上海科学技术文献出版社 2014 年
- 《顾颉刚集》,顾颉刚 著,中国社会科学出版社 2001 年
- 《长沙古物闻见记、续记》,商承祚 著,中华书局 1996 年
- 《汉印文字征》,罗福颐 编,文物出版社 1978 年
- 《两周文史论丛》,岑仲勉 著,中华书局 2004 年
- 《唐代密宗》,周一良 著,上海远东出版社 1996 年
- 《和风堂文集》,柳存仁 著,上海古籍出版社 1991 年
- 《汉化佛教与佛寺》,白化文 著,北京出版社 2003 年
- 《中国上古神话通论》,刘城淮 著,云南人民出版社 1992 年
- 《中国民间宗教史》,马西沙 著,中国社会科学出版社 2004 年
- 《中国方术正考》《中国方术续考》,李零 著,中华书局 2006 年
- 《中国行业神崇拜》,李乔 著,中国华侨出版公司 1990 年
- 《武汉工商经济史料》,中国人民政治协商会议武汉市委员会文史资料研究委员会 编
- 《灰暗的想象:中国古代民间社会巫术信仰研究》,刘黎明,巴蜀书社 2014 年
- 《元帅神研究》,[日本]二阶堂善弘 著,齐鲁书社 2014 年
- 《说狐》,[美]康笑菲 著,姚政志 译,浙江大学出版社 2011 年
- 《明清神魔小说研究》,胡胜 著,中国社会科学出版社 2004 年
- 《〈封神演义〉考论》,李亦辉 著,人民文学出版社 2018 年
- 《万万没想到:〈西游记〉可以这样读》,李天飞 著,陕西师范大学出版社 2016 年

论文类

- 《〈封神演义〉漫谈》,张政烺,《世界宗教研究》,1982 年第 4 期
- 《道教和〈封神演义〉》,陈辽,《吉林大学学报》,1987 年第 5 期
- 《〈封神演义〉的阐教和截教考》,胡文辉,《学术研究》,1990 年第 2 期
- 《“镜听”考源》,张崇琛,《民俗研究》,1993 年第 3 期
- 《安禄山的种族与宗教信仰》,荣新江,《第三届中国唐代文化学术研讨会论文集》,台北,1997 年

- 《略论闽台瘟神信仰起源的若干问题》，徐晓望，《世界宗教研究》，1997 年第 2 期
- 《萨满文化中的风神》，孟慧英，《民俗研究》，2000 年第 3 期
- 《“鬼母育儿”型故事的类型分析及其流变轨迹》，顾希佳，《海南师范学院学报（人文社会科学版）》，2001 年第 4 期
- 《关于加强我省民间信仰活动场所管理的调研报告》，福建省政协民族宗教委员会课题组，福建省民族与宗教事务厅文件，闽民宗办（2002）55 号
- 《福建民间信仰活动管理的调查与思考》，福建省民族与宗教事务厅课题组，2002 年 8 月 20 日
- 《道与三清关系刍议》，卿希泰，道教思想与中国社会发展进步研讨会第二次会议，泉州，2003 年
- 《〈重修四天王碑〉与〈封神演义〉》，佘彦焱、柳向春，《上海文博论丛》，2005 年第 2 期
- 《关于在环东海地域使用船的“送瘟神”民俗》，樱井龙彦、金仙玉，《文化遗产》，2007 年第 1 期
- 《论中古时期道教“三清”神灵体系的形成———以敦煌本〈灵宝真文度人本行妙经〉为中心的考察》，王承文，《中山大学学报（社会科学版）》，2008 年第 2 期
- 《汉画风伯形象及其功能探析》，牛天伟，《古代文明》，2008 年第 3 期
- 《民间信仰——中国最重要的宗教传统》，朱海滨，《江汉论坛》，2009 年第 3 期
- 《老北京的火神庙》，王铭珍，《中国消防》，2009 年第 16 期
- 《明清时代的三铺孔雀明王壁画——兼及对图像配置的探讨》，廖旸，《美术研究》，2010 年第 1 期
- 《雷法、丹道与养生》，李远国，《宗教学研究》，2010 年 S1 期
- 《古代占卜术镜听考论》，蒋玉斌，《西华师范大学学报（哲学社会科学版）》，2011 年第 2 期
- 《二郎神源自祆教雨神考》，侯会，《宗教学研究》，2011 年第 3 期
- 《陆西星著〈封神演义〉之内证》，莫其康，《明清小说研究》，2011 年第 3 期
- 《首都博物馆藏明代宫廷韦驮造像》，刘丞，《紫禁城》，2011 年第 6 期
- 《嘎巴拉碗初探》，张家骝，《社科纵横》，2011 年第 8 期
- 《西来寺水陆画“监斋神”图解》，薛桂花，《群文天地》，2011 年第 9 期
- 《〈封神演义〉中准提道人形象与准提信仰》，陈星宇，《宗教学研究》，2012 年第 1 期
- 《玄帝收魔故事与〈封神演义〉》，李亦辉，《首都师范大学学报（社会科学版）》，2012 年第 2 期
- 《也论祆神与火神之融合——以小说《〈封神演义〉》为例》，刘海威，《世界宗教研究》，2012 年第 3 期
- 《〈孔雀明王经〉文本的形成与密教化》，任曜新、杨富学，《陕西师范大学学报（哲学社会科学版）》，2012 年第 5 期
- 《流动中的生命隐喻：圣俗空间的象征性沟通》，台文泽，《民俗研究》，2014 年第 3 期
- 《钦安殿藏宋徽宗玉简与十二雷将神像画》，陶金，《紫禁城》，2015 年第 5 期
- 《女妖怪的隐喻——〈西游记〉经典探秘之四》，梁归智，《名作欣赏：鉴赏版（上旬）》，2016 年第 2 期
- 《〈封神演义〉的世界》，李天飞，《中华遗产》，2017 年第 4 期
- 《哪吒的关系网》，李天飞，《中华遗产》，2017 年第 4 期
- 《〈封神演义〉之殷郊形象渊源考》，陈宏，《明清小说研究》，2011 年第 4 期
- 《二郎骑白马，远自波斯来》，刘宗迪，《紫禁城》，2018 年第 2 期
- 《狐精妲己图与汉墓酆都六天宫考》，姜生，《复旦学报（社会科学版）》，2018 年第 4 期
- 《中原火神信仰与地方社会——对道口、商丘两地火神信仰的田野调查》，胡宁，河南大学硕士论文
- 《陇州社火脸谱造型和色彩研究》，姚玉泉，

西安美术学院硕士论文
- 《西秦社火脸谱艺术特征及其文化内涵初探》，张美荣，中国艺术研究院硕士论文
- 《西秦社火马勺脸谱研究》，石露，渤海大学硕士论文
- 《瘟神五帝信仰与晚清福州社会（1840—1911）》，陈莹，福建师范大学硕士论文
- 《紧那罗王考》，阿德，少林寺官方网站“少林学”专栏
- 《他奶奶的庙》，徐腾，微信公号：不正经历史研究所

工具书与图录类

- 《中华道教大辞典》，胡孚琛 主编，中国社会科学出版社 1995 年
- 《英藏敦煌文献（汉文佛经以外部分）》，中国社会科学院历史研究所 等 编，四川人民出版社 1995 年
- 《法国国家图书馆藏敦煌西域文献》，上海古籍出版社 1995 年
- 《中国国家博物馆馆藏文物研究丛书·历史图片卷》，吕章申 主编，上海古籍出版社 2007 年
- 《中国寺观壁画经典丛书·毗卢寺壁画》，孙启祥 编写，河北美术出版社 2007 年
- 《中国神怪大辞典》，栾保群 编，人民出版社 2009 年
- 《佛学大辞典》，丁福保 编，中国书店出版社 2011 年
- 《中国道教神仙造像大系》，张继禹 编，五洲传播出版社 2012 年
- 《陈洪绶全集》，陈传席 编，天津人民美术出版社 2012 年
- 《新编中国民间宗教辞典》，濮文起 主编，福建人民出版社 2015 年

现代小说

- 《笑傲江湖》，金庸 著
- 《天龙八部》，金庸 著
- 《倚天屠龙记》，金庸 著

戏曲

- 《二郎神醉射锁魔镜》,《全元曲》，徐征 主编，河北教育出版社 1998 年
- 《西游记杂剧》,《全元曲》，徐征 主编，河北教育出版社 1998 年
- 《朱太守风雪渔樵记》,《全元曲》，徐征 主编，河北教育出版社 1998 年
- 《昆曲艺术大典·美术卷》，王文章 主编，安徽文艺出版社 2016 年
- 《浣纱记》，〔明〕梁辰鱼 撰
- 京剧《白猿教刀》

曲艺

- 评书《封神演义》，袁阔成
- 评书《封神演义》，梁彦
- 评书《白眉大侠》，单田芳
- 相声《黄半仙》，刘宝瑞
- 相声《醋点灯》，李伯祥、杜国芝
- 相声《白事会》，马志明、黄族民
- 相声《跳大神》，郭德纲、张文顺

电影

- 《楢山节考》，[日本]今村昌平
- 《名侦探柯南》，[日本]青山刚昌、儿玉兼嗣 等
- 《平成狸合战》，[日本]高畑勋
- 《西游·降魔篇》，周星驰、郭子健